艺术院校公共课"十二五"规划教材

中国现代文学

MODERN CHINESE LITERATURE

吕 兰 | 编著

重庆大学出版社

图书在版编目（CIP）数据

中国现代文学 / 吕兰编著 . — 重庆：重庆大学出版社，2014.10

艺术院校公共课"十二五"规划教材

ISBN 978-7-5624-8190-4

Ⅰ . ①中… Ⅱ . ①吕… Ⅲ . ①中国文学— 现 代 文学史—高等学校—教材 Ⅳ . ① I2109.6

中国版本图书馆 CIP 数据核字（2014）第 105436 号

艺术院校公共课"十二五"规划教材

中国现代文学

ZHONGGUO XIANDAI WENXUE

吕 兰 编著

策划编辑：张菱芷

责任编辑：李桂英 赵 琴　　书籍设计：刘 睿

责任校对：邹 忌　　　　　　责任印制：赵 晟

*

重庆大学出版社出版发行

出版人：邓晓益

社址：重庆市沙坪坝区大学城西路 21 号

邮编：401331

电话：（023）88617190　88617185（中小学）

传真：（023）88617186　88617166

网址：http://www.cqup.com.cn

邮箱：fxk@cqup.com.cn（营销中心）

全国新华书店经销

重庆紫石东南印务有限公司印刷

*

开本：787×1092　1/16　印张：16.75　字数：332 千

2014 年 10 月第 1 版　　2014 年 10 月第 1 次印刷

ISBN 978-7-5624-8190-4　定价：36.00 元

　　多年的教学实践使编者体会到，高等艺术院校的文学教学有着区别
于其他院校的特殊性：它既不同于文科院校中文系偏重于文学史，在系
统性、整体性方面有着特别的要求；也不同于理工科院校开设的《大学
语文》，旨在提高学生基本文化素养和道德修养；更不同于高等自学考
试中的文学课程，强调贴近命题范围、突出重点难点、熟悉题目类型、
熟练答题技巧等实用实效性。文学作为一切艺术的基础，对于艺术的创
作有着极大的促进作用。艺术院校的文学教学，应当充分体现高等艺术
院校教学的特点，充分体现文学作为语言艺术的特点，以此激发学生阅读、
分析和鉴赏中国文学经典之作的兴趣和能力，了解和继承中国文学的优
秀传统，熟悉和掌握有代表性的作品及作家的基本创作风貌与独特个性，
切实提高学生的文学修养和艺术悟性。

　　这套新教材的名称是"艺术院校公共课'十二五'规划教材"，共7册，
编者负责《中国现代文学》分册的编撰。

　　《中国现代文学》分册的编选秉持以下原则：

　　1. 突出作品的经典性、人文性。入选的作品都是经过了历史长河的
冲刷和筛选，在20世纪中国文学史中已得到公认的杰出文本。这些文本
无论在当时还是今天，都仍然有其不可替代的时代意义、思想价值和艺
术生命力。

　　2. 力求体现文休性、艺术性。本册按现代文学的三个阶段编排，每
个时期均按散文、小说和诗歌排序。每种文体原则上按照写作或发表的
先后来罗列作品，以体现文学发展的脉络。选篇方面，在突出其经典性、
人文性的同时，还以文学的美学特征为主要依据，也就是说，进入本书
的作品，既是在文学史上具有突出贡献的作品，又是较有艺术感染力的
作品。因为篇幅的原因，戏剧没有入选和存目；为保证有更多的信息量，
本教材选篇尽量不与中学教材入选的篇目重复。

　　3. 尽量做到历史地、全面地、客观地分析评价"五四"以来各个
历史时期的重要作家及其代表作品，注意作家与作品之间、各种文体之
间的不同风格和特点，以及同类作品之间的差异和区别。为此，每篇入
选作品尽量保留原貌，文后附有简短的"导读"，"导读"包括"作家
作品简介""鉴赏解读""问题与思考"及"延伸阅读"等内容。每个
时期还有相应的文学史概述，其意在于为学生了解作家作品及其创作上

的特点和在文学史上的地位，提供必要的引导和更多的资讯，启发学生感悟和分析中国现代经典之作的创作方法和思路，提高其解读和鉴赏的能力。

4. 在内容的组织上，以散文和小说两大文体为主干。拟借散文表达方式的自由性和在内容上更具有时空的纵深感和沧桑感的小说来影响、熏陶学生，提高学生的语言文字运用能力，乃至艺术创作上的表达能力。

限于编撰时间和编者水平，不当之处在所难免，恳请读者批评指正。

编者

2013 年 5 月

　　"五四"新文化运动在其酝酿过程中，派生了"五四"文学革命，它标志着中国现代文学的诞生，并成为现代文学的伟大开端。

　　发端于 20 世纪初叶的中国现代文学，自 1917 年《新青年》杂志发表胡适的《文学改良刍议》开始，至 1949 年 7 月第一次文代会召开，共 32 年，又称现代文学 30 年。根据其自身发展的阶段性特点，可分为三个时期，分别是 1917—1927、1927—1937、1937—1949。在这短短的 32 年时间里，中国文学从内容到形式、从文体到语言都发生了深刻并具有根本意义的变革，中国文学的面貌焕然一新。这 32 年，作为中国文学由传统文学迈向现代文学进程的重要发轫、发展阶段，更是在中国文学史上留下了无数辉煌的篇章，产生了鲁迅、郭沫若、茅盾、巴金、老舍、曹禺、钱钟书等举世闻名的文学巨匠，以及一大批各具特色的著名的小说家、散文家、诗人、戏剧家、文艺理论家与批评家，他们所创作的经典之作，已成为中国几代读者的文学养料，成为现代汉语的经典范文，为中国以及世界文学宝库增添了新的珍品，从而彪炳中国文学和世界文学的厚重史册。

第一个时期

（1917—1927）

概述

　　1917—1927 年期间的文学，称为"五四"时期文学，或者是 20 年代文学。是中国现代文学的第一个十年，也是文学成就辉煌的十年，涌现出大批优秀作家作品。其主要特点是文学革命和文化启蒙。从整体上看，"五四"时期文学具有一种活跃、开放的青春气息。

　　1917 年，胡适《文学改良刍议》和陈独秀《文学革命论》的发表正式竖起"五四"文学革命的大旗。在理论上，首先批判了"文以载道"的旧文学观念，否定了以封建思想道德为内容的形式主义、拟古主义旧文学，宣扬抒情写实的现实主义文学观，提倡人的文学、平民文学和具有民主思想的文学。其次，反对文言文，倡导白话文，主张提高小说、戏剧的地位，提倡诗体大解放。翻译上，译介一批外国文学，作为中国新文学的借鉴。创作上，以白话取代文言，进行新诗的创建和小说形式的革新。鲁迅的白话小说和郭沫若的新诗以及《新潮》上的新小说，都显示了文学革命的实绩。

　　新文学创作随之发展起来，最初显现实绩的是以《新青年》《新潮》为主要阵地的一批诗人和小说家。1917 年 2 月，胡适首先在《新青年》上发表八首用白话创作的新诗，1920 年 3 月他的《尝试集》出版，成为中国现代第一部白话诗集，在中国诗歌发展史上从语言形式到思想内容，都提供了古典诗词所没有提供的新东西，在开辟诗歌创作新领域方面起到了重要的拓荒作用。1918 年以后的两年时间里，刘半农、沈尹默、周作人、俞平伯、康白情、刘大白等十多位作者发表过白话新诗，新文学创作渐成风气。周作人的《小河》被胡适誉为"新诗中的第一首杰作"。

　　1918 年 5 月，鲁迅发表著名短篇小说《狂人日记》。这篇被公认为中国现代文学史上的第一篇白话小说，以"表现的深切和格式的特别"——内容和形式的现代化特征，成为我国现代小说的伟大开端。鲁迅创作的主要小说作品收入 1923 年出版的《呐喊》和 1925 年出版的《彷徨》两个小说集，显示了文学革命和文学创作的实绩。

　　1920 年以后，新文学步入初期繁荣阶段，标志之一是大批社团流派接踵成立，如文学研究会、创造社、新月社、语丝社、浅草—沉钟社、弥洒社、湖畔诗社以及象征诗派等一百多个大小文学社团相继问世。其中建立最早、成就最大的无疑是文学研究会和创造社。

　　1921 年 1 月，沈雁冰、叶绍钧、郑振铎、王统照、周作人、许地山等 12 人在北京成立了文学研究会。他们以改革后的《小说月报》为主要阵地，同时又出版了《诗》月刊。他们要求文学表现人生、指导人生、对人生起作用，因而也被称为"为人生派"。后来，冰心、朱自清、庐隐、王鲁彦等著名作家都成为它的会员，人数达170余人，是中国20世纪20年代第一大规模的文学组织。

1920年代的小说主要有三种类型或流派，即"问题小说""乡土小说"与"自叙传抒情小说"。

文学研究会的创作以小说成就最为突出。最早出现的是"问题小说"。"问题小说"有两个特点：一是广泛涉及各种社会问题，尤其关注人生意义这一生存根本问题。其中，不少小说表现了"泛爱"思想。他们的创作大多经历了一个由表现"爱"与"美"，转而揭露生活中的"丑"与"恶"的变化过程，作品的现实性得到了逐步增强。二是鲜明的启蒙色彩和理性批判精神。缺憾在于理性有余，感性不足；社会功利意识过于强烈，形象性反而受到损伤。

最早以"问题小说"创作闻名于文坛的是冰心，其小说创作主要集中在1920年前后，大致可分为两个阶段：问题小说阶段和泛爱小说阶段。她的"问题小说"提出了一系列带有鲜明时代特征的问题。如1919年她发表的第一篇小说《两个家庭》，用对比的手法，提出建立合理家庭的问题；《斯人独憔悴》提出了"五四"后必然加剧的某些家庭中两代人的矛盾的问题；《去国》通过在外留学的英士学成回国决心报效祖国，最后又怀着悲愤惆怅之情离开祖国的故事，提出了知识分子的出路问题；《庄鸿的姊姊》提出了女子在家庭中的地位问题。她的泛爱小说是其"问题小说"的变化和发展，代表作《超人》通过何彬的形象，直接提出作家的人生互爱理想。1931年，冰心写了《分》，朦胧地表现了阶级间的不平等，与"泛爱"作品相比，思想倾向有了变化。

庐隐是"五四"时期女作家中注目于革命题材的第一人。庐隐最初以"问题小说"步入文坛，其创作个性非常独特。她的小说采用"自叙传"的写法，有着个人很多的生活经历和情感。对女性恋爱、婚姻问题的探究与一般写男女爱情的小说不同，庐隐对男女之爱虽然有所希冀，但更多的却是恐惧以及对异性的不信任感，导致她对人生意义探究的答案倾向于恨，而不是爱。透过短篇小说《或人的悲哀》和中篇小说《海滨故人》，可以清楚地看到女主人公亚侠、露莎等，负荷着几千年传统的重压，同时又接受新思潮的洗礼，一方面有着强烈的个性解放的要求，另一方面又不能彻底地斩断传统价值的牵绕，对世俗的非难还不无忌惧，于是只好徘徊在传统与现代之间，彷徨不已了。

叶绍钧又名叶圣陶，是文学研究会中成绩最突出的作家。叶绍钧初期创作的小说也把爱与美作为医治人生痛苦的良药，对被侮辱被损害者表现出人道主义的同情。他的第一部短篇小说集《隔膜》中的许多作品就是通过不同的人生，写出了人际间心与心的不相通，表明生活中需要爱。此后的《火灾》《线下》《城中》等短篇集，从表现爱的追求，转而倾向于对客观现实的描绘。其中，教育界的题材占了很大的比重。可以说，叶绍钧是现代文学史上最早和最有成就的教育小说家。他的教育小说主要暴露旧中国教育界各种黑暗腐败的现实，并通过教育界把批判的矛头指向整个旧社会；另外，对作为知识阶层一部分的教员，给予了解剖和审视。如短篇小说《潘先生在难中》，通过对潘先生的形象描写，深刻地批判了当时某些知识分子苟安自私的心理和空虚卑庸的生活态度；长篇小说《倪焕之》被茅盾视为"扛鼎之作"，在小学教员倪焕之的身上，作家比较完整地写出了知识分子从辛亥革命到大革命失败这段时期的追求与遭遇，而这正是当时一部分小资产阶级知识分子寻求真理之路的真实写照。

叶绍钧初期的小说较为散文化，后来情节性有所增强。叶绍钧在写作中坚持冷静、客观的态度。在文学研究会作家中，他是真正"冷静地谛视人生，客观地、写实地描写着灰色的卑琐的人生的"（茅盾语）。他尽量让事实说话，用人物自身的语言和行动来表现其性格。如《潘先生在难中》第一段，约十个细节便从多侧面把潘先生的心灵勾勒出来了。叶绍钧小说的语言朴实而严谨，描情叙事都凭那平正、明净、清爽、流畅的文字。与他冷静客观的创作态度相一致，他在讽刺之中也不露声色，几乎全不用夸张，只抓取一二言行，用平静的口气加以表述，而那讽刺的效果常在读者的回味中。因此，他的小说又是蕴藉而含蓄的。叶绍钧的小说是文学研究会中最能体现该会主张的现实主义方法的，也是鲁迅之后最具现实主义特色的，所以，在文学研究会的众多作家中，他是最为重要的作家。

许地山是文学研究会的发起人之一，但作品的审美风格却并非纯粹的写实，而具有浓厚的浪漫主义风格，如他的早期小说《命命鸟》《商人妇》《缀网劳蛛》等。他的小说往往充斥着浓郁的宗教氛围，用宗教思想解决人生和社会难题，在情节上几乎都贯串着一条爱情的线索，然而，浪漫是表面的，隐伏其中的是作者深沉的身世之痛、家国之感和良苦用心。到了1928年发表的《在费总理的客厅里》，其现实主义倾向更为显著。真正标志着许地山走向现实主义创作道路的是《春桃》和《铁鱼的鳃》。《春桃》刻画了一位坚强的妇女形象，热情地歌颂了旧社会受苦人之间互谅互助的善良性格。《铁鱼的鳃》则以报国无门的科学家雷教授的不幸遭遇为基本线索，把批判的矛头指向了国民党的卖国政策，既歌颂了雷教授的爱国热忱，又暗示了科学救国纯属幻想。这两部作品以切实的现实背景和鲜明的时代色彩，从浪漫传奇转向客观写实，一步步走出了宗教氛围。

问题小说之后，继之而起的是乡土小说。这是"五四"时期最早出现的小说流派，代表作家有许钦文、王鲁彦、许杰、台静农、冯文炳等。乡土小说作家大都是来自农村和寓居京沪等大都市的青年知识分子，目睹现代文明与宗法制农村的巨大差异，在鲁迅"改造国民性"的思想启迪下，用隐含着乡愁的笔触，展示了故乡农村或小市镇的特殊的生活风貌，着力描写下层民众生存状况与生活形式，揭示其在特定文化背景下形成的风土人情、习俗与破败落后的乡村景象，其风格大都是清新健康、刚健质朴，涂抹着浓烈的地方色彩。如王鲁彦的《柚子》；彭家煌的《怂恿》、台静农的《地之子》等。鲁迅的《孔乙己》《风波》《故乡》《祝福》等也可以归入乡土小说之列。我们在谈论乡土小说的时候往往不怎么提到鲁迅，实际上鲁迅才是开现代乡土小说创作风气的大师。

总体而言，文学研究会作家的创作特色呈现为：一是忠实于"为人生"的艺术主张，大多以反映社会和人生问题为主，尤其注重批判社会的黑暗面，同情下层民众，有着鲜明的人道主义、民主主义倾向；二是基本倾向趋于客观写实，强调对外在世界的细密观察与真实再现；三是多样的艺术风格，例如周作人的冲和平淡、叶绍钧的冷峻平实、冰心的明丽晶莹、朱自清的精美典雅等。

与文学研究会不同，创造社诸人则另辟了浪漫抒情的路径。1921 年 7 月，留日学生郭沫若、郁达夫、成仿吾、张资平、冯乃超等人在日本东京组成创造社，成员还有田汉、郑伯奇等。1922 年 5 月，他们在国内出版了《创造季刊》，此后又出版了《创造周报》《创造月刊》等刊物。他们的主张多带有明显的为艺术而艺术的色彩，因而也被称为"为艺术派"。理论上强调文学要表现作家"内心的要求"，强调个性的张扬，推崇直觉和灵感在创作中的作用，文学创作倾向于浪漫主义，成为现代文学史上浪漫主义主观抒情文学的开端。其成就以郭沫若的诗歌和郁达夫的小说为代表。

创造社抒情小说主要有两种类型：一是自叙小说，也即所谓"身边小说"，是以自己身边的日常琐事为题材，并受日本私小说影响而产生的一种文体。自叙小说具有强烈的抒情性和自叙传性质，但又不等于作家的自传，主要作品有郁达夫的《沉沦》等。二是寄托小说，以古代或外国的人和事为题材，但是不在于准确地展现古代的历史或外国的生活，而在于凭借这些故事以抒发作家的主观情怀和意绪。主要作品有郁达夫的《采石矶》和郭沫若的《牧羊哀话》等。

郁达夫是创造社的发起人和最重要的小说家。他的抒情小说，多数作品都有一个鲜明的抒情主人公的自我形象，贯穿始终的是作家的情绪流。这种情绪流的小说，结构单纯、松散，带有散文的特点，故事的进展不是依据人物的性格逻辑和情节的内在冲突，而是随着主观情绪的起伏而发展。作品的一切表现手段不是用于塑造和刻画这个人物的典型性格，而是为了表现甚至可以说是宣泄这个主人公的思想感情。自叙小说的主人公实质上是作家自我表现的工具，而寄托小说的主人公也是作家自己的化身。其小说多带有浓重的感伤、忧郁、悲天悯人的艺术气质和风格。1921 年 10 月他的第一本小说集《沉沦》出版，在国内引起了强烈的反响，这是中国现代文学史上第一部白话短篇小说集。《沉沦》是郁达夫早年的一篇杰出的代表性作品，也是他唯一的中篇小说。小说借对一个中国留日学生的忧郁性格和变态心理的刻画，抒写了"弱国子民"在异邦所受到的屈辱冷遇，以及渴望纯真的友谊与爱情而又终不可得的失望与苦闷；同时也表达了盼望祖国早日富强起来的热切心愿。创作于1923 年 7 月的《春风沉醉的晚上》，开始从先前较多地注视知识分子狭小的圈子，到有意识地表现下层劳动者，描绘他们的苦难和抗争，歌颂他们的品德，揭示他们不幸遭遇的根源。

《女神》是郭沫若诗歌的代表作，出版于 1921 年 8 月，是继胡适的《尝试集》之后现代文学史上第二部个人新诗集。它以全新的精神和形式成为中国现代白话诗的真正奠基之作，把新诗艺术推向新水平，是白话新诗真正取代文言旧诗的标志，是现代浪漫主义的发端。该诗集中的《天狗》《炉中煤》《地球，我的母亲》《凤凰涅槃》《女神之再生》《立在地球边上放号》等诗篇，表现了强烈的叛逆精神和无所畏惧的创造精神与进取精神，洋溢着"五四"爱国主义激情。诗歌想象新奇，构思宏伟，语言粗犷，气势磅礴，声调激越，笔调恣肆。形象描绘的方式上，具有英雄主义的格调。《女神》是新诗中豪放派的先驱。它的美是一种壮美，男性的阳刚之美。郭沫若的《女神》开一代诗风。

"五四"时期，还出现了以冰心、宗白华为代表的小诗派。所谓小诗，是一种即兴式的短诗，多以三五行为一首，表现刹那间的情绪和感触，寄寓人生的哲理和思想，并执着于意境的追求，引起读者的联想，具有言简意赅的效果。冰心的两本小诗集《繁星》和《春水》是小诗派的代表作。体现了"满蕴着温柔，微带着忧愁，欲语又停留"的独特神韵。

经过开辟阶段，新诗形成了以自由体为主，同时兼有新格律诗、象征派诗的较为完善的形态。

在新诗创作中，爱情诗这一领域当属湖畔诗社的最为引人注目。汪静之、潘漠华、应修人和冯雪峰是其中的主力军，他们是"真正专心致志做情诗的一伙"（朱自清语）。他们的诗中最打动人的地方是质朴、单纯的美。

冯至也是比较有成就的诗人。写自由体诗的他，既写爱情，也写亲情和友情，出版有《昨日之歌》《北游及其他》等诗集。

提倡格律诗的是新月派，主张创造诗的新格式、新音节以表现完美的精神。闻一多为格律诗理论做出了很大贡献。为建设新格律诗，闻一多提出建设诗歌的音乐美（指音节）、绘画美（指辞藻）、建筑美（指节的匀称和句的整齐），并为此进行了艰苦的创作实践。闻一多有诗集《红烛》和《死水》。在他的作品中，爱国主义情感贯穿始终。此外，他的诗还表现了"五四"时期积极向上、进取追求的精神风貌。他的艺术表现方法是浪漫主义的。他的诗中经常出现红、黄、青、蓝等诸多表现色彩的词以及带有鲜丽色彩感的物象，注意色彩对比使得诗画相通，如《忆菊》《色彩》是绘画美的成功之作。他善用贴切的比喻以增强诗的形象性和艺术感染力。他的创作实践了他所提出的"三美"主张，《死水》体现得尤为明显。

新月诗派的另一重要诗人是徐志摩。他的诗主要表达对光明的追求、对理想的希冀、对现实的不满。爱情诗是徐志摩全部诗作中最有特色的部分，这些诗篇包含着反对封建伦理道德，要求个性解放的积极因素。真挚地独抒性灵，追求个性解放是徐志摩诗歌的基本艺术个性。具体表现为：一是构思精巧，意象新颖。《沙扬娜拉》以一朵不胜娇羞的水莲，状写日本少女温柔多情的神态，非常贴切传神。二是韵律和谐，富于音乐美。《半夜深巷琵琶》以参差错落的句式，造成一种悲凉的节奏，营造出一番凄切的艺术氛围。三是章法整饬，灵活多样。他的诗虽以四行一节式居多，但从整体看，节式、章法、句法、韵脚都有变化，讲究诗形而能不为其束缚。四是辞藻华美、风格明丽，如《再别康桥》。他的诗多收于《志摩的诗》《翡冷翠的一夜》《猛虎集》《云游》等诗集中。

　　几乎在新月派活跃的同时，象征派的诗也出现在中国的诗坛上。象征派的诗既不真实描写，也不直抒胸臆，而是常采用不同于常态的联想、隐喻、幻觉、暗示等手段制造朦胧、神秘的色彩。李金发是象征派的代表人物，著有《微雨》《为幸福而歌》等诗集。他的诗反映了"五四"之后一些知识分子面临茫然的前途时产生的悲观情绪。李金发被人称为"诗怪"，是因其诗怪诞，可读性较差，但他的诗也有许多成功之处，如诗中大量形象鲜明的比喻、形象化的语言、表现强烈的感觉等皆为许多人所不及。其他成绩较为突出的象征派诗人还有王独清、穆木天和冯乃超等。

　　散文的成就在这一时期也是巨大的。

　　"五四"时期最早出现的散文作品，是以议论文为主的杂文。1918年4月《新青年》设立"随感录"栏目，先后发表了李大钊、陈独秀、鲁迅、周作人、钱玄同、刘半农等人的杂文。与此同时，《每周评论》《新生活》等报刊也相继推出类似栏目，形成了颇有气势的杂感散文的创作浪潮。陈独秀是"杂感录"这一文体的开创者，而鲁迅则是杂文创作中成就最高、最具有代表性的作家。鲁迅前期的杂文收入《坟》《热风》《华盖集》《华盖集续编》四本集子中。广泛的社会批评与文明批评是鲁迅前期杂文的特色，民主与科学是鲁迅前期杂文创作的指导思想，彻底的反帝反封建精神是贯穿他杂文始终的灵魂。除杂文之外，鲁迅的散文诗集《野草》与回忆性散文集《朝花夕拾》也是中国现代散文中的精品。《野草》是中国现代文学史上最早的散文诗集之一，始终被认为是鲁迅作品中最美的一部，深邃的哲理性与传达的象征性是其特点。鲁迅以《野草》和《朝花夕拾》开创了散文的两种体式，即"独语体"和"闲话风"散文。

　　周作人既是中国现代散文的开创者和倡导者，也是《新青年》"随感录"的重要作者，作为中国现代文学史上有影响的散文家，他的成就主要在叙事与抒情相结合的言志小品方面。其前期散文思想意义与社会作用较为积极，作品大多收入散文集《谈龙集》《谈虎集》中，后期则转向闲适、苦涩，思想情绪较消沉、颓废。其散文有情志体、抄书体和笔记体三种典型的形态。以"自我"为中心，抒写归返自然，顺乎天性，享受生活的情趣，是周作人平和冲淡类散文在思想内容上的重要特色。丰富的知识性和趣味性是其散文艺术表现上的又一特色。周作人的散文善于将口语、文言、欧化语、方言等诸种成分加以杂糅调和，酿成一种"简单味"与"涩味"相结合的语言风格。

在"五四"时期的十年中，散文方面取得突出成就的还有朱自清与冰心。朱自清是极少数能用白话写出脍炙人口名篇的散文大家之一，其散文可分为三类：借景抒情的、怀人抒情的和带有政论性的记叙散文。他擅长写漂亮精致、具有诗情画意的抒情散文，1923 年写就的《桨声灯影里的秦淮河》被誉为"白话美文的模范"。冰心这一时期最主要的有两组散文：一是《往事》，是回忆性的；一是《寄小读者》，是书信体的。两者表现的都是自然、母爱、童真这三大主题，文字较清丽，风格较哀婉。

这一时期散文创作比较活跃的作家还有林语堂、郁达夫、徐志摩、郭沫若、瞿秋白等人。

总而言之，在"五四"新文学创作中，散文应该说是最有成就的门类。对此，鲁迅先生曾经评价，"五四"之后，"散文小品的成功，几乎在小说戏曲和诗歌之上"（鲁迅《小品文的危机》）。朱自清也认为这一时期的散文创作，"确是绚烂极了：有种种的样式，种种的流派，表现着，批评着，解释着人生的各面，迁流漫衍，日新月异：有中国名士风，有外国绅士风，有隐士，有叛徒，在思想上是如此。或描写，或讽刺，或委曲，或缜密，或劲健，或绮丽，或洗练，或流动，或含蓄，在表现上是如此"（《背影·序》）。

"五四"时期的戏剧创作也呈现出新时期的特色。

中国古典戏剧有悠久的传统。但作为现代戏剧主要剧种的话剧，却发源于欧洲，20 世纪初经日本传入中国。

中国话剧的萌芽始于 1906 年，中国留日学生李叔同、曾孝谷等在东京组成春柳社 ，次年在日本演出了法国名剧《茶花女》第三幕和《黑奴吁天录》。其后，上海组织"春阳社"，再次上演《黑奴吁天录》，这是中国话剧的萌芽。辛亥革命后，春柳社社员欧阳予倩、陆镜若等陆续回国，于上海成立"新剧同志会"，大力开展新剧（即文明新戏）演出活动。欧阳予倩也成为中国现代话剧的重要奠基人之一。

1917—1927 年是中国现代话剧的始创阶段。在"五四"运动前后开展的声势浩大的文学革命中，周作人、钱玄同、傅斯年、胡适等纷纷发表文章攻击、排斥旧戏，赞成从西方引进戏剧。欧阳予倩还指出话剧革新应从文学剧本入手。这场对旧戏的批判，尽管其中绝对否定旧戏的观点，不无偏颇，但它为话剧的发展廓清了道路，使现代话剧在斗争中得以确立和生存。与此同时，新文化运动大力宣传与引进西方戏剧创作和理论。《新青年》《新潮》等杂志曾先后译介了易卜生、萧伯纳、斯特林堡、罗曼·罗兰、契诃夫、王尔德等世界名家的剧作和日本的武者小路实笃的作品。这些都对现代话剧的创作和话剧运动的发展产生了积极的影响。

中国现代话剧运动与创作一开始就表现出了与新文化运动倡导的"为人生"的启蒙主义思想相一致的精神特征，使现代话剧在它的诞生期就表现出生气勃勃的积极趋向。民众戏剧社和上海戏剧协社先后成立，还创办了《戏剧》月刊，强调戏剧必须反映现实，担负社会教育的任务。主张"戏剧是艺术，不是浅薄的娱乐"，"我们要从戏剧里面认识人生"（欧阳予倩《戏剧改革之理论与实际》）。并积极开展演剧活动，为中国话剧从业余跨向职业化奠定了基础。20 世纪 20 年代田汉领导的南国社和朱穰丞领导的辛酉剧社，在"五卅"和北伐时期克服了前期的某些唯美主义色彩，在自己的剧作中大多表现了反帝反封建的战斗精神。

中国话剧史上最早的剧作是胡适于 1919 年 3 月发表的《终身大事》（独幕剧），虽明显留有模仿易卜生《娜拉》的痕迹，但它写的反对父母干涉青年婚姻的主题，是有现实感和针对性的。欧阳予倩的《泼妇》和《回家以后》两部作品，也由于尖锐批判腐朽的封建道德，歌颂对于封建礼教和家庭的叛逆精神，鞭挞在资本主义"文明"熏陶下的知识分子的丑恶灵魂，引起了较大的反响。洪深的代表剧作《赵阎王》，把笔触伸进了封建军阀统治对于农民精神和性格的扭曲摧残的领域，在更深的层次上剖示了封建社会的罪恶。郑伯奇发表于 1927 年的《抗争》，由于较早"显露出直接的明白的反帝意识"而为人们所注视。郭沫若《女神》中《湘累》等诗剧已带有诗人自我表现的强烈个性色彩。此后他作为浪漫主义诗人和剧作家的才能主要朝历史剧的方向发展。他于 1923 年至 1925 年所作《卓文君》《王昭君》《聂嫈》人物系列历史剧，通过对三个叛逆女性的故事与性格描绘，对封建礼教进行了猛烈攻击，开拓了中国现代话剧中历史剧的独特天地。

浪漫主义色彩剧作的产生为"五四"时期的戏剧文学带来了多姿的色彩。田汉于 1920 年就在《三叶集》通信里介绍和讨论了欧洲浪漫主义、象征主义的戏剧。郭沫若反抗精神的烈火由于翻译歌德《浮士德》一剧受到启示而开始在诗剧形式中迸发出来。1921 年以后，田汉、郭沫若等富有诗意语言的戏剧，使浪漫主义戏剧在中国现代文学史上的地位得以建立。田汉的出世作《咖啡店之一夜》，在浪漫主义的抒情中流露较重的感伤色彩。独幕剧《午饭之前》，较早描写工人与资本家的斗争，为中国话剧史作了新的开拓。他的《获虎之夜》在一场哀婉美丽的悲剧中塑造了一个农村姑娘的美好形象。诗意葱茏的场景描写、人物对话和浓郁的传奇色彩使这部作品具有较强的艺术感染力量，奠定了田汉在中国剧坛的地位。

田汉是现代话剧的奠基者之一，他在 20 年代就创作了 20 多部话剧，为"现代话剧文学"的建立做出了开拓性的贡献。献身于对"真艺术"与"真爱情"的追求，是田汉早期创作的一个总的主题。田汉早期剧作的另一个主题是"美的幻灭与毁灭"，这一部分作品更具有社会批判性，而且是越来越强烈。

中国现代话剧在向西方戏剧广搜博采的同时，就注意了对不同艺术流派和多种艺术表现方法的吸收与借鉴。有些借鉴和模仿很成功，如丁西林吸取西方话剧中轻快幽默的喜剧手法创作的《一只马蜂》和《压迫》，以结构巧妙和委婉的嘲讽见长，在初期话剧中开创了独特的风格。丁西林的剧作很少有突出激进的政治思想，而是着意于对世态人情的微讽，对旧事物的批判也带有温和色彩，颇有资产阶级知识分子的绅士风度，戏剧语言畅达，从而构成了丁西林机智、高雅、含蓄的幽默喜剧风格，他也因此成为中国现代杰出的喜剧家。而熊佛西的现实主义多幕剧《一片爱国心》，寓象征的意义于写实的描写中，通过家庭的矛盾反映了现实的思潮。

　　中国现代话剧的萌生、发展与新文化运动密切相连。十年之间，从理论倡导到舞台实践，从照搬外国到自行改编、创作，从描写知识分子到同情劳动人民，从一般地反映社会问题到有意识地涉及阶级对立，标志着中国话剧向成长期前进。特别是"五卅"以后，在革命形势激励下，戏剧创作逐渐出现反帝斗争的内容，并在一定程度上提高了艺术水平。这个时期的话剧作品，也自然存在着萌生阶段的技术幼稚和缺乏生活深度的毛病。

生命的路[1]

想到人类的灭亡是一件大寂寞大悲哀的事，然而若干人们的灭亡，却并非寂寞悲哀的事。

生命的路是进步的，总是沿着无限的精神三角形的斜面向上走，什么都阻止他不得。

自然赋于人们的不调和还很多，人们自己萎缩堕落退步的也还很多，然而生命决不因此回头。无论什么黑暗来防范思潮，什么悲惨来袭击社会，什么罪恶来亵渎人道，人类的渴仰完全的潜力，总是踏了这些铁蒺藜向前进。

生命不怕死，在死的面前笑着跳着，跨过了灭亡的人们向前进。

什么是路？就是从没路的地方践踏出来的，从只有荆棘的地方开辟出来的。

以前早有路了，以后也该永远有路。

人类总不会寂寞，因为生命是进步的，是乐天的。

昨天，我对我的朋友 L[2] 说，"一个人死了，在死者自身和他的眷属是悲惨的事，但在一村一镇的人看起来不算什么，就是一省一国一种……"

L 很不高兴，说，"这是 Nature（自然）的话，不是人们的话。你应该小心些。"

我想，他的话也不错。

[1] 该文系《新青年》"随感录"专栏第六十六篇。原刊于 1919 年 11 月 1 日《新青年》第 6 卷第 6 号，后收入《热风》。
[2] L，本文原发表时，"L"均作"鲁迅"。作者署名为"唐俟"。

【导读】

鲁迅、许广平和儿子周海婴

作家作品简介

  鲁迅（1881—1936），原名周树人，字豫才，浙江绍兴人，出身于没落的封建家庭。1902 年去日本留学，原学医，后从事文艺等工作，企图用以改变国民精神。1909 年回国，先后在杭州、绍兴任教。辛亥革命后，曾任南京临时政府和北京政府教育部部员、佥事等职，兼在北京大学、女子师范大学等校授课。1918 年 5 月，首次用"鲁迅"为笔名，发表中国现代文学史上第一篇白话小说《狂人日记》，对人吃人的制度进行猛烈地揭露和抨击，奠定了新文学运动的基石。"五四"运动前后，参加《新青年》杂志的编辑工作，站在反帝反封建的新文化运动的最前列，成为"五四"新文化运动的伟大旗手。

  1918—1926 年间，陆续创作出版了《呐喊》《坟》《热风》《彷徨》《野草》《朝花夕拾》《华盖集》《华盖集续编》等文集，表现出爱国主义和彻底的民主主义的思想特色。其中，1921 年 12 月发表的中篇小说《阿 Q 正传》，是中国现代文学史上杰出的作品之一。1926 年 8 月，因支持北京学生爱国运动，为北洋军阀政府所通缉，南下到厦门大学任教。1927 年 1 月到当时革命中心广州，在中山大学任教。"四一二"事变以后，愤而辞去中山大学的一切职务。其间，目睹青年中也有不革命和反革命者，受到深刻影响，彻底放弃了进化论幻想。1927 年 10 月到达上海。

  1930 年起，鲁迅先后参加中国自由运动大同盟、中国左翼作家联盟和中国民权保障同盟等进步组织，不顾国民党政府的种种迫害，积极参加革命文艺运动。1936 年初"左联"解散后，积极参加文学界和文化界的抗日民族统一战线。从 1927—1936 年，创作了《故事新编》中的大部分作品和大量的杂文。

  1936 年 10 月 19 日病逝于上海。

鉴赏解读参考

  这篇文章对人的生存发展的重大问题做了精彩、精练的阐述，其思想含量很丰厚。从中可以看出作者对人类、对生命的挚爱，对崇高的思想境界和完善人格的追求。

问题与思考

1. 读《生命的路》，请想一想"生命"这条路有哪些特点？

2. 从文中你能读出鲁迅给年轻人哪些忠告？

论雷峰塔的倒掉 [1]

听说，杭州西湖上的雷峰塔 [2] 倒掉了，听说而已，我没有亲见。但我却见过未倒的雷峰塔，破破烂烂的映掩于湖光山色之间，落山的太阳照着这些四近的地方，就是"雷峰夕照"，西湖十景之一。"雷峰夕照"的真景我也见过，并不见佳，我以为。

然而一切西湖胜迹的名目之中，我知道得最早的却是这雷峰塔。我的祖母曾经常常对我说，白蛇娘娘就被压在这塔底下。有个叫作许仙的人救了两条蛇，一青一白，后来白蛇便化作女人来报恩，嫁给许仙了；青蛇化作丫鬟，也跟着。一个和尚，法海禅师，得道的禅师，看见许仙脸上有妖气——凡讨妖怪作老婆的人，脸上就有妖气的，但只有非凡的人才看得出——便将他藏在金山寺的法座后，白蛇娘娘来寻夫，于是就"水满金山"。我的祖母讲起来还要有趣得多，大约是出于一部弹词叫作《义妖传》[3] 里的，但我没有看过这部书，所以也不知道"许仙""法海"究竟是否这样写。总而言之，白蛇娘娘终于中了法海的计策，被装在一个小小的钵盂里了。钵盂埋在地里，上面还造起一座镇压的塔来，这就是雷峰塔。此后似乎事情还很多，如"白状元祭塔"之类，但我现在都忘记了。

那时我惟一的希望，就在这雷峰塔的倒掉。后来我长大了，到杭州，看见这破破烂烂的塔，心里就不舒服。后来我看看书，说杭州人又叫这塔作"保叔塔"，其实应该写作"保俶塔"，是钱王的儿子造的 [4]。那么，里面当然没有白蛇娘娘了，然而我心里仍然不舒服，仍然希望他倒掉。

现在，他居然倒掉了，则普天之下的人民，其欣喜为何如？

这是有事实可证的。试到吴越的山间海滨，探听民意去。凡有田夫野老，蚕妇村氓，除了几个脑髓里有点贵恙的之外，可有谁不为白娘娘抱不平，不怪法海太多事的？

和尚本应该只管自己念经。白蛇自迷许仙，许仙自娶妖怪，和别人有什么相干呢？他偏要放下经卷，横来招是搬非，大约是怀着嫉妒罢——那简直是一定的。

听说，后来玉皇大帝也就怪法海多事，以至荼毒生灵，想要拿办他了。他逃来逃去，终于逃在蟹壳里避祸，不敢再出来，到现在还如此。我对于玉皇大帝所作的事，腹诽的非常多，独于这一件却很满意，因为"水漫金山"一案，的确应该由法海负责；他实在办得很不错。只可惜我那时没有打听这话的出处，或者不在《义妖传》中，却是民间的传说罢。

秋高稻熟时节，吴越间所多的是螃蟹，煮到通红之后，无论取哪一只，揭开背壳来，里面就有黄，有膏；倘是雌的，就有石榴子一般鲜红的子。先将这些吃完，即一定露出一个圆锥形的薄膜，再用小刀小心地沿着锥底切下，取出，翻转，使里面向外，只要不破，便变成一个罗汉模样的东西，有头脸，身子，是坐着的，我们那里的小孩子都称他"蟹和尚"，就是躲在里面避难的法海。

当初，白蛇娘娘压在塔底下，法海禅师躲在蟹壳里。现在却只有这

[1] 这篇文章最初发表于 1924 年 11 月 17 日北京《语丝》周刊第一期，后收入《坟》。

[2] 雷峰塔，原在杭州西湖净慈寺前面，975 年（宋太祖开宝八年）为吴越王钱俶所建，初名西关砖塔，后定名王妃塔；因建在名为雷峰的小山上，通称雷峰塔。1924 年 9 月 25 日倒坍。

[3]《义妖传》，弹词小说，清代陈遇乾著。讲述白蛇娘娘的故事。

[4] 这篇文章最初发表时，篇末有作者的附记说："这篇东西，是 1924 年 10 月 28 日做的。今天孙伏园来，我便将草稿给他看。他说，雷峰塔并非就是保俶塔。那么，大约是我记错的了，然而我却确乎早知道雷峰塔下并无白娘娘。现在既经前记者先生指点，知道这一节并非得于所看之书，则当时何以知之，也就莫名其妙矣。特此声明，并且更正。11 月 3 日。""保俶塔"在西湖宝石山顶，今仍存。一说是吴越王钱俶入宋朝贡时所建。明代田国桢《涌幢小品》卷十四中有简单记载："杭州有保俶塔，因俶入朝，恐其被留，做此以保之……今误为保叔。"另一传说是 998—1003 年期间（宋真宗咸平年间）时僧永保化缘所筑。明代郎瑛《七修类稿》："咸平中，僧永保化缘筑塔，人以师叔称之，遂名塔曰保叔。"

位老禅师独自静坐了，非到螃蟹断种的那一天为止出不来。莫非他造塔的时候，竟没有想到塔是终究要倒的么？

活该。

一九二四年十月二十八日

【导读】

鉴赏解析参考

作者写作此文时，上距辛亥革命13年，下距"五四"运动仅5年。辛亥革命虽然结束了两千多年来的皇权统治，但并未改变中国社会的半殖民地半封建性质。"五四"运动，特别是同时进行的"五四"新文化运动，虽然对封建思想、封建道德进行了有力的冲击，但也远没有将这些污泥浊水涤荡净尽。

1924年冬，正是北洋军阀政府加强其反动统治，而反对北洋军阀政府的革命斗争也日趋高涨的时候，鲁迅于此时发表此文，大题小做，借题发挥，把历史批判和现实批判，把对封建性道德的批判和对封建性反动政治的批判紧密结合，即将雷峰塔倒掉的社会新闻与《白蛇传》的民间故事巧妙地结合起来，借雷峰塔的倒掉，赞扬了白蛇娘娘为争取自由和幸福而决战到底的反抗精神，揭露了封建统治阶级镇压人民的残酷本质，鞭挞了那些封建礼教的卫道者，从而表达了人民对"镇压之塔"倒掉的无比欢欣的心情。

问题与思考

1. 鲁迅是如何把雷峰塔倒掉的社会新闻同"白蛇传""蟹和尚"等与塔有关的民间传说巧妙地结合起来，从而使自己的观点得以确立的？
2. 鲁迅在本文中是怎样表达爱憎分明的感情的？

延伸阅读

请阅读《鲁迅作品全集》。

二、周作人

初恋 [1]

那时我十四岁，她大约是十三岁罢。我跟着祖父的妾宋姨太太寄寓在杭州的花牌楼，间壁住着一家姚姓，她便是那家的女儿。伊本姓杨，住在清波门头，大约因为行三，人家都称她作三姑娘。姚家老夫妇没有子女，便认她做干女儿，一个月里有二十多天住在他们家里，宋姨太太和远邻的羊肉店石家的媳妇虽然很说得来，与姚宅的老妇却感情很坏，彼此都不交口，但是三姑娘并不管这些事，仍旧推进门来游嬉。她大抵先到楼上去，同宋姨太太搭讪一回，随后走下楼来，站在我同仆人阮升公用的一张板桌旁边，抱着名叫"三花"的一只大猫，看我映写陆润庠的木刻的字帖。

我不曾和她谈过一句话，也不曾仔细的看过她的面貌与姿态。大约我在那时已经很是近视，但是还有一层缘故，虽然非意识的对于她很是感到亲近，一面却似乎为她的光辉所掩，开不起眼来去端详她了。在此刻回想起来，仿佛是一个尖面庞，乌眼睛，瘦小身材，而且有尖小的脚的少女，并没有什么殊胜的地方，但在我的性的生活里总是第一个人，使我于自己以外感到对于别人的爱着，引起我没有明了的性的概念的，对于异性的恋慕的第一个人了。

我在那时候当然是"丑小鸭"，自己也是知道的，但是终不以此而减灭我的热情。每逢她抱着猫来看我写字，我便不自觉的振作起来，用了平常所无的努力去映写，感着一种无所希求迷蒙的喜乐。并不问她是否爱我，或者也还不知道自己是爱着她，总之对于她的存在感到亲近喜悦，并且愿为她有所尽力，这是当时实在的心情，也是她所给我的赐物了。在她是怎样不能知道，自己的情绪大约只是淡淡的一种恋慕，始终没有想到男女夫妇的问题。有一天晚上，宋姨太太忽然又发表对于姚姓的憎恨，末了说道，

"阿三那小东西，也不是好东西，将来总要流落到拱辰桥去做婊子的。"

我不很明白做婊子这些是什么事情，但当时听了心里想道，

"她如果真是流落做了婊子，我必定去救她出来。"

大半年的光阴这样的消费过去了。到了七八月里因为母亲生病，我便离开杭州回家去了。一个月以后，阮升告假回去，顺便到我家里，说

[1]《初恋》于 1922 年 9 月 1 日发表在《晨报副镌》上，后收入《雨天的书》。

起花牌楼的事情，说道，

"杨家的三姑娘患霍乱死了。"

我那时也很觉得不快，想像她的悲惨的死相，但同时却又似乎很是安静，仿佛心里有一块大石头已经放下了。

（十年九月）

【导读】

作家作品简介

周作人（1885—1967），浙江绍兴人。中国现代著名散文家、文学理论家、评论家、诗人、翻译家、思想家，中国民俗学开拓人，新文化运动代表人物之一。原名櫆寿（后改为奎绶），字星杓，又名启明、启孟、起孟，笔名遐寿、仲密、岂明，号知堂、药堂等。鲁迅（周树人）之弟，周建人之兄。历任国立北京大学教授、东方文学系主任，燕京大学新文学系主任、客座教授。新文化运动中是《新青年》的重要作者，并曾任"新潮社"主任编辑。"五四"运动之后，与郑振铎、沈雁冰、叶绍钧、许地山等人发起成立"文学研究会"；并与鲁迅、林语堂、孙伏园等创办《语丝》周刊，任主编和主要撰稿人。抗战胜利后被判处有期徒刑，新中国成立后主要从事写作和翻译工作。

周作人

鉴赏解读参考

周作人一生创作散文近千篇，这在我国现代散文作家中，堪称稀有。周作人称自己的文章是"两个鬼的文章"，两个鬼指的是"流氓鬼"和"绅士鬼"。所谓"流氓鬼"主要指针砭现实，偏重文化批评和社会批评的杂感、文艺评论和读书笔记，代表作有《死法》《碰伤》《前门遇马队记》等；"绅士鬼"则是指叙事抒情的小品散文，代表作有《北京的茶食》《故乡的野菜》《苦雨》《喝茶》《乌篷船》等。相应地，周作人的散文也就出现了"浮躁凌厉"和"平和冲淡"两种不同的艺术风格。不过，纵观周作人的散文，给人留下印象最深，在文学史上影响也最大的还是以冲淡为特色的抒情、叙述的散文小品。

问题与思考

1. 周作人散文的平淡，首先是感情的内敛、节制。以《初恋》为例，这是周作人的散文名篇，文章记叙了作者十四岁时一次朦胧、温馨、美好而又感伤、忧郁的初恋经历。这篇散文篇幅很短，但内蕴的感情却十分丰富、复杂，作者的表现手法亦十分耐人寻味。你能够列举一些文中耐人寻味的例子吗？

2. 周作人是鲁迅的弟弟，同为文学界泰斗，为何两人行文风格相差如此之大？

乌篷船[1]

子荣君[2]：

接到手书，知道你要到我的故乡去，叫我给你一点什么指导。老实说，我的故乡，真正觉得可怀恋的地方，并不是那里，但是因为在那里生长，住过十多年，究竟知一点儿情形，所以写这一封信告诉你。

我所要告诉你的，并不是那里的风土人情，那是写不尽的，但是你到那里一看也就会明白的，不必啰唆地多讲。我要说的是一种很有趣的东西，这便是船。你在家乡平常总坐人力车，电车，或是汽车，但在我的故乡那里这些都没有，除了在城内或山上是用轿子以外，普通代步都是用船，船有两种，普通坐的都是"乌篷船"，白篷的大抵作航船用，坐夜航船到西陵去也有特别的风趣，但是你总不便坐，所以我也就可以不说了。乌篷船大的为"四明瓦"（Sy-menngoa），小的为脚划船（划读如uoa）亦称小船。但是最适用的还是在这中间的"三道"，亦即三明瓦。篷是半圆形的，用竹片编成，中夹竹箬，上涂黑油；在两扇"定篷"之间放着一扇遮阳，也是半圆的，木作格子，嵌着一片片的小鱼鳞，径约一寸，颇有点透明，略似玻璃而坚韧耐用，这就称为明瓦。三明瓦者，谓其中舱有两道，后舱有一道明瓦也。船尾用橹，大抵两支，船首有竹篙，用以定船。船头着眉目，状如老虎，但似在微笑，颇滑稽而不可怕，唯白篷船则无之。三道船篷之高大约可以使你直立，舱宽可以放下一项方桌，四个人坐着打马将——这个恐怕你也已学会了吧？小船则真是一叶扁舟，你坐在船底席上，篷顶离你的头有两三寸，你的两手可以搁在左右的舷上，还把手露出在外边。在这种船里仿佛是在水面上坐，靠近田岸去时泥土便和你的眼鼻接近，而且遇着风浪，或是坐得少不小心，就会船底朝天，发生危险，但是也颇有趣味，是水乡的一种特色。不过你总可以不必去坐，最好还是坐那三道船吧。

你如坐船出去，可是不能象坐电车的那样性急，立刻盼望走至。倘若出城，走三四十里路（我们那里的里程是很短，一里才及英里三分之一），来回总要预备一天。你坐在船上，应该是游山的态度，看看四周物色，随处可见的山，岸旁的乌桕，河边的红蓼和白苹，渔舍，各式各样的桥，困倦的时候睡在舱中拿出随笔来看，或者冲一碗清茶喝喝。偏门外的鉴湖一带，贺家池，壶觞左近，我都是喜欢的，或者往娄公埠骑驴去游兰亭（但我劝你还是步行，骑驴或者于你不很相宜），到得暮色苍然的时候进城上都挂着薛荔的东门来，倒是颇有趣味的事。倘若路上不平静，你往杭州去时可下午开船，黄昏时候的景色正最好看，只可惜这一带地方的名字我都忘记了。夜间睡在舱中，听水声橹声，来往船只的招呼声，以及乡间的犬吠鸡鸣，也都很有意思。雇一只船到乡下去看庙戏，可以了解中国旧戏的真趣味，而且在船上行动自如，要看就看，要睡就睡，要喝酒就喝酒，我觉得也可以算是理想的行乐法。只可惜讲维新以来这

[1]《乌篷船》1926年11月作，选自《泽泻集》。

[2] 子荣，是周作人的笔名，始用于1923年8月26日《晨报副刊》发表的《医院的阶陛》一文。以后，1923年、1925年均用过此笔名，在本文之后，1927年9、10月所作《诅咒》《功臣》等文中，也用过"子荣"的笔名。一说"子荣"此笔名系从周作人在日本时的恋人"乾荣子"的名字点化而来。本文收信人与写信人是同一人，可以看作是作者寂寞的灵魂的内心对白。

些演剧与迎会都已禁止，中产阶级的低能人别在"布业会馆"等处建起"海式"的戏场来，请大家买票看上海的猫儿戏。这些地方你千万不要去。——你到我那故乡，恐怕没有一个人认得，我又因为在教书不能陪你去玩，坐夜船，谈闲天，实在抱歉而且惆怅。川岛君夫妇现在偶山下，本来可以给你介绍，但是你到那里的时候他们恐怕已经离开故乡了。初寒，善自珍重，不尽。

乌篷船

十五年十一月十八日夜于北京

【导读】

鉴赏解读参考

周作人的散文按体裁划分，大致有三类：一是杂感，二是小品文，三是书牍札记。

《乌篷船》是一篇以书信形式写的别具一格的小品文。

友人要到作者的故乡浙江绍兴去，作者在信中开篇告诉朋友，故乡最有特色的风物便是船。于是，作者便开始向朋友介绍船的种类、形状、材料、结构和用途。在介绍乌篷船时，作者详尽介绍了"三明瓦"的好处，并对其作了非常具体细致的描述，然后，又写了怎样坐船以及"到乡下去看戏"等种种的"理想的行乐法"。在谈到游历家乡景色时，作者特别强调要耐着性子，从容不迫，"要看就看，要睡就睡，要喝酒就喝酒"。作者认为，只有这样才是游山玩水的最佳心境。从表面上看，这里作者是在写游山玩水，然而细细体味，其中却透露出作者对人生的处世态度。在作者看来，在人生路途上，每个人大可不必行色匆匆，心急火燎；其实心平气和、淡泊恬适才应该是处世的最佳态度。作者以平和冲淡的格调、朴素自然的笔墨，紧紧扣住乌篷船这一典型事物，表达了对故乡的眷恋之情，透露出闲适隐逸的情思。

问题与思考

1. 乍一看，周作人的散文似乎有些琐屑和平淡，你或许会产生些许的失望。可是你如果用一种舒徐自在的吟哦的态度去读它，就会发现，这种琐细和平淡，倒是很恰当地表露出了作者的个性和文心。这种说法有道理吗？请结合文章谈谈。

2. 这是一封周作人寄给自己的书信，作者把自己外化为收信人"子荣"和寄信人"岂明"，这两个实体之间的交流和撞击有着怎样的意趣和追求？

延伸阅读

由钱理群编的《周作人散文精编》收录了作者五个方面的文章，即民俗风物、生活情趣、追怀故人、文化评论及其他。

三、朱自清

桨声灯影里的秦淮河 [1]

一九二三年八月的一晚，我和平伯同游秦淮河；平伯是初泛，我是重来了。我们雇了一只"七板子"，在夕阳已去，皎月方来的时候，便下了船。于是桨声汩——汩，我们开始领略那晃荡着蔷薇色的历史的秦淮河的滋味了。

秦淮河里的船，比北京万牲 [2] 园，颐和园的船好，比西湖的船好，比扬州瘦西湖的船也好。这几处的船不是觉着笨，就是觉着简陋、局促；都不能引起乘客们的情韵，如秦淮河的船一样。秦淮河的船约略可分为两种：一是大船；一是小船，就是所谓"七板子"。大船舱口阔大，可容二三十人。里面陈设着字画和光洁的红木家具，桌上一律嵌着冰凉的大理石面。窗格雕镂颇细，使人起柔腻之感。窗格里映着红色蓝色的玻璃；玻璃上有精致的花纹，也颇悦人目。"七板子"规模虽不及大船，但那淡蓝色的栏杆，空敞的舱，也足系人情思。而最出色处却在它的舱前。舱前是甲板上的一部。上面有弧形的顶，两边用疏疏的栏干支着。里面通常放着两张藤的躺椅。躺下，可以谈天，可以望远，可以顾盼两岸的河房。大船上也有这个，便在小船上更觉清隽罢了。舱前的顶下，一律悬着灯彩；灯的多少、明暗，彩苏的精粗、艳晦，是不一的。但好歹总还你一个灯彩。这灯彩实在是最能钩人的东西。夜幕垂垂地下来时，大小船上都点起灯火。从两重玻璃里映出那辐射着的黄黄的散光，反晕出一片朦胧的烟霭；透过这烟霭，在黯黯的水波里，又逗起缕缕的明漪。在这薄霭和微漪里，听着那悠然的间歇的桨声，谁能不被引入他的美梦去呢？只愁梦太多了，这些大小船儿如何载得起呀？我们这时模模糊糊的谈着明末的秦淮河的艳迹，如《桃花扇》及《板桥杂记》里所载的。我们真神往了。我们仿佛亲见那时华灯映水、画舫凌波的光景了。于是我们的船便成了历史的重载了。我们终于恍然秦淮河的船所以雅丽过于他处，而又有奇异的吸引力的，实在是许多历史的影象使然了。

秦淮河的水是碧阴阴的；看起来厚而不腻，或者是六朝金粉所凝么？我们初上船的时候，天色还未断黑，那漾漾的柔波是这样的恬静、委婉，使我们一面有水阔天空之想，一面又憧憬着纸醉金迷之境了。等到灯火明时，阴阴的变为沉沉了：黯淡的水光，像梦一般；那偶然闪烁着的光芒，就是梦的眼睛了。我们坐在舱前，因了那隆起的顶棚，仿佛总是昂着首向前走着似的；于是飘飘然如御风而行的我们，看着那些自

[1]《桨声灯影里的秦淮河》1923 年 10 月 11 日写于温州。原载 1924 年 1 月 25 日《东方杂志》第 21 卷第 2 号 20 周年纪念号，后入选散文集《杂拌儿》。
[2] 牲（shēn），众多的样子。

在的湾泊着的船，船里走马灯般的人物，便像是下界一般，迢迢的远了，又像在雾里看花，尽朦朦胧胧的。这时我们已过了利涉桥，望见东关头了。沿路听见断续的歌声：有从沿河的妓楼飘来的，有从河上船里度来的。我们明知那些歌声，只是些因袭的言词，从生涩的歌喉里机械地发出来的；但它们经了夏夜的微风的吹漾和水波的摇拂，袅娜着到我们耳边的时候，已经不单是她们的歌声，而混着微风和河水的密语了。于是我们不得不被牵惹着，震撼着，相与浮沉于这歌声里。从东关头转湾，不久就到大中桥。大中桥共有三个桥拱，都很阔大，俨然是三座门儿；使我们觉得我们的船和船里的我们，在桥下过去时，真是太无颜色了。桥砖是深褐色，表明它的历史的长久；但都完好无缺，令人太息于古昔工程的坚美。桥上两旁都是木壁的房子，中间应该有街路？这些房子都破旧了，多年烟熏的迹，遮没了当年的美丽。我想象秦淮河的极盛时，在这样宏阔的桥上，特地盖了房子，必然是髹[3]漆得富富丽丽的；晚间必然是灯火通明的。现在却只剩下一片黑沉沉！但是桥上造着房子，毕竟使我们多少可以想见往日的繁华；这也慰情聊胜无了。过了大中桥，便到了灯月交辉，笙歌彻夜的秦淮河；这才是秦淮河的真面目哩。

大中桥外，顿然空阔，和桥内两岸排着密密的人家的景象大异了。一眼望去，疏疏的林，淡淡的月，衬着蓝蔚的天，颇像荒江野渡光景；那边呢，郁丛丛的，阴森森的，又似乎藏着无边的黑暗：令人几乎不信那是繁华的秦淮河了。但是河中眩晕着的灯光，纵横着的画舫，悠扬着的笛韵，夹着那吱吱的胡琴声，终于使我们认识绿如茵陈酒的秦淮水了。此地天裸露着的多些，故觉夜来的独迟些；从清清的水影里，我们感到的只是薄薄的夜——这正是秦淮河的夜。大中桥外，本来还有一座复成桥，是船夫口中的我们的游踪尽处，或也是秦淮河繁华的尽处了。我的脚曾踏过复成桥的脊，在十三四岁的时候。但是两次游秦淮河，却都不曾见着复成桥的面；明知总在前途的，却常觉得有些虚无缥缈似的。我想，不见倒也好。这时正是盛夏。我们下船后，借着新生的晚凉和河上的微风，暑气已渐渐消散；到了此地，豁然开朗，身子顿然轻了——习习的清风荏苒在面上，手上，衣上，这便又感到了一缕新凉了。南京的日光，大概没有杭州猛烈；西湖的夏夜老是热蓬蓬的，水像沸着一般，秦淮河的水却尽是这样冷冷地绿着。任你人影的憧憧，歌声的扰扰，总像隔着一层薄薄的绿纱面幂似的；它尽是这样静静的、冷冷的绿着。我们出了大中桥，走不上半里路，船夫便将船划到一旁，停了桨由它宕着。他以为那里正是繁华的极点，再过去就是荒凉了；所以让我们多多赏鉴一会儿。他自己却静静地蹲着。他是看惯这光景的了，大约只是一个无可无不可。这无可无不可，无论是升的沉的，总之，都比我们高了。

那时河里热闹极了；船大半泊着，小半在水上穿梭似的来往。停泊着的都在近市的那一边，我们的船自然也夹在其中。因为这边略略的挤，便觉得那边十分的疏了。在每一只船从那边过去时，我们能画出它的轻轻的影和曲曲的波，在我们的心上；这显着是空，且显着是静了。那时

[3] 髹（xiū），以漆漆物。

处处都是歌声和凄厉的胡琴声，圆润的喉咙，确乎是很少的。但那生涩的、尖脆的调子能使人有少年的、粗率不拘的感觉，也正可快我们的意。况且多少隔开些儿听着，因为想象与渴慕的做美，总觉更有滋味；而竞发的喧嚣，抑扬的不齐，远近的杂沓，和乐器的嘈嘈切切，合成另一意味的谐音，也使我们无所适从，如随着大风而走。这实在因为我们的心枯涩久了，变为脆弱；故偶然润泽一下，便疯狂似的不能自主了。但秦淮河确也腻人。即如船里的人面，无论是和我们一堆儿泊着的，无论是从我们眼前过去的，总是模模糊糊的，甚至渺渺茫茫的；任你张圆了眼睛，揩净了眦垢，也是枉然。这真够人想呢。在我们停泊的地方，灯光原是纷然的；不过这些灯光都是黄而有晕的。黄已经不能明了，再加上了晕，便更不成了。灯愈多，晕就愈甚；在繁星般的黄的交错里，秦淮河仿佛笼上了一团光雾。光芒与雾气腾腾的晕着，什么都只剩了轮廓了；所以人面的详细的曲线，便消失于我们的眼底了。但灯光究竟夺不了那边的月色；灯光是浑的，月色是清的，在浑沌的灯光里，渗入了一派清辉，却真是奇迹！那晚月儿已瘦削了两三分。她晚妆才罢，盈盈的上了柳梢头。天是蓝得可爱，仿佛一汪水似的；月儿便更出落得精神了。岸上原有三株两株的垂杨树，淡淡的影子，在水里摇曳着。它们那柔细的枝条浴着月光，就像一支支美人的臂膊，交互的缠着、挽着；又像是月儿披着的发。而月儿偶然也从它们的交叉处偷偷窥看我们，大有小姑娘怕羞的样子。岸上另有几株不知名的老树，光光的立着；在月光里照起来，却又俨然是精神矍铄的老人。远处——快到天际线了，才有一两片白云，亮得现出异彩，像美丽的贝壳一般。白云下便是黑黑的一带轮廓；是一条随意画的不规则的曲线。这一段光景，和河中的风味大异了。但灯与月竟能并存着，交融着，使月成了缠绵的月，灯射着渺渺的灵辉；这正是天之所以厚秦淮河，也正是天之所以厚我们了。

这时却遇着了难解的纠纷。秦淮河上原有一种歌妓，是以歌为业的。从前都在茶舫上，唱些大曲之类。每日午后一时起；什么时候止，却忘记了。晚上照样也有一回。也在黄晕的灯光里。我从前过南京时，曾随着朋友去听过两次。因为茶舫里的人脸太多了，觉得不大适意，终于听不出所以然。前年听说歌妓被取缔了，不知怎的，颇涉想了几次——却想不出什么。这次到南京，先到茶舫上去看看，觉得颇是寂寥，令我无端的怅怅了。不料她们却仍在秦淮河里挣扎着，不料她们竟会纠缠到我们，我于是很张皇了。她们也乘着"七板子"，她们总是坐在舱前的。舱前点着石油汽灯，光亮炫人眼目；坐在下面的，自然是纤毫毕见了——引诱客人们的力量，也便在此了。舱里躲着乐工等人，映着汽灯的余晖蠕动着；他们是永远不被注意的。每船的歌妓大约都是二人；天色一黑。她们的船就在大中桥外往来不息的兜生意。无论行着的船，泊着的船，都要来兜揽的。这都是我后来推想出来的。那晚不知怎样，忽然轮着我们的船了。我们的船好好的停着，一只歌舫划向我们来的；渐渐和我们的船并着了。铄铄的灯光逼得我们皱起了眉头；我们的风尘色全给它托出来了，这使我踧踖^[4]不安了。那时一个伙计跨过船来，拿着摊开的歌折，就近塞向我的手里，说，"点几出吧"！他跨过来的时候，我们船上似乎有许多眼光跟着。同时相近的别的船上也似乎有许多眼睛炯炯的向我们船上看着。我真窘了！我也装出大方的样子，向歌妓们瞥了一眼，但究竟是不成的！我勉强将那歌折翻了一翻，却不曾看清了几个字；便赶紧递还那伙计，一面不好意思地说，"不要，我们……不要。"他便塞给平伯。平伯掉转头去，摇手说，"不要！"那人还腻着不走。平伯又回过脸来，摇着头道，"不要！"于是那人重到我处。我窘着再拒绝了他。他这才有所不屑似的走了。我的心立刻放下，如释了重负一般。我们就开始自白了。

我说我受了道德律的压迫，拒绝了她们；心里似乎很抱歉的。这所谓抱歉，一面对于她们，一面对于我自己。她们于我们虽然没有很奢的希望；但总有些希望的。我们拒绝了她们，无论理由如何充足，却使她们的希望受了伤；这总有几分不做美了。这是我觉得很怅怅的。至于我自己，更有一种不足之感。我这时被四面的歌声诱惑了，降服了；但是远远的，远远的歌声总仿佛隔着重衣搔痒似的，越搔越搔不着痒处。我于是憧憬着贴耳的妙音了。在歌舫划来时，我的憧憬，变为盼望；我固执的盼望着，有如饥渴。虽然从浅薄的经验里，也能够推知，那贴耳的歌声，将剥去了一切的美妙；但一个平常的人像我的，谁愿凭了理性之力去丑化未来呢？我宁愿自己骗着了。不过我的社会感性是很敏锐的；我的思力能拆穿道德律的西洋镜，而我的感情却终于被它压服着，我于是有所顾忌了，尤其是在众目昭彰的时候。道德律的力，本来是民众赋予的；在民众的面前，自然更显出它的威严了。我这时一面盼望，一面却感到了两重的禁制：一，在通俗的意义上，接近妓者总算一种不正当的行为；二，妓是一种不健全的职业，我们对于她们，应有哀矜勿喜之心，不应赏玩的去听她们的歌。在众目睽睽之下，这两种思想在我心里最为旺盛。她们暂时压倒了我的听歌的盼望，这便成就了我的灰色的拒绝。那时的心实在异常状态中，觉得颇是昏乱。歌舫去了，暂时宁静之后，我的思绪又如潮涌了。两个相反的意思在我心头往复：卖歌和卖淫不同，听歌和狎妓不同，又干道德甚事？——但是，但是，她们既被逼的以歌为业，她们的歌必无艺术味的；况她们的身世，我们究竟该同情的。所以拒绝倒也是正办。但这些意思终于不曾撇开我的听歌的盼望。它力量异常坚强；它总想将别的思绪踏在脚下。从这重重的争斗里，我感到了浓厚的不足之感。这不足之感使我的心盘旋不安，起坐都不安宁了。唉！我承认我是一个自私的人！平伯呢，却与我不同。他引周启明先生的诗，"因为我有妻子，所以我爱一切的女人，因为我有子女，所以我爱一切的孩子。"^[5]他的意思可以见了。他因为推及的同情，爱着那些歌妓，并且尊重着她们，所以拒绝了她们。在这种情形下，他自然以为听歌是对于她们的一种侮辱。但他也是想听歌的，虽然不和我一样，所以在他的心中，当然也有一番小小的争斗；争斗的结果，是同情胜了。至于道德律，在他是没有什么的；因为他很有蔑视一切的倾向，民众的

[4] 踧踖（cù jí），恭敬而不安的样子。

[5] 原诗是，"我为了自己的儿女才爱小孩子，为了自己的妻才爱女人"，见《雪朝》第48页。

力量在他是不大觉着的。这时他的心意的活动比较简单，又比较松弱，故事后还怡然自若；我却不能了。这里平伯又比我高了。

在我们谈话中间，又来了两只歌舫。伙计照前一样的请我们点戏，我们照前一样的拒绝了。我受了三次窘，心里的不安更甚了。清艳的夜景也为之减色。船夫大约因为要赶第二趟生意，催着我们回去；我们无可无不可的答应了。我们渐渐和那些晕黄的灯光远了，只有些月色冷清清的随着我们的归舟。我们的船竟没个伴儿，秦淮河的夜正长哩！到大中桥近处，才遇着一只来船。这是一只载妓的板船，黑漆漆的没有一点光。船头上坐着一个妓女；暗里看出，白地小花的衫子，黑的下衣。她手里拉着胡琴，口里唱着青衫的调子。她唱得响亮而圆转；当她的船箭一般驶过去时，余音还袅袅的在我们耳际，使我们倾听而向往。想不到在弩末的游踪里，还能领略到这样的清歌！这时船过大中桥了，森森的水影，如黑暗张着巨口，要将我们的船吞了下去，我们回顾那渺渺的黄光，不胜依恋之情；我们感到了寂寞了！这一段地方夜色甚浓，又有两头的灯火招邀着；桥外的灯火不用说了，过了桥另有东关头疏疏的灯火。我们忽然仰头看见依人的素月，不觉深悔归来之早了！走过东关头，有一两只大船湾泊着，又有几只船向我们来着。嚣嚣的一阵歌声人语，仿佛笑我们无伴的孤舟哩。东关头转湾，河上的夜色更浓了；临水的妓楼上，时时从帘缝里射出一线一线的灯光；仿佛黑暗从酣睡里眨了一眨眼。我们默然的对着，静听那泪——汩的桨声，几乎要入睡了；朦胧里却温寻着适才的繁华的余味。我那不安的心在静里愈显活跃了！这时我们都有了不足之感，而我的更其浓厚。我们却只不愿回去，于是只能由懊悔而怅惘了。船里便满载着怅惘了。直到利涉桥下，微微嘈杂的人声，才使我豁然一惊；那光景却又不同。右岸的河房里，都大开了窗户，里面亮着晃晃的电灯，电灯的光射到水上，蜿蜒曲折，闪闪不息，正如跳舞着的仙女的臂膊。我们的船已在她的臂膊里了；如睡在摇篮里一样，倦了的我们便又入梦了。那电灯下的人物，只觉像蚂蚁一般，更不去萦念。这是最后的梦；可惜是最短的梦！黑暗重复落在我们面前，我们看见傍岸的空船上一星两星的，枯燥无力而又摇摇不定的灯光。我们的梦醒了，我们知道就要上岸了；我们心里充满了幻灭的情思。

【导读】

作家作品简介

朱自清（1898—1948），字佩弦，号秋实。生于江苏省东海县，因祖父、父亲都定居扬州，故又自称扬州人。1916年中学毕业后考入北京

朱自清

大学哲学系，1920 年毕业后在江苏、浙江多所中学教书。在大学学习和中学任教时期开始了新诗创作。1923 年发表长诗《毁灭》，影响很大。1925 年任清华大学教授，开始创作散文并致力于古典文学的研究。1928 年出版第一本散文集《背影》，成了著名散文作家。1931 年留学英国，1932 年回国，仍在清华大学任教并兼任中国文学系主任。1937 年抗日战争爆发后，南下任西南联大教授。1946 年回北京清华大学旧居，1948 年 8 月 12 日病逝。

鉴赏解读参考

朱自清的散文题材可分为三个系列：一是以写社会生活抨击黑暗现实为主要内容的一组散文，代表作品有《生命价格——七毛钱》《白种人——上帝的骄子》和《执政府大屠杀记》。二是以《背影》《儿女》《悼亡妇》为代表的一组散文，主要描写个人和家庭生活，表现父子、夫妻、朋友间的人伦之情，具有浓厚的人情味。三是以写自然景物为主的一组借景抒情的小品，《绿》《春》《桨声灯影里的秦淮河》《荷塘月色》等，是其代表佳作。后两类散文，是朱自清写得最出色的，其中《背影》《荷塘月色》更是脍炙人口的名篇。其散文素朴缜密、清隽沉郁，以语言洗练、文笔清丽著称，极富有真情实感。

朱自清的《桨声灯影里的秦淮河》，是一篇出色的散文代表作，文章笔墨变化多端，有典雅的诗化语言，也有浓艳的语句。作者坦率而诚挚地流露出真情实感，将自己的感情与思绪，融合在技巧十分高超的风景描写中间，使读者真切地感受到作者的思想感情。这篇文章相当突出地标志着"五四"散文创作所达到的艺术成就。

问题与思考

1. 对于社会人生和自然景色，朱自清一向很善于进行精确和缜密的观察，作出细腻和深入的描写。请结合《桨声灯影里的秦淮河》，谈谈这一写作特点。

2. 朱自清在聆听秦淮河上歌妓的歌声时，写了内心激烈的冲突。写这些内心搏战，于游记散文来说，是闲笔吗？为什么？

3. 作者在文中是怎样利用"桨声灯影"为行文线索，在委婉和富有韵味的描写中表达其思想感情的？

延伸阅读

请参看导读中所列篇目。

四、俞平伯

桨声灯影里的秦淮河 [1]

我们消受得秦淮河上的灯影，当圆月犹皎的仲夏之夜。

在茶店里吃了一盘豆腐干丝，两个烧饼之后，以歪歪的脚步踅上夫子庙前停泊着的画舫，就懒洋洋躺到藤椅上去了。好郁蒸的江南，傍晚也还是热的。"快开船罢！"桨声响了。

灯舫初次在河中荡漾；于我，情景是颇朦胧，滋味是怪羞涩的。我要错认它作七里的山塘；可是，河房里明窗洞启，映着玲珑入画的曲栏干，顿然省得身在何处了。佩弦呢，他已是重来，很应当消释一些迷惘的。但看他太频繁地摇着我的黑纸扇。胖子是这个样怯热的吗？

又早是夕阳西下，河上妆成一抹胭脂的薄媚。是被青溪的姊妹们所薰染的吗？还是匀得她们脸上的残脂呢？寂寂的河水，随双桨打它，终是没言语。密匝匝的绮恨逐老去的年华，已都如蜜饯 [2] 似的融在流波的心窝里，连鸣咽也将嫌它多事，更哪里论到哀嘶。心头，宛转的凄怀；口内，徘徊的低唱；留在夜夜的秦淮河上。

在利涉桥边买了一匣烟，荡过东关头，渐荡出大中桥了。船儿悄悄地穿出连环着的三个壮阔的涵洞，青溪夏夜的韶华已如巨幅的画豁然而抖落。哦！凄厉而繁的弦索，颤岔而涩的歌喉，杂着吓哈的笑语声，劈拍的竹牌响，更能把诸楼船上的华灯彩绘，显出火样的鲜明，火样的温煦了。小船儿载着我们，在大船缝里挤着，挨着，抹着走。它忘了自己也是今宵河上的一星灯火。

既踏进所谓"六朝金粉气"的销金锅，谁不笑笑呢！今天的一晚，且默了滔滔的言说，且舒了恻恻的情怀，暂且学着，姑且学着我们平时认为在醉里梦里的他们的憨痴笑语。看！初上的灯儿们一点点掠剪柔腻的波心，梭织地往来，把河水都皱得微明了。纸薄的心旌，我的，尽无休息地跟着它们飘荡，以致怦怦而内热。这还好说什么的！如此说，诱惑是诚然有的，且于我已留下不易磨灭的印记。至于对榻的那一位先生，自认曾经一度摆脱了纠缠的他，其辩解又在何处？这实在非我所知。

我们，醉不以涩味的酒，以微漾着、轻晕着的夜的风华。不是什么欣悦，不是什么慰藉，只感到一种怪陌生、怪异样的朦胧。朦胧之中似乎胎孕着一个如花的笑——这么淡，那么淡的倩笑。淡到已不可说，已不可拟，且已不可想；但我们终究是眩晕在它离合的神光之下的。我们

---

[1] 1923 年 8 月 22 日写于北京，选自《杂拌儿》。

[2] 饯（xíng），糖稀。

桨声灯影里的秦淮河

没法使人信它是有，我们不信它是没有。勉强哲学地说，这或近于佛家的所谓"空"，既不当鲁莽说它是"无"，也不能径直说它是"有"。或者说"有"是有的，只因无可比拟形容那"有"的光景；故从表面看，与"没有"似不生分别。若定要我再说得具体些：譬如东风初劲时，直上高翔的纸鸢，牵线的那人儿自然远得很了，知她是哪一家呢？但凭那鸢尾一缕飘绵的彩线，便容易揣知下面的人寰中，必有微红的一双素手，卷起轻绡的广袖，牢担荷小纸鸢儿的命根的。飘翔岂不是东风的力，又岂不是纸鸢的含德；但其根株却将另有所寄。请问，这和纸鸢的省悟与否有何关系？故我们不能认笑是非有，也不能认朦胧即是笑。我们定应当如此说，朦胧里胎孕着一个如花的幻笑，和朦胧又互相混融着的；因它本来是淡极了，淡极了这么一个。

漫题那些纷烦的话，船儿已将泊在灯火的丛中去了。对岸有盏跳动的汽油灯，佩弦便硬说它远不如微黄的灯火。我简直没法和他分证那是非。

时有小小的艇子急忙忙打桨，向灯影的密流里横冲直撞。冷静孤独的油灯映见黯淡久的画船头上，秦淮河姑娘们的靓妆。茉莉的香，白兰花的香，脂粉的香，纱衣裳的香……微波泛滥出甜的暗香，随着她们那些船儿荡，随着我们这船儿荡，随着大大小小一切的船儿荡。有的互相笑语，有的默然不响，有的衬着胡琴亮着嗓子唱。一个，三两个，五六七个，比肩坐在船头的两旁，也无非多添些淡薄的影儿葬在我们的心上——太过火了，不至于罢，早消失在我们的眼皮上。谁都是这样急忙忙的打着桨，谁都是这样向灯影的密流里冲着撞；又何况久沉沦的她们，又何况漂泊惯的我们俩。当时浅浅的醉，今朝空空的惆怅；老实说，咱们萍泛的绮思不过如此而已，至多也不过如此而已。你且别讲，你且别想！这无非是梦中的电光，这无非是无明的幻象，这无非是以零星的火种微炎在大欲的根苗上。扮戏的咱们，散了场一个样，然而，上场锣，下场锣，天天忙，人人忙。看！吓！载送女郎的艇子才过去，货郎担的小船不是又来了？一盏小煤油灯，一舱的什物，他也忙得来象手里的摇铃，这样丁冬而郎当。

杨枝绿影下有条华灯璀璨的彩舫在那边停泊。我们那船不禁也依傍短柳的腰肢，欹侧地歇了。游客们的大船，歌女们的艇子，靠着。唱的拉着嗓子；听的歪着头，斜着眼，有的甚至于跳过她们的船头。如那时有严重些的声音，必然说："这哪里是什么旖旎风光！"咱们真是不知道，只模糊地觉着在秦淮河船上板起方正的脸是怪不好意思的。咱们本是在旅馆里，为什么不早早入睡，掂着牙儿，领略那"卧后清宵细细长"；而偏这样急急忙忙跑到河上来无聊浪荡？还说那时的话，从杨柳枝的乱鬓里所得的境界，照规矩，外带三分风华的。况且今宵此地，动荡着有灯火的明姿。况且今宵此地，又是圆月欲缺未缺，欲上未上的黄昏时候。叮当的小锣，伊轧的胡琴，沉填的大鼓……弦吹声腾沸遍了三里的秦淮河。喳喳嚷嚷的一片，分不出谁是谁，分不出那儿是那儿，只有整个的繁喧来把我们包填。仿佛都抢着说笑，这儿夜夜尽是如此的，不过初上城的乡下佬是第一次呢。真是乡下人，真是第一次。

穿花蝴蝶样的小艇子多到不和我们相干。货郎担式的船，曾以一瓶汽水之故而拢近来，这是真的。至于她们呢，即使偶然灯影相偎而切掠过去，也无非瞧见我们微红的脸罢了，不见得有什么别的。可是，夸口早哩！——来了，竟向我们来了！不但是近，且拢着了。船头傍着，船尾也傍着；这不但是拢着，且并着了。厮并着倒还不很要紧，且有人扑冬地跨上我们的船头了。这岂不大吃一惊！幸而来的不是姑娘们，还好。（她们正冷冰冰地在那船头上）。来人年纪并不大，神气倒怪狡猾，把一扣破烂的手折，摊在我们眼前，让细瞧那些戏目，好好儿点个唱。他说："先生，这是小意思。"诸君，读者，怎么办？

好，自命为超然派的来看榜样！两船挨着，灯光愈皎，见佩弦的脸又红起来了。那时的我是否也这样？这当转问他。（我希望我的镜子不要过于给我下不去。）老是红着脸终究不能打发人家走路的，所以想个法子在当时是很必要。说来也好笑，我的老调是一味的默，或干脆说个"不"，或者摇摇头，摆摆手表示"决不"。如今都已使尽了。佩弦便进了一步，他嫌我的方术太冷漠了，又未必中用，摆脱纠缠的正当道路惟有辩解。好吗！听他说："你不知道？这事我们是不能做的。"这是诸辩解中最简洁，最漂亮的一个。可惜他所说的"不知道？"来人倒真有些"不知道！"辜负了这二十分聪明的反语。他想得有理由，你们为什么不能做这事呢？因这"为什么？"佩弦又有进一层的曲解。那知道更坏事，竟只博得那些船上人的一哂而去。他们平常虽不以聪明名家，但今晚却又怪聪明，如洞彻我们的肺肝一样的。这故事即我情愿讲给诸君听，怕有人未必愿意哩。"算了罢，就是这样算了罢。"恕我不再写下了，以外的让他自己说。

叙述只是如此，其实那时连翩而来的，我记得至少也有三五次。我们把它们一个一个的打发走路。但走的是走了，来的还正来。我们可以使它们走，我们不能禁止它们来。我们虽不轻被摇撼，但已有一点杌陧 [3] 了。况且小艇上总载去一半的失望和一半的轻蔑，在桨声里仿佛狠狠地说，"都是呆子，都是吝啬鬼！"还有我们的船家（姑娘们卖个唱，他可以赚几个子的佣金。）眼看她们一个一个的去远了，呆呆的蹲踞着，怪无聊赖似的。碰着了这种外缘，无怒亦无哀，惟有一种情意的紧张，使我们从颓弛中体会出挣扎来。这味道倒许很真切的，只恐怕不易为倦鸦似的人们所喜。

曾游过秦淮河的到底乖些。佩弦告船家："我们多给你酒钱，把船摇开，别让他们来噜苏。"自此以后，桨声复响，还我以平静了，我们

[3] 杌陧（wù niè），倾危不安的样子。

俩又渐渐无拘无束舒服起来，又滔滔不断地来谈谈方才的经过。今儿是算怎么一回事？我们齐声说，欲的胎动无可疑的。正如水见波痕轻婉已极，与未波时究不相类。微醉的我们，洪醉的他们，深浅虽不同，却同为一醉。接着来了第二问，既自认有欲的微炎，为什么艇子来时又羞涩地躲了呢？在这儿，答语参差着。佩弦说他的是一种暗昧的道德意味，我说是一种似较深沉的眷爱。我只背诵岂君的几句诗给佩弦听，望他曲喻我的心胸。可恨他今天似乎有些发钝，反而追着问我。

前面已是复成桥。青溪之东，暗碧的树梢上面微耀着一桁[4]的清光。我们的船就缚在枯柳桩边待月。其时河心里晃荡着的，河岸头歇泊着的各式灯船，望去，少说点也有十廿来只。惟不觉繁喧，只添我们以幽甜。虽同是灯船，虽同是秦淮，虽同是我们；却是灯影淡了，河水静了，我们倦了——况且月儿将上了。灯影里的昏黄，和月下灯影里的昏黄原是不相似的，又何况人倦的眼中所见的昏黄呢。灯光所以映她的秋姿，月华所以洗她的秀骨，以蓬腾的心焰跳舞她的盛年，以饧涩的眼波供养她的迟暮。必如此，才会有圆足的醉，圆足的恋，圆足的颓弛，成熟了我们的心田。

犹未下弦，一丸鹅蛋似的月，被纤柔的云丝们簇拥上了一碧的遥天。冉冉地行来，冷冷地照着秦淮。我们已打桨而徐归了。归途的感念，这一个黄昏里，心和境的交萦互染，其繁密殊超我们的言说。主心主物的哲思，依我外行人看，实在把事情说得太嫌简单，太嫌容易，太嫌分明了。实有的只是浑然之感。就论这一次秦淮夜泛罢，从来处来，从去处去，分析其间的成因自然亦是可能；不过求得圆满足尽的解析，使片段的因子们合拢来代替刹那间所体验的实有，这个我觉得有点不可能，至少于现在的我们是如此的。凡上所叙，请读者们只看作我归来后，回忆中所偶然留下的千百分之一二，微薄的残影。若所谓"当时之感"，我决不敢望诸君能在此中窥得。即我自己虽正在这儿执笔构思，实在也无从重新体验出那时的情景。说老实话，我所有的只是忆。我告诸君的只是忆中的秦淮夜泛。至于说到那"当时之感"，这应当去请教当时的我。而他久飞升了，无所存在。

……

凉月凉风之下，我们背着秦淮河走去，悄默是当然的事了。如回头，河中的繁灯想定是依然。我们却早已走得远，"灯火未阑人散"；佩弦，诸君，我记得这就是在南京四日的酣嬉，将分手时的前夜。

[4] 桁（héng），梁上或门框、窗框等上的横木。

一九二三，八，二二，北京。

【导读】

作家作品简介

俞平伯（1900—1990），原名俞铭衡，字平伯，古典文学研究家、红学家、诗人、作家。浙江德清人。1919 年毕业于北京大学。先后在燕京大学、清华大学、北京大学等校任教多年。1952 年起任中国科学院文学研究所研究员。主要作品有：红学研究著作《红楼梦研究》，诗集《冬夜》《古槐书屋间》，散文集《燕知草》《杂拌儿》等。在古典诗词研究方面，著有《读词偶得》《清真词释》《读诗札记》等重要著作。

俞平伯

鉴赏解读参考

这篇散文写于"五四"革命风潮刚刚过去三四年的时候。当时，随着革命的深入，"五四"新文化运动的统一战线进一步分化，"有的高升，有的退隐，有的前进"。比之"五四"，当时整个文化领域显得比较冷落。由于新的革命高潮还没有到来，一些知识分子感到前途茫茫，由于作者被困缚在知识分子的狭小天地里，因而也就不可能从秦淮河的历史和现状里，发掘出更有积极意义的思想来。虽然也有所不满，有所追求，但是又感到十分迷惘，因而文中就有着一种怅惘之感。

问题与思考

1. 俞平伯在文章中极力要造出一种空灵、朦胧的意境，就像水中月、镜中花似的，使人捉摸不定。因而文中有些段落，不仅有一种淡淡的苦涩之感，而且使读者感到有些玄妙。请你找出文中的这类例子并加以说明。

2. 多年前，俞平伯与朱自清同游秦淮河，以《桨声灯影里的秦淮河》为共同的题目，各作散文一篇，以风格不同、各有千秋而传世，成为现代文学史上的一段佳话。在大致相同的思想境界中，我们又可以发现他们的不同之处。请说说他们的不同之处在哪里？

延伸阅读

请参看作家作品简介中所列篇目。

五、林语堂

论孔子的幽默 [1]

孔子自然是幽默的。《论语》一书，有很多他的幽默语，因为他脚踏实地，说很多入情入理的话。只惜前人理学气太厚，不曾懂得。他十四年间，游于宋、卫、陈、蔡之间，不如意事，十居八九，总是泰然处之。他有伤世感时的话，在鲁国碰了季桓子、阳货这些人，想到晋国去，又去不成，到了黄河岸上，而有水哉水哉之叹。桓魋 [2] 一类人想要害他，孔子 "桓魋其如予何" 的话，虽然表示自信力甚强，总也是自得自适君子不忧不惧一种气派。为什么他在陈、蔡、汝、颍之间，住得特别久，我就不得而知了。他那安详自适的态度，最明显的例子，是在陈绝粮一段。门人都已出怨言了，孔子独弦歌不衰，不改那种安详幽默的态度。他三次问门人："我们一班人，不三不四，非牛非虎，流落到这田地，为什么呢？" 这是我所最爱的一段，也是使我们最佩服孔子的一段。有一次，孔子与门人相失于路上。后来有人在东门找到孔子，说他的相貌，并说他像一条 "丧家犬"。孔子听见说："别的我不知道。至于像一条丧家狗，倒有点像。"

须知孔子是最近人情的，他是恭而安，威而不猛，并不是道貌岸然，冷酷酷拒人于千里之外，但是到了程、朱诸宋儒的手中，孔子的面目就改了。

以道学面孔论孔子，必失了孔子原来的面目。仿佛说，常人所为，圣人必不敢为。殊不知道学宋儒所不敢为，孔子偏偏敢为。如孺悲欲见孔子，孔子假托病不见，或使门房告诉来客说不在家。这也就够了，何以在孺悲犹在门口之时，故意 "取瑟而歌，使之闻之"，这不是太恶作剧吗？这就是活泼泼的孔丘。但这一节，道学家就难于解释。朱熹犹能了解，这是孔子深恶而痛绝乡愿 [3] 的表示。到了崔东壁（述）便不行了。有人盛赞崔东壁的《洙泗考信录》。

我读起来，就觉得赞道之心有余，而考证的标准太差。他以为这段必是后人所附会，圣人必不出此。这种看法，离了现代人传记文学的功夫（若 Lytton Strochey《维多利亚女王传》那种体会人情的看法）离得太远了。凡遇到孔子活泼泼所为未能完全与道学理想符合，或言宋儒之所不敢言（"老而不死是为贼"），或为宋儒之所不敢为（"举杖叩

---

[1] 选自《无所不谈二集》，1967 年台北文星书店出版。

[2] 魋（tuí），古书上说的一种毛浅而赤黄、形似小熊的野兽。

[3] 乡愿，指外表忠诚谨慎，实际上一脑子坏思想，是个欺世盗名的家伙。

其胫"，"取瑟而歌，使之闻之"），崔东壁就断定是"圣人必不如此"，
而斥为伪作，或后人附会。顾颉刚也曾表示对崔东壁不满处："他信仰
经书和孔孟的气味都嫌太重，糅杂了许多先入为主的成见。"（《古史辨》
第一册的长序）

谈《论语》，不应该这样读法。《论语》是一本好书，虽然编得太坏，
或可说，根本没人敢编过。《论语》一书，有很多孔子的人情味。要明
白《论语》的意味，须先明白孔子对门人说的话，很多是燕居闲适的话，
老实话，率真话，不打算对外人说的话，脱口而出的话，幽默自得的话，
甚至开玩笑的话，及破口骂人的话。

总而言之，是孔子与门人私下对谈的实录。最可宝贵的，使我们复
见孔子的真面目，就是这些半真半假、雍容自得的实录，由这些闲谈实录，
可以想见孔子的真性格。

孔子对他门人，全无架子。不像程颐对哲宗讲学，还要执师生之礼
那种臭架子。他一定要坐着讲。孔子说："你们两三位，以为我对你们
有什么不好说的吗？ 我对你们老实没有？我没有一件事不让你们两三位
知道。那就是我。"这亲密的情形，就可想见。所以有一次他承认是说
笑话而已。孔子到武城，是他的门人子游当城宰。听见家家有念书弦诵
的声音，夫子莞尔而笑说："割鸡焉用牛刀。"子游驳他说，夫子所教
是如此。"君子学道则爱人，小人学道则易使也。"[4]孔子说： "你
们两三位听，阿偃是对的。我刚才说的，是和他开玩笑而已。"（"前
言戏之耳。"）

这是孔子燕居门人对谈的腔调。若做岸然道貌的考证文章，便可说
"岂有圣人而戏言乎……不信也……不义也……圣人必不如此，可知其
伪也。"你看见过哪一位道学老师，肯对学生说笑话没有？

《论语》通盘这类的口调居多。要这样看法才行。随举几个例：言
志之篇，"吾与点也"，大家很喜欢，就是因为孔子作近情语，不作门面语。
别人说完了，曾皙以为他的"志愿"不在做官，危立于朝廷宗庙之间，
他先不好意思说。夫子说："没有关系，我要听听各人言其志愿而已。"于
是曾皙硁訇一声，把瑟放下，立起来说他的志愿。大约以今人的话说来，
他说："三四月间，穿了新衣服到阳明山中正公园。五六个大人，带了
六七个小孩子，在公共游泳池游一下，再到附近林下乘凉，一路唱歌回来。"
孔子吐一口气说，"阿点，我就要陪你去。"或作"我最同意你的话"。
在冉有、公西华说正经话之后，曾皙这么一来放松，就是幽默作用。孔
子居然很赏识。

有许多《论语》读者，未能体会这种语调。必须先明白他们师生闲
谈的语调，读去才有意思。

"御乎射乎？"章——有人批评孔子说"孔子真伟大，博学而无所
专长"。孔子听见这话说："教我专长什么？专骑马呢？或专射箭呢？
还是专骑马好。"这话真是幽默的口气。我们也只好用幽默假痴假呆的
口气读他。他哪里是正经话？或以为圣人这话未免杀风景。但是孔子幽

[4] "君子学道则爱人，小人学
道则易使也"，出自《论语·阳
货篇》第十七篇第四章。意思是
君子学了道，就能惠爱百姓；小
人学了道，就容易役使了。

聽鳥說甚
問花笑誰
世谓书

默口气，你当真，杀风景的是你，不是孔夫子。

"其然，岂其然乎？"章——孔子问公明贾关于公叔文子这个人怎样，听见说这位先生不言、不笑、不贪。公明贾说，"这是说的人张大其辞。他也有说有笑，只是说笑的正中肯合时，人家不讨厌"。孔子说，"这样？真真这样吗？"这种重叠，是《论语》写会话的笔法。

"赐也，非尔所及也"章——子贡很会说话。他说："我不要人家怎样待我，我就不这样待人。"孔子说："阿赐，（你说的好容易。）我看你做不到。"这又是何等熟人口中的语气。

"空空如也"章——孔子说："你们以为我什么都懂了。我哪里懂什么。有乡下人问我一句话，我就空空洞洞，了无一句话作回答。这边说说，那边说说，再说说不下去了。"

"三嗅而作"章——这章最费解，崔东壁以为伪。其实没有什么。只是孔子嗅到臭雉鸡作呕不肯吃。这篇见"乡党"，专讲孔子讲究食。有飞鸟在天空翔翔，飞来飞去，又停下来。子路见机说，"这只母野鸡，来的正巧。"打下来贡献给孔夫子，孔夫子嗅了三嗅，嫌野鸡的气味太腥，就站起来，不吃也罢。原来野鸡要挂起来两三天，才好吃。我们不必在这里寻出什么大道理。

"群居终日"章——孔子说："有些人一天聚在一起，不说一句正经话，又好行小恩惠——真难为他们。""难矣哉"是说亏得他们做得出来。朱熹误解为"将有患难"，就是不懂这"亏得他们"的闲谈语调。因为还有一条，也是一样语调，也是用"难矣哉"，更清楚。"一天吃饱饭，什么也不用心。真亏得他们。不是还可以下棋吗？下棋用心思，总比那样无所用心好。"

幽默是这样的，自自然然，在静室对至友闲谈，一点不肯装腔作势。这是孔子的《论语》。有一次，他说，"我总应该找个差事做。吾岂能像一个墙上葫芦，挂着不吃饭？"有一次他说，"出卖啊！出卖啊！我等着有人来买我。（沽之哉。沽哉，我待贾者也。）"意思在求贤君能用他，话却不择言而出，不是预备给人听的。但在熟友闲谈中，不至于误会。若认真读他，便失了气味。

孔子骂人也真不少。今之从政者何如，孔子说，"噫，斗筲之人，何足算也。""斗筲"是承米器，就是说"那些饭桶，算什么！"骂原壤"老而不死是为贼"，骂了不足，还举起棍子，打那蹲在地上的原壤的腿。骂冉求"非吾徒也。小子鸣鼓而攻之，可也"。真真不客气，对门人表示他非常生气，不赞成冉求替季氏聚敛。"由也不得其死然。"骂子路不得好死。这些都是例。

孔子真正属于机警（wit）的话，平常读者不注意。最好的，我想是见于孔子家语一段。子贡问死者有知乎。孔子说，"等你死了，就知道。"这句话，比答子路"未知生，焉知死"，更属于机警一类。"一个人不对自己说，怎么办？怎么办？我对这种人，真不知道怎么办（不曰如之何，如之何者，吾未如之何也已矣。""知之为知之，不知为不知，是知也。"也是这一类。"过而不改，是谓过矣。"相同。"不患人之不己知，求为可知也。"——这句话非常好。就在知字上做文章，所以为机警动人的句子。

总而言之，孔子是个通人，随口应对，都有道理。他脚踏实地，而又出以平淡浅近之语。教人事父母，不但养，还要敬，却说"至于犬马，皆能有养"，这不是很唐突吗？"富而可求也，虽执鞭之士，吾亦为之。"就是说"如果成富是求得来的，叫我做马夫赶马车，我也愿意"。都是这派不加修饰的言辞。好在他脚踏实地，所以常有幽默的成分在其口语中。美国大文豪 Carl Van Doren 对我说，他最欣赏孔子一句话，就是季文子三思而后行。孔子说："再，斯可矣。"这正是自然流露的幽默。有点煞风景，想来却是实话。

【导读】

作家作品简介

　　林语堂（1895—1976）福建龙溪人。原名和乐，后改玉堂，又改语堂。1912 年入上海圣约翰大学，毕业后在清华大学任教。1919 年秋赴美哈佛大学文学系。1922 年获文学硕士学位。同年转赴德国入莱比锡大学，专攻语言学。1923 年获博士学位后回国，任北京大学教授、北京女子师范大学教务长和英文系主任。1924 年后为《语丝》主要撰稿人之一。1926 年到厦门大学任文学院院长。1927 年任外交部秘书。1932 年主编《论语》半月刊。1934 年创办《人间世》，1935 年创办《宇宙风》，提倡"以自我为中心，以闲适为格调"的小品文。1935 年后，在美国用英文写《吾国与吾民》《京华烟云》《风声鹤唳》等文化著作和长篇小说。1944 年曾一度回国到重庆讲学。1945 年赴新加坡筹建南洋大学，任校长。1952 年在美国与人创办《天风》杂志。1966 年定居台湾。1967 年受聘为香港中文大学研究教授。1975 年被推举为国际笔会副会长。1976 年在香港逝世。

林语堂

鉴赏解读参考

　　这篇散文中，作者冲破宋明理学对孔子的僵硬训条，采用轻松的语气挖掘他所领悟到的《论语》中的幽默，《论语》本就不应该一本正经地以道学的面孔去读。《论语》里面有很多其实就是孔子与弟子们燕居闲谈的话，读《论语》要注意当时孔子和弟子们对话的情景和语调，方能见得孔子的真性情。那些宋儒太古板，太过理学气，以致把孔子弄得面目全非了。于是作者把孔子从神坛上"请"下来，还孔子以本来面目：一个幽默风趣、机智俏皮而又极近人情的学者形象。这篇散文最大的特征是语言极其幽默诙谐，作者的幽默，不仅从容娴熟、轻盈自然，而且充满机智与才情，也充满了新知与新思路，妙趣横生。

问题与思考

1. 在《论孔子的幽默》一文中，林语堂采取了"化伟大为平凡"的方法，从而还孔子以普通人的形象。请你说说是"圣人"孔子，还是走下神坛的凡人孔子更符合你心目中的孔子形象？

2. 林语堂是欣赏孔子这种不失情趣和幽默的教人论世之道的，所以在文中作者运用了幽默诙谐的语言风格来支撑其观点，试举例说明。

脸与法治[1]

中国人的脸，不但可以洗，可以刮，并且可以丢，可以赏，可以争，可以留，有时好像争脸是人生的第一要义，甚至倾家荡产而为之，也不为过。在好的方面讲，这就是中国人之平等主义，无论何人总须替对方留一点脸面，莫为已甚。这虽然有几分知道天道还好，带点聪明的用意，到底是一种和平忠厚的精神。在不好的方面，就是脸太不平等，或有或无，有脸者固然极乐荣耀，可以超脱法律，特蒙优待。而无脸者则未免要处处感觉政府之威信与法律之尊严。所以据我们观察，中国若要真正平等法治，不如大家丢脸。脸一丢，法治自会实现，中国自会富强。譬如坐汽车，按照市章，常人只许开到三十五哩速度，部长贵人便须开到五十六十哩，才算有脸。万一轧死人，巡警走上来，贵人腰包掏出一张名片，优游而去，这时的脸便更涨大。倘若巡警不识好歹，硬不放走，贵人开口一骂，"不识你的老子"，喝叫车夫开行，于是脸更涨大。若有真傻的巡警，动手把车夫扣留，贵人愤愤回去，电话一打警察局长，半小时内车夫即刻放回，巡警即刻免职，局长亲来诣府道歉，这时贵人的脸，真大的不可形容了。

不过我有时觉得与有脸的人同车同舟同飞艇，颇有危险，不如与无脸的人同车同舟方便。比如前年就有丘八的脸太大，不听船中买办吩咐，一定要享在满载硫磺之厢房抽烟之荣耀。买办怕丘八问他识得不识得"你的老子"，便就屈服，将脸赏给丘八。后来结果，这只长江轮船便付之一炬。丘八固然保全其脸面，却不能保全其焦烂之尸身。又如某年上海市长坐飞机，也是脸面太大，硬要载运磅量过重之行李。机师"碍"于市长之"脸面"也赏给他。由是飞机开行，不大肯平稳而上。市长又要给送行的人看看他的大脸，叫飞机在空中旋转几周，再行进京。不幸飞机一歪一斜，一颠一颠，碰着船桅而跌下。听说市长结果保全一副脸，却失了一条腿。我想凡我国以为脸面足为乘飞机行李过重的抵保的同胞，都应该断腿失足而认为上天特别赏脸的侥幸。

其实与有脸的贵人同国，也一样如与他们同车同舟的危险，时觉有倾覆或沉没之虞。我国人得脸的方法很多。在不许吐痰之车上吐痰，在"勿走草地"之草地走走，用海军军舰运鸦片，被禁烟局长请大烟，都有相当的荣耀。但是这种到底不是有益社会的东西，简直可以不要。我国平民本来就没有什么脸可讲，还是请贵人自动丢丢罢，以促法治之实现，而跻国家于太平。

[1] 选自《林语堂散文集精读》。该文集于 2007 年 8 月 1 日由东方出版中心出版。

鉴赏解读参考

　　中国由于自古以来太注重礼仪，以致衍生出一个怪胎——人情大于法，而这法就是范围更广的公认的"理"。《脸与法治》批评了这种怪胎，精辟地阐释了中国人情理容易弄偏以致不顾理，往往使秤砣都放在了情那一边，只重情，往往害人不浅。

问题与思考

1. 作者巧妙地以"脸"为引子，抨击了中国人的"面子"观念，以及在现实生活中对法治影响的弊病。请分别说说"有脸者"指什么，"不丢脸"有什么害处？
2. 为什么说"脸一丢，法治自会实现，中国自会富强"？
3. 此文对今天的中国社会有何启迪，请你联系实际说说。

延伸阅读

　　林语堂杂文集有《剪拂集》《大荒集》《我的话》（第一卷，又名《行素集》）《我的话》（第二卷，又名《拙荆集》）等，散文集有《林语堂幽默文选》《语堂文存》《林语堂散文集》《人生的盛宴》等，小说有《京华烟云》，评论集有《新的文评》等。

藕与莼菜 [1]

同朋友喝酒，嚼着薄片的雪藕，忽然怀念起故乡来了。若在故乡，每当新秋的早晨，门前经过许多的乡人：男的紫赤的臂膊和小腿肌肉突起，躯干高大且挺直，使人起康健的感觉；女的往往裹着白地青花的头布，虽然赤脚却穿短短的夏布裙，躯干固然不及男的这样高，但是别有一种康健的美的风致；他们各挑着一副担子，盛着鲜嫩玉色的长节的藕。在藕的家乡的池塘里，在城外曲曲弯弯的小河边，他们把这些藕一濯[2] 再濯，所以这样洁白了。仿佛他们以为这是供人品味的珍品，这是清晨的图画里的重要题材，假若涂满污泥，就把人家欣赏的浑凝之感打破了；这是一件罪过的事情，他们不愿意担在身上，故而先把它们濯得这样洁白了，才挑进城里来。他们想要休息的时候，就把竹扁担横在地上，自己坐在上面，随便拣择担里的过嫩的藕或是较老的藕，大口地嚼着解渴。过路的人便站住了，红衣衫的小姑娘拣一节，白头发的老公公买两支。清淡的甘美的滋味于是普遍于家家户户了。这种情形，差不多是平常的日课，要到叶落秋深的时候。

在这里，藕这东西几乎是珍品了。大概也是从我们的故乡运来的，但是数量不多，自有那些伺候豪华公子硕腹巨贾[3] 的帮闲茶房们把大部分抢去了；其余的便要供在大一点的水果铺子里，位置在金山苹果吕宋香芒之间，专待善价而沽[4]。至于挑着担子在街上叫卖的，也并不是没有，但不是瘦得像乞丐的臂腿，便涩得像未熟的柿子，实在无从欣羡。因此，除了仅有的一回，我们今年竟不曾吃过藕。

这仅有的一回不是买来吃的，是邻舍送给我们吃的。他们也不是自己买的，是从故乡来的亲戚带来的。这藕离开它的家乡大约有好些时候了，所以不复呈玉样的颜色，却满被[5] 着许多锈斑。削去皮的时候，刀锋过处，很不顺爽。切成了片，送入口里嚼着，颇有点甘味，但没有一种鲜嫩的感觉，而且似乎含了满口的渣，第二片就不想吃了。只有孩子很高兴，他把这许多片嚼完，居然有半点钟工夫不再作别的要求。

因为想起藕，又联想到莼菜。在故乡的春天，几乎天天吃莼菜，它本来没有味道，味道全在于好的汤。但这样嫩绿的颜色与丰富的诗意，无味之味真足令人心醉呢。在每条街旁的小河里，石埠头总歇着一两条没篷船，满舱盛着莼菜，是从太湖里去捞来的。像这样地取求很便，当

[1]1923 年 9 月 7 日作，刊于《文学》81 期，署名圣陶。

[2] 濯（zhuó），洗涤。

[3] 硕腹巨贾（shuò fù jù gǔ），大腹便便有钱的商人。贾，做买卖的人，做买卖。

[4] 待善价而沽（gū），比喻有才干的人等到有赏识重用时才肯出来效力。沽：买或卖。

[5] 被（pī），通"披"，覆盖。

然能得日餐一碗了。

而在这里又不然；非上馆子，就难以吃到这东西。我们当然不上馆子，偶然有一两回去扰朋友的酒席，恰又不是莼菜上市的时候，所以今年竟不曾吃过。直到最近，伯祥[6]的杭州亲戚来了，送他几瓶装瓶的西湖莼菜，他送我一瓶，我才算也尝了新了。

向来不恋故乡的我，想到这里，觉得故乡可爱极了。我自己也不明白，为什么会起这么深浓的情绪？再一思索，实在很浅显的：因为在故乡有所恋，而所恋又只在故乡有，便萦[7]着系着不能离舍了。譬如亲密的家人在那里，知心的朋友在那里，怎得不恋恋？怎得不怀念？但是仅仅为了爱故乡吗？不是的，不过在故乡的几个人把我们牵着罢了。若无所牵，更何所恋？像我现在，偶然被藕与莼菜所牵，所以就怀念起故乡来了。

所恋在哪里，哪里就是我们的故乡了。

1923 年 9 月 7 日

[6] 伯祥，原名王钟麒，字伯祥，叶圣陶的朋友。

[7] 萦，一圈一圈地缠绕、围绕。

【导读】

作家作品简介

叶绍钧（1894—1988），字秉臣，辛亥革命后改名为圣陶。江苏苏州（吴县）人。1919 年在《新潮》上发表《这也是一个人？》，为最早引起文坛注意的"问题小说"之一。后成为文学研究会"人生派"代表作家之一。曾主编过《小说月报》《中学生》等刊物。主要著作有长篇小说《倪焕之》，小说集《隔膜》《火灾》《线下》《未厌集》，童话集《稻草人》《古代英雄的石像》，散文集《小记十篇》《未厌居习作》《脚步集》等。中国现代著名作家、教育家、社会活动家和编辑出版家。

鉴赏解读参考

这是一篇借物抒情的美文，作者将自己对故乡的热爱之情寄托在具有典型代表意义的"藕与莼菜"上，借对故乡"藕与莼菜"的怀念，表达了对故乡的热爱之情。

叶绍钧（又名叶圣陶）

问题与思考

1. 此文在选取表露思乡之情的角度上很有特点，而对于思乡之情的表达

同样耐人寻味。文章借助于怎样的手法，表达了作者浓烈的思乡之情？

2. 本文讲究谋篇布局，重视起句和结语，结构缜密完整。试结合文章内容谈谈这个特点。

3. 食物不仅仅是一个人生理的需要，还带给人精神的享受。终生难忘的美食，不仅在于味觉感官的刺激，更在于这种滋味中沉淀了悠长的情思。薄片的雪藕，嫩绿的莼菜，在作者心里，触发的是无尽的乡思。回想一下，曾有什么食物给你留下了深刻的印象，现在想到它，会勾起你怎样的情感呢？

叶圣陶的扛鼎之作

延伸阅读

请参见"作家作品简介"中所列篇目。

七、郁达夫

春风沉醉的晚上 [1]

一

在沪上闲居了半年，因为失业的结果，我的寓所迁移了三处。最初我住在静安寺路南的一间同鸟笼似的永也没有太阳晒着的自由的监房里。这些自由的监房的住民，除了几个同强盗小窃一样的凶恶裁缝之外，都是些可怜的无名文士，我当时所以送了那地方一个 Yellow Grub Street [2] 的称号。在这 Grub Street 里住了一个月，房租忽涨了价，我就不得不拖了几本破书，搬上跑马厅附近一家相识的栈房里去。后来在这栈房里又受了种种逼迫，不得不搬了，我便在外白渡桥北岸的邓脱路中间，日新里对面的贫民窟里，寻了一间小小的房间，迁移了过去。

邓脱路的这几排房子，从地上量到屋顶，只有一丈几尺高。我住的楼上的那间房间，更是矮小得不堪。若站在楼板上伸一伸懒腰，两只手就要把灰黑的屋顶穿通的。从前面的弄里踱进了那房子的门，便是房主的住房。在破布洋铁罐玻璃瓶旧铁器堆满的中间，侧着身子走近两步，就有一张中间有几根横档跌落的梯子靠墙摆在那里。用了这张梯子往上面的黑黝黝的一个二尺宽的洞里一接，即能走上楼去。黑沉沉的这层楼上，本来只有猫额那样大，房主人却把它隔成了两间小房，外面一间是一个 N 烟公司的女工住在那里，我所租的是梯子口头的那间小房，因为外间的住者要从我的房里出入，所以我的每月的房租要比外间的便宜几角小洋。

我的房主，是一个五十来岁的弯腰老人。他的脸上的青黄色里，映射着一层暗黑的油光。两只眼睛是一只大一只小，颧骨很高，额上颊上的几条皱纹里满砌着煤灰，好象每天早晨洗也洗不掉的样子。他每日于八九点钟的时候起来，咳嗽一阵，便挑了一双竹篮出去，到午后的三四点钟总仍旧是挑了一双空篮回来的；有时挑了满担回来的时候，他的竹篮里便是那些破布破铁器玻璃瓶之类。象这样的晚上，他必要去买些酒来喝喝，一个人坐在床沿上瞎骂出许多不可捉摸的话来。

我与隔壁的同寓者的第一次相遇，是在搬来的那天午后。春天的急景已经快晚了的五点钟的时候，我点了一支蜡烛，在那里安放几本刚从栈房里搬过来的破书。先把它们叠成了两方堆，一堆小些，一堆大些，

[1]《春风沉醉的晚上》创作于 1923 年 7 月，载于 1924 年 2 月 28 日《创造季刊》第二卷第二期。

[2] Yellow Grub Street 即黄种人的格拉布街。格拉布街系 17 世纪英国伦敦穷苦文人和雇佣文人集居的街道，即现在的弥尔顿街。

然后把两个二尺长的装画的画架覆在大一点的那堆书上。因为我
的器具都卖完了，这一堆书和画架白天要当写字台，晚上可当床
睡的。摆好了画架的板，我就朝着了这张由书叠成的桌子，坐在
小一点的那堆书上吸烟，我的背系朝着了梯子的接口的。我一边
吸烟，一边在那里呆看放在桌上的蜡烛火，忽而听见梯子口上起
了响动。回头一看，我只见了一个自家的扩大的投射影子，此外
什么也辨不出来，但我的听觉分明告诉我说："有人上来了。"
我向暗中凝视了几秒钟，一个圆形灰白的面貌，半截纤细的女人
的身体，方才映到我的眼帘上来。一见了她的容貌，我就知道她
是我的隔壁的同居者了。因为我来找房子的时候，那房主的老人
便告诉我说，这屋里除了他一个人外，楼上只住着一个女工。我
一则喜欢房价的便宜，二则喜欢这屋里没有别的女人小孩，所以
立刻就租定了的。等她走上了梯子，我才站起来对她点了点头说：

"对不起，我是今朝才搬来的，以后要请你照应。"

她听了我这话，也并不回答，放了一双漆黑的大眼，对我深
深的看了一眼，就走上她的门口去开了锁，进房去了。我与她不
过这样的见了一面，不晓是什么原因，我只觉得她是一个可怜的女子。
她的高高的鼻梁，灰白长圆的面貌，清瘦不高的身体，好象都是表明她
是可怜的特征，但是当时正为了生活问题在那里操心的我，也无暇去怜
惜这还未曾失业的女工，过了几分钟我又动也不动的坐在那一小堆书上
看蜡烛光了。

在这贫民窟里过了一个多礼拜，她每天早晨七点钟去上工和午后六
点多钟下工回来，总只见我呆呆的对着了蜡烛或油灯坐在那堆书上。大
约她的好奇心被我那痴不痴呆不呆的态度挑动了罢。有一天她下了工走
上楼来的时候，我依旧和第一天一样的站起来让她过去。她走到了我的
身边忽而停住了脚，看了我一眼，吞吞吐吐好象怕什么似的问我说：

"你天天在这里看的是什么书？"

（她操的是柔和的苏州音，听了这一种声音以后的感觉，是怎么也
写不出来的，所以我只能把她的言语译成普通的白话。）

我听了她的话，反而脸上涨红了。因为我天天呆坐在那里，面前虽
则有几本外国书摊着，其实我的脑筋昏乱得很，就是一行一句也看不进
去。有时候我只用了想象在书的上一行与下一行中间的空白里，填些奇
异的模型进去。有时候我只把书里边的插画翻开来看看，就了那些插画
演绎些不近人情的幻想出来。我那时候的身体因为失眠与营养不良的结
果，实际上已经成了病的状态了。况且又因为我的唯一的财产的一件棉
袍子已经破得不堪，白天不能走出外面去散步和房里全没有光线进来，
不论白天晚上，都要点着油灯或蜡烛的缘故，非但我的全部健康不如常人，
就是我的眼睛和脚力，也局部的非常萎缩了。在这样状态下的我，听了
她这一问，如何能够不红起脸来呢？所以我只是含含糊糊的回答说：

"我并不在看书，不过什么也不做呆坐在这里，样子一定不好看，

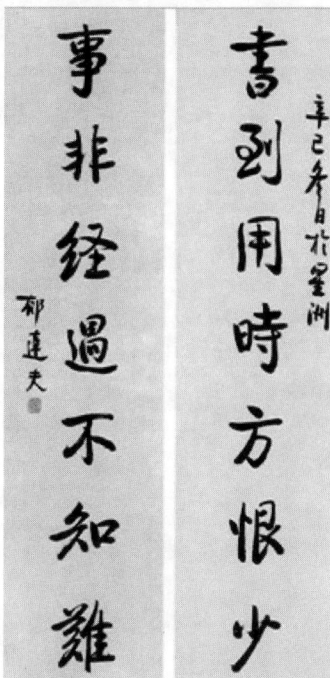

所以把这几本书摊放着的。"

她听了这话，又深深的看了我一眼，作了一种不解的形容，依旧的走到她的房里去了。

那几天里，若说我完全什么事情也不去找，什么事情也不曾干，却是假的。有时候，我的脑筋稍微清新一点下来，也曾译过几首英法的小诗，和几篇不满四千字的德国的短篇小说，于晚上大家睡熟的时候，不声不响的出去投邮，寄投给各新开的书局。因为当时我的各方面就职的希望，早已经完全断绝了，只有这一方面，还能靠了我的枯燥的脑筋，想想法子看。万一中了他们编辑先生的意，把我译的东西登了出来，也不难得着几块钱的酬报。所以我自迁移到邓脱路以后，当她第一次同我讲话的时候，这样的译稿已经发出了三四次了。

二

在乱昏昏的上海租界里住着，四季的变迁和日子的过去是不容易觉得的。我搬到了邓脱路的贫民窟之后，只觉得身上穿在那里的那件破棉袍子一天一天的重了起来，热了起来，所以我心里想：

"大约春光也已经老透了吧？"

但是囊中很羞涩的我，也不能上什么地方去旅行一次，日夜只是在那暗室的灯光下呆坐。在一天大约是午后了，我也是这样的坐在那里，隔壁的同住者忽而手里拿了两包用纸包好的物件走了上来，我站起来让她走的时候，她把手里的纸包放了一包在我的书桌上说：

"这一包是葡萄浆的面包，请你收藏着，明天好吃的。另外我还有一包香蕉买在这里，请你到我房里来一道吃吧！"

我替她拿住了纸包，她就开了门邀我进她的房里去。共住了这十几天，她好象已经信用我是一个忠厚的人的样子。我见她初见我的时候脸上流露出来的那一种疑惧的形容完全没有了。我进了她的房里，才知道天还未暗，因为她的房里有一扇朝南的窗，太阳反射的光线从这窗里投射进来，照见了小小的一间房，由二条板铺成的一张床，一张黑漆的半桌，一只板箱，和一条圆凳。床上虽则没有帐子，但堆着有二条洁净的青布被褥。半桌上有一只小洋铁箱摆在那里，大约是她的梳头器具，洋铁箱上已经有许多油污的点子了。她一边把堆在圆凳上的几件半旧的洋布棉袄、粗布裤等收在床上，一边就让我坐下。我看了她那股勤待我的样子，心里倒不好意思起来，所以就对她说：

"我们本来住在一处，何必这样的客气。"

"我并不客气，但是你每天当我回来的时候，总站起来让我，我却觉得对不起得很。"

这样的说着，她就把一包香蕉打开来让我吃。她自家也拿了一只，在床上坐下，一边吃一边问我说：

"你何以只住在家里，不出去找点事情做做？"

"我原是这样的想，但是找来找去总找不着事情。"

"你有朋友么？"

"朋友是有的，但是到了这样的时候，他们都不和我来往了。"

"你进过学堂么？"

"我在外国的学堂里曾经念过几年书。"

"你家在什么地方？何以不回家去？"

她问到了这里，我忽而感觉到我自己的现状了。因为自去年以来，我只是一日一日的萎靡下去，差不多把"我是什么人？""我现在所处的是怎么一种境遇？""我的心里还是悲还是喜？"这些观念都忘掉了。经她这一问，我重新把半年来困苦的情形一层一层的想了出来。所以听她的问话以后，我只是呆呆的看她，半晌说不出话来。她看了我这个样子，以为我也是一个无家可归的流浪人，脸上就立时起了一种孤寂的表情，微微的叹着说：

"唉！你也是同我一样的么？"

微微的叹了一声之后，她就不说话了。我看她的眼圈上有些潮红起来，所以就想了一个另外的问题问她说：

"你在工厂里做的是什么工作？"

"是包纸烟的。"

"一天作几个钟头工？"

"早晨七点钟起，晚上六点钟止，中午休息一个钟头，每天一共要作十个钟头的工。少作一点钟就要扣钱的。"

"扣多少钱？"

"每月九块钱，所以是三块钱十天，三分大洋一个钟头。"

"饭钱多少？"

"四块钱一月。"

"这样算起来，每月一个钟点也不休息，除了饭钱，可省下五块钱来。够你付房钱买衣服的么？"

"那里够呢！并且那管理人又……啊啊！……我……我所以非常恨工厂的。你吃烟的么？"

"吃的。"

"我劝你顶好还是不吃。就吃也不要去吃我们工厂的烟。我真恨死它在这里。"

我看看她那一种切齿怨恨的样子，就不愿意再说下去。把手里捏着的半个吃剩的香蕉咬了几口，向四边一看，觉得她的房里也有些灰黑了，我站起来道了谢，就走回到了我自己的房里。她大约作工倦了的缘故，每天回来大概是马上就入睡的，只有这一晚上，她在房里好象是直到半夜还没有就寝。从这一回之后，她每天回来，总和我说几句话。我从她自家的口里听得，知道她姓陈，名叫二妹，是苏州东乡人，从小系在上海乡下长大的，她父亲也是纸烟工厂的工人，但是去年秋天死了。她本来和她父亲同住在那间房里，每天同上工厂去的，现在却只剩了她一个人了。她父亲死后的一个多月，她早晨上工厂去也一路哭了去，晚上回来也一路哭了回来的。她今年十七岁，也无兄弟姊妹，也无近亲的亲戚。她父亲死后的葬殓等事，是他于未死之前把十五块钱交给楼下的老人，托这老人包办的。她说：

"楼下的老人倒是一个好人，对我从来没有起过坏心，所以我得同父亲在日一样的去作工，不过工厂的一个姓李的管理人却坏得很，知道我父亲死了，就天天的想戏弄我。"

她自家和她父亲的身世，我差不多全知道了，但她母亲是如何的一个人？死了呢还是活在哪里？假使还活着，住在什么地方？等等，她却从来还没有说及过。

三

天气好象变了。几日来我那独有的世界，黑暗的小房里的腐浊的空气，同蒸笼里的蒸气一样，蒸得人头昏欲晕。我每年在春夏之交要发的神经衰弱的重症，遇了这样的气候，就要使我变成半狂。所以我这几天来到了晚上，等马路上人静之后，也常常走出去散步去。一个人在马路上从狭隘的深蓝天空里看看群星，慢慢的向前行走，一边作些漫无涯涘[3]的空想，倒是于我的身体很有利益。当这样的无可奈何，春风沉醉的晚上，我每要在各处乱走，走到天将明的时候才回家里。我这样的走倦了回去就睡，一睡直可睡到第二天的日中，有几次竟要睡到二妹下工回来的前后方才起来。睡眠一足，我的健康状态也渐渐的回复起来了。平时只能消化半磅面包的我的胃部，自从我的深夜游行的练习开始之后，进步得几乎能容纳面包一磅了。这事在经济上虽则是一大打击，但我的脑筋，受了这些滋养，似乎比从前稍能统一；我于游行回来之后，就睡之前，却做成了几篇 Allan Poe[4] 式的短篇小说，自家看看，也不很坏。我改了几次，抄了几次，一一投邮寄出之后，心里虽然起了些微细的希望，但是想想前几回的译稿的绝无消息，过了几天，也便把它们忘了。

邻住者的二妹，这几天来，当她早晨出去上工的时候，我总在那里酣睡，只有午后下工回来的时候，有几次有见面的机会。但是不晓是什么原因，我觉得她对我的态度，又回到从前初见面的时候的疑惧状态去了。有时候她深深的看我一眼，她的黑晶晶、水汪汪的眼睛里，似乎是满含着责备我规劝我的意思。

我搬到这贫民窟里住后，约摸已经有二十多天的样子，一天午后我正点上蜡烛，在那里看一本从旧书铺里买来的小说的时候，二妹却急急忙忙的走上楼来对我说：

"楼下有一个送信的在那里，要你拿了印子去拿信。"

她对我讲这话的时候，她的疑惧我的态度更表示得明显，她好象在那里说："呵呵，你的事件是发觉了啊！"我对她这种态度，心里非常痛恨，所以就气急了一点，回答她说：

"我有什么信？不是我的！"

她听了我这气愤愤的回答，更好象是得了胜利似的，脸上忽涌出了

---

[3] 涯涘（sì），水边。引申为边际。

[4] Allan Poe，即爱伦·坡，美国现代短篇小说家。

一种冷笑说：

"你自家去看吧；你的事情，只有你自家知道的！"

同时我听见楼底下门口果真有一个邮差似的人在催着说：

"挂号信！"

我把信取来一看！心里就突突的跳了几跳，原来我前回寄去的一篇德文短篇的译稿，已经在某杂志上发表了，信中寄来的是五圆钱的一张汇票。我囊里正是将空的时候，有了这五圆钱，非但月底要预付的来月的房金可以无忧，并且付过房金以后，还可以维持几天食料，当时这五圆钱对我的效用的广大，是谁也不能推想得出来的。

第二天午后，我上邮局去取了钱，在太阳晒着的大街上走了一会，忽而觉得身上就淋出了许多汗来。我向我前后左右的行人一看，复向我自家的身上一看，就不知不觉的把头低俯了下去。我颈上头上的汗珠，更同盛雨似的，一颗一颗的钻出来了。因为当我在深夜游行的时候，天上并没有太阳，并且料峭的春寒，于东方微白的残夜，老在静寂的街巷中留着，所以我穿的那件破棉袍子，还觉得不十分与节季违异。如今到了阳和的春日晒着的这日中，我还不能自觉，依旧穿了这件夜游的敝袍，在大街上阔步，与前后左右的和节季同时进行的我的同类一比，我哪得不自惭形秽呢？我一时竟忘了几日后不得不付的房金，忘了囊中本来将尽的些微的积聚，便慢慢的走上了闸路的估衣铺去。好久不在天日之下行走的我，看看街上来往的汽车人力车，车中坐着的华美的少年男女，和马路两边的绸缎铺金银铺窗里的丰丽的陈设，听听四面的同蜂衙似的嘈杂的人声、脚步声、车铃声，一时倒也觉得是身到了大罗天上的样子。我忘记了我自家的存在，也想和我的同胞一样的欢歌欣舞起来，我的嘴里便不知不觉的唱起几句久忘了的京调来了。这一时的涅槃幻境，当我想横越过马路，转入闸路去的时候，忽而被一阵铃声惊破了。我抬起头来一看，我的面前正冲来了一乘无轨电车，车头上站着的那肥胖的机器手，伏出了半身，怒目的大声骂我说：

"猪头三！侬（你）艾（眼）睛勿散（生）咯！跌杀时，叫旺（黄）够（狗）来抵侬（你）命噢！"

我呆呆的站住了脚，目送那无轨电车尾后卷起了一道灰尘，向北过去之后，不知是从何处发出来的感情，忽而竟禁不住哈哈哈哈的笑了几声。等得四面的人注视我的时候，我才红了脸慢慢的走向了闸路里去。

我在几家估衣铺里，问了些夹衫的价钱，还了他们一个我所能出的数目，几个估衣铺的店员，好象是一个师父教出的样子，都摆下了脸面，嘲弄着说：

"侬（你）寻萨咯（什么）凯（开）心！马（买）勿起好勿要马（买）咯！"

一直问到五马路边上的一家小铺子里，我看看夹衫是怎么也买不成了，才买定了一件竹布单衫，马上就把它换上。手里拿了一包换下的棉袍子，默默的走回家来。一边我心里却在打算：

"横竖是不够用了，我索性来痛快的用它一下罢。"同时我又想起了那天二妹送我的面包香蕉等物。不等第二次的回想我就寻着了一家卖糖食的店，进去买了一块钱巧格力香蕉糖鸡蛋糕等杂食。站在那店里，等店员在那里替我包好来的时候，我忽而想起我有一月多不洗澡了，今天不如顺便也去洗一个澡吧。

洗好了澡，拿了一包棉袍子和一包糖食，回到邓脱路的时候，马路两旁的店家，已经上电灯了。街上来往的行人也很稀少，一阵从黄浦江上吹来的日暮的凉风，吹得我打了几个冷噤。我回到了我的房里，把蜡烛点上，向二妹的房门一照，知道她还没有回来。那时候我腹中虽则饥得很，但我刚买来的那包糖食怎么也不愿意打开来，因为我想等二妹回来同她一道吃。我一边拿出书来看，一边口里尽在咽唾液下去。等了许多时候，二妹终不回来。我的疲倦不知什么时候出来战胜了我，就靠在书堆上睡着了。

四

二妹回来的响动把我惊醒的时候，我见我面前的一枝十二盎司一包的洋蜡烛已经点去了二寸的样子，我问她是什么时候了！她说：

"十点的汽管刚刚放过。"

"你何以今天回来得这样迟？"

"厂里因为销路大了，要我们作夜工。工钱是增加的，不过人太累了。"

"那你可以不去做的。"

"但是工人不够，不做是不行的。"

她讲到这里，忽而滚了两粒眼泪出来，我以为她是作工作得倦了，故而动了伤感，一边心里虽在可怜她，但一边看了她这同小孩似的脾气，却也感着些儿快乐。把糖食包打开，请她吃了几颗之后，我就劝她说：

"初作夜工的时候不惯，所以觉得困倦，惯了以后，也没有什么。"

她默默的坐在我的半高的由书叠成的桌上，吃了几个巧格力，对我看了几眼，好象是有话说不出来的样子。我就催她说：

"你有什么话说？"

她又沉默了一会，便断断续续的问我说：

"我……我……早想问你了，这几天晚上，你每晚在外边，可在与坏人作伙友么？"

我听了她这话，倒吃了一惊，她好象在疑我天天晚上在外面与小窃恶棍混在一块。她看我呆了不答，便以为我的行为真的被她看破了，所以就柔柔和和的连续着说：

"你何苦要吃这样好的东西，要穿这样好的衣服？你可知道这事情是靠不住的。万一被人家捉了去，你还有什么面目做人。过去的事情不必去说它，以后我请你改过了罢。……"

我尽是张大了眼睛张大了嘴呆呆的在看她，因为她的思想太奇突了，使我无从辩解起。她沉默了数秒钟，又接着说：

"就以你吸的烟而论，每天若戒绝了不吸，岂不可省几个铜子。我早就劝你不要吸烟，尤其是不要吸那我所痛恨的Ｎ工厂的烟，你总是不听。"

她讲到了这里，又忽而落了几滴眼泪。我知道这是她为怨恨Ｎ工厂而滴的眼泪，但我的心里，怎么也不许我这样的想，我总要把它们当作因规劝我而洒的。我静静儿的想了一会，等她的神经镇静下去之后，就把昨天的那封挂号信的来由说给她听，又把今天的取钱买物的事情说了一遍。最后更将我的神经衰弱症和每晚何以必要出去散步的原因说了。她听了我这一番辩解，就信用了我，等我说完之后，她颊上忽而起了两点红晕，把眼睛低下去看着桌上，好象是怕羞似的说：

"噢，我错怪你了，我错怪你了。请你不要多心，我本来是没有歹意的。因为你的行为太奇怪了，所以我想到了邪路里去。你若能好好儿的用功，岂不是很好么？你刚才说的那——叫什么的——东西，能够卖五块钱，要是每天能做一个，多么好呢？"

我看了她这种单纯的态度，心里忽而起了一种不可思议的感情，我想把两只手伸出去拥抱她一回，但是我的理性却命令我说：

"你莫再作孽了！你可知道你现在处的是什么境遇！你想把这纯洁的处女毒杀了么？恶魔，恶魔，你现在是没有爱人的资格的呀！"

我当那种感情起来的时候，曾把眼睛闭上了几秒钟，等听了理性的命令以后，我的眼睛又开了开来，我觉得我的周围，忽而比前几秒钟更光明了。对她微微的笑了一笑，我就催她说：

"夜也深了，你该去睡了吧！明天你还要上工去的呢！我从今天起，就答应你把纸烟戒下来吧！"

她听了我这话，就站了起来，很喜欢的回到她的房里去睡了。

她去之后，我又换上一枝洋蜡烛，静静儿的想了许多事情：

"我的劳动的结果，第一次得来的这五块钱已经用去了三块了。连我原有的一块多钱合起来，付房钱之后，只能省下二三角小洋来，如何是好呢！

"就把这破棉袍子去当吧！但是当铺里恐怕不要。

"这女孩子真是可怜，但我现在的境遇，可是还赶她不上，她是不想做工而工作要强迫她做，我是想找一点工作，终于找不到。

"就去作筋肉的劳动吧！啊啊，但是我这一双弱腕，怕吃不下一部黄包车的重力。

"自杀！我有勇气，早就干了。现在还能想到这两个字，足证我的志气还没有完全消磨尽哩！

"哈哈哈哈！今天的那无轨电车的机器手！他骂我什么来？

"黄狗,黄狗倒是一个好名词,

"………"

我想了许多零乱断续的思想,终究没有一个好法子,可以救我出目下的穷状来。听见工厂的汽笛,好象在报十二点钟了,我就站了起来,换上了白天脱下的那件破棉袍子,仍复吹熄了蜡烛,走出外面去散步去。

贫民窟里的人已经睡眠静了。对面日新里的一排临邓脱路的洋楼里,还有几家点着了红绿的电灯,在那里弹罢拉拉衣加。一声二声清脆的歌音,带着哀调,从静寂的深夜的冷空气里传到我的耳膜上来,这大约是俄国的漂泊的少女,在那里卖钱的歌唱。天上罩满了灰白的薄云,同腐烂的尸体似的沉沉的盖在那里。云层破处也能看得出一点两点星来,但星的近处,黝黝看得出来的天色,好象有无限的哀愁蕴藏着的样子。

一九二三年七月十五日

【导读】

作家作品简介

郁达夫(1896—1945),原名郁文,字达夫,浙江富阳人,现代著名小说家、散文家、诗人,创造社的主要成员,他对文学创作的看法是"文学作品,都是作家的自叙传"。

幼年贫困的生活促使他发愤读书。1911 年起开始创作旧体诗,并向报刊投稿。1912 年考入之江大学预科,因参加学潮被校方开除。1914 年7 月入东京第一高等学校预科后开始尝试小说创作。1919 年入东京帝国大学经济学部。1921 年 6 月,与郭沫若、成仿吾、张资平、田汉、郑伯奇等人在东京酝酿成立了新文学团体创造社。7 月,第一部短篇小说集《沉沦》问世,在当时产生很大影响。

1945 年 8 月 29 日,在苏门答腊失踪。因在南洋从事抗日活动,1945 年 9 月 17 日被日本宪兵秘密杀害于印度尼西亚的苏门答腊,终年49 岁。1952 年经中央人民政府批准,追认为革命烈士。

郁达夫

鉴赏解读参考

小说写了"我"这个生活无着的穷知识分子,为生活所迫,住进了贫民窟中一个窄小破旧的阁楼里。在那里,"我"遇到了同样被生活压迫的烟

厂女工"陈二妹"。由于有着共同的生活处境，对现实有着强烈的不满，他们相识后很快从相互同情，发展到相互关怀、体贴。小说主要描写了陈二妹和"我"交往的四个阶段。陈二妹对于"我"，开始疑惧、戒备，继而信赖、同情，再责备、规劝，最后消除误会，建立了友谊。而"我"对于陈二妹的关心、爱护，也由感动、有所回报，达到了心灵纯化，增加了向上的动力。通过这个过程，展示了陈二妹善良、正直、诚恳的美好心灵，以及反抗压迫的倔强意志；也反映了他们同处困境而相互扶持、相互激励的向上的追求。这些构成了作品的健康、明朗的基调。但是作品的结尾也流露出了知识分子对前途不能把握的无限哀愁。

郁达夫与第二任妻子王映霞

问题与思考

1. 郁达夫认为"文学作品，都是作家的自叙传"。因而，他常常在作品中抒发自己的主观感受，或在某种人物身上投上自己的影子，本文也不例外。请联系内容，分析本文的"自叙传"色彩。

2. 简要概括本文结尾描写的特点及其所表达的情感内涵。

3. 请简要谈谈"我"与陈二妹思想性格的异同。

延伸阅读

郁达夫的代表作主要有《茑萝集》《过去集》《屐痕处处》等。1928年其自编《达夫文集》出版，之后还有《达夫自选集》《达夫日记》《达夫游记》《闲书》《郁达夫诗词抄》等，今有《郁达夫文集》12卷。

八、废名

竹林的故事 [1]

出城一条河，过河西走，坝脚下有一簇竹林，竹林里露出一重茅屋，茅屋两边都是菜园：十二年前，它们的主人是一个很和气的汉子，大家呼他老程。

那时我们是专门请一位先生在祠堂里讲《了凡纲鉴》[2]，为得拣到这菜园来割菜，因而结识了老程，老程有一个小姑娘，非常的害羞而又爱笑，我们以后就借了割菜来逗她玩笑。我们起初不知道她的名字，问她，她笑而不答，有一回见了老程呼"阿三"，我才挽住她的手："哈哈，三姑娘！"我们从此就呼她三姑娘。从名字看来，三姑娘应该还有姊妹或兄弟，然而我们除掉她的爸爸同妈妈，实在没有看见别的谁。

一天我们的先生不在家，我们大家聚在门口掷瓦片，老程家的捏着香纸走我们的面前过去，不一刻又望见她转来，不笔直的循走原路，勉强带笑的弯近我们："先生！替我看看这签。"我们围着念菩萨的绝句，问道："你求的是什么呢？"她对我们诉一大串，我们才知道她的阿三头上本来还有两个姑娘，而现在只要让她有这一个，不再三朝两病的就好了。

老程除了种菜，也还钓鱼卖。四五月间，霖雨之后，河里满河山水，他照例拿着摇网走到河边的一个草墩上——这墩也就是老程家的洗衣裳的地方，因为太阳射不到这来，一边一棵树交荫着成一座天然的凉棚。水涨了，搓衣的石头沉在河底，呈现绿团团的坡，刚刚高过水面，老程老像乘着划船一般站在上面把摇网朝水里兜来兜去；倘若兜着了，那就不移地的转过身倒在挖就了的荡里，——三姑娘的小小的手掌，这时跟着她的欢跃的叫声热闹起来，一直等到蹦跳蹦跳好容易给捉住了，才又坐下草地望着爸爸。

流水潺潺，摇网从水里探起，一滴滴的水点打在水上，浸在水当中的枝条也冲击着嚓嚓作响。三姑娘渐渐把爸爸站在那里都忘掉了，只是不住的抠土，嘴里还低声的歌唱；头毛低到眼边，才把脑壳一扬，不觉也就瞥到那滔滔水流上的一堆白沫，顿时兴奋起来，然而立刻不见了，偏头又给树叶子遮住了——使得眼光回复到爸爸的身上，是突然一声"啊呀"！这回是一尾大鱼！而妈妈也沿坝走来，说盐钵里的盐怕还够不了一飧饭。

老程由街转头，茅屋顶上正在冒烟，叱咤一声，躲在园里吃菜的猪

[1]《竹林的故事》选自 1925 年由新潮出版社出版的短篇小说集《竹林的故事》。

[2]《了凡纲鉴》全名《历史大方资治纲鉴补》，明万历年间刻本 39 卷。袁黄，别号了凡，浙江嘉善人，明万历十四年（1586年）进士，同年任河北宝坻县长。七年后升拔为兵部"职方司"主管。任中，参加过明代的抗日援朝战争，大败日寇。明天启年间，朝廷追送了凡征讨日寇的功绩，赠封他为"尚宝司少卿"官衔。了凡在河北宝坻任期内非常注重人民的福利。宝坻当时常有水灾泛滥，了凡不辞辛劳，积极兴办水利，将三汊河疏通，筑堤防以抵挡水患侵袭；为民造福。了凡并不富有，家居俭朴，可喜布施，常救济穷人，政绩卓著，是我国古代官员中为数不多的、深受百姓爱戴的清官。著有《了凡纲鉴补》《了凡四训》。其中《了凡四训》被广泛应用于各大寺庙，足见其人格、品行之正也。

飞奔的跑，——三姑娘也就出来了，老程从荷包里掏出一把大红头绳："阿三，这个打辫好吗？"三姑娘抢在手上，一面还接下酒壶，奔向灶角里去。"留到端午扎艾蒿，别糟蹋了！"妈妈这样答应着，随即把酒壶伸到灶孔烫。三姑娘到房里去了一会又出来，见了妈妈抽筷子，便赶快拿出杯子——家里只有这一个，老是归三姑娘照管——踮着脚送在桌上；然而老程终于还是要亲自朝中间挪一挪，然后又取出壶来。"爸爸喝酒，我吃豆腐干！"老程实在用不着下酒的菜，对着三姑娘慢慢的喝了。

三姑娘八岁的时候，就能够代替妈妈洗衣。然而绿团团的坡上，从此也不见老程的踪迹了——这只要看竹林的那边河坝倾斜成一块平坦的上面，高耸着一个不毛的同教书先生（自然不是我们的先生）用的戒方一般模样的土堆，堆前竖着三四根只有抄梢还没有斩去的枝桠吊着被雨粘住的纸幡残片的竹竿，就可以知道是什么意义。

老程家的已经是四十岁的婆婆，就在平常，穿的衣服也都是青蓝大布，现在不过系鞋的带子也不用那水红颜色的罢了，所以并不现得十分异样。独有三姑娘的黑地绿花鞋的尖头蒙上一层白布，虽然更显得好看，却叫人见了也同三姑娘自己一样懒懒的没有话可说了。

然而那也并非是长久的情形。母女都是那样勤敏，家事的兴旺，正如这块小天地，春天来了，林里的竹子，园里的菜，都一天一天的绿得可爱。老程的死却正相反，一天比一天淡漠起来，只有鹞鹰在屋头上打圈子，妈妈呼喊女儿道，"去，去看但里放的鸡娃。"三姑娘才走到竹林那边，知道这里睡的是爸爸了。到后来，青草铺平了一切，连曾经有个爸爸这件事实几乎也没有了。

正二月间城里赛龙灯，大街小巷，真是人山人海。最多的还要算邻近各村上的女人，她们像一阵旋风，大大小小牵成一串从这街冲到那街，街上的汉子也借这个机会撞一撞她们的奶。然而能够看得见三姑娘同三姑娘的妈妈吗？不，一回也没有看见！锣鼓喧天，惊不了她母女两个，正如惊不了栖在竹林的雀子。鸡上埘[3]的时候，比这里更西也是住在坝下的堂嫂子们，顺便也邀请一声"三姐"，三姑娘总是微笑的推辞。妈妈则极力鼓励着一路去，三姑娘送客到坝上，也跟着出来，看到底攀缠着走了不；然而别人的渐渐走得远了，自己的不还是影子一般的依在身边吗？

三姑娘的拒绝，本是很自然的，妈妈的神情反而有点莫名其妙了！用询问的眼光朝妈妈脸上一瞧，——却也正在瞧过来，于是又掉头望着嫂子们走去的方向：

"有什么可看？成群打阵，好像是发了疯的！"

这话本来想使妈妈热闹起来，而妈妈依然是无精打采沉着面孔。河里没有水，平沙一片，现得这坝从远远看来是蜿蜒着一条蛇，站在上面的人，更小到同一颗黑子了。由这里望过去，半圆形的城门，也低斜得快要同地面合成了一起；木桥俨然是画中见过的，而往来蠕动都在沙滩；在坝上分明数得清楚，及至到了沙滩，一转眼就失了心目中的标记，只觉得一簇簇的仿佛是远山上的树林罢了。至于聒聒的喧声，却比站在近

[3] 埘（shí），古代称墙壁上挖洞做成的鸡窝。

旁更能入耳，虽然听不着说的是什么，听者的心早被他牵引了去了。竹林里也同平常一样，雀子在奏他们的晚歌，然而对于听惯了的人只能够增加静寂。

打破这静寂的终于还是妈妈：

"阿三！我就是死了也不怕猫跳！你老这样守着我，到底……"

妈妈不作声，三姑娘抱歉似的不安，突然来了这埋怨，刚才的事倒好像给一阵风赶跑了，增长了一番力气娇恼着：

"到底！这也什么到底不到底！我不欢喜玩！"

三姑娘同妈妈间的争吵，其原因都出在自己的过于乖巧，比如每天清早起来，把房里的家具抹得干净，妈妈却说，"乡户人家呵，要这样？"偶然一出门做客，只对着镜子把散在额上的头毛梳理一梳理，妈妈却硬从盒子里拿出一枝花来。现在站在坝上，眶子里的眼泪快要迸出来了，妈妈才不作声。这时节难为的是妈妈了，皱着眉头不转眼的望，而三姑娘老不抬头！待到点燃了案上的灯，才知道已经走进了茅屋，这期间的时刻竟是在梦中过去了。

灯光下也立刻照见了三姑娘，拿一束稻草，一菜篮适才饭后同妈妈在园里割回的白菜，坐下板凳三棵捆成一把。

"妈妈，这比以前大得多了！两棵怕就有一斤。"

妈妈哪想到屋里还放着明天早晨要卖的菜呢？三姑娘本不依恃妈妈的帮忙，妈妈终于不出声的叹一口气伴着三姑娘捆了。

三姑娘不上街看灯，然而当年背在爸爸的背上是看过了多少次的，所以听了敲在城里响在城外的锣鼓，都能够在记忆中画出是怎样的情境来。"再是上东门，再是在衙门口领赏……"忖着声音所来的地方自言自语的这样猜。妈妈正在做嫂子的时候，也是一样的欢喜赶热闹，那情境也许比三姑娘更记得清白，然而对于三姑娘的仿佛亲临一般的高兴，只是无意的吐出来几声"是"——这几乎要使得三姑娘稀奇得伸起腰来了："刚才还催我去玩哩！"

三姑娘实在是站起来了，一二三四的点着把数，然后又一把把的摆在菜篮，以便于明天一大早挑上街去卖。

见了三姑娘活泼泼的肩上一担菜，一定要奇怪，昨夜晚为什么那样没出息，不在火烛之下现一现那黑然而美的瓜子模样的面庞的呢？不——倘若奇怪，只有自己的妈妈。人一见了三姑娘挑菜，就只有三姑娘同三姑娘的菜，其余的什么也不记得，因为耽误了一刻，三姑娘的菜就买不到手；三姑娘的白菜原是这样好，隔夜没有浸水，煮起来比别人的多，吃起来比别人的甜了。

我在祠堂里足足住了六年之久，三姑娘最后留给我的印象，也就在卖菜这一件事。

三姑娘这时已经是十二三岁的姑娘，因为是暑天，穿的是竹布单衣，颜色淡得同月色一般——这自然是旧的了，然而倘若是新的，怕没有这样合式，不过这也不能够说定，因为我们从没有看见三姑娘穿过新衣：

总之三姑娘是好看罢了。三姑娘在我们的眼睛里同我们的先生一样熟，所不同的，我们一望见先生就往里跑，望见三姑娘都不知不觉的站在那里笑。然而三姑娘是这样淑静，愈走近我们，我们的热闹便愈是消灭下去，等到我们从她的篮里拣起菜来，又从自己的荷包里掏出了铜子，简直是犯了罪孽似的觉得这太对不起三姑娘了。而三姑娘始终是很习惯的，接下铜子又把菜篮肩上。

一天三姑娘是卖青椒。这时青椒出世还不久，我们大家商议买四两来煮鱼吃——鲜青椒煮鲜鱼，是再好吃没有的。三姑娘在用秤称，我们都高兴的了不得，有的说买鲫鱼，有的说鲫鱼还不及鳊鱼。其中有一位是最会说笑的，向着三姑娘道：

"三姑娘，你多称一两，回头我们的饭熟了，你也来吃，好不好呢？"

三姑娘笑了：

"吃先生们的一餐饭使不得？难道就要我出东西？"

我们大家也都笑了；不提防三姑娘果然从篮子里抓起一把掷在原来称就了的堆里。

"三姑娘是不吃我们的饭的，妈妈在家里等吃饭。我们没有什么谢三姑娘，只望三姑娘将来碰一个好姑爷。"

我这样说。然而三姑娘也就赶跑了。

从此我没有见到三姑娘。到今年，我远道回家过清明，阴雾天气，打算去郊外看烧香，走到坝上，远远望见竹林，我的记忆又好像一塘春水，被微风吹起波绉了。正在徘徊，从竹林上坝的小径，走来两个妇人，一个站住了，前面的一个且走且回应，而我即刻认定了是三姑娘！

"我的三姐，就有这样忙，端午中秋接不来，为得先人来了饭也不吃！"

那妇人的话也分明听到。

再没有别的声息：三姑娘的鞋踏着沙土。我急于要走过竹林看看，然而也暂时面对流水，让三姑娘低头过去。

1924 年 10 月

【导读】

作家作品简介

废名（1901—1967），字蕴仲，原名冯文炳，湖北黄梅人。1916 年到武昌湖北第一师范学校读书，毕业后任小学教师。1922 年考入北京大学预科，两年后进入本科英文系。这时开始写小说，多发表在《努力周报》

废名

《浅草》及《语丝》上，并加入语丝社。初期小说结集为《竹林的故事》于1925年出版。1926年起以"废名"为笔名发表作品，是著名的现代京派小说家。曾任吉林省人大代表，省政协常委，省文联副主席。其作品以田园牧歌的风味和诗化的意境在中国现代小说史上独树一帜，从而被人们称为田园小说和诗化小说。

鉴赏解读参考

废名（冯文炳）是中国现代文学史上一个极具个性的小说家、散文家和诗人，其主要文学成就在于他的小说创作。他尝试将唐人写绝句的方式引入小说创作，并借鉴诗歌的表现手法来丰富叙述。在作品中，废名着力于整体性的意境营造，淡化故事情节；崇尚心灵的溢露，淡化因果关系和戏剧冲突；重视感觉的自然流露。据此大多数人认为废名的小说缺乏故事情节，甚至没有故事，也简直不像严格意义上的小说。因而，他的小说通常被称为"散文化小说"和"诗化小说"，其早期代表作《竹林的故事》即是典型一例。

问题与思考

1. 废名把小说的大背景设在河边一片清幽的竹林里，有什么用意？
2. 作者对文中一切外在事件的描写都是若有若无，甚至对三姑娘父亲的死，也是轻描淡写，一笔带过，使得整个文本的情绪表达没有发生激烈的变动，作者这样处理的意图何在？
3. 在《竹林的故事》里，作者并未围绕一个中心事件进行线性发展，而是描写一些画面和片段，使读者体会到空灵淡泊的境界，忘记了传统小说中情节是否跌宕起伏以及人物性格是否丰富等审美期待，而完全沉醉于优美纯洁的情调和气氛中。以本文为出发点，试体会作者有着一种怎样的审美追求和人文情怀。

延伸阅读

废名的作品有短篇小说《柚子》《浣衣母》《我的邻居》《初恋》《竹林的故事》。

长篇小说《桥》《莫须有先生传》。

散文《说梦》《泪与笑》《此平通信》《教训》《废名小传》。

九、李金发

弃 妇[1]

长发披遍我两眼之前，
遂隔断了一切羞恶之疾视，
与鲜血之急流，枯骨之沉睡。
黑夜与蚊虫联步徐来，
越此短墙之角，
狂呼在我清白之耳后，
如荒野狂风怒号：
战栗了无数游牧。

靠一根草儿，与上帝之灵往返在空谷里。
我的哀戚惟游蜂之脑能深印着；
或与山泉长泻在悬崖，
然后随红叶而俱去。

弃妇之隐忧堆积在动作上，
夕阳之火不能把时间之烦闷
化成灰烬，从烟突里飞去，
长染在游鸦之羽，
将同栖止于海啸之石上，
静听舟子之歌。

衰老的裙裾发出哀吟，
倘佯在丘墓之侧，
永无热泪，
点滴在草地，
为世界之装饰。

[1]《弃妇》刊登在 1925 年 10 月 16 日出版的第 14 期《语丝》杂志上，并收入同年 11 月出版的诗集《微雨》。

【导读】

作家作品简介

李金发

李金发（1900—1976），中国现代诗人，原名李淑良，广东梅县人。早年就读于香港圣约翰中学，后至上海入南洋中学留法预备班，1919年赴法，在巴黎美术大学学习雕塑。李金发在法国象征派诗歌尤其是波德莱尔《恶之花》的影响下，开始创作格调怪异的诗歌，在中国诗坛引起一阵骚动，被称之为"诗怪"，成为我国第一个象征主义诗人。1925年初，他受上海美专校长刘海粟邀请，回国执教，同年加入文学研究会，并为《小说月报》《新女性》撰稿，1927年秋，任中央大学秘书。1928年任杭州国立艺术院雕塑系主任，创办《美育》杂志。后赴广州塑像，并在广州美术学院工作，1936年任该校校长。40年代后期，几次出任外交官员，后移居美国纽约，直到去世。

鉴赏解读参考

象征诗派理论认为，诗应有"暗示"和"朦胧美"，强调"诗的世界是潜在意识的世界"，"'色'和'音'感觉的交错"是诗的"最高的艺术"。《弃妇》是李金发在国内最早发表的一首诗作。它作为李金发的代表作，相当集中地表现了李金发象征诗的特征。全诗的中心形象是"弃妇"，这是一个具体的形象，也是一个极富象征意味、包容着深广意象内涵的载体。围绕着弃妇的"隐忧"，诗人用大量的物象（枯骨、鲜血、蚁虫、空谷、夕阳、灰烬、丘墓等）堆积在一起，加强"弃妇"的内心凄楚与隐忧，而不是概念的铺叙或情感的直露，这就使诗人的同情与弃妇的命运融为一体，充满着一种迁移感和流动感，扩大了诗的内涵。

诗人创作这首诗，其本意绝非只是对弃妇孤独、绝望的生存处境的同情与哀叹，而是借用弃妇这一象征体，隐喻诗人对自身命运的不幸与悲苦的深切感受，同时也曲折地传达出自己面对这个冷漠的、缺乏公正的世界内心孤独而又愤怒的复杂情感。

问题与思考

1. 《弃妇》这首诗主要写了三个意象即蚁虫、游蜂和夕阳。诗人是怎样用这些象征性的意象来凸现诗人内心潜藏的主观意识的？

2. 弃妇的形象除象征被生活蹂躏的妇女之外，还象征了人类的悲怆命运。该诗是如何打破常规逻辑，省略一般联想过程的？请举例说说。

李金发著作书目：

诗集：《微雨》《为幸福而歌》《食客与凶手》《李金发诗集》。

诗文集：《异国情调》《飘零阔笔》。

艺术史：《意大利及其艺术概要》。

文学史：《德国文学 ABC》。

传记：《雕刻家米西盎则罗》。

翻译书目：《古希腊恋歌》（诗集）碧丽蒂著、《托尔斯泰夫人日记》。

十、徐志摩

半夜深巷琵琶[1]

又被它从睡梦中惊醒，深夜里的琵琶！

是谁的悲思，

是谁的手指，

象一阵凄风，象一阵惨雨，象一阵落花，

在这夜深深时，

在这睡昏昏时，

挑动着紧促的弦索，乱弹着宫商角徵，

和着这深夜，荒街，

柳梢头有残月挂，

啊，半轮的残月，象是破碎的希望他，他头戴一顶开花帽，

身上带着铁链条，

在光阴的道上疯了似的跳，疯了似的笑，

完了，他说，吹糊你的灯，

她在坟墓的那一边等，

等你去亲吻，等你去亲吻，等你去亲吻！

[1] 写于 1926 年 5 月，初载于
同年 5 月 20 日《晨报副刊·诗镌》
第 8 期，署名志摩。

【导读】

作家作品简介

徐志摩（1895—1931），现代诗人、散文家。原名章垿，字槱森，留学美国时改名志摩。曾经用过的笔名：南湖、诗哲、海谷、谷、大兵、云中鹤、仙鹤、删我、心手、黄狗、谔谔等。徐志摩是新月派代表诗人，新月诗社成员。1915 年毕业于杭州一中，先后就读于上海沪江大学、天津北洋大学和北京大学。 1918 年赴美国学习银行学。1921 年赴英国留学，入剑桥大学当特别生，研究政治经济学。1926 年任中央大学（1949 年更名南京大学）教授。在剑桥两年深受西方教育的熏陶及欧美浪漫主义和唯美派诗人的影响。

徐志摩

鉴赏解读参考

徐志摩作为新月诗派的代表人物，提倡新格律诗，主张创造诗的新格式、新音节以及完美的精神，并提出诗的"三美"主张，即音乐的美（指音节），绘画的美（指辞藻），建筑的美（指节的匀称和句的整齐）。

康 桥

问题与思考

1. 本诗一下笔就将琵琶声和抒情主人公同时凸现出来，其效果可谓触目惊心。试分析该句所表达的丰富的内容。
2. 诗人的"三美"主张是如何体现在本诗中的？
3. 诗人为什么要在诗中后半部分集中设置"他""你""她"三个人物以营造出"吹糊你的灯，她在坟墓的那一边等，等你去亲吻"这样凄艳诡秘的气氛？

延伸阅读

徐志摩的诗集有《志摩的诗》《翡冷翠的一夜》《云游》等，散文有《落叶》《巴黎的鳞爪》《自剖》《秋》等，小说集有《轮盘》，日记有《爱眉小札》《志摩日记》等，译著有《曼殊斐尔小说集》等。

第二个时期

（1927—1937）

概述

1927—1937 年期间的文学称为 30 年代文学，是现代文学的第二个 10 年。20 世纪 30 年代的文学是 20 世纪 20 年代文学的变化和发展，即从文学革命向革命文学转型，是个多元美学形态并存的文学时期。这个时期，左翼文学、民主文学与自由主义合力构成了文学创作的繁荣局面。其特征是多元性和丰富性，其整体特点是走向成熟。

在这个时期各种文学体裁都得到了充分的发展。

20 世纪 30 年代是现代小说的发展期和繁荣期。这个时期，中国社会、历史的大变动，对文学创作产生了重大影响，形成了"左翼"、"京派"和"海派"三大文学派别（潮流）对峙而又互渗的局面。 同时，小说的题材得到空前规模的开拓，从"五四"时期的注重对个人价值和人生意义的思考转向对社会性质、出路与发展的探求。内容的变化引起了形式的变化，尽管这一时期的短篇小说进步惊人，除了一些"五四"老作家写出了一批圆熟之作，还出现了张天翼、沈从文、吴组缃、萧红、沙汀、艾芜、施蛰存等短篇新秀，但作为这一时期小说艺术的代表与标志的，是能容纳较为广阔的社会历史内容的中长篇小说，茅盾、巴金、老舍、沈从文等人杰出的创作，为中国现代小说树起一座座丰碑。此外，这一时期在小说内容与风格的门类上也取得重大的进展，重要的有：社会剖析小说、心理分析小说、世俗讽刺小说、抒情小说等。总的来说，20 世纪 30 年代的小说按照不同的意识形态和文体的各种组成关系，表现出显然有别于"五四"时期的独特风貌。

"左翼"小说，是以"左联"为核心，包括一批与"左联"倾向一致的作家的创作，是 20 世纪 30 年代现代小说的主流。成立于 1930 年的"左翼作家联盟"并不是一个纯文学流派，而是文学与政治兼有的社团，由此创作的革命现实主义小说，由幼稚到相对成熟，形成很大影响。除了茅盾、丁玲、柔石等较早开始创作的作家，还出现了张天翼、蒋牧良、叶紫、周文、沙汀、艾芜、吴组缃、萧红、萧军、端木蕻良等一大批左翼小说新人。左翼小说的主流体式，是以茅盾为首，包括沙汀、叶紫等青年作家所创作的社会剖析小说。茅盾的《子夜》在深广的社会背景上，写出了民族资产阶级特别是工业资本家与帝国主义、官僚资本主义之间的深刻矛盾和激烈斗争。它作为一部革命现实主义巨作，奠定了茅盾在我国现代文学史上的重要地位，也最有代表性地显示了中国共产党领导下的 30 年代左翼文艺运动的实绩。叶紫的《丰收》和茅盾的《春蚕》、叶圣陶的《多收了三五斗》同是反映了 30 年代丰收成灾的主题，其中《丰收》描写的现实更为严酷和真实。

社会剖析小说作家，把现代小说描写艺术和社会科学客观的精密剖析融合起来，力图对社会生活作总体的、全貌式的客观再现，作品往往主题明晰，戏剧性冲突集中强烈，注重从时代环境、社会关系的影响上去把握与描写人物个性的形成与发展，塑造典型环境中的典型人物，并取得了可观的成绩，成为这一时期革命现实主义小说达到一个新水平的标志，且对整个 20 世纪中国现实主义小说的发展起着举足轻重的作用。除此之外，萧红、张天翼、丁玲、端木蕻良等一大批有才情的作家，在小说的抒情性质、讽刺性质和心理性质方面，都作出了细微而大胆的尝试，显示了当时小说观念和体式的多样进步。

"京派"是新文化中心南移到上海以后继续活动于北京等北方城市的作家群所形成的一个特定的文学派别。"京派"作家大都是学者型文人、非职业化的作家，他们以相对从容、恬淡的文化心态追求文学的独立与自由。他们既反对文学成为政治的工具，也反对文学沦为商品，可以说这是一群维护文学的理想主义者。"京派"小说的代表作家为废名、沈从文、芦焚、凌叔华、林徽因、萧乾等，尤以沈从文的成就最高、影响最大，20 世纪 40 年代的汪曾祺则是"京派"的最后一个作家。"京派"作家喜欢描写较少受到现代文明侵蚀的乡村世界，讴歌淳朴的人性美、静穆的自然美、奇异的风俗美，并常常有意把农村生活的纯朴自然与都市生活的扭曲、丑陋相对照来写，在新旧变革的潮流中，寻求往日逝去的美，表现出一种隽永的怀旧气息。"京派"为中国现代小说提供了比较成熟的抒情体和讽刺体样式。沈从文的《边城》及其他描写湘西世界的作品，都是诗化抒情小说的范本，而沈从文的《八骏图》《顾问官》，废名的《莫须有先生传》和芦焚的《百顺街》等，又在政治讽刺之外，开辟出一条世态讽刺和风俗讽刺的路子来。京派以城乡对峙的整体结构来批判现代文明，探求民族性格心理，以乡村世界自然的生命形式为参照，来探求"民族品德的消失与重造"，以自己独特的方式继承"五四"的国民性主题，这样，又使京派小说成为一种意蕴深厚的文化小说。

"海派"是 20 世纪 30 年代以上海为中心的东南沿海城市商业文化与消费文化畸形繁荣的产物，它一面享受着现代都市文明，一面又感染着都市"文明病"。"海派"小说的代表是新感觉派小说，这是中国第一支，也是最完整的一支现代派小说，他们的创作受西方现代派文艺思潮的影响，具有某种先锋文学的意义。主要作家有施蛰存、穆时英、刘呐鸥等。新感觉派以弗洛伊德精神分析学为基础，采用了一些意识流手法，竭力将主观感觉客体化，创造和表现那种带有强烈主观色彩的所谓"新现实"。新感觉派提高了文学中"都市"的地位，第一次用现代人的眼光来打量上海，以现代意识和手法，在灯红酒绿的洋场文化中照射出现代都市人骚动的心灵，并在心理分析尤其是潜意识的开掘上取得了引人注目的成就，其中施蛰存有些心理分析小说更是堪称独步，代表性作品有：《梅雨之夕》《将军底头》《春阳》等。穆时英曾被称为新感觉派的"圣手"。他的小说表现直觉，多变的画面和快速、跳跃的节奏，表现"都市男女"形形色色的生活和不安、狂乱的心态，集中体现新感觉派小说重直觉与感官刺激的特征。

特别值得一提的还有"东北作家群"的小说创作。主要作家有萧军、萧红、舒群、端木蕻良等，代表作有萧红《生死场》，萧军《八月的乡村》等。作品反映了处于日寇铁蹄下的东北人民的悲惨遭遇，表达了对侵略者的仇恨、对父老乡亲的怀念及早日收回国土的强烈愿望。他们的作品具有粗犷宏大的风格，写出了东北的风俗民情，显示了浓郁的地方色彩。

总的来说，20世纪30年代是中国现代小说创作大面积丰收的时期，短篇小说走向成熟，长篇小说迅猛发展，小说主流体式明显而又变化多样。一些比较成熟的作家大都有自己独特的表现对象，形成了属于自己的"艺术世界"，如茅盾的"都市生活世界"、巴金的"热情的青年世界"、老舍的"北京小市民世界"、沈从文的"湘西世界"等，出现了一批具有鲜明的民族风格与个人风格，同时又具有现代品格的杰出作品，如鲁迅的《故事新编》、茅盾的《子夜》、老舍的《骆驼祥子》、巴金的《家》、沈从文的《边城》，都可列入当时世界优秀小说之列。

30年代的散文创作，继承了"五四"散文多样风格的传统，同时在表现社会生活容量、文体演变等方面也有了一些新的发展，呈现出繁荣景象。为了适应反映时代脉搏的需要，这一时期的杂文与报告文学获得了很大的发展；随着作家依据自己对现实的不同态度所作的不同的艺术选择，这一时期的艺术样式也更趋完备。30年代散文成就最突出的是议论性散文，尤其是以鲁迅创作为代表的杂文，其杂文主要收入以下集子：《三闲集》《二心集》《南腔北调集》《伪自由书》《准风月谈》《且介亭杂文》等。除鲁迅外，瞿秋白的《乱弹》，徐懋庸的《不惊人集》《打杂集》，唐弢的《推背集》《海天集》等均为这一时期的佳作。现代杂文在30年代发展到全盛时期。其次，在30年代前半期，抒情散文也有一定的辉煌。除了巴金、茅盾等著名作家重视散文随笔的写作外，还涌现出一批以主要精力撰写散文的作者，主要有何其芳、李广田、陆蠡、丽尼、丰子恺等。他们的散文成为"五四"以来"美文"的一个继续和发展。30年代散文的另一重要发展是报告文学的兴盛，"左联"仿照西欧的报告文学以创造中国自己的报告文学。"九·一八"事变、"一·二八"战事的发生，使报告文学从理论上的提倡进入创作实践阶段。其中最优秀、影响最广泛的作品当属夏衍的《包身工》和宋之的的《一九三六年春在太原》等。

30年代各种体式的散文都取得了一定的成就，主要有游记散文，代表作有郁达夫的《屐痕处处》《达夫游记》，朱自清的《欧游杂记》《伦敦杂记》，巴金的《海行》《旅途随笔》，李健吾的《意大利游简》，许杰的《椰子与榴莲》等；抒情散文，代表作有何其芳的《画梦录》等；叙事散文，代表作有李广田的《画廊集》《银狐集》《雀蓑集》等；哲理散文，代表作有丰子恺的《缘缘堂随笔》，梁遇春的《春醪集——泪与笑》等；传记散文，代表作有郭沫若的《我的幼年》《反正前后》，庐隐的《庐隐自传》，以及沈从文的《从文自传》和他此前此后的《记胡也频》《记丁玲》等。

在散文方面，鲁迅后期杂文和左翼作家的"鲁迅风"杂文在当时紧跟政治，起到了积极的战斗作用，并对后世的杂文创作提供了很好的范本。而周作人、林语堂、京派作家等的散文创作，则与时代和政治保持着距离，形成了"言志"、独抒性灵的小品散文的风格。

诗歌方面，革命诗歌早期代表诗人是郭沫若、蒋光慈、殷夫，他们直接继承了第一个十年的无产阶级的诗歌传统。殷夫是重要的政治抒情诗人。他的诗热情颂扬无产阶级革命，生动描绘工人运动的战斗场面。因为有实际斗争经验，所以他的诗感情充沛而真挚又不流于空泛，艺术风格朴实、粗犷，代表作品有《血字》《1929 年的 5 月 1 日》《我们的诗》等。1932 年，中国诗歌会成立，艺术主张是诗歌大众化，倡导诗歌面向下层人民，歌唱抗日救亡运动。重要诗人有蒲风、杨骚、任钧、柳倩、温流、王亚平，代表作品有《茫茫夜》《六月流火》等。艾青、田间、臧克家等于 30 年代崛起于诗坛，他们以反映现实生活特别是农村生活而著称。

而 20 年代以徐志摩、闻一多为代表的新月派诗歌经由陈梦家等的过渡，到了 30 年代已被以戴望舒、何其芳、卞之琳为代表的现代派诗歌取而代之。现代派诗歌深受西方现代派诗的影响，注意意象、象征、隐喻等现代诗歌表现方式和技巧，追求诗意的含蓄、朦胧。主要诗人有戴望舒、施蛰存、卞之琳、何其芳、废名、徐迟、金克木等。卞之琳是重要的诗人，他的诗歌属"主智"诗一类，克制感情的自我表现，追求思辨的"非个人化倾向"，十分关注哲学命题。同时他的诗还继承中国古典诗歌的传统。此外，民间传统也对他起了一定的作用，表现下层社会的事物。内藏哲理、外表平淡是卞之琳的他人难及之处。但过分的克制和诗行意义上的疏离，又造成他的许多诗晦涩难懂。戴望舒是现代诗派的主要诗人。他因 1928 年发表的《雨巷》一诗而获"雨巷诗人"的美名，曾出版过《我的记忆》《望舒草》等诗集。这些诗集中表现了知识分子在大革命失败后的幻灭感和孤独感。他的诗大量采用象征意象，但因贴近主观情绪，诗意虽曲折、朦胧但并不过于晦涩。他常用的比喻也新鲜而贴切。富于节奏感是他的诗的另一特色。

这个时期也是现代戏剧的发展阶段。戏剧创作在本时期日渐成熟。从 1927 年大革命失败到 1937 年抗日战争全面爆发，民主革命的深入和民族抗战的蓬勃兴起，促进了中国话剧运动的迅速发展。更密切地为民主革命和抗日斗争服务，是这一时期的戏剧运动的重要特征。在反动压迫日趋严酷的形势下，进步戏剧家们坚持了反帝反封建传统。1929 年，在剧坛中心地上海，话剧团体迅速发展，比较活跃的有南国社（田汉）、复旦剧社（洪深）、上海戏剧协社（应云卫）、辛酉剧社（朱穰丞）、摩登剧社（陈白尘）等影响较大的社团。为适应革命形势，满足广大群众对戏剧的要求，在中国共产党的领导下，夏衍、郑伯奇、钱杏邨等人联合一批革命的、进步的文艺工作者，于 1929 年 10 月成立上海艺术剧社，在中国话剧史上第一次提出了"无产阶级戏剧"的口号。由夏衍等主办戏剧杂志《艺术》《沙仑》，出版《戏剧论文集》，发表了一批中国话剧史上最初的革命戏剧理论文章，促进了上海各剧团向进步方向发展，对于中国革命戏剧运动具有深远影响。

1930年上海艺术剧社、南国社先后被查禁。左翼戏剧家为加强团结、坚持斗争，组织了中国左翼戏剧家联盟，将主要力量转向移动演剧，面向工、农、学，开展大众化戏剧运动。"九·一八"事变后，大众化剧运又推向新的高潮，在爱国宣传方面发挥了巨大作用。1936年，为建立广泛的抗日民族统一战线，"左翼剧联"自动解散；不久，成立上海剧作者协会，从事抗日救亡戏剧运动。与此同时，革命戏剧运动在中国共产党领导的革命根据地也有蓬勃的发展。这个阶段戏剧创作队伍更加扩大，作品质量普遍提高。剧坛上除田汉、洪深、欧阳予倩、丁西林等，又涌现出曹禺、夏衍、阳翰笙、陈白尘、于伶等著名剧作家。他们的一些优秀作品的产生标志中国现代戏剧文学的日臻成熟。

许多作者以广泛的生活阅历和多样的艺术探索进行创作，使得这一时期的作品同前一阶段相比较，在主题的开掘和题材的扩大方面，都有大幅度的跃进，对中国半殖民地半封建的社会有了更具深度的多侧面的反映。曹禺1934年发表了震动剧坛的《雷雨》，翌年又创作了《日出》，通过家庭的悲剧或社会的悲剧，在更加宏观的角度上透视了旧中国上层社会的腐朽与罪恶，下层人民的痛苦与悲惨。曹禺这两个剧本和不久完成的《原野》，不仅显示了剧作家向更深的社会题材开掘的努力，也标志中国话剧创作新阶段的到来。夏衍无论写历史剧《赛金花》《自由魂》，还是写上海小市民生活命运的著名话剧《上海屋檐下》，都贯注着对社会现实问题的强烈关切。田汉的《梅雨》《乱钟》《暴风雨中的七个女性》和《回春之曲》，力图探讨在民族解放斗争中青年男女精神世界的变化，洋溢着时代的战斗气氛。洪深以敏锐的笔触，创作了较早反映农村阶级对立和斗争的系列剧作《农村三部曲》（《五奎桥》《香稻米》《青龙潭》），为话剧题材的范围进行了新的开拓。此外如田汉的《名优之死》、欧阳予倩的《屏风后》《车夫之家》《买卖》和《同住的三家人》，则在各类人物命运的悲苦中揭露了中国社会种种黑暗丑恶的侧面。

许多剧作家注意在自己的创作中塑造工人农民反抗者的形象，一些代表社会进步力量的新的人物开始进入话剧舞台。曹禺的《雷雨》中的鲁大海，《日出》幕后唱着劳动号子的工人，《原野》中的仇虎和洪深的《五奎桥》中的李全生等青年农民反抗者形象，给话剧舞台和观众带来了新的光亮。田汉的《回春之曲》中的华侨青年高雄汉，也是抗日救国熔炉造就的新人。革命的进步话剧正把视野伸向社会更深的领域，创作者们在代表社会前进方向的新人身上倾注着自己的热情和希望。

十一、林徽因

悼志摩[1]

十一月十九日我们的好朋友，许多人都爱戴的新诗人，徐志摩突兀的，不可信的，残酷的，在飞机上遇险而死去。这消息在二十日的早上像一根针刺触到许多朋友的心上，顿使那一早的天墨一般地昏黑，哀恸的咽哽锁住每一个人的嗓子。

志摩……死……谁曾将这两个句子联在一处想过！他是那样活泼的一个人，那样刚刚站在壮年的顶峰上的一个人。朋友们常常惊讶他的活动，他那像小孩般的精神和认真，谁又会想到他死？

突然的，他闯出我们这共同的世界，沉入永远的静寂，不给我们一点预告，一点准备，或是一个最后希望的余地。这种几乎近于忍心的决绝，那一天不知震麻了多少朋友的心？现在那不能否认的事实，仍然无情地挡住我们前面。任凭我们多苦楚的哀悼他的惨死，多迫切的希冀能够仍然接触到他原来的音容，事实是不会为我们这伤悼而有些须活动的可能！这难堪的永远静寂和消沉便是死的最残酷处。

我们不迷信的，没有宗教地望着这死的帷幕，更是丝毫没有把握。张开口我们不会呼吁，闭上眼不会入梦，徘徊在理智和情感的边沿，我们不能预期后会，对这死，我们只是永远发怔，吞咽枯涩的泪；待时间来剥削着哀恸的尖锐，痂结我们每次悲悼的创伤。那一天下午初得到消息的许多朋友不是全跑到胡适之先生家里么？但是除去拭泪相对，默然围坐外，谁也没有主意，谁也不知有什么话说，对这死！

谁也没有主意，谁也没有话说！事实不容我们安插任何的希望，情感不容我们不伤悼这突兀的不幸，理智又不容我们有超自然的幻想！默然相对，默然围坐……而志摩则仍是死去没有回头，没有音讯，永远地不会回头，永远地不会再有音讯。

我们中间没有绝对信命运之说的，但是对着这不测的人生，谁不感到惊异，对着那许多事实的痕迹又如何不感到人力的脆弱，智慧的有限。世事尽有定数？世事尽是偶然？对这永远的疑问我们什么时候能有完全的把握？

在我们前边展开的只是一堆坚质的事实：

"是的，他十九晨有电报来给我……

[1] 1931 年 11 月 19 日徐志摩乘飞机遇险而死 。1931 年 12 月 7 日，徐志摩遇难半个月之后，林徽因的《悼志摩》发表在了《晨报·副刊》上。

徐志摩、林徽因和泰戈尔

"十九早晨，是的！说下午三点准到南苑，派车接……

"电报是九时从南京飞机场发出的……

"刚是他开始飞行以后所发……

"派车接去了，等到四点半……说飞机没有到……

"没有到……航空公司说济南有雾……很大……"只是一个钟头的差别；下午三时到南苑，济南有雾！谁相信就是这一个钟头中便可以有这么不同事实的发生，志摩，我的朋友！

他离平的前一晚我仍见到，那时候他还不知道他次晨南旅的，飞机改期过三次，他曾说如果再改下去，他便不走了的。我和他同由一个茶会出来，在总布胡同口分手。在这茶会里我们请的是为太平洋会议来的一个柏雷博士，因为他是志摩生平最爱慕的女作家曼殊斐儿的姊丈，志摩十分的殷勤；希望可以再从柏雷口中得些关于曼殊斐儿早年的影子，只因限于时间，我们茶后匆匆地便散了。晚上我有约会出去了，回来时很晚，听差说他又来过，适遇我们夫妇刚走，他自己坐了一会儿，喝了一壶茶，在桌上写了些字便走了。我到桌上一看：——

"定明早六时飞行，此去存亡不卜……"我怔住了，心中一阵不痛快，却忙给他一个电话。

"你放心。"他说，"很稳当的，我还要留着生命看更伟大的事迹呢，哪能便死？……"

话虽是这样说，他却是已经死了整两周了！

现在这事实一天比一天更结实，更固定，更不容否认。志摩是死了，这个简单残酷的实际早又添上时间的色彩，一周，两周，一直的增长下去……

我不该在这里语无伦次的尽管呻吟我们做朋友的悲哀情绪。归根说，读者抱着我们文字看，也就是像志摩的请柏雷一样，要从我们口里再听到关于志摩的一些事。这个我明白，只怕我不能使你们满意，因为关于他的事，动听的，使青年人知道这里有个不可多得的人格存在的，实在太多，决不是几千字可以表达得完。谁也得承认像他这样的一个人世间便不轻易有几个的，无论在中国或是外国。

我认得他，今年整十年，那时候他在伦敦经济学院，尚未去康桥。我初次遇到他，也就是他初次认识到影响他迁学的狄更生先生。不用说他和我父亲最谈得来，虽然他们年岁上差别不算少，一见面之后便互相引为知己。他到康桥之后由狄更生介绍进了皇家学院，当时和他同学的有我姊丈温君源宁。一直到最近两个月中源宁还常在说他当时的许多笑话，虽然说是笑话，那也是他对志摩最早的一个惊异的印象。志摩认真的诗情，绝不含有任何矫伪，他那种痴，那种孩子似的天真实能令人惊讶。源宁说，有一天他在校舍里读书，外边下起了倾盆大雨——惟是英伦那样的岛国才有的狂雨——忽然他听到有人猛敲他的房门，外边跳进一个被雨水淋得全湿的客人。不用说他便是志摩，一进门一把扯着源宁向外跑，说快来我们到桥上去等着。这一来把源宁怔住了，他问志摩等什么在这大雨里。志摩睁大了眼睛，孩子似的高兴地说"看雨后的虹去"。源宁不止说他不去，并且劝志摩趁早将湿透的衣服换下，再穿上雨衣出去，英国的湿气岂是儿戏，志摩不等他说完，一溜烟地自己跑了。

以后我好奇地曾问过志摩这故事的真确，他笑着点头承认这全段故事的真实。我问：那么下文呢，你立在桥上等了多久，并且看到虹了没有？他说记不清但是他居然看到了虹。我诧异地打断他对那虹的描写，问他：怎么他便知道，准会有虹的。他得意地笑答我说："完全诗意的信仰！"

"完全诗意的信仰"，我可要在这里哭了！也就是为这"诗意的信仰"他硬要借航空的方便达到他"想飞"的宿愿！"飞机是很稳当的，"他说，"如果要出事那是我的运命！"他真对运命这样完全诗意的信仰！

志摩我的朋友，死本来也不过是一个新的旅程，我们没有到过的，不免过分地怀疑，死不定就比这生苦，"我们不能轻易断定那一边没有阳光与人情的温慰"，但是我前边说过最难堪的是这永远的静寂。我们生在这没有宗教的时代，对这死实在太没有把握了。这以后许多思念你的日子，怕要全是昏暗的苦楚，不会有一点点光明，除非我也有你那美丽的诗意的信仰！

我个人的悲绪不竟又来扰乱我对他生前许多清晰的回忆，朋友们原谅。

诗人的志摩用不着我来多说，他那许多诗文便是估价他的天平。我们新诗的历史才是这样的短，恐怕他的判断人尚在我们儿孙辈的中间。我要谈的是诗人之外的志摩。人家说志摩的为人只是不经意的浪漫，志摩的诗全是抒情诗，这断语从不认识他的人听来可以说很公平，从他朋友们看来实在是对不起他。志摩是个很古怪的人，浪漫固然，但他人格里最精华的却是他对人的同情、和蔼，和优容；没有一个人他对他不和蔼，没有一种人，他不能优容，没有一种的情感，他绝对地不能表同情。我不说了解，因为不是许多人爱说志摩最不解人情么？我说他的特点也就在这上头。

我们寻常人就爱说了解；能了解的我们便同情，不了解的我们便很落寞乃至于酷刻。表同情于我们能了解的，我们以为很适当；不表同情于我们不能了解的，我们也认为很公平。志摩则不然，了解与不了解，他并没有过分地夸张，他只知道温存，和平，体贴，只要他知道有情感的存在，无论出自何人，在何等情况下，他理智上认为适当与否，他全能表几分同情，他真能体会原谅他人与他自己不相同处。从不会刻薄地单支出严格的迫仄的道德的天平指摘凡是与他不同的人。他这样的温和，这样的优容，真能使许多人惭愧，我可以忠实地说，至少他要比我们多

徐志摩与林徽因

徐志摩与陆小曼

数的人伟大许多；他觉得人类各种的情感动作全有它不同的，价值放大了的人类的眼光，同情是不该只限于我们划定的范围内。他是对的，朋友们，归根说，我们能够懂得几个人，了解几桩事，几种情感？哪一桩事，哪一个人没有多面的看法！为此说来志摩的朋友之多，不是个可怪的事；凡是认得他的人不论深浅对他全有特殊的感情，也是极为自然的结果。而反过来看他自己在他一生的过程中却是很少得着同情的。不止如是，他还曾为他的一点理想的愚诚几次几乎不见容于社会。但是他却未曾为这个鄙吝他给他人的同情心，他的性情，不曾为受了刺激而转变刻薄暴戾过，谁能不承认他几有超人的宽量。

志摩的最动人的特点，是他那不可信的纯净的天真，对他的理想的愚诚，对艺术欣赏的认真，体会情感的切实，全是难能可贵到极点。他站在雨中等虹，他甘冒社会的大不韪争他的恋爱自由；他坐曲折的火车到乡间去拜哈岱，他抛弃博士一类的引诱卷了书包到英国，只为要拜罗素做老师，他为了一种特异的境遇，一时特异的感动，从此在生命途中冒险，从此抛弃所有的旧业，只是尝试写几行新诗——这几年新诗尝试的运命并不太令人踊跃，冷嘲热骂只是家常便饭——他常能走几里路去采几茎花，费许多周折去看一个朋友说两句话；这些，还有许多，都不是我们寻常能够轻易了解的神秘。我说神秘，其实竟许是傻，是痴！事实上他只是比我们认真，虔诚到傻气，到痴！他愉快起来他的快乐的翅膀可以碰得到天，他忧伤起来，他的悲戚是深得没有底。寻常评价的衡量在他手里失了效用，利害轻重他自有他的看法，纯是艺术的情感的脱离寻常的原则，所以往常人常听到朋友们说到他总爱带着嗟叹的口吻说："那是志摩，你又有什么法子！"他真的是个怪人么？朋友们，不，一点都不是，他只是比我们近情，比我们热诚，比我们天真，比我们对万物都更有信仰，对神，对人，对灵，对自然，对艺术！

朋友们我们失掉的不止是一个朋友，一个诗人，我们丢掉的是个极难得可爱的人格。

至于他的作品全是抒情的么？他的兴趣只限于情感么？更是不对。志摩的兴趣是极广泛的。他始终极喜欢天文，他对天上星宿的名字和部位就认得很多，最喜暑夜观星，好几次他坐火车都是带着关于宇宙的科学的书。他曾经译过爱因斯坦的相对论，并且在一九二二年便写过一篇关于相对论的东西登在《民铎》杂志上。他常向思成说笑："任公先生的相对论的知识还是从我徐君志摩大作上得来的呢，因为他说他看过许多关于爱因斯坦的哲学都未曾看懂，看到志摩的那篇才懂了。"今夏我在香山养病，他常来闲谈，有一天谈到他幼年上学的经过和美国克莱克大学两年学经济学的景况，我们不禁对笑了半天，后来他在他的《猛虎集》的"序"里也说了那么一段。可是奇怪的！他不象许多天才，幼年里上学，不是不及格，便是被斥退，他是常得优等的，听说有一次康乃尔暑校里一个极严的经济教授还写了信去克莱克大学教授那里恭维他的学生，关于一门很难的功课。我不是为志摩在这里夸张，因为事实上只有为了这桩事，今夏志摩自己便笑得不亦乐乎！

徐志摩与张幼仪（1921年，巴黎）

此外他的兴趣对于戏剧绘画都极深浓，戏剧不用说，与诗文是那么接近，他领略绘画的天才也颇为可观，后期印象派的几个画家，他都有极精密的爱恶，对于文艺复兴时代那几位，他也很熟悉，他最爱鲍蒂切利和达文骞。自然他也常承认文人喜画常是间接地受了别人论文的影响，他的，就受了法兰（ROGER FRY）和斐德（WALTER PATER）的不少。对于建筑审美他常常对思成和我道歉说："太对不起，我的建筑常识全是 RUSKINS 那一套。"他知道我们是讨厌 RUSKINS 的。但是为看一个古建的残址，一块石刻，他比任何人都热心，都更能静心领略。

他喜欢色彩，虽然他自己不会作画，暑假里他曾从杭州给我几封信，他自己叫它们做"描写的水彩画"，他用英文极细致地写出西（边？）桑田的颜色，每一分嫩绿，每一色鹅黄，他都仔细地观察到。又有一次他望着我园里一带断墙半晌不语，过后他告诉我说，他正在默默体会，想要描写那墙上向晚的艳阳和刚刚入秋的藤萝。

对于音乐，中西的他都爱好，不止爱好，他那种热心便唤醒过北京一次——也许唯一的一次——对音乐的注意。谁也忘不了那一年，克拉斯拉到北京在"真光"拉一个多钟头的提琴。对旧剧他也得算"在行"，他最后在北京那几天我们曾接连地同去听好几出戏，回家时我们讨论的热闹，比任何剧评都诚恳都起劲。

谁相信这样的一个人，这样忠实于"生"的一个人，会这样早地永远地离开我们另投一个世界，永远地静寂下去，不再透些许声息！

我不敢再往下写，志摩若是有灵听到比他年轻许多的一个小朋友拿着老声老气的语调谈到他的为人不觉得不快么？这里我又来个极难堪的回忆，那一年他在这同一个的报纸上写了那篇伤我父亲惨故的文章，这梦幻似的人生转了几个弯，曾几何时，却轮到我在这风紧夜深里握吊他的惨变。这是什么人生？什么风涛？什么道路？志摩，你这最后的解脱未始不是幸福，不是聪明，我该当羡慕你才是。

1931 年 12 月 7 日

【导读】

作家作品简介

　　林徽因（1904—1955），出生于浙江杭州。建筑学家和作家，是中国第一位女性建筑学家，同时也被胡适誉为中国一代才女。30 年代初，与夫婿梁思成用现代科学方法研究中国古代建筑，成为这个学术领域的开拓者，后来在这方面获得了巨大的学术成就，为中国古代建筑研究奠定了坚实的科学基础。文学著作包括散文、诗歌、小说、剧本、译文和书信等，代表作《你是人间的四月天》《莲灯》《九十九度中》等。在林徽因的感情世界里有三个男人，一个是梁思成，一个是诗人徐志摩，一个是学界泰斗、为她终身不娶的金岳霖。

林徽因

梁思成与林徽因

鉴赏解读参考

　　1931 年 11 月 19 日，徐志摩从南京乘飞机到北平，因遇雾在济南附近触山，徐志摩坠机遇难，中国现代文学史上最具才子风范的一代诗人，就这样黯然辞世，留下了一生的故事供后人评说。

问题与思考

1. 读林徽因的《悼志摩》，我们能感受到对于徐志摩的死，她是哀伤而不颓废，惋惜却又不失理性的。有人认为，男女之间是可以保持一份纯粹的友情或爱情，只要他们是真爱而不是以占有为目的，不是以性为出发点。而一旦真的做到了这点，这两个人必定是高尚的人，爱得单纯的人，活得真诚而洒脱的人。你觉得林徽因和徐志摩的关系是这样的吗？

2. 林徽因将她和徐志摩的感情与相处自然地书写，写出了一个活脱脱的志摩，表现出一种豁达与深沉，字里行间呈现出一种诗意的美。请体会她典雅、理智和婉丽的语言特点。

延伸阅读

　　林徽因有小说《九十九度中》，散文《窗子以外》，诗歌《那一晚》《谁爱这不息的变幻》，剧本《梅珍和他们》等。

柏 子[1]

把船停到岸边，岸是辰州的河岸。

于是客人可以上岸了，从一块跳板走过去。跳板是一端固定在码头石级或泥滩上，一端在船舷。一个人从跳板走过时，摇摇荡荡不可免。凡是要上岸的，全是那么摇摇荡荡上岸了。

泊定的船实在是太多了，沿岸停泊，桅子数不清，大大小小随意的矗到空中，桅子上的绳索象纠纷到成一团，然而却并不。

每一个船头船尾全站得有人，穿青布蓝布短汗褂，口里噙了长长的旱烟杆，手脚露在外面让风吹——毛茸茸的象一种小孩子想象中的妖洞里喽罗，毛脚毛手。看到这些手脚，很容易记到"飞毛腿"一类英雄名称。可不是，这些人正是！桅子上的绳索捎着了活车，拖拉全无从着手时，这些飞毛腿的本领，有的是机会显露！毛脚毛手所有的不单是毛，还有类乎钩子的东西，光溜溜的高桅，只要一贴身，便飞快的上去了。为表示这上下全近于儿戏，一面整理绳索，一面还在上面唱歌。

那一边桅上，也有这样人时，这种歌便来回唱下去。

昂了头看这把戏的，是各个船上的伙计。看着还在下面喊着。左边右边，不拘要谁一个试上去，全是容易之至！只是不得老舵手吩咐，则照例不敢放肆。看的人全是心中发痒，又不能随便爬上桅子顶去唱歌，逗其他船上媳妇发笑，便骂了。

"我的儿，摔死你！"

"我的孙，摔死了你看你还唱！"

"……"

全是无恶意而快乐的笑骂。

仍然唱，且更起劲了一点。但可以把歌唱给下面骂人的人听，当先若是唱《一枝花》，这时唱的便是《众儿郎》了。众儿郎却依然是笑嘻嘻昂了头看这唱歌人，照例生气不得的。

可是在这情形中，有些船，却有无数黑汉子，用他的毛手毛脚，盘着大的圆的黑铁桶从舱中滚出，也是那么摇摇荡荡跌到岸边泥滩上了。还有方形用铁皮束腰的洋布，有海带，有鱿鱼，有药箱……这些东西同搭客一样，在船舱中紧挤着卧了二十天或十二天，如今全应当登岸了。

[1] 1928年5月《柏子》写于上海，1935年改写，发表在1937年8月的《小说月报》上，后收入《沈从文文集·雨后及其它》（第4卷）。它讲述了辰州河上一水手柏子与河街上的一个与他相好的无名妇女的欢愉之事。作者用诗意的笔触把这个故事演绎得异常美丽，表现了一种优美、健康、自然而不悖人性的人生形式，为人类的"爱"作一恰如其分的说明。

登岸的人各自还家，各自找客栈，各自吃喝。这些货物则各自为一些大脚婆子走来抱之负之，送到沿河各个堆栈里去。

在各样匆忙情形中，便正有闲之又闲的一类人在。这些人耳朵能超然于一切嘈杂声音以上，听出桅子上人的歌声；可是心也正忙着，歌声一停止，在唱歌地方代替了一盏红风灯以后，那唱歌的人，便已到这听歌人的身边了。桅上用红灯，不消说是夜里了，这个水码头夜里世界不是平常的，你们看。

落着雨，刮着风，各船上了篷，人在篷下听雨声风声，江波吼哮如癫子，船纵是互相牵连互相依靠，也簸动不止，这情景在沅水一带是常有的。坐船人对此决不奇怪，不欢喜，不厌恶。因为凡是在船上生活，这些平常人的爱憎便不及在心上滋生了。有月亮又是一种趣味，同晚日与早露，全各有不同。然而他们全不会注意。船上人心情若必须勉强分成两种或三种，这分类方法得另作估计，吃牛肉与吃酸菜，这是能左右一般水手心情的一件事，泊半途与湾口岸，这于水手们情形又稍稍不同。不必问，牛肉比酸菜更为符合这类"飞毛腿"胃口，船在码头边停靠他们也欢喜多了！

如今夜里既落小雨，泥滩头滑溜溜，使人无从立足，还有人上岸到河街去。

这是其中之一个，名叫柏子。日里爬桅子唱歌，不知疲倦，到夜来，还依然不知道疲倦，所以如其他许多水手一样，在腰边板带中塞满了铜钱，小心小心的走过跳板到了岸上。先是在泥滩上走，没有月，没有星，细毛毛雨在头上落，两只脚在泥里慢慢翻——成泥腿，快也无从了——目的是河街小楼红红的灯光，灯光下有使柏子心开一朵花的东西在。

灯光多无数，每一小点灯光便有一个或一群水手在那里谈天取乐。灯光还不及塞满这个小房，快乐却将水手们胸中塞紧，欢喜在胸中涌着，各人眼睛皆眯了起来，沙喉咙的歌声笑声从楼中溢出，与灯光同样，溢进上岸无钱守在船上的水手耳中眼中时，便如其他世界一样，反应着欢喜的是诅咒。那些不能上岸的水手，他们尽管诅咒着，然而一颗心也依然摇摇荡荡上了岸，且不必冒滑滚的危险，全各以经验为标准；把心飞到所熟习的楼上去了。

酒与烟与女人，一个浪漫派的文人非此不能夸耀于世人的三样事，这些喽罗们却很平常的享受着，虽然酒是酽冽之酒，烟是平常的烟，女人则更是……然而各个人的心是同样的跳，头脑是同样的发迷，——我们全明白，这些只是吃酸菜南瓜臭牛肉以及说下流话的口，可是于这时也必然粘粘糍糍，也能找出所蓄于心各样对女人的诙谐言语，献给面前的妇人。也能粗粗鲁鲁的把脚放到妇人的身上去，脚上去，以及别的位置上去。他们把自己沉浸在这欢乐空气中，忘了世界也忘了自己的过去和未来。女人则帮助这些可怜人，把一切劳苦一切期望从这些人心上挪去，放进的是类乎烟酒的兴奋与醉痴。在每一个妇人身上，一群水手同样作着那顶切实的顶勇敢的梦，预备将这一月储蓄的铜钱和精力，全部倾倒到这妇人身上，他们却从不曾预备要人怜悯，也不知道可怜自己。

他们的生活就是这样。若说这生活还有使他们在另一时回味反省的机会，仍然是快乐的罢。这些人，虽然缺少眼泪，却并不缺少欢乐的承受！

其中之一的柏子，为了上岸去找寻他的幸福，终于到一个地方了。

先打门，用一个水手通常的章法，且吹着哨子。

门开了，一只泥腿在门里，一只泥腿在门外，身子便为两条臂缠紧了，在那新刮过的日炙雨淋粗糙的脸上，就贴紧了一个宽宽的温暖的脸子。

这种头油香是他所熟习的，这种抱人的章法，先虽说不出，这时一上身却也熟习之至。还有脸，那么软软的，混着脂粉的香，用口可以吮吸。到后是，他把嘴一歪，便找到了一个湿的舌子了，他咬着。

女人挣扎着，口中骂着：

"悖时的！我以为你常德府，被婊子尿冲你到洞庭湖了！"

"老子把你舌头咬断！"

"我才要咬断你……"

进到里面的柏子，在一盏"满堂红"灯下立定，妇人望他痴笑。这一对是并肩立，他比她高一个头，他略略蹲下，象整理橹绳那样扳了妇人的腰，妇人身便朝前倾。

"老子摇橹摇厌了，要推车。"

"推你妈！"妇人一面说，一面搜索柏子的身上东西。搜出的东西便往床上丢去，又数着东西的名字。"一瓶雪花膏，一卷纸，一条手巾，一个罐子——这罐子装什么？"

"猜呀！"

"猜你妈，忘了为我带的粉吗？"

"你看那罐子是什么招牌！打开看！"

妇人不认识字，看了看罐上封皮，一对美人画相。把罐子在灯前打开，放鼻子边闻闻，便打了一个喷嚏。柏子可乐了，不顾妇人如何，把罐子抢来放在一条白木桌上，便擒了妇人向床边倒下去。

灯光明亮，照着一堆泥脚迹在黄色楼板上。

外面雨大了。

张耳听，还是歌声与笑骂声音。各个房子相隔多只一层薄薄白木板子，比吸烟声音还低一点声音也可以听得出，然而人全无闲心听隔壁。

柏子的纵横脚迹渐干了，在地板上也更其分明。灯则依然光明，将一对横搁在床上的人照得清清楚楚。

"柏子，我说你是一个牛。"

"我不这样，你就不信我在下头是怎么规矩！"

"你规矩！你赌咒你干净得可以进天王庙！"进天王庙这是说象猪，天王庙敬神，照例得把猪刮得溜光的。

"我赌咒，什么都不。"

"赌咒也只有你妈信你，我不信。"

柏子只有如妇人所说，索性象一小公牛，牛到后于是喘息了，松弛了，象一堆带泥的吊船棕绳，散漫的搁在床边上。

柏子紧紧搂住妇人，且用口去咬。咬她的下唇，咬她的膀子，咬她的腿……一点也不差，我们记得这柏子是日里爬桅子唱歌的柏子，则明白这时柏子纵是牛，也是将近死去的牛了。

妇人望着他这些行为笑。

过一阵，两人用一个烟盘作长城，各据长城的一边，烧烟吃。

妇人一旁烧烟一旁唱《孟姜女》给柏子听。在这样情形下的柏子，喝一口茶且吸一泡烟，象是作皇帝。

"婊子我告你听，近来下头媳妇才标得要命！"

"你命怎么不要去，又跟船到这地方来？"

"我这命送她们，她们也不要。"

"不要的命才轮到我。"

"轮到你，你这……好久才轮到我！我问你，到底有多少日子才轮到我！"

妇人把嘴一扁，把一个烧好的烟泡装上，就将烟枪送过去塞了柏子的嘴，省得再说混话。

柏子吸了一口烟，又说，"我问你，昨天有人来？"

"来你妈！别人早就等你，我掐手指算到日子，我还算到你这尸……"

"老子若是真在青浪滩上泡坏了，你才乐！"

"是，我才乐！"妇人说着便稍稍生了气。

柏子是正要妇人生气才欢喜的。他见妇人把脸放下，便把烟盘移到床头去。长城一去情形全变了，一分钟内局面成了新样子。

一种丑的努力，一种神圣的愤怒，是继续，是开始。

柏子冒了大雨在河岸泥滩上慢慢的走着，手中拿的是一段燃着火头的废缆子，光旺旺的照到周围三尺远近，光照前面的雨成无数返光的线。柏子全无所遮蔽的从这些线林穿过，一双脚浸在泥水里面，——把事情做完了，他回船上去。

雨虽大，也不忙，一面怕滑倒，一面有能防雨——或者不如说忘雨的东西罢。

他想起眼前的事心是热的，想起眼前的一切，则头上的雨与脚下的泥，全成了无须置意的事了。

这时妇人是睡眠了，还是陪别一个水手又来在那大白木床上作某种事情，谁知道。柏子也不去想这个。他把妇人的身体，记得极其熟习。一些转弯抹角地方，一些幽僻地方，一些坟起与一些窟窿，恰如离开妇人身边一千里，也象可以用手摸，说得出尺寸。妇人的笑，妇人的动，也死死的象蚂蟥一样钉在心上。这就够了。他的所得抵得过一个月的一切劳苦，抵得过船只来去路上的风雨太阳，抵得过打牌输钱的损失，抵得过……他还把以后下行日子的快乐预支了。这一去又是半月或一月，他很明白的。以后也将高高兴兴的作工，高高兴兴的吃饭睡觉，因为今夜已得了前前后后的希望，今天所"吃"的足够两个月咀嚼，不到两月他可又回来了。

他的板带钱已光了，这种花费是很好的一种花费。并且他也并不是全无计算，他预先留下了一小部分钱，作为在船上玩牌用的。花了钱，得到些什么，他是不去追究的。钱是在什么情形下得来，又在什么情形下失去，柏子不能拿这个来比较，总之比较有时象也比较过了，但结果不消说还是"合算"。

轻轻的唱着《孟姜女》、唱着《打牙牌》，到得跳板边时，柏子小心小心的走过去，预定的《十八摸》便不敢唱了——因为老板娘还在喂小船老板的奶，听到哄孩子的声音，听到吮奶声音。

辰州河岸的船各归各帮，泊船原有一定地方，不相混杂。可是每一只船，把货一起就得到另一处去装货。因此柏子从跳板上摇摇荡荡上过两次岸，船就开了。

一九二八年五月二十五日

【导读】

作家作品简介

沈从文（1902—1988），原名沈岳焕，笔名休芸芸、甲辰、上官碧、璇若等，乳名茂林，字崇文。湖南凤凰县人，祖父沈宏富是汉族，祖母刘氏是苗族，母亲黄素英是土家族。14 岁时，他投身行伍，浪迹湘川黔边境地区。1924 年开始文学创作，先后在西南联大、山东大学和北京大学任教，新中国成立后在中国历史博物馆和中国社会科学院历史研究所工作，主要从事中国古代历史的研究。1988 年病逝于北京。沈从文是现代著名作家、历史文物研究家、京派小说代表人物。沈从文是 20 世纪中国最优秀的作家之一，他一生笔耕不辍，著作颇丰，作品结集共 80 多部，是现代作家中成书最多的一位。主要作品有：小说《边城》《长河》《八骏图》，散文集《从文自传》《湘西散记》，文论集《烛虚》《云南看云集》等。他的作品充满了对人性的隐忧和对生命的哲学思考，给人教益和启示。凭借独特的创作风格，沈从文在中国文坛上被誉为"乡土文学之父"。

沈从文

若按一般的理解，《柏子》讲述的只是挣扎于这个世间的下等人的一点儿不太雅观的事情。他们无非按照自己的生命本能做了一些不宜摆上台面的事。就算可以不追究他们的过错，也不值得人们由衷地赞叹。我们只需了解有这样一种特异的生命形式的存在就可以了。可是，《柏子》却让我们实实在在地感受到一份发自内心的沉重，这份沉重是以一种诗意的形式呈现出来的。作者通过一个凡俗的生命存在折射出一种普世的关怀，用一股诗性的力量传递出生命本身所包含的那种脆弱然而永恒的美。这诗意和生命本身的世俗与沉重交融在一起，以一种无声的方式传递着对所有卑微脆弱灵魂的敬畏和热爱，也让所有懂得尊重生命的人在瞬间体会到什么叫做永恒。 这是很多写同样题材的作者所不能达到的一种生命境界。我们之所以一而再、再而三被沈从文的作品所吸引，原因也许正在这里。

沈从文和夫人张兆和

1. 从沈从文先生的笔端流淌到《柏子》里的欢快真是无处不在：用欢快的调子写青年水手船上爬桅杆及欢唱的场面，用欢快的调子写柏子与相好妓女的欢会，还用欢快的调子写柏子的回船，似乎一切都是欢快的。那么，你是否以此断定《柏子》表现的就是湘西下层人民的美好生活？为什么？

2. 文章为我们描写出了湘西船夫柏子和妇人之间的情爱，作者运用了怎样的文学艺术表现手法来构思出这样一种独具特色的抒情方式？

3. 柏子把一月储蓄的金钱与精力全部倾之于妇人身上，选择的是活一天享受一天的活法，你觉得他错了吗？他能否改变？说说你的看法。

沈从文有中篇小说《边城》，长篇小说《长河》，短篇小说《丈夫》《绅士的太太》《八骏图》《大小阮》《来客》《烟斗》《有学问的人》，散文集《记胡也频》《记丁玲》《从文自传》《湘西散记》《湘西》等。

十三、施蛰存

梅雨之夕 [1]

梅雨又淙淙地降下了。

对于雨，我倒并不觉得嫌厌，所嫌厌的是在雨中疾驰的摩托车的轮，它会溅起泥水猛力地洒上我底衣裤，甚至会连嘴里也拜受了美味。我常常在办公室里，当公事空闲的时候，凝望着窗外淡白的空中的雨丝，对同事们谈起我对于这些自私的车轮的怨苦。下雨天是不必省钱的，你可以坐车，舒服些。他们会这样善意地劝告我。但我并不曾屈就了他们的好心，我不是为了省钱，我喜欢在滴沥的雨声中撑着伞回去。我底寓所离公司是很近的，所以我散工出来，便是电车也不必坐，此外还有一个我所以不喜欢在雨天坐车的理由，那是因为我还不曾有一件雨衣，而普通在雨天的电车里，几乎全是裹着雨衣的先生们，夫人们或小姐们，在这样一间狭窄的车厢里，滚来滚去的人身上全是水，我一定会虽然带着一柄上等的伞，也不免满身淋漓地回到家里。况且尤其是在傍晚时分，街灯初上，沿着人行路用一些暂时安逸的心境去看看都市的雨景，虽然拖泥带水，也不失为一种自己底娱乐。在朦雾中来来往往的车辆人物，全都消失起清晰的轮廓，广阔的路上倒映着许多黄色的灯光，间或有几条警灯底红色和绿色在闪烁着行人底眼睛。雨大的时候，很近的人语声，即使声音很高，也好象在半空中了。

人家时常举出这一端来说我太刻苦了，但他们不知道我会得从这里找出很大的乐趣来，即使偶尔有摩托车底轮溅满泥泞在我身上，我也并不会因此而改了我底习惯。说是习惯，有什么不妥呢，这样的已经有三四年了。有时也偶尔想着总得买一件雨衣来，于是可以在雨天坐车，或者即使步行，也可以免得被泥水溅着了上衣，但到如今这仍然留在心里做一种生活上的希望。

在近来的连日的大雨里，我依然早上撑着伞上公司去，下午撑着伞回家，每天都如此。

昨日下午，公事堆积得很多。到了四点钟，看看外面雨还是很大，便独自留下在公事房里，想索性再办了几桩，一来省得明天要更多地积起来，二来也借此避雨，等它小一些再走。这样地竟逗留到六点钟，雨早已止了。走出外面，虽然已是满街灯火，但天色却转清朗了。曳着伞，

[1]《梅雨之夕》是施蛰存的代表作之一。曾收入1929年10月出版的《上元灯》初版本，今选自新中国书局1933年3月初版《梅雨之夕》。

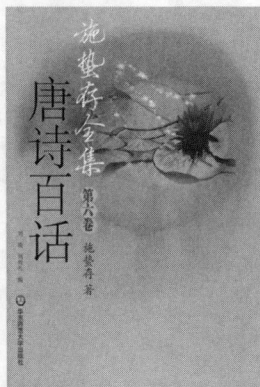

避着檐滴，缓步过去，从江西路走到四川路桥，竟走了差不多有半点钟光景。邮政局的大钟已是六点二十五分了。未走上桥，天色早已重又冥晦下来，但我并没有介意，因为晓得是傍晚的时分了，刚走到桥头，急雨骤然从乌云中漏下来，潇潇的起着繁响。看下面北四川路上和苏州河两岸行人的纷纷乱窜乱避，只觉得连自己心里也有些着急。他们在着急些什么呢？他们也一定知道这降下来的是雨，对于他们没有生命上的危险。但何以要这样急迫地躲避呢？说是为了恐怕衣裳给淋湿了，但我分明看见手中持着伞的和身上披了雨衣的人也有些脚步跟跄了。我觉得至少这是一种无意识的纷乱。但要是我不曾感觉到雨中闲行的滋味，我也是会得和这些人一样地急突地奔下桥去的。

何必这样的奔逃呢，前路也是在下着雨，张开我底伞来的时候，我这样漫想着。不觉已走过了天潼路口。大街上浩浩荡荡地降着雨，真是一个伟观，除了间或有几辆摩托车，连续地冲破了雨仍旧钻进了雨中地疾驰过去之外，电车和人力车全不看见。我奇怪它们都躲到什么地方去了。至于人，行走着的几乎是没有，但有店铺的檐下或蔽荫下是可以一团一团地看得见，有伞的和无伞的，有雨衣的和无雨衣的，全都聚集着，用嫌厌的眼望着这奈何不得的雨，我不懂他们这些雨具是为了怎样的天气而买的。

至于我，已经走近文监师路了。我并没什么不舒服，我有一柄好的伞，脸上绝不曾给雨水淋湿，脚上虽然觉得有些潮扭扭[2]至多是回家后换一双袜子的事。我且行且看着雨中的北四川路，觉得朦胧的颇有些诗意。但这里所说的"觉得"，其实也并不是什么具体的思绪，除了"我该得在这里转弯了"之外，心中一些也不意识着什么。

从人行路上走出去，探头看看街上有没有往来的车辆，刚想穿过去转入文监师路，但一辆先前并没有看见的电车已停在眼前，我止步了，依然退进到人行路上，在一支电杆边等候着这辆车底开出。在车停的时候，其实我是可以安心地对穿过去的，但我并不曾这样做。我在上海住得很久，我懂得走路的规则。我为什么不在这个可以穿过去的时候走到对街去呢，我没知道。

我数着从头等车里下来的乘客。为什么不数三等车里下来的呢？这里并没有故意的挑选，头等座在车底前部，下来的乘客刚在我面前。所以我可以很看得清楚。第一个，穿着红皮雨衣的俄罗斯人，第二个是中年的日本妇人，她急急地下了车，撑开了手里提着的东洋粗柄雨伞，缩着头鼠窜似地绕过车前，转进文监师路去了。我认识她，她是一家果子店的女店主。第三，第四，是象宁波人似的我国商人，他们都穿着绿色的橡皮华式雨衣。第五个下来的乘客，也即是末一个了，是一位姑娘。她手里没有伞，身上也没有穿雨衣，好象是在雨停止了之后上电车的，而不幸在到目的地的时候却下着这样的大雨。我猜想她一定是从很远的地方上车的，至少应当在卡德路以上的几站罢。

她走下车来，缩着瘦削的，但并不露骨的双肩，窘迫地走上人行路的

[2] 扭 (niǔ)，欲干；半干。

时候，我开始注意着她底美丽了。美丽有许多方面，容颜底姣好固然是一重要素，但风仪的温雅，肢体底停匀，甚至谈吐底不俗，至少是不惹厌，这些也有着份儿，而这个雨中的少女，我事后觉得她是全适合这几端的。

她向路底两边看了一看，又走到转角上看着文监师路。我晓得她是急于要招呼一辆人力车。但我看，跟着她底眼光，大路上清寂地没一辆车子徘徊着，而雨还尽量地落下来。她旋即回了转来，躲避在一家木器店底屋檐下，露着烦恼的眼色，并且蹙着细淡的修眉。

我也便退进在屋檐下，虽则电车已开出，路上空空地，我照理可以穿过去了。但我何以不即穿过去，走上归家的路呢？为了对于这少女有什么依恋么？并不，绝没有这种依恋的意识。但这也决不是为了我家里有着等候我回去在灯下一同吃晚饭的妻，当时是连我已有妻的思想都不曾有，面前有着一个美的对象，而又是在一重困难之中，孤寂地只身呆立着望这永远地，永远地垂下来的梅雨，只为了这些缘故，我不自觉地移动了脚步站在她旁边了。

虽然在屋檐下，虽然没有粗重的檐溜滴下来，但每一阵风会得把凉凉的雨丝吹向我们。我有着伞，我可以如中古时期骁勇的武士似地把伞当作盾牌，挡着扑面袭来的雨的箭，但这个少女却身上间歇地被淋得很湿了。薄薄的绸衣，黑色也没有效用了，两支手臂已被画出了它们底圆润。她屡次旋转身去，侧立着，避免这轻薄的雨之侵袭她底前胸。肩臂上受些雨水，让衣裳贴着了肉倒不打紧吗？我曾偶尔这样想。

天晴的时候，马路上多的是兜搭生意的人力车，但现在需要它们的时候，却反而没有了。我想着人力车夫底不善于做生意，或许是因为需要的人太多了，供不应求，所以即使在这样繁盛的街上，也不见一辆车子底踪迹。或许车夫也都在避雨呢，这样大的雨，车夫不该避一避吗？对于人力车之有无，本来用不到关心的我，也忽然寻思起来，我并且还甚至觉得那些人力车夫是可恨的，为什么你们不拖着车子走过来接应这生意呢，这里有一位美丽的姑娘。正窘立在雨中等候着你们的任何一个。

如是想着，人力车终于没有踪迹。天色真的晚了。远处对街的店铺门前有几个短衣的男子已经等得不耐而冒着雨，他们是拼着淋湿一身衣裤的，跨着大步跑去了。我看这位少女底长眉颦蹙得更紧，眸子莹然，象是心中很着急了。她底忧闷的眼光正与我底互相交换，在她眼里，我懂得我是正受着诧异，为什么你老是站在这里不走呢。你有着伞，并且穿着皮鞋，等什么人么？雨天在街路上等谁呢？眼睛这样锐利地看着我，不是没怀着好意么？从她将钉住着在我身上打量我的眼光移向着阴黑的天空的这个动作上，我肯定地猜测她是在这样想着。

我有着伞呢，而且大得足够容两个人底蔽荫的，我不懂何以这个意识不早就觉醒了我。但现在它觉醒了我将使我做什么呢？我可以用我底伞给她障住这样的淫雨，我可以陪伴她走一段路去找人力车，如果路不多，我可以送她到她底家。如果路很多，又有什么不成呢？我应当跨过这一箭路，去表白我底好意吗？好意，她不会有什么别方面的疑虑吗？

或许她会得象刚才我所猜想着的那么误解了我，她便会得拒绝了我。难道她宁愿在这样不止的雨和风中，在冷静的夕暮的街头，独自个立到很迟吗？不啊！雨是不会停的，已经这样连续不断地降下了……多久了，我也完全忘记了时间底在这雨水中间流过。我取出时计来，七点三十四分，一小时多了。不至于老是这样地降下来吧，看，排水沟已经来不及宣泄，多量的水已经积聚在它上面，打着漩涡，挣扎不到流下去的路，不久怕会溢上了人行路么？不会的，决不会有这样持久的雨，再停一会，她一定可以走了。即使雨不就停止，人力车是大约总能够来一辆的。她一定会不管多大的代价坐了去的。然则我是应当走了么？应当走了。为什么不？……

这样地又十分钟过去了。我还没有走。雨没有住，车儿也没有影踪。她也依然焦灼地立着。我有一个残忍的好奇心，如她这样的在一重困难中，我要看她终于如何处理她自己。看着她这样窘急，怜悯和旁观的心理在我身中各占了一半。

她又在惊异地看着我。

忽然，我觉得，何以刚才会不觉得呢，我奇怪，她好象在等待我拿我底伞贡献给她，并且送她回去，不，不一定是回去，只是到她所要到的地方去。你有伞，但你不走，你愿意分一半伞荫蔽我，但还在等待什么更适当的时候呢？她底眼光在对我这样说。

我脸红了，但并没有低下头去。

用羞赧来对付一个少女底注目，在结婚以后，我是不常有的。这是自己也随即觉得奇怪了。我将用何种理由来譬解我底脸红呢？没有！但随即有一种男子的勇气升上来，我要求报复，这样说或许是较言重了，但至少是要求着克服她的心在我身里急突地催促着。

终归是我移近了这少女，将我底伞分一半荫蔽她。

——小姐，车子恐怕一时不会得有，假如不妨碍，让我来送一送罢。我有着伞。

我想说送她回府，但随即想到她未必是在回家的路上，所以结果是这样两用地说了。当说着这些话的时候，我竭力做得神色泰然，而她一定已看出了这勉强的安静的态度后面藏匿着的我底血脉之急流。

她凝视着我半微笑着。这样好久。她是在估量我这种举止底动机，上海是个坏地方，人与人都用了一种不信任的思想交际着！她也许是正在自己委决不下，雨真的在短时期内不会止么？人力车真的不会来一辆么？要不要借着他底伞姑且走起来呢？也许转一个弯就可以有人力车，也许就让他送到了。那不妨事么？……不妨事。遇见了认识人不会猜疑么？……但天太晚了，雨并不觉得小一些。

于是她对我点了点头，极轻微地。

——谢谢你。朱唇一启，她迸出柔软的苏州音。

转进靠西边的文监师路，在响着雨声的伞下，在一个少女底旁边，我开始诧异我底奇遇。事情会得展开到这个现状吗？她是谁，在我身旁同走，并且让我用伞荫蔽着她，除了和我底妻之外，近几年来我并不曾有过这样的经历。我回转头去，向后面斜着，店铺里有许多人歇下了工作对我，或是我们，看着。隔着雨底帡幪[3]，我看得见他们底可疑的脸色。我心里吃惊了，这里有着我认识的人吗？或是可有着认识她的人吗？……再回看她，她正低下着头，拣着踏脚地走。我底鼻子刚接近了她底鬓发，一阵香。无论认识我们之中任何一个的人，看见了这样的我们的同行，会怎样想？……我将伞沉下了些，让它遮蔽到我们底眉额。人家除非故意低下身子来，不能看见我们底脸面。这样的举动，她似乎很中意。

我起先是走在她右边，右手执着伞柄，为了要让她多得些荫蔽，手臂便凌空了。我开始觉得手臂酸痛，但并不以为是一种苦楚。我侧眼看她，我恨那个伞柄，它遮隔了我底视线。从侧面看，她并没有从正面看那样的美丽。但我却从此得到了一个新的发现：她很象一个人。谁？我搜寻着，我搜寻着，好象很记得，岂但……几乎每日都在意中的，一个我认识的女子，象现在身旁并行着的这个一样的身材，差不多的面容，但何以现在百思不得了呢？……啊，是了，我奇怪为什么我竟会得想不起来，这是不可能的！我底初恋的那个少女，同学，邻居，她不是很象她吗？这样的从侧面看，我与她离别了好几年了，在我们相聚的最后一日，她还只有十四岁……一年……二年……七年了呢。我结婚了，我没有再看见她，想来长成得更美丽了……但我并不是没有看见她长大起来，当我脑中浮起她底印象来的时候，她并不还保留着十四岁的少女的姿态。我不时在梦里，睡梦或白日梦，看见她在长大起来，我曾自己构成她是个美丽的二十岁年纪的少女。她有好的声音和姿态，当偶然悲哀的时候，她在我底幻觉里会得是一个妇人，或甚至是一个年轻的母亲。

但她何以这样的象她呢？这个容态，还保留十四岁时候的余影，难道就是她自己么？她为什么不会到上海来呢？是她！天下有这样容貌完全相同的人么？不知她认出了我没有……我应该问问她了。

——小姐是苏州人么？

——是的。

确然是她，罕有的机会啊！她几时到上海来的呢？她底家搬到上海来了吗？还是，哎，我怕，她嫁到上海来了呢？她一定已经忘记我了，否则她不会允许我送她走。……也许我底容貌有了改变，她不能再认识我，年数确是很久了。……但她知道我已经结婚吗？要是没有知道，而现在她认识了我，怎么办呢？我应当告诉她吗？如果这样的需要，我将怎么措辞呢？……

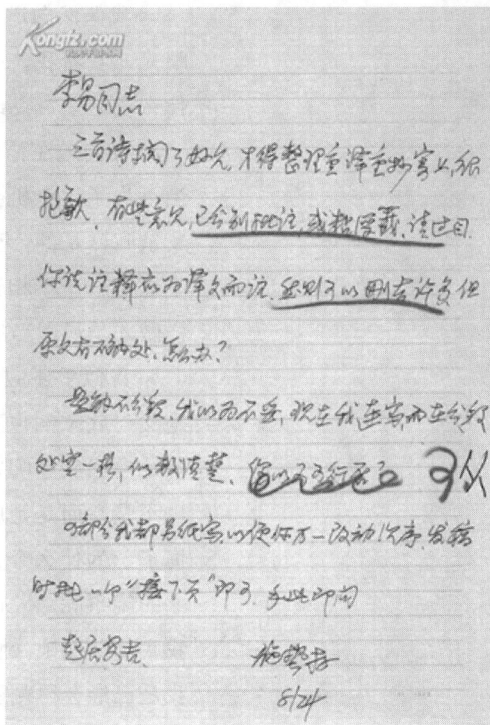

[3] 帡幪（píng méng），古代称帐幕之类覆盖的东西。在旁的叫帡，在上的叫幪。

我偶然向道旁一望，有一个女子倚在一家店里的柜上。用着忧郁的眼光，看着我，或者也许是看着她。我忽然好象发现这是我底妻，她为什么在这里？我奇怪。

我们走在什么地方了。我留心看。小菜场。她恐怕快要到了。我应当不失了这个机会。我要晓得她更多一些，但要不要使我们继续已断的友谊呢，是的，至少也得是友谊？还是仍旧这样地让我在她底意识里只不过是一个不相识的帮助女子的善意的人呢？我开始踌躇了。我应当怎样做才是最适当的。

我似乎还应该知道她正要到那里去。她未必是归家去吧。家——要是父母底家倒也不妨事的，我可以进去，如象幼小的时候一样。但如果是她自己底家呢？我为什么不问她结婚了不曾……或许，连自己底家也不是，而是她底爱人底家呢，我看见一个文雅的青年绅士。我开始后悔了，为什么今天这样高兴，剩下妻在家里焦灼地等候着我，而来管人家的闲事呢。北四川路上。终于会有人力车往来的？即使我不这样地用我底伞伴送她，她也一定早已能雇到车子了。要不是自己觉得不便说出口，我是已经会得剩了她在雨中反身走了。

还是再考验一次罢。

——小姐贵姓？

——刘。

刘吗？一定是假的。她已经认出了我，她一定都知道了关于我的事，她哄我了。她不愿意再认识我了，便是友谊也不想继续了。女人！……她为什么改了姓呢？……也许这是她丈夫底姓？刘……刘什么？

这些思想底独白，并不占有了我多少时候。它们是很迅速地翻舞过我心里，就在与这个好象有魅力的少女同行过一条马路的几分钟之内。我底眼不常离开她，雨到这时已在小下来也没有觉得。眼前好象来来往往的人在多起来了，人力车也恍惚看见了几辆。她为什么不雇车呢？或许快要到达她底目的地了。她会不会因为心里已认识了我，不敢厮认，所以故意延滞着和我同走么？

一阵微风，将她底衣缘吹起，飘漾在身后。她扭过脸去避对面吹来的风，闭着眼睛，有些娇媚。这是很有诗兴的姿态，我记起日本画伯铃木春信一帧题名叫《夜雨宫诣美人图》的画。提着灯笼，遮着被斜风细雨所撕破的伞，在夜的神社之前走着，衣裳和灯笼都给风吹卷着，侧转脸儿来避着风雨底威势，这是颇有些洒脱的感觉的。现在我留心到这方面了，她也有些这样的风度。至于我自己，在旁人眼光里，或许成为她底丈夫或情人了，我很有些得意着这种自譬的假饰。是的，当我觉得她确是幼小时候初恋着的女伴的时候，我是如象真有这回事似地享受着这样的假饰。而从她鬓边颊上被潮润的风吹来的粉香，我也闻嗅得出是和我妻所有的香味一样的。……我旋即想到古人有"担簦[4] 亲送绮罗人"那么一句诗，是很适合于今日的我底奇遇的。铃木画伯底名画又一度浮现上来了。但铃木底所画的美人并不和她有一些相象，倒是我妻底嘴唇

[4] 簦（dēng），古代有柄的笠，像现在的雨伞。

却与画里的少女底嘴唇有些仿佛的。我再试一试对于她底凝视，奇怪啊，现在我觉得她并不是我适才所误会着的初恋的女伴了。她是另外一个不相干的少女。眉额，鼻子，颧骨，即使说是有年岁底改换，也绝对地找不出一些踪迹来。而我尤其嫌厌着她底嘴唇，侧着过去，似乎太厚一些了。

我忽然觉得很舒适，呼吸也更通畅了。我若有意若无意地替她撑着伞，徐徐觉得手臂太酸痛之外，没什么感觉。在身旁由我伴送着的这个不相识的少女的形态，好似已经从我底心的樊笼中被释放了出去。我才觉得天已完全夜了，而伞上已听不到些微的雨声。

——谢谢你，不必送了，雨已经停了。

她在我耳朵边这样地嘤响。

我蓦然惊觉，收拢了手中的伞。一缕街灯的光射上了她底脸，显着橙子的颜色。她快要到了吗？可是她不愿意我伴她到目的地，所以趁此雨已停住的时候要辞别我吗？我能不能设法看一看她究竟到什么地方去呢？……

——不要紧，假使没有妨碍，让我送到了罢。

——不敢当呀，我一个人可以走了，不必送罢。时光已是很晏了，真对不起得很呢。

看来是不愿我送的了。但假如还是下着大雨便怎么了呢？……我怨怼着不情的天气，何以不再继续下半小时雨呢，是的，只要再半小时就够了。一瞬间，我从她的对于我的凝视——那是为了要等候我底答话——中看出一种特殊的端庄，我觉得凛然，象雨中的风吹上我底肩膀。我想回答，但她已不再等候我。

——谢谢你，请回转罢，再会。……

她微微地侧面向我说着，跨前一步走了，没有再回转头来。我站在中路，看她底后形，旋即消失在黄昏里。我呆立着，直到一个人力车夫来向我兜揽生意。

在车上的我，好象飞行在一个醒觉之后就要忘记了的梦里。我似乎有一桩事情没有做完成，我心里有着一种牵挂。但这并不曾清晰地意识着。我几次想把手中的伞张起来，可是随即会自己失笑这是无意识的。并没有雨降下来，完全地晴了，而天空中也稀疏地有了几颗星。

下了车，我叩门。

——谁？

这是我在伞底下伴送着走的少女底声音！奇怪，她何以又会在我家里？……门开了。堂中灯火通明，背着灯光立在开着一半的大门边的，倒并不是那个少女。朦胧里，我认出她是那个倚在柜台上用嫉妒的眼光看着我和那个同行的少女的女子。我惝怳 [5] 地走进门。在灯下，我很奇怪，为什么从我妻底脸色上再也找不出那个女子底幻影来。

妻问我何故归家这样的迟，我说遇到了朋友，在沙利文吃了些小点，因为等雨停止，所以坐得久了。为了要证实我这谎话，夜饭吃得很少。

[5] 惝怳（chǎng huǎng 又读作 tǎng huǎng），也写作"惝恍"，失意的样子。

【导读】

作家作品简介

施蛰存（1905—2003），名德普，中国现代作家、文学翻译家、学者，原华东师范大学中文系教授；常用笔名施青萍、安华等；1926 年创作《春灯》《周夫人》，其小说注重心理分析，着重描写人物的意识流动，成为中国"新感觉派"的主要作家之一；施蛰存的工作可以分为四个时期：1937 年以前，除进行编辑外，主要创作短篇小说、诗歌及翻译外国文学；抗日战争期间进行散文创作；1950—1958 年期间，主要翻译外国文学作品；1958 年以后，致力于古典文学和碑版文物的研究工作。1993年被授予"上海市文学艺术杰出贡献奖"。2003 年 11 月 19 日，施蛰存在上海逝世，享年 99 岁。

施蛰存

鉴赏解读参考

《梅雨之夕》几乎没有情节，它仅仅记叙了一位下班回家的男子在途中邂逅一位少女之后的一段心理历程。通过对少女的美的感受，下意识接近少女，目光相遇时的局促，然后用雨伞荫蔽着送她在雨中行走，途中怕两人的熟人看见，怕自己的妻子看见，以及误以为是初恋时的女友，最后为雨停止送而惋惜，回到家中向妻子隐瞒了"奇遇"的实情。在这整个过程中，主要写了我对少女的留心、关注和同情、怜悯，以及内心的缠绵之情。但在新颖而丰富的心理分析学理论的指导下，作者以娴熟的文字表现技巧对人物的心理层层剖析，把读者带进了主人公那丰富多彩而又微妙曲折的内心世界。该文同作者的其他小说一样也描写了性心理，揭示了潜意识，文笔舒展，格调清新，艳而不俗。 正是这种舒展而周密的心理描写和素雅清丽的格调使《梅雨之夕》成为吸引众多读者的名作。

问题与思考

1. 已婚男性"我"下班后，在梅雨之夕与一位娇美的不知名的少女萍水相逢，"我"呈现出怎样的心路历程？在与少女奇遇时，"我"的多重人格是怎样互相纠缠、相互冲突的？

2. 文中的"我"在精神世界里，始终激荡着传统文化与都市生活两种情感的冲突，作者是通过哪些细节表现这种微妙的情绪的？

3. 小说既有西方小说心理分析的风格，又不失东方文学的神韵。作者通过挖掘男主人公细腻的心理变化，写出了都市异乡人的潜意识世界，你认为这种东西方文化整合同构中出现的新形式怎么样？为什么？

4. 比较戴望舒的《雨巷》和施蛰存的《梅雨之夕》中的女性形象。

施蛰存主要著作有短篇小说集《江干集》《追》《上元灯》《娟子姑娘》《李师师》《将军底头》《梅雨之夕》《善女人行品》《小珍集》，散文集有《灯下集》和《待旦录》。

十四、柔石

为奴隶的母亲 [1]

她底丈夫是一个皮贩，就是收集乡间各猎户底兽皮和牛皮贩到大埠上出卖的人。但有时也兼做点农作，芒种的时节，便帮人家插秧，他能将每行插得非常直，假如有五人同在一个水田内，他们一定叫他站在第一个做标准，然而境况是不佳，债是年年积起来了。他大约就因为境况的不佳，烟也吸了，酒也喝了，钱也赌起来了。这样，竟使他变做一个非常凶狠而暴躁的男子，但也就更贫穷下去，连小小的移借，别人也不敢答应了。

在穷底结果的病以后，全身便变成枯黄色，脸孔黄的和小铜鼓一样，连眼白也黄了。别人说他是黄疸病，孩子们也就叫他"黄胖"了。有一天，他向他底妻说："再也没有办法了，这样下去，连小锅子也都卖去了。我想，还是从你底身上设法罢。你跟着我挨饿，有什么办法呢？"

"我底身上？……"

他底妻坐在灶后，怀里抱着她底刚满三周的小男孩——孩子还在啜着奶，她讷讷地低声地问。

"你，是呀，" 她底丈夫病后的无力的声音，"我已经将你出典了……"

"什么呀？"她底妻子几乎昏去似的。

屋内是稍稍静寂了一息。他气喘着说："三天前，王狼来坐讨了半天的债回去以后，我也跟着他去，走到九亩潭边，我很不想要做人了。但是坐在那株爬上去一纵身就可落在潭里的树下，想来想去，总没有力气跳了。猎头鹰在耳朵边不住地哨，我底心被它叫寒起来，我只得回转身，但在路上，遇见了沈家婆，她问我，晚也晚了，在外做什么。我就告诉她，请她代我借一笔款，或向什么人家的小姐借些衣服或首饰去暂时当一当，免得王狼底狼一般的绿眼睛天天在家里闪烁。可是沈家婆向我笑道：

"'你还将妻养在家里做什么呢？你自己黄也黄到这个地步了。'

"我低着头站在她面前没有答，她又说：

"'儿子呢，你只有一个了，舍不得。 但妻——'

"我当时想：'莫非叫我卖去妻子么？'

而她继续道：

'但妻——虽然是结发的，穷了，也没有法。还养在家里做什么呢？'

"这样，她就直说出：'有一个秀才，因为没有儿子，年纪已五十岁了，想买一个妾；又因他底大妻不允许，只准他典一个，典三年或五年，叫我物色相当的女人：年纪约 30 岁左右，养过两三个儿子的，人要沉默老实，又肯做事，还要对他底大妻肯低眉下首。这次是秀才娘子向我说的，假如条件合，肯出 80 元或 100 元的身价。我代她寻了好几天，总没有相当的女人。'她说：'现在碰到我，想起了你来，样样都对的。'当时问我底意见怎样，我一边掉了几滴泪，一边却被她催的答应她了。"

说到这里，他垂下头，声音很低弱，停止了。他底妻简直痴似的，话一句没有。又静寂了一息，他继续说：

"昨天，沈家婆到过秀才底家里，她说秀才很高兴，秀才娘子也喜欢，钱是 100 元，年数呢，假如三年养不出儿子，是五年。沈家婆并将日子也拣定了——本月十八，五天后。今天，她写典契去了。"

这时，他底妻简直连腑脏都颠抖，吞吐着问：

"你为什么早不对我说？"

"昨天在你底面前旋了三个圈子，可是对你说不出。不过我仔细想，除出将你底身子设法外，再也没有办法了。"

"决定了么？"妇人战着牙齿问。

"只待典契写好。"

"倒霉的事情呀，我！——一点也没有别的方法了么？春宝底爸呀！"

春宝是她怀里的孩子底名字。

"倒霉，我也想到过，可是穷了，我们又不肯死，有什么办法？今年，我怕连插秧也不能插了。"

"你也想到过春宝么？春宝还只有五岁，没有娘，他怎么好呢？"

"我领他便了，本来是断了奶的孩子。"

他似乎渐渐发怒了。也就走出门外去了。她，却呜呜咽咽地哭起来。

这时，在她过去的回忆里，却想起恰恰一年前的事：那时她生下了一个女儿，她简直如死去一般地卧在床上。死还是整个的，她却肢体分作四碎与五裂。刚落地的女婴，在地上的干草堆上叫："呱呀，呱呀"声音很重的，手脚揪缩。脐带绕在她底身上，胎盘落在一边，她很想挣扎起来给她洗好，可是她底头昂起来，身子仍滞在床上。这样，她看见她底丈夫，这个凶狠的男子，飞红着脸，提了一桶沸水到女婴的旁边。她简直用了她一生底最后的力向他喊："慢！慢……"但这个病前极凶狠的男子，没有一分钟商量的余地，也不答半句话，就将"呱呀，呱呀，"声音很重地在叫着的女儿，刚出世的新生命，用他底粗暴的两手捧起来，如屠户捧将杀的小羊一般，扑通，投下在沸水里了！除出沸水的溅声和皮肉吸收沸水的嘶声以外，女孩一声也不喊——她疑问地想，为什么也不重重地哭一声呢？竟这样不响地愿意冤枉死去么？ 啊！——她转念，那是因为她自己当时晕过去的缘故，她当时剜去了心一般地晕去了。

想到这里，似乎泪竟干涸了。"唉！苦命呀！"她低低地叹息了一声。这时春宝拔去了奶头，向他底母亲的脸上看，一边叫：

"妈妈！妈妈！"

在她将离别底前一晚，她拣了房子底最黑暗处坐着。一盏油灯点在灶前，萤火那么的光亮。她，手里抱着春宝，将她底头贴在他底头发上。她底思想似乎浮漂在极远，可是她自己捉摸不定远在那里。于是慢慢地跑回来，跑到眼前，跑到她底孩子底身上。她向她底孩子低声叫：

"春宝，宝宝！"

"妈妈，"孩子含着奶头答。

"妈妈明天要去了……"

"唔，"孩子似不十分懂得，本能地将头钻进他母亲底胸膛。

"妈妈不回来了，三年内不能回来了！"

她擦一擦眼睛，孩子放松口子问：

"妈妈那里去呢？庙里么？"

"不是，三十里路外，一家姓李的。"

"我也去。"

"宝宝去不得的。"

"呃！"孩子反抗地，又吸着并不多的奶。

"你跟爸爸在家里，爸爸会照料宝宝的：同宝宝睡，也带宝宝玩，你听爸爸底话好了。过三年……"

她没有说完，孩子要哭似地说：

"爸爸要打我的！"

"爸爸不再打你了，"同时用她底左手抚摸着孩子底右额，在这上，有他父亲在杀死他刚生下的妹妹后第三天，用锄柄敲他，肿起而又平复了的伤痕。

她似要还想对孩子说话，她底丈夫踏进门了。他走到她底面前，一只手放在袋里，掏取着什么，一边说：

"钱已经拿来七十元了。还有三十元要等你到了后十天付。"

停了一息说："也答应轿子来接。"

又停了一息说："也答应轿夫一早吃好早饭来。"

这样，他离开了她，又向门外走出去了。

这一晚，她和她底丈夫都没有吃晚饭。

第二天，春雨竟滴滴淅淅地落着。

轿是一早就到了。可是这妇人，她却一夜不曾睡。她先将春宝底几件破衣服都修补好；春将完了，夏将到了，可是她，连孩子冬天用的破烂棉袄都拿出来，移交给他底父亲——实在，他已经在床上睡去了。以后，她坐在他底旁边，想对他说几句话，可是长夜是迟延着过去，她底话一句也说不出。而且，她大着胆向他叫了几声，发了几个听不清楚的声音，声音在他底耳外，她也就睡下不说了。

等她朦朦胧胧地刚离开思索将要睡去，春宝又醒了，他就推叫他底母亲，要起来。以后当她给他穿衣服的时候，向他说："宝宝好好地在家里，不要哭，免得你爸爸打你。以后妈妈常买糖果来，买给宝宝吃，宝宝不要哭。"

而小孩子竟不知道悲哀是什么一回事，张大口子"唉，唉，"地唱起来了。她在他底唇边吻了一吻，又说：

"不要唱，你爸爸被你唱醒了。"

轿夫坐在门首的板凳上，抽着旱烟，说着他们自己要听的话。一息，邻村的沈家婆也赶到了。一个老妇人，熟悉世故的媒婆，一进门，就拍拍她身上的雨点，向他们说：

"下雨了，下雨了，这是你们家里此后会有滋长的预兆。"

老妇人忙碌似地在屋内旋了几个圈，对孩子底父亲说了几句话，意思是讨酬报。因为这件契约之能订的如此顺利而合算，实在是她底力量。

"说实在话，春宝底爸呀，再加五十元，那老头子可以买一房妾了。"她说。

于是又转向催促她——妇人却抱着春宝，这时坐着不动。老妇人声音很高地：

"轿夫要赶到他们家里吃中饭的，你快些预备走呀！"

可是妇人向她瞧了一瞧，似乎说：

"我实在不愿离开呢！让我饿死在这里罢！"

声音是在她底喉下，可是媒婆懂得了，走近到她前面，眯眯地向她笑说：

"你真是一个不懂事的丫头，黄胖还有什么东西给你呢？那边真是一份有吃有剩的人家，两百多亩田，经济很宽裕，房子是自己底，也雇着长工养着牛。大娘底性子是极好的，对人非常客气，每次看见人总给人一些吃的东西。那老头子——实在并不老，脸是很白白的，也没有留胡子，因为读了书，背有些偻偻的，斯文的模样。可是也不必多说，你一走下轿就看见的，我是一个从不说谎的媒婆。"

妇人拭一拭泪，极轻地：

"春宝……我怎么能抛开他呢！"

"不用想到春宝了。"老妇人一手放在她底肩上，脸凑近她和春宝。"有五岁了，古人说：'三周四岁离娘身，'可以离开你了。只要你底肚子争气些，到那边，也养下一二个来，万事都好了。"

轿夫也在门首催起身了，他们噜苏着说："又不是新娘子，啼啼哭哭的。"

这样，老妇人将春宝从她底怀里拉去，一边说：

"春宝让我带去罢。"

小小的孩子也哭了，手脚乱舞的，可是老妇人终于给他拉到小门外去。当妇人走进轿门的时候，向他们说：

"带进屋里来罢，外边有雨呢。"

她底丈夫用手支着头坐着，一动没有动，而且也没有话。

两村的相隔有三十里路，可是轿夫的第二次将轿子放下肩，就到了。春天的细雨，从轿子底布篷里飘进，吹湿了她底衣衫。一个脸孔肥肥的，两眼很有心计的约摸五十四五岁的老妇人来迎她，她想：这当然是大娘了。可是只向她满面羞涩地看一看，并没有叫。她很亲昵似的将她牵上阶沿，一个长长的瘦瘦的而面孔圆细的男子就从房里走出来。他向新来的少妇，仔细地瞧了瞧，堆出满脸的笑容来，向她问：

"这么早就到了么？可是打湿你底衣裳了。"

而那位老妇人，却简直没有顾到他底说话，也向她问：

"还有什么在轿里么？"

"没有什么了，"少妇答。

几位邻舍的妇人站在大门外，探头张望的；可是她们走进屋里面了。

她自己也不知道这究竟为什么，她底心老是挂念着她底旧的家，掉不下她的春宝。这是真实而明显的，她应庆祝这将开始的三年的生活——这个家庭，和她所典给他的丈夫，都比曾经过去的要好，秀才确是一个温良和善的人，讲话是那么地低声，连大娘，实在也是一个出乎意料之外的妇人，她底态度之殷勤和滔滔的一席话：说她和她丈夫底过去的生活之经过，从美满而漂亮的结婚生活起，一直到现在，中间的30年。她曾做过一次的产，十五六年以前，养下一个男孩子，据她说，是一个极美丽又极聪明的婴儿，可是不到十个月，竟患了天花死去了。这样，以后就没有再养过第二个。在她底意思中，似乎——似乎——早就叫她底丈夫娶一房妾，可是他，不知是爱她呢，还是没有相当的人——这一层她并没有说清楚。于是，就一直到现在。这样，竟说得这个具着朴素的心地的她，一时酸，一会苦，一时甜上心头，一时又咸的压下去了。最后这个老妇人并将她底希望也向她说出来了。她底脸是娇红的，可是老夫人说：

"你是养过三四个孩子的女人了，当然，你是知道什么的，你一定知道的还比我多。"

这样，她说着走开了。

当晚，秀才也将家里底种种情形告诉她，实际，不过是向她夸耀或求媚罢了。她坐在一张橱子的旁边，这样的红的木橱，是她旧的家所没有的，她眼睛白晃晃地瞧着它。秀才也就坐在橱子底面前来，问她：

"你叫什么名字呢？"

她没有答，也并不笑，站起来，走在床底前面，秀才也跟到床底旁边，更笑地问她：

"怕羞么？哈，你想你底丈夫么？哈，哈，现在我是你底丈夫了。"声音是轻轻的，又用手去牵着她底袖子。"不要愁罢！你也想你底孩子的，是不是？不过——"

他没有说完，却又哈的笑了一声，他自己脱去他外面的长衫了。

她可以听见房外的大娘底声音在高声地骂着什么人，她一时听不出在骂谁，骂烧饭的女仆，又好象骂她自己，可是因为她底怨恨，仿佛又是为她而发的。秀才在床上叫道：

"睡罢，她常是这么噜噜苏苏的。她以前很爱那个长工，因为长工要和烧饭的黄妈多说话，她却常要骂黄妈的。"

日子是一天天地过去了。旧的家，渐渐地在她底脑子里疏远了，而眼前，却一步步地亲近她使她熟悉。虽则，春宝底哭声有时竟在她耳朵边响，梦中，她也几次地遇到过他了。可是梦是一个比一个缥缈，眼前的事务是一天比一天繁多。她知道这个老妇人是猜忌多心的，外表虽则对她还算大方，可是她底嫉妒的心是和侦探一样，监视着秀才对她的一举一动。有时，秀才从外面回来，先遇见了她而同她说话，老妇人就疑心有什么特别的东西买给她了，非在当晚，将秀才叫到她自己底房内去，狠狠地训斥一番不可。"你给狐狸迷着了么？""你应该称一称你自己底老骨头是多少重！"象这样的话，她耳闻到不止一次了。这样以后，她望见秀才从外面回来而旁边没有她坐着的时候，就非得急忙避开不可。即使她在旁边，有时也该让开些，但这种动作，她要做的非常自然，而且不能让别人看出，否则，她又要向她发怒，说是她有意要在旁人的前面暴露她大娘底丑恶。而且以后，竟将家里的许多杂务都堆积在她底身上，同一个女仆那么样。她还算是聪明的，有时老妇人底换下来的衣服放着，她也给她拿去洗了，虽然她说：

"我底衣服怎么要你洗呢？就是你自己底衣服，也可叫黄妈洗的。"
可是接着说：

"妹妹呀，你最好到猪栏里去看一看，那两只猪为什么这样嘓嘓叫的，或者因为没有吃饱罢，黄妈总是不肯给它们吃饱的。"

八个月了，那年冬天，她底胃却起了变化：老是不想吃饭，想吃新鲜的面，番薯等。但番薯或面吃了两餐，又不想吃，又想吃馄饨，多吃又要呕。而且还想吃南瓜和梅子——这是六月里的东西，真稀奇，上那里去找呢？秀才是知道在这个变化中所带来的预告了。他整日地笑微微，能找到的东西，总忙着给她找来。他亲身给她到街上去买橘子，又托便人买了金柑来，他在廊沿下走来走去，口里念念有词的，不知说什么。他看她和黄妈磨过年的粉，但还没有磨了三升，就向她叫："歇一歇罢，长工也好磨的，年糕是人人要吃的。"

有时在夜里，人家谈着话，他却独自拿了一盏灯，在灯下，读起《诗经》来了：

　"关关雎鸠，

　　在河之洲，

　　窈窕淑女，

　　君子好逑——"

这时长工向他问：

"先生，你又不去考举人，还读它做什么呢？"

他却摸一摸没有胡子的口边，怡悦地说道：

"是呀，你也知道人生底快乐么？所谓：'洞房花烛夜，金榜挂名时.' 你也知道这两句话底意思么？这是人生底最快乐的两件事呀！可是我对于这两件事都过去了，我却还有比这两件更快乐的事呢！"

这样，除出他底两个妻以外，其余的人们都大笑了。

这些事，在老妇人眼睛里是看得非常气恼了。她起初闻到她底受孕也欢喜，以后看见秀才的这样奉承她，她却怨恨她自己肚子底不会还债了。有一次，次年三月了，这妇人因为身体感觉不舒服，头有些痛，睡了三天。秀才呢，也愿她歇息歇息，更不时地问她要什么，而老妇人却着实地发怒了。她说她装娇，噜噜苏苏地也说了三天。她先是恶意地讥嘲她：说是一到秀才底家里就高贵起来了，什么腰酸呀，头痛呀，姨太太的架子也都摆出来了；以前在她自己底家里，她不相信她有这样的娇养，恐怕竟和街头的母狗一样，肚皮里有着一肚子的小狗，临产了，还要到处地奔求着食物。现在呢，因为"老东西"——这是秀才的妻叫秀才的名字——趋奉了她，就装着娇滴滴的样子了。

"儿子，"她有一次在厨房里对黄妈说："谁没有养过呀？我也曾怀过十个月的孕，不相信有这么的难受。而且，此刻的儿子，还在'阎罗王的簿里'，谁保的定生出来不是一只癞蛤蟆呢？也等到真的'鸟儿'从洞里钻出来看见了，才可在我底面前显威风，摆架子，此刻，不过是一块血的猫头鹰，就这么的装腔，也显得太早一点！"

当晚这妇人没有吃晚饭，这时她已经睡了，听了这一番婉转的冷嘲与热骂，她呜呜咽咽地低声哭泣了。秀才也带衣服坐在床上，听到浑身透着冷汗，发起抖来。他很想扣好衣服，重新走起来，去打她一顿，抓住她底头发狠狠地打她一顿，泄泄他一肚皮的气。但不知怎样，似乎没有力量，连指也颤动，臂也酸软了，一边轻轻地叹息着说：

"唉，一向实在太对她好了。结婚了三十年，没有打过她一掌，简直连指甲都没有弹到她底皮肤上过，所以今日，竟和娘娘一般地难惹了。"

同时，也爬过到床底那端，她底身边，向她耳语说："不要哭罢，不要哭罢，随她吠去好了！她是阉过的母鸡，看见别人的孵卵是难受的。假如你这一次真能养出一男孩子来。我当送你两样宝贝——我有一只青玉的戒指，一只白玉的……"

他没有说完，可是他忍不住听下门外的他底大妻底喋喋的讥笑的声音，他急忙地脱去了衣服，将头钻进被窝里去，凑向她底胸膛，一边说：

"我有白玉的……"

肚子一天天地膨胀的如斗那么大，老妇人终究也将产婆雇定了，而且在别人的面前，竟拿起花布来做婴儿用的衣服。

酷热的暑天到了尽头，旧历的六月，他们在希望的眼中过去了。秋开始，凉风也拂拂地在乡镇上吹送。于是有一天，这全家的人们都到了希望底最高潮，屋里底空气完全地骚动起来。秀才底心更是异常地紧张，他在天井上不断地徘徊，手里捧着一本历书，好似要读它背诵那么地念去——"戊辰"，"甲戌"，"壬寅之年"，老是反复地轻轻地说着。有时他底焦急的眼光向一间关了窗的房子望去——在这间房子内是有产母底低声呻吟的声音；有时他向天上望一望被云笼罩着的太阳，于是又走向房门口，向站在房门内的黄妈问：

"此刻如何？"

黄妈不住地点着头不做声响，一息，答：

"快下来了，快下来了。"

于是他又捧了那本历书，在廊下徘徊起来。

这样的情形，一直继续到黄昏底青烟在地面起来，灯火一盏盏的如春天的野花般在屋内开起，婴儿才落地了，是一个男的。婴儿底声音很重地在屋内叫，秀才却坐在屋角里，几乎快乐到流出眼泪来了。全家的人都没有心思吃晚饭，在平淡的晚餐席上，秀才底大妻向佣人们说道：

"暂时瞒一瞒罢，给小猫头避避晦气；假如别人问起，也答养一个女的好了。"

他们都微笑地点点头。

一个月以后，婴儿底白嫩的小脸孔，已在秋天的阳光里照耀了。这个少妇给他哺着奶，邻舍的妇人围着他们瞧，有的称赞婴儿底鼻子好，有的称赞婴儿底口子好，有的称赞婴儿底两耳好；更有的称赞婴儿底母亲，也比以前好，白而且壮。老妇人却正和老祖母那么地吩咐着，保护着，这时开始说：

"够了，不要弄他哭了。"

关于孩子底名字，秀才是煞费苦心地想着，但总想不出一个相当的字来。据老妇人底意见，还是从"长命富贵"或"福禄寿喜"里拣一个字，最好还是"寿"字或"寿"同意义的字，如"其颐"，"彭祖"等。但秀才不同意，以为太通俗，人云亦云的名字。于是翻开了《易经》，《书经》，向这里面找，但找了半月，一月，还没有恰贴的字。在他底意思：以为在这个名字内，一边要祝福孩子，一边要包含他底老而得子底蕴义，所以竟不容易找。这一天，他一边抱着三个月的婴儿，一边又向书里找名字，戴着一副眼镜，将书递到灯底旁边去。婴儿底母亲呆呆地坐在房内底一边，不知思想着什么，却忽然开口说：

"我想，还是叫他'秋宝'罢。"屋内的人们底几对眼睛都转向她，注意地静听着："他不是生在秋天吗？秋天的宝贝——还是叫他'秋宝'罢。"

秀才立刻接着说道：

"是呀，我真极费心思了。我年过半百，实在到了人生的秋期；孩子也正养在秋天；'秋'是万物成熟的季节，秋宝，实在是一个很好的名字呀！而且《书经》里没有么？'乃亦有秋'，我真乃亦有'秋'了！"

接着，又称赞了一通婴儿底母亲：说是呆读书实在无用，聪明是天生的。这些话，说的这妇人连坐着都觉得局促不安，垂下头，苦笑地又含泪地想：

"我不过因春宝想到了。"

秋宝是天天成长的非常可爱地离不开他底母亲了。他有出奇的大的眼睛，对陌生人是不倦地注视地瞧着，但对他底母亲，却远远地一眼就知道了。他整天地抓住了他底母亲，虽则秀才是比她还爱他，但不喜欢父亲；秀才底大妻呢，表面也爱他，似爱她自己亲生的儿子一样，但在婴儿底大眼睛里，却看她似陌生人，也用奇怪的不倦的视法。可是他的执住他底母亲愈紧，而他底母亲的离开这家的日子也愈近了。春天底口子咬住了冬天底尾巴；而夏天底脚又常是紧随着在春天底身后的；这样，谁都将孩子底母亲底三年快到的问题横放在心头上。

秀才呢，因为爱子的关系，首先向他底大妻提出来了：他愿意再拿出一百元钱，将她永远买下来。可是他底大妻底回答是：

"你要买她，那先给我药死罢！"

秀才听到这句话，气的只向鼻孔放出气，许久没有说；以后，他反儿做着笑脸地：

"你想想孩子没有娘……"

老妇人也尖利地冷笑地说：

"我不好算是他底娘么？"

在孩子的母亲的心呢，却正矛盾着这两种的冲突了：一边，她底脑里老是有"三年"这两个字，三年是容易过去的，于是她底生活便变做在秀才家里底佣人似的了。而且想象中的春宝，也同眼前的秋宝一样活泼可爱，她既舍不得秋宝，怎么就能舍得掉春宝呢？可是另一边，她实在愿意永远在这新的家里住下去，她想，春宝的爸爸不是一个长寿的人，他底病一定是在三五年之内要将他带走到不可知的异国里去的，于是，她便要求她底第二个丈夫，将春宝也领过来，这样，春宝也在她底眼前。有时，她倦坐在房外的沿廊下，初夏的阳光，异常地能令人昏朦地起幻想，秋宝睡在她底怀里，含着她底乳，可是她觉得仿佛春宝同时也站在她底旁边，她伸出手去也想将春宝抱近来，她还要对他们兄弟两人说几句话，可是身边是空空的。

在身边的较远的门口，却站着这位脸孔慈善而眼睛凶毒的老妇人，目光注视着她。这样，她也恍恍惚惚地敏悟："还是早些脱离罢，她简直探子一样地监视着我了。"可是忽然怀内的孩子一叫，她却又什么也没有的只剩着眼前的事实来支配她了。

以后，秀才又将计划修改了一些：他想叫沈家婆来，叫她向秋宝底母亲底前夫去说，他愿否再拿进三十元——最多是五十元，将妻续典三年给秀才。秀才对他底大妻说：

"要是秋宝到五岁，是可以离开娘了。"

他底大妻正是手里捻着念佛珠，一边在念着"南无阿弥陀佛"，一边答：

"她家里也还有前儿在，你也应放她和她底结发夫妇团聚一下罢。"

秀才低着头，断断续续地仍然这样说：

"你想想秋宝两岁就没有娘……"

可是老妇人放下念佛珠说：

"我会养的，我会管理他的，你怕我谋害了他么？"

秀才一听到末一句话，就拔步走开了。老妇人仍在后面说：

"这个儿子是帮我生的，秋宝是我底；绝种虽然是绝了你家底种，可是我却仍然吃着你家底餐饭。你真被迷了，老昏了，一点也不会想了。你还有几年好活，却要拼命拉她在身边？双连牌位，我是不愿意坐的！"

老妇人似乎还有许多刻毒的锐利的话，可是秀才走远开听不见了。

在夏天，婴儿底头上生了一个疮，有时身体稍稍发些热，于是这位老妇人就到处地问菩萨，求佛药，给婴儿敷在疮上，或灌下肚里，婴儿底母亲觉得并不十分要紧，反而使这样小小的生命哭成一身的汗珠，她不愿意，或将吃了几口的药暗地里拿去倒掉。于是这位老妇人就高声叹息，向秀才说：

"你看她竟一点也不介意他底病，还说孩子是并不怎样瘦下去。爱在心里的是深的；专疼表面是假的。"

这样，妇人只有暗自挥泪，秀才也不说什么话了。

秋宝一周纪念的时候，这家热闹地排了一天的酒筵，客人也到了三四十，有的送衣服，有的送面，有的送银制的狮狃，给婴儿挂在胸前的，有的送镀金的寿星老头儿，给孩子钉在帽上的，许多礼物，都在客人底袖子里带来了。他们祝福着婴儿的飞黄腾达，赞颂着婴儿的长寿永生；主人底脸孔，竟是荣光照耀着，有如落日的云霞反映着在他底颊上似的。

可是在这天，正当他们筵席将举行的黄昏时，来了一个客，从朦胧的暮光中向他们底天井走进，人们都注意他：一个憔悴异常的乡人，衣服补衲的，头发很长，在他底腋下，挟着一个纸包。主人骇异地迎上前去，问他是那里人，他口吃似地答了，主人一时糊涂的，但立刻明白了，就是那个皮贩。主人更轻轻地说：

"你为什么也送东西来了？你真不必的呀！"

来客胆怯地向四周看看，一边答说：

"要，要的……我来祝祝这个宝贝长寿千……"

他似没有说完，一边将腋下的纸包打开来了，手指颤动地打开了两三重的纸，于是拿出四只铜制镀银的字，一方寸那么大，是"寿比南山"四字。

秀才底大娘走来了，向他仔细一看，似乎不大高兴。秀才却将他招待到席上，客人们互相私语着。

两点钟的酒与肉，将人们弄的胡乱与狂热了：他们高声猜着拳，用大碗盛着酒互相比赛，闹得似乎房子都被震动了。只有那个皮贩，他虽然也喝了两杯酒，可是仍然坐着不动，客人们也不招呼他。等到兴尽了，于是各人草草地吃了一碗饭，互祝着好话，从两两三三的灯笼光影中，走散了。

而皮贩，却吃到最后，佣人来收拾羹碗了，他才离开了桌，走到廊下的黑暗处。在那里，他遇见了他底被典的妻。

"你也来做什么呢？"妇人问，语气是非常凄惨的。

"我那里又愿意来，因为没有法子。"

"那末你为什么来的这样晚？"

"我那里来买礼物的钱呀？！奔跑了一上午，哀求了一上午，又到城里买礼物，走得乏了，饿了，也迟了。"

妇人接着问：

"春宝呢？"

男子沉吟了一息答：

"所以，我是为春宝来的。……"

"为春宝来的？"妇人惊异地回音似地问。

男人慢慢地说：

"从夏天来，春宝是瘦的异样了。到秋天，竟病起来了。我又那里有钱给他请医生吃药，所以现在，病是更厉害了！再不想法救救他，眼见得要死！"静寂了一刻，继续说："现在，我是向你来借钱的……"

这时妇人底胸膛内，简直似有四五只猫在抓她，咬她，咀嚼着她底心脏一样。她恨不得哭出来，但在人们个个向秋宝祝颂的日子，她又怎么好跟在人们底声音后面叫哭呢？她吞下她底眼泪，向她底丈夫说：

"我又那里有钱呢？我在这里，每月只给我两角钱的零用，我自己又那里要用什么，悉数补在孩子底身上了。现在，怎么好呢？"

他们一时没有话，以后，妇人又问：

"此刻有什么人照顾着春宝呢？"

"托了一个邻舍，今晚我仍旧想回家，我就要走了。"

他一边说着，一边揩着泪。女的同时哽咽着说：

"你等一下罢，我向他去借借看。"

她就走开了。

三天以后的一天晚上，秀才忽然问这妇人道；

"我给你的那只青玉戒指呢？"

"在那天夜里，给了他了。给了他拿去当了。"

"没有借你五块钱么？"秀才愤怒地。

妇人低着头停了一息答：

"五块钱怎么够呢！"

秀才接着叹息说：

"总是前夫和前儿好，无论我对你怎么样！本来我很想再留你两年的，现在，你还是到明春就走罢！"

女人简直连泪也没有地呆着了。

几天后，他还向她那么地说：

"那只戒指是宝贝，我给你是要你传给秋宝的，谁知你一下就拿去当了！幸得她不知道，要是知道了。有三个月好闹了！"

妇人是一天天地黄瘦了。没有神采的光芒在她底眼睛里起来，而讥笑与冷骂的声音又充塞在她底耳内了。她是时常记念着她底春宝的病的，探听着有没有从她底本乡来的朋友，也探听着有没有向她底本乡去的便客，她很想得到一个关于"春宝的身体已复原"的消息，可是消息总没有； 她也想借两元钱或买些糖果去，方便的客人又没有，她不时地抱着秋宝在门首过去一些的大路边，眼睛望着来和去的路。这种情形却很使秀才底大妻不舒服了，她时常对秀才说：

"她那里愿意在这里呢，她是极想早些飞回去的。"

有几夜，她抱着秋宝在睡梦中突然喊起来，秋宝也被吓醒，哭起来了。秀才就追逼地问：

"你为什么？你为什么？"

可是女人拍着秋宝，口子哼哼的没有答。秀才继续说：

"梦着你底前儿死了么，那么地喊？连我都被你叫醒了。"

女人急忙一边答：

"不，不，……好象我底前面有一圹[2]坟呢！"

秀才没有再讲话，而悲哀的幻象更在女人底前面展现开来，她要走向这坟去。

冬末了，催离别的小鸟，已经到她底窗前不住地叫了。先是孩子断了奶，又叫道士们来给孩子度了一个关，于是孩子和他亲生的母亲的别离——永远的别离的命远就被决定了。

这一天，黄妈先悄悄地向秀才底大妻说：

"叫一顶轿子送她去么？"

秀才底大妻还是手里捻着念佛珠说：

"走走好吧， 到那边轿钱是那边付的，她又那里有钱呢？ 听说她底亲夫连饭也没得吃， 她不必摆阔了，路也不算远，我也是曾经走过三四十里路的人，她的脚比我大，半天可以到了。"

这天早晨当她给秋宝穿衣服的时候， 她的泪如溪水那么地流下，孩子向她叫："姊姊，姊姊"——因为老妇人要叫他自己是"妈妈"，只准叫她是"姊姊"——她向他咽咽地答应。她很想对他说几句话，意思是：

"别了，我底亲爱的儿子呀！你的妈妈待你是好的，你将米也好好地待她罢，永远不要再记念我了！"

可是她无论怎样也说不出。她也知道一周半的孩子是不会了解的。秀才悄悄地走向她，从她背后的腋下伸进手来，在他底手内是十枚双毫角子，一边轻轻说：

"拿去罢，这两块钱。"

妇人扣好孩子的纽扣，就将角子塞在怀内的衣袋里。

老妇人又进来了， 注意着秀才走出去的背后，又向妇人说：

"秋宝给我抱去罢， 免得你走时他哭。"

妇人不做声响，可是秋宝总不愿意， 用手不住地拍在老妇人底脸上，于是老妇人生气地又说：

"那么你同他去吃早饭去罢， 吃了早饭交给我。"

黄妈拼命地劝她多吃饭，一边说：

[2]圹（kuàng），墓穴，亦指坟墓。

"半月来你就这样了，你真比来的时候还瘦了。你没有去照照镜子。今天，吃一碗下去罢，你还要走三十里路呢。"

她只不关紧要地说了一句：

"你对我真好！"

但是太阳是升的非常高了，一个很好的天气，秋宝还是不肯离开他的母亲，老妇人便狠狠地将他从她底怀里夺去，秋宝用小小的脚踢在老妇人的肚子上，用小小的拳头搔住她底头发，高声呼喊她。妇人在后面说：

"让我吃了中饭去罢。"

老妇人却转过头，凶凶地说：

"赶快打起你底包袱去罢，早晚总有一次的！"

孩子的哭声便在她的耳内渐渐远去了。

打包裹的时候，耳内是听着孩子的哭声。黄妈在旁边，一边劝慰着她，一边却看她打进什么去。终于，她挟着一只旧的包裹走了。她离开他底大门时，听见她底秋宝的哭声。可是慢慢地远远地走了三里路了，还听见她底秋宝的哭声。

暖和的太阳所照耀的路，在她底面前竟和天一样无穷止地长。当她走到一条河边的时候，她很想停止她底那么无力的脚步，向明澈得可以看见她自己底身子的水底跳下去了。但在水边坐了一会之后，她还得依前去的方向，移动她自己的影子。

太阳已经过午了，一个村里的一个年老的乡人告诉她，路还有十五里；于是她向那个老人说：

"伯伯，请你代我就近叫一顶轿子罢，我是走不回去了！"

"你是有病的么？" 老人问。

"是的。"

她那时坐在村口的凉亭里面。

"你从那里来？"

妇人静默了一时答：

"我是向那里去的；早晨我以为自己会走的。"

老人怜悯地也没有多说话，就给她找了两位轿夫，一顶没篷的轿。因为那是下秧的季节。

下午三四时的样子，一条狭窄而污秽的乡村小街上，抬过了一顶没篷的轿子，轿里躺着一个脸色枯萎如同一张干瘪的黄菜叶那么的中年妇人，两眼朦胧地颓唐地闭着。嘴里的呼吸只有微弱地吐出。街上的人们个个睁着惊异的目光，怜悯地凝视着过去。一群孩子们，争噪地跟在轿后，好象一件奇异的事情落到这沉寂的小村镇里来了。

春宝也是跟在轿后的孩子们中底一个，他还在似赶猪那么地哗着轿走，可是轿子一转一个弯，却是向他底家里去的路，他却伸直了两手而奇怪了，等到轿子到了他家里的门口，他简直呆似地远远地站在前面，背靠一株柱子上，面向着轿，其余的孩子们胆怯地围在轿的两边。妇人走出来了，她昏迷的眼睛还认不清站在前面，穿着褴褛的衣服，头发蓬

乱的，身子和三年前一样的短小，那个八岁的孩子是她的春宝。突然，她哭出来地高叫了：

"春宝呀！"

一群孩子们，个个无意地吃了一惊，而春宝简直吓得躲进屋内他父亲那里去了。妇人在灰暗的屋内坐了许久许久，她和她底丈夫都没有一句话。夜色降落了，他下垂的头昂起来，向她说：

"烧饭吃罢！"

妇人就不得已地站起来，向屋角上旋转了一周，一点也没有气力地对她丈夫说：

"米缸内是空空的……"

男人冷笑了一声，答说："你真在大人底家里生活过了！ 米，盛在那只香烟盒子内。"

当天晚上，男子向她底儿子说：

"春宝，跟你底娘去睡！"

而春宝却靠在灶边哭起来了。他底母亲走近他，一边叫：

"春宝，宝宝！"

可是当她底手去抚摸他底时候，他又躲闪开了。男子加上说：

"会生疏得那么快，一顿打呢！"

她眼睁睁地睡在一张龌龊的狭板床上，春宝陌生似地睡在她底身边。在她底已经麻木的胸内，仿佛秋宝肥白可爱地在她身边挣动着，她伸出两手想去抱，可是身边是春宝。这时，春宝睡着了。转了一个身，她的母亲紧紧地将他抱住，而孩子却从微弱的鼾声中，脸伏在她的胸膛上，两手抚摩着她的两乳。

沉静而寒冷的死一般的长夜，似无限地拖延着，拖延着……

一九三〇年一月二十日

【导读】

作家作品简介

柔石（1902—1931），原名赵平复，化名少雄，浙江宁海人，共产党员。1928 年到上海从事革命文学运动，曾任《语丝》编辑，并与鲁迅先生同办"朝花社"。1930 年初，自由运动大同盟筹建，柔石为发起人之一。1930 年 3 月中国左翼作家联盟成立，柔石曾任执行委员、编辑部主任。

柔石

同年 5 月以左联代表资格，参加全国苏维埃区域代表大会。1931 年 1 月在上海被捕，同年 2 月 7 日与殷夫、欧阳立安等 23 位同志同被国民党反动派秘密杀害。牺牲后，鲁迅曾写《为了忘却的纪念》一文，追悼他和其他死难同志。遗著有《柔石选集》。

鉴赏解读参考

《为奴隶的母亲》是柔石创作思想和艺术技巧日渐成熟，达到现实主义高度的代表作。小说描写一个农村皮贩，在贫病交迫中出典妻子的悲惨故事。通过对浙江农村风行的"典妻"制度的细致描绘，揭露了劳动人民在封建制度下所受的残酷野蛮的剥削和压迫，深刻批判了封建宗法文化对人性的戕害，表现了作者对旧社会农村劳动妇女充满血泪的苦难生活的深切同情。

问题与思考

1. 该小说在艺术描写上主要用了哪些手法？
2. 作者从生活实际出发，按照生活的本来面目去塑造人物形象，刻画人物性格，因此其笔下的人物既个性鲜明，又血肉丰满；既有人情味，又有阶级差别。无论是皮贩的凶狠、痛苦，春宝娘的勤劳善良、忍辱负重，还是秀才的伪善、温情，大妻的嫉妒专横，都写得合情合理，很有分寸。试对春宝娘进行人物分析。
3. 春宝娘的两次婚姻都是无爱的，她在皮贩那里是可自由支配的私有财产，在秀才那里只是生育工具。典妻习俗所暴露出的对人性的摧残令人发指，而文中的人物却甘愿为它所累，充分显示了人性的奴化。你认为导致这种习俗产生的原因是什么？联系文章说说。

延伸阅读

柔石代表作有中篇小说《二月》《三姊妹》等。

林家铺子 [1]

一

林小姐这天从学校回来就撅起着小嘴唇。她掼下了书包，并不照例到镜台前梳头发搽粉，却倒在床上看着帐顶出神。小花噗的也跳上床来，挨着林小姐的腰部摩擦，咪呜咪呜地叫了两声。林小姐本能地伸手到小花头上摸了一下，随即翻一个身，把脸埋在枕头里，就叫道：

"妈呀！"

没有回答。妈的房就在间壁，妈素常疼爱这唯一的女儿，听得女儿回来就要摇摇摆摆走过来问她肚子饿不饿，妈留着好东西呢，——再不然，就差吴妈赶快去买一碗馄饨。但今天却作怪，妈的房里明明有说话的声音，并且还听得妈在打呃，却是妈连回答也没有一声。

林小姐在床上又翻一个身，翘起了头，打算偷听妈和谁谈话，是那样悄悄地放低了声音。

然而听不清，只有妈的连声打呃，间歇地飘到林小姐的耳朵。忽然妈的嗓音高了一些，似乎很生气，就有几个字听得很分明：

——这也是东洋货，那也是东洋货，呃！……

林小姐猛一跳，就好像理发时候颈脖子上粘了许多短头发似的浑身都烦躁起来了。正也是为了这东洋货问题，她在学校里给人家笑骂，她回家来没好气。她一手推开了又挨到她身边来的小花，跳起来就剥下那件新制的翠绿色假毛葛驼绒旗袍来，拎在手里抖了几下，叹一口气。据说这怪好看的假毛葛和驼绒都是东洋来的。她撩开这件驼绒旗袍，从床下拖出那口小巧的牛皮箱来，赌气似的扭开了箱子盖，把箱子底朝天向床上一撒，花花绿绿的衣服和杂用品就滚满了一床。小花吃了一惊，噗的跳下床去，转一个身，却又跳在一张椅子上蹲着望住它的女主人。

林小姐的一双手在那堆衣服里抓捞了一会儿，就呆呆地站在床前出神。这许多衣服和杂用品越看越可爱，却又越看越像是东洋货呢！全都不能穿了么？可是她——舍不得，而且她的父亲也未必肯另外再制新的！林小姐忍不住眼圈儿红了。她爱这些东洋货，她又恨那些东洋人；好好儿的发兵打东三省干么呢？不然，穿了东洋货有谁来笑骂。

"呃——"

[1]《林家铺子》是一篇优秀的现实主义作品，作于1932年6月18日。

忽然房门边来了这一声。接着就是林大娘的摇摇摆摆的瘦身形。看见那乱丢了一床的衣服，又看见女儿只穿着一件绒线短衣站在床前出神，林大娘这一惊非同小可。心里愈是着急，她那个"呃"却愈是打得多，暂时竟说不出半句话。

林小姐飞跑到母亲身边，哭丧着脸说：

"妈呀！全是东洋货，明儿叫我穿什么衣服？"

林大娘摇着头只是打呃，一手扶住了女儿的肩膀，一手揉磨自己的胸脯，过了一会儿，她方才挣扎出几句话来：

"阿囡，呃，你干么脱得——呃，光落落？留心冻——呃——我这毛病，呃，生你那年起了这个病痛，呃，近来越发凶了！呃——"

"妈呀！你说明儿我穿什么衣服？我只好躲在家里不出去了，他们要笑我，骂我！"

但是林大娘不回答。她一路打呃，走到床前拣出那件驼绒旗袍来，就替女儿披在身上，又拍拍床，要她坐下。小花又挨到林小姐脚边，昂起了头，眯细着眼睛看看林大娘，又看看林小姐；然后它懒懒地靠到林小姐的脚背上，就林小姐的鞋底来摩擦它的肚皮。林小姐一脚踢开了小花，就势身子一歪，躺在床上，把脸藏在她母亲的身后。

暂时两个都没有话。母亲忙着打呃，女儿忙着盘算"明天怎样出去"；这东洋货问题不但影响到林小姐的所穿，还影响到她的所用；据说她那只常为同学们艳羡的化妆皮夹以及自动铅笔之类，也都是东洋货，而她却又爱这些小玩意儿的！

"阿囡，呃——肚子饿不饿？"

林大娘坐定了半晌以后，渐渐少打几个呃了，就又开始她日常的疼爱女儿的老功课。

"不饿，嗳，妈呀，怎么老是问我饿不饿呢，顶要紧是没有了衣服明天怎样去上学！"

林小姐撒娇说，依然那样蜷曲着身体躺着，依然把脸藏在母亲背后。

自始就没弄明白为什么女儿尽嚷着没有衣服穿的林大娘现在第三次听得了这话儿，不能不再注意了，可是她那该死的打呃很不作美地又连连来了。恰在此时林先生走了进来，手里拿着一张字条儿，脸上乌霉霉地像是涂着一层灰。他看见林大娘不住在地打呃，女儿躺在满床乱丢的衣服堆里，他就料到了几分，一双眉头就紧紧地皱起。他唤着女儿的名字说道：

"明秀，你的学校里有什么抗日会么？刚送来了这封信。说是明天你再穿东洋货的衣服去，他们就要烧呢——无法无天的话语，咳……"

"呃——呃！"

"真是岂有此理，哪一个人身上没有东洋货，却偏偏找定了我们家来生事！哪一家洋广货铺子里不是堆足了东洋货，偏是我的铺子犯法，一定要封存！咄！"

林先生气愤愤地又加了这几句，就颓然坐在床边的一张椅子里。

"呃，呃，救苦救难观世音，呃——"

"爸爸，我还有一件老式的棉袄，光景不是东洋货，可是穿出去人家又要笑我。"

过了一会儿，林小姐从床上坐起来说，她本来打算进一步要求父亲制一件不是东洋货的新衣，但瞧着父亲的脸色不对，便又不敢冒昧。同时，她的想像中就展开了那件旧棉袄惹人讪笑的情形，她忍不住哭起来了。

"呃，呃——啊哟！——呃，莫哭，——没有人笑你——"

"呃，阿囡……"

"阿秀，明天不用去读书了！饭快要没得吃了，还读什么书！"

林先生懊恼地说，把手里那张字条儿扯得粉碎，一边走出房去，一边叹气跺脚。然而没多几时，林先生又匆匆地跑了回来，看着林大娘的面孔说道：

"橱门上的钥匙呢？给我！"

林大娘的脸色立刻变成灰白，瞪出了眼睛望着她的丈夫，永远不放松她的打呃忽然静定了半晌。

"没有办法，只好去斋斋那些闲神野鬼了——"

林先生顿住了，叹一口气，然后又接下去说：

"至多我花四百块。要是党部里还嫌少，我拼着不做生意，等他们来封！——我们对过的裕昌祥，进的东洋货比我多，足足有一万多块钱的码子呢，也只花了五百块，就太平无事了。——五百块！算是吃了几笔倒账罢！——钥匙！咳！那一个金项圈，总可以兑成三百块……"

"呃，呃，真——好比强盗！"

林大娘摸出那钥匙来，手也颤抖了，眼泪扑簌簌地往下掉。林小姐却反不哭了，瞪着一对泪眼，呆呆地出神，她恍惚看见那个曾经到她学校里来演说而且饿狗似的盯住看她的什么委员，一个怪叫人讨厌的黑麻子，捧住了她家的金项圈在半空里跳，张开了大嘴巴笑。随后，她又恍惚看见这强盗似的黑麻子和她的父亲吵嘴，父亲被他打了，……

"啊哟！"

林小姐猛然一声惊叫，就扑在她妈的身上。林大娘慌得没有工夫尽打呃，挣扎着说：

"阿囡，呃，不要哭——过了年，你爸爸有钱，就给你制新衣服——呃，那些狠心的强盗！都咬定我们有钱，呃，一年一年亏空，你爸爸做做肥田粉生意又上当，呃——店里全是别人的钱了。阿囡，呃，呃，我这病，活着也受罪——呃，再过两年，你十九岁，招得个好女婿。呃，我死也放心了！——救苦救难观世音菩萨！呃——"

二

第二天，林先生的铺子里新换过一番布置。将近一星期不曾露脸的东洋货又都摆在最惹眼的地位了。林先生又摹仿上海大商店的办法，写了许多"大廉价照码九折"的红绿纸条，贴在玻璃窗上。这天是阴历腊月二十三,正是乡镇上洋广货店的"旺月"。不但林先生的额外支出"四百元"指望在这时候捞回来,就是林小姐的新衣服也靠托在这几天的生意好。

十点多钟,赶市的乡下人一群一群的在街上走过了,他们臂上挽着篮,或是牵着小孩子,粗声大气地一边在走,一边在谈话。他们望到了林先生的花花绿绿的铺面,都站住了,仰起脸,老婆唤丈夫,孩子叫爹娘,啧啧地夸羡那些货物。新年快到了,孩子们希望穿一双新袜子,女人们想到家里的面盆早就用破,全家合用的一条面巾还是半年前的老家伙,肥皂又断绝了一个多月,趁这里"卖贱货",正该买一点。林先生坐在账台上,抖擞着精神,堆起满脸的笑容,眼睛望着那些乡下人,又带睃着自己铺子里的两个伙计,两个学徒,满心希望货物出去,洋钱进来。但是这些乡下人看了一会,指指点点夸羡了一会,竟自懒洋洋地走到斜对门的裕昌祥铺面前站住了再看。林先生伸长了脖子,望到那班乡下人的背影,眼睛里冒出火来。他恨不得拉他们回来!

"呃——呃——"

坐在账台后面那道分隔铺面与"内宅"的蝴蝶门旁边的林大娘把勉强忍住了半晌的 "呃"放出来。林小姐倚在她妈的身边,呆呆地望着街上不作声,心头却是卜卜地跳;她的新衣服至少已经走脱了半件。

林先生赶到柜台前睁大了妒忌的眼睛看着斜对门的同业裕昌祥。那边的四五个店员一字儿摆在柜台前,等候做买卖。但是那班乡下人没有一个走近到柜台边,他们看了一会儿,又照样的走过去了。林先生觉得心头一松,忍不住望着裕昌祥的伙计笑了一笑。这时又有七八人一队的乡下人走到林先生的铺面前,其中有一位年轻的居然上前一步,歪着头看那些挂着的洋伞。林先生猛转过脸来,一对嘴唇皮立刻嘻开了;他亲自兜揽这位意想中的顾客了:

"喂,阿弟,买洋伞么?便宜货,一只洋伞卖九角!看看货色去。"

一个伙计已经取下了两三把洋伞,立刻撑开了一把,热剌剌地塞到那年青乡下人的手里,振起精神,使出夸卖的本领来:

"小当家,你看!洋缎面子,实心骨子,晴天,落雨,耐用好看!九角洋钱一顶,再便宜没有了!……那边是一只洋一顶,货色还没有这等好呢,你比一比就明白。"

那年青的乡下人拿着伞,没有主意似的张大了嘴巴。他回过头去望着一位五十多岁的老头子,又把手里的伞颠了一颠,似乎说:"买一把罢?"老头子却老大着急地吆喝道:

"阿大!你昏了,想买伞!一船硬柴,一股脑儿只卖了三块多钱,你娘等着量米回去吃,哪有钱来买伞!"

"货色是便宜,没有钱买!"

站在那里观望的乡下人都叹着气说,懒洋洋地都走了。那年青的乡下人满脸涨红,摇一下头,放了伞也就要想走,这可把林先生急坏了,赶快让步问道:

"喂,喂,阿弟,你说多少钱呢?——再看看去,货色是靠得住的!"

"货色是便宜，钱不够。"

老头一面回答，一面拉住了他的儿子，逃也似的走了。林先生苦着脸，踱回到账台里，浑身不得劲儿。他知道不是自己不会做生意，委实是乡下人太穷了，买不起九毛钱的一顶伞。他偷眼再望斜对门的裕昌祥，也还是只有人站在那里看，没有人上柜台买。裕昌祥左右邻的生泰杂货店万甡糕饼店那就简直连看的人都没有半个。一群一群走过的乡下人都挽着篮子，但篮子里空无一物；间或有花蓝布的一包儿，看样子就知道是米；甚至一个多月前乡下人收获的晚稻也早已被地主们和高利贷的债主们如数逼光，现在乡下人不得不一升两升的量着贵米吃。这一切，林先生都明白，他就觉得自己的一份生意至少是间接的被地主和高利贷者剥夺去了。

时间渐渐移近正午，街上走的乡下人已经很少了，林先生的铺子就只做成了一块多钱的生意，仅仅足够开销了"大廉价照码九折"的红绿纸条的广告费。林先生垂头丧气走进"内宅"去，几乎没有勇气和女儿老婆相见。林小姐含着一泡眼泪，低着头坐在屋角；林大娘在一连串的打呃中，挣扎着对丈夫说：

"花了四百块钱——又忙了一个晚上摆设起来，呃，东洋货是准卖了，却又生意清淡，呃——阿囡的爷呀！……吴妈又要拿工钱——"

"还只半天呢！不要着急。"

林先生勉强安慰着，心里的难受，比刀割还厉害。他闷闷地踱了几步。所有推广营业的方法都想遍了，觉得都不是路。生意清淡，早已各业如此，并不是他一家呀；人们都穷了，可没有法子。但是他总还希望下午的营业能够比较好些。本镇的人家买东西大概在下午。难道他们过新年不买些东西？只要他们存心买，林先生的营业是有把握的。毕竟他的货物比别家便宜。

是这盼望使得林先生依然能够抖擞着精神坐在账台上守候他意想中的下午的顾客。

这下午照例和上午显然不同：街上并没很多的人，但几乎每个人都相识，都能够叫出他们的姓名，或是他们的父亲和祖父的姓名。林先生靠在柜台上，用了异常温和的眼光迎送这些慢慢地走着谈着经过他那铺面的本镇人。他时常笑嘻嘻地迎着常有交易的人喊道：

"呵，××哥，到清风阁去吃茶么？小店大放盘，交易点儿去！"

有时被唤着的那位居然站住了，走上柜台来，于是林先生和他的店员就要大忙而特忙，异常敏感地伺察着这位未可知的顾客的眼光，瞧见他的眼光瞥到什么货物上，就赶快拿出那种货物请他考校。林小姐站在那对蝴蝶门边看望，也常常被林先生唤出来对那位未可知的顾客叫一声"伯伯"。小学徒送上一杯便茶来，外加一枝小联珠。

在价目上，林先生也格外让步；遇到那位顾客一定要除去一毛钱左右尾数的时候，他就从店员手里拿过那算盘来算了一会儿，然后不得已似的把那尾数从算盘上拨去，一面笑嘻嘻地说：

"真不够本呢！可是老主顾，只好遵命了。请你多作成几笔生意罢！"

　　整个下午就是这么张罗着过去了。连现带赊，大大小小，居然也有十来注交易。林先生早已汗透棉袍。虽然是累得那么着，林先生心里却很愉快。他冷眼偷看斜对门的裕昌祥，似乎赶不上自己铺子的"热闹"。常在那对蝴蝶门旁边看望的林小姐脸上也有些笑意，林大娘也少打几个呃了。

　　快到上灯时候，林先生核算这一天的"流水账"；上午等于零，下午卖了十六元八角五分，八块钱是赊账。林先生微微一笑，但立即皱紧了眉头了；他今天的"大放盘"确是照本出卖，开销都没着落，官利更说不上。他呆了一会儿，又开了账箱，取出几本账簿来翻着打了半天算盘；账上"人欠"的数目共有一千三百余元，本镇六百多，四乡七百多；可是"欠人"的客账，单是上海的东升字号就有八百，合计不下二千哪！林先生低声叹一口气，觉得明天以后如果生意依然没见好，那他这年关就有点难过了。他望着玻璃窗上"大放盘照码九折"的红绿纸条，心里这么想："照今天那样当真放盘，生意总该会见好；亏本么？没有生意也是照样的要开销。只好先拉些主顾来再慢慢儿想法提高货码……要是四乡还有批发生意来，那就更好！——"

　　突然有一个人来打断林先生的甜蜜梦想了。这是五十多岁的一位老婆子，巍颤颤地走进店来，手里拿着一个小小的蓝布包。林先生猛抬起头来，正和那老婆子打一个照面，想躲避也躲避不及，只好走上前去招呼她道：

　　"朱三太，出来买过年东西么？请到里面去坐坐。——阿秀，来扶朱三太。"

　　林小姐早已不在那对蝴蝶门边了，没有听到。那朱三太连连摇手，就在铺面里的一张椅子上坐了，郑重地打开她的蓝布手巾包，——包里仅有一扣折子，她抖抖簌簌地双手捧了，直送到林先生的鼻子前，她的瘪嘴唇扭了几扭，正想说话，林先生早已一手接过那折子，同时抢先说道：

　　"我晓得了。明天送到你府上罢。"

　　"哦，哦；十月，十一月，十二月，一总是三个月，三三得九，是九块罢？——明天你送来？哦，哦，不要送，让我带了去。嗯！"

　　朱三太扭着她的瘪嘴唇，很艰难似的说。她有三百元的"老本"存在林先生的铺里，按月来取三块钱的利息，可是最近林先生却拖欠了三个月，原说是到了年底总付，明天是送灶日，老婆子要买送灶的东西，所以亲自上林先生的铺子来了。看她那股扭起了一对瘪嘴唇的劲儿，光景是钱不到手就一定不肯走。

　　林先生抓着头皮不作声。这九块钱的利息，他何尝存心白赖，只是三个月来生意清淡，每天卖得的钱仅够开伙食，付捐税，不知不觉地拖欠下来了。然而今天要是不付，这老婆子也许会就在铺面上嚷闹，那就太丢脸，对于营业的前途很有影响。

　　"好，好，带了去罢，带了去罢！"

林先生终于斗气似的说，声音有点儿哽咽。他跑到账台里，把上下午卖得的现钱归并起来，又从腰包里掏出一个双毫，这才凑成了八块大洋，十角小洋，四十个铜子，交付了朱三太。当他看见那老婆子把这些银洋铜子郑重地数了又数，而且抖抖簌簌地放在那蓝布手巾上包了起来的时候，他忍不住叹一口气，异想天开地打算拉回几文来；他勉强笑着说：

"三阿太，你这蓝布手巾太旧了，买一块老牌麻纱白手帕去罢？我们有上好的洗脸手巾，肥皂，买一点儿去新年里用罢。价钱公道！"

"不要，不要；老太婆了，用不到。"

朱三太连连摆手说，把折子藏在衣袋里，捧着她的蓝布手巾包竟自去了。

林先生哭丧着脸，走回"内宅"去。因这朱三太的上门讨利息，他记起还有两注存款，桥头陈老七的二百元和张寡妇的一百五十元，总共十来块钱的利息，都是"不便"拖欠的，总得先期送去。他抢着指头算日子：二十四，二十五，二十六——到二十六，放在四乡的账头该可以收齐了，店里的寿生是前天出去收账的，极迟二十六应该回来了；本镇的账头总得到二十八九方才有个数目。然而上海号家的收账客人说不定明后天就会到，只有再向恒源钱庄去借了。但是明天的门市怎样？……

他这么低着头一边走，一边想，猛听得女儿的声音在他耳边说：

"爸爸，你看这块大绸好么？七尺，四块二角，不贵罢？"

林先生心里蓦地一跳，站住了睁大着眼睛，说不出话。林小姐手里托着那块绸，却在那里憨笑。四块二角！数目可真不算大，然而今天店里总共只卖得十六块多，并且是老实照本贱卖的呀！林先生怔了一会儿，这才没精打采地问道：

"你哪来的钱呢？"

"挂在账上。"

林先生听得又是欠账，忍不住皱一下眉头。但女儿是自己宠惯了的，林大娘又抵死偏护着，林先生没奈何只有苦笑。

过一会儿，他叹一口气，轻轻埋怨道：

"那么性急！过了年再买岂不是好！"

三

又过了两天，"大放盘"的林先生的铺子，生意果然很好，每天可以做三十多元的生意了。林大娘的打呃，大大减少，平均是五分钟来一次；林小姐在铺面和"内宅"之间跳进跳出，脸上红喷喷地时常在笑，有时竟在铺面帮忙招呼生意，直到林大娘再三唤她，方才跑进去，一边擦着额上的汗珠，一边兴冲冲地急口说：

"妈呀，又叫我进来干么！我不觉得辛苦呀！妈！爸爸累得满身是汗，嗓子也喊哑了！——刚才一个客人买了五块钱东西呢！妈！不要怕我辛苦，不要怕！爸爸叫我歇一会儿就出去呢！"

林大娘只是点头，打一个呃，就念一声"大慈大悲菩萨"。客厅里本就供奉着一尊瓷观音，点着一炷香，林大娘就摇摇摆摆走过去磕头，谢菩萨的保佑，还要祷告菩萨慈悲，保佑林先生的生意永远那么好，保佑林小姐易长易大，明年就得个好女婿。

但是在铺面张罗的林先生虽然打起精神做生意，脸上笑容不断，心里却像有几根线牵着。每逢卖得了一块钱，看见顾客欣然挟着纸包而去，林先生就忍不住心里一顿，在他心里的算盘上就加添了五分洋钱的血本的亏折。他几次想把这个"大放盘"时每块钱的实足亏折算成三分，可是无论如何，算来算去总得五分。生意虽然好，他却越卖越心疼了。在柜台上招呼主顾的时候，他这种矛盾的心理有时竟至几乎使他发晕。偶尔他偷眼望望斜对门的裕昌祥，就觉得那边闲立在柜台边的店员和掌柜，嘴角上都带着讥讽的讪笑，似乎都在说："看这姓林的傻子呀，当真亏本放盘哪！看着罢，他的生意越好，就越亏本，倒闭得越快！"那时候，林先生便咬一下嘴唇，决定明天无论如何要把货码提高，要把次等货标上头等货的价格。

给林先生斡旋那"封存东洋货"问题的商会长当走过林家铺子的时候，也微微笑着，站住了对林先生贺喜，并且拍着林先生的肩膀，轻声说：

"如何？四百块钱是花得不冤枉罢！——可是，卜局长那边，你也得稍稍点缀，防他看得眼红，也要来敲诈。生意好，妒忌的人就多；就是卜局长不生气，他们也要去挑拨呀！"

林先生谢商会长的关切，心里老大吃惊，几乎连做生意都没有精神。

然而最使他心神不宁的，是店里的寿生出去收账到现在还没有回来，林先生是等着寿生收的钱来开销"客账"。上海东升字号的收账客人前天早已到镇，直催逼得林先生再没有话语支吾了。如果寿生再不来，林先生只有向恒源钱庄借款的一法，这一来，林先生又将多负担五六十元的利息，这在见天亏本的林先生委实比割肉还心疼。

到四点钟光景，林先生忽然听得街上走过的人们乱哄哄地在议论着什么，人们的脸色都很惶急，似乎发生了什么大事情了。一心惦念着出去收账的寿生是否平安的林先生就以为一定是快班船遭了强盗抢，他的心卜卜地乱跳。他唤住了一个路人焦急地问道：

"什么事？是不是栗市快班遭了强盗抢？"

"哦！又是强盗抢么？路上真不太平！抢，还是小事，还要绑人去哪！"

那人，有名的闲汉陆和尚，含糊地回答，同时眯着半只眼睛看林先生铺子里花花绿绿的货物。林先生不得要领，心里更急，丢开陆和尚，就去问第二个走近来的人，桥头的王三毛。

"听说栗市班遭抢，当真么？"

"那一定是太保阿书手下人干的，太保阿书是枪毙了，他的手下人多么厉害！"

王三毛一边回答，一边只顾走。可是林先生却急坏了，冷汗从额角上钻出来。他早就估量到寿生一定是今天回来，而且是从栗市——收账程序中预定的最后一处，坐快班船回来；此刻已是四点钟，不见他来，王三毛又是那样说，那还有什么疑义么？林先生竟忘记了这所谓"栗市班遭强盗抢"乃是自己的发明了！他满脸急汗，直往"内宅"跑；在那对蝴蝶门边忘记跨门槛，几乎绊了一跤。

"爸爸！上海打仗了！东洋兵放炸弹烧闸北——"

林小姐大叫着跑到林先生跟前。

林先生怔了一下。什么上海打仗，原就和他不相干，但中间既然牵连着"东洋兵"，又好像不能不追问一声了。他看着女儿的很兴奋的脸孔问道：

"东洋兵放炸弹么？你从哪里听来的？"

"街上走过的人全是那么说。东洋兵放大炮，掷炸弹。闸北烧光了！"

"哦，那么，有人说栗市快班强盗抢么？"

林小姐摇头，就像扑火的灯蛾似的扑向外面去了。林先生迟疑了一会儿，站在那蝴蝶门边抓头皮。林大娘在里面打呃，又是喃喃地祷告："菩萨保佑，炸弹不要落到我们头上来！"林先生转身再到铺子里，却见女儿和两个店员正在谈得很热闹。对门生泰杂货店里的老板金老虎也站在柜台外边指手画脚地讲谈。上海打仗，东洋飞机掷炸弹烧了闸北，上海已经罢市，全都证实了。强盗抢快班船么？没有听人说起过呀！栗市快班么？早已到了，一路平安。金老虎看见那快班船上的伙计刚刚背着两个蒲包走过的。林先生心里松一口气，知道寿生今天又没回来，但也知道好好儿的没有逢到强盗抢。

现在是满街都在议论上海的战事了。小伙计们夹在闹里骂"东洋乌龟！"竟也有人当街大呼："再买东洋货就是王八！"林小姐听着，脸上就飞红了一大片。林先生却还不动神色。大家都卖东洋货，并且大家花了几百块钱以后，都已经奉着特许："只要把东洋商标撕去了就行。"他现在满店的货物都已经称为"国货"，买主们也都是"国货，国货"地说着，就拿走了。在此满街人为了上海的战事而没有心思想到生意的时候，林先生始终在筹虑他的正事。他还是不肯花重利去借庄款，他去和上海号家的收账客人情商，请他再多等这么一天两天。他的寿生极迟明天傍晚总该会到。

"林老板，你也是明白人，怎么说出这种话来呀！现在上海开了火，说不定明后天火车就不通，我是巴不得今晚上就动身呢！怎么再等一两天？请你今天把账款缴清，明天一早我好走。我也是吃人家的饭，请你照顾照顾罢！"

上海客人毫无通融地拒绝了林先生的情商。林先生看来是无可商量了，只好忍痛去到恒源钱庄去商借。他还恐怕那"钱猢狲"知道他是急用，要趁火打劫，高抬利息。谁知钱庄经理的口气却完全不对了。那痨病鬼经理听完了林先生的申请，并没作答，只管捧着他那老古董的水烟筒卜落落卜落落的呼，直到烧完一根纸吹，这才慢吞吞地说：

"不行了！东洋兵开仗，上海罢市，银行钱庄都封关，知道他们几时弄得好！上海这路一断，敝庄就成了没脚蟹，汇划不通，比尊处再好的户头也只好不做了。对不起，实在爱莫能助！"

林先生呆了一呆，还总以为这痨病鬼经理故意刁难，无非是为提高利息作地步，正想结结实实说几句恳求的话，却不料那经理又逼进一步道：

"刚才敝东吩咐过，他得的信，这次的乱子恐怕要闹大，叫我们收紧盘子！尊处原欠五百，二十二那天，又是一百，总共是六百，年关前总得扫数归清；我们也算是老主顾，今天先透一个信，免得临时多费口舌，大家面子上难为情。"

"哦——可是小店里也实在为难。要看账头收得怎样。"

林先生呆了半晌，这才说出这两句话。

"嘿！何必客气！宝号里这几天来的生意比众不同，区区六百块钱，还为难么？今天是同老兄说明白了，总望扫数归清，我在敝东跟前好交代。"

痨病鬼经理冷冷地说，站起来了。林先生冷了半截身子，瞧情形是万难挽回，只好硬着头皮走出了那家钱庄。他此时这才明白原来远在上海的打仗也要影响到他的小铺子了。今年的年关当真是难过：上海的收账客人立逼着要钱，恒源里不许宕过年，寿生还没回来，不知道他怎样了，镇上的账头，去年只收起八成，今年瞧来连八成都捏不稳——横在他前面的路，只是一条："暂停营业，清理账目"！而这条路也就等于破产，他这铺子里早已没有自己的资本，一旦清理，剩给他的，光景只有一家三口三个光身子！

林先生愈想愈仄，走过那座望仙桥时，他看着桥下的浑水，几乎想纵身一跳完事。可是有一个人在背后唤他道：

"林先生，上海打仗了，是真的罢？听说东栅外刚刚调来了一支兵，到商会里要借饷，开口就是二万，商会里正在开会呢！"

林先生急回过脸去看，原来正是那位存有两百块钱在他铺子里的陈老七，也是林先生的一位债主。

"哦——"

林先生打一个冷噤，只回答了这一声，就赶快下桥，一口气跑回家去。

四

这晚上的夜饭，林大娘在家常的一荤二素以外，特又添了一个碟子，是到八仙楼买来的红焖肉，林先生心爱的东西。另外又有一斤黄酒。林小姐笑不离口，为的铺子里生意好，为的大绸新旗袍已经做成，也为的上海竟然开火，打东洋人。林大娘打呃的次数更加少了，差不多十分钟只来一回。

只有林先生心里发闷到要死。他喝着闷酒，看看女儿，又看看老婆，几次想把那炸弹似的恶消息宣布，然而终于没有那样的勇气。并且他还不曾绝望，还想挣扎，至少是还想掩饰他的两下里碰不到头。所以当商会里议决了答应借饷五千并且要林先生摊认二十元的时候，他毫不推托，就答应下来了。他决定非到最后五分钟不让老婆和女儿知道那家道困难的真实情形。他的划算是这样的：人家欠他的账收一个八成罢，他还人家的账也是个八成，——反正可以借口上海打仗，钱庄不通；为难的是人欠我欠之间尚差六百光景，那只有用剜肉补疮的方法拼命放盘卖贱货，且捞几个钱来渡过了眼前再说。这年头，谁能够顾到将来呢？眼前得过且过。

是这么想定了方法，又加上那一斤黄酒的力量，林先生倒酣睡了一夜，恶梦也没有半个。

第二天早上，林先生醒来时已经是六点半钟，天色很阴沉。林先生觉得有点头晕。他匆匆忙忙吞进两碗稀饭，就到铺子里，一眼就看见那位上海客人板起了脸孔在那里坐守"回话"。而尤其叫林先生猛吃一惊的，是斜对门的裕昌祥也贴起红红绿绿的纸条，也在那里"大放盘照码九折"了！林先生昨夜想好的"如意算盘"立刻被斜对门那些红绿纸条冲一个摇摇不定。

"林老板，你真是开玩笑！昨晚上不给我回音。轮船是八点钟开，我还得转乘火车，八点钟这班船我是非走不行！请你快点——"

上海客人不耐烦地说，把一个拳头在桌子上一放。林先生只有陪不是，请他原谅，实在是因为上海打仗钱庄不通，彼此是多年的老主顾，务请格外看承。

"那么叫我空手回去么？"

"这，这，断乎不会。我们的寿生一回来，有多少付多少，我要是藏落半个钱，不是人！"

林先生颤着声音说，努力忍住了滚到眼眶边的眼泪。

话是说到尽头了，上海客人只好不再噜嗦，可是他坐在那里不肯走。林先生急得什么似的，心是卜卜地乱跳。近年他虽然万分拮据，面子上可还遮得过；现在摆一个人在铺子里坐守，这件事要是传扬开去，他的信用可就完了，他的债户还多着呢，万一群起效尤，他这铺子只好立刻关门。他在没有办法中想办法，几次请这位讨账客人到内宅去坐，然而讨账客人不肯。

天又索索地下起冻雨来了。一条街上冷清清地简直没有人行。自有这条街以来，从没见过这样萧索的腊尾岁尽。朔风吹着那些招牌，嚓嚓地响。渐渐地冻雨又有变成雪花的模样。沿街店铺里的伙计们靠在柜台上仰起了脸发怔。

林先生和那位收账客人有一句没一句的闲谈着。林小姐忽然走出蝴蝶门来站在街边看那索索的冻雨。从蝴蝶门后送来的林大娘的呃呃的声音又渐渐儿加勤。林先生嘴里应酬着，一边看看女儿，又听听老婆的打呃，心里一阵一阵酸上来，想起他的一生简直毫没幸福，然而又不知道坑害他到这地步的，究竟是谁。那位上海客人似乎气平了一些了，忽然很恳切地说：

"林老板，你是个好人。一点嗜好都没有，做生意很巴结认真。放在二十年前，你怕不发财么？可是现今时势不同，捐税重，开销大，生意又清，混得过也还是你的本事。"

林先生叹一口气苦笑着，算是谦逊。

上海客人顿了一顿，又接着说下去：

"贵镇上的市面今年又比上年差些，是不是？内地全靠乡庄生意，乡下人太穷，真是没有法子——呀，九点钟了！怎么你们的收账伙计还没来呢？这个人靠得住么？"

林先生心里一跳，暂时回答不出来。虽然是七八年的老伙计，一向没有出过岔子，但谁能保到底呢！而况又是过期不见回来。上海客人看着林先生那迟疑的神气，就笑；那笑声有几分异样。忽然那边林小姐转脸对林先生急促地叫道：

"爸爸，寿生回来了！一身泥！"

显然林小姐的叫声也是异样的，林先生跳起来，又惊又喜，着急的想跑到柜台前去看，可是心慌了，两腿发软。这时寿生已经跑了进来，当真是一身泥，气喘喘地坐下了，说不出话来。林先生估量那情形不对，吓得没有主意，也不开口。上海客人在旁边皱眉头。过了一会儿，寿生方才喘着气说：

"好险呀！差一些儿被他们抓住了。"

"到底是强盗抢了快班船么？"

林先生惊极，心一横，倒逼出话来了。

"不是强盗。是兵队拉夫呀！昨天下午赶不上趁快班。今天一早趁航船，哪里知道航船听得这里要捉船，就停在东栅外了。我上岸走不到半里路，就碰到拉夫。西面宝祥衣庄的阿毛被他们拉去了。我跑得快，抄小路逃了回来。他妈的，性命交关！"

寿生一面说，一面撩起衣服，从肚兜里掏出一个手巾包来递给了林先生，又说道：

"都在这里了。栗市的那家黄茂记很可恶，这种户头，我们明年要留心！——我去洗一个脸，换件衣服再来。"

林先生接了那手巾包，捏一把，脸上有些笑容了。他到账台里打开那手巾包来。先看一看那张"清单"，打了一会儿算盘，然后点检银钱数目：是大洋十一元，小洋二百角，钞票四百二十元，外加即期庄票两张，一张是规元五十两，又一张是规元六十五两。这全部付给上海客人，照账算也还差一百多元。林先生凝神想了半晌，斜眼偷看了坐在那里吸烟的上海客人几次，方才叹一口气，割肉似的拿起那两张庄票和四百元钞票捧到上海客人跟前，又说了许多话，方才得到上海客人点一下头，说一声"对啦"。

但是上海客人把庄票看了两遍，忽又笑着说道：

"对不起，林老板，这庄票，费神兑了钞票给我罢！"

"可以，可以。"

林先生连忙回答，慌忙在庄票后面盖了本店的书柬图章，派一个伙计到恒源庄去取现，并且叮嘱了要钞票。又过了半晌，伙计却是空手回来。

恒源庄把票子收了，但不肯付钱；据说是扣抵了林先生的欠款。天是在当真下雪了，林先生也没张伞，冒雪到恒源庄去亲自交涉，结果是徒然。

"林老板，怎样了呢？"

看见林先生苦着脸跑回来，那上海客人不耐烦地问了。

林先生几乎想哭出来，没有话回答，只是叹气。除了央求那上海客人再通融，还有什么别的办法？寿生也来了，帮着林先生说。他们赌咒：下欠的二百多元，赶明年初十边一定汇到上海。是老主顾了，向来三节清账，从没半句话，今儿实在是意外之变，大局如此，没有办法，非是他们刁赖。

然而不添一些，到底是不行的。林先生忍能又把这几天内卖得的现款凑成了五十元，算是总共付了四百五十元，这才把那位叫人头痛的上海收账客人送走了。

此时已有十一点了，天还是飘飘扬扬落着雪。买客没有半个。林先生纳闷了一会儿，和寿生商量本街的账头怎样去收讨。两个人的眉头都皱紧了，都觉得本镇的六百多元账头收起来真没有把握。寿生挨着林先生的耳朵悄悄地说道：

"听说南栅的聚隆，西栅的和源，都不稳呢！这两处欠我们的，就有三百光景，这两笔倒账要预先防着，吃下了，可不是玩的！"

林先生脸色变了，嘴唇有点抖。不料寿生把声音再放低些，支支吾吾地说出了更骇人的消息来：

"还有，还有讨厌的谣言，是说我们这里了。恒源庄上一定听得了这些风声，这才对我们逼得那么急，说不定上海的收账客人也有点晓得——只是，谁和我们作对呢？难道就是斜对门么？"

寿生说着，就把嘴向裕昌祥那边呶了一呶。林先生的眼光跟着寿生的嘴也向那边瞥了一下，心里直是乱跳，哭丧着脸，好半天说不出话来。他的又麻又痛的心里感到这一次他准是毁了！——不毁才是作怪：党老爷敲诈他，钱庄压逼他，同业又中伤他，而又要吃倒账，凭谁也受不了这样重重的磨折罢？而究竟为了什么他应该活受罪呀！他，从父亲手里继承下这小小的铺子，从没敢浪费；他，做生意多么巴结；他，没有害过人，没有起过歹心；就是他的祖上，也没害过人，做过歹事呀！然而他竟如此命苦！

"不过，师父，随他们去造谣罢，你不要发急。荒年传乱话，听说是镇上的店铺十家有九家没法过年关。时势不好，市面清得不成话。素来硬朗的铺子今年都打饥荒，也不是我们一家困难！天塌压大家，商会里总得议个办法出来；总不能大家一齐拖倒，弄得市面更加不像市面。"

看见林先生急苦了，寿生姑且安慰着，忍不住也叹了一口气。

雪是愈下愈密了，街上已经见白。偶尔有一条狗垂着尾巴走过，抖一抖身体，摇落了厚积在毛上的那些雪，就又悄悄地夹着尾巴走了。自从有这条街以来，从没见过这样冷落凄凉的年关！而此时，远在上海，日本军的重炮正在发狂地轰毁那边繁盛的市廛[2]。

[2] 市廛，集市。廛（chán），古代城市平民的房地。

五

凄凉的年关，终于也过去了。镇上的大小铺子倒闭了二十八家。内中有一家"信用素著"的绸庄。欠了林先生三百元货账的聚隆与和源也毕竟倒了。大年夜的白天，寿生到那两个铺子里磨了半天，也只拿了二十多块来；这以后，就听说没有一个收账员拿到半文钱，两家铺子的老板都躲得不见面了。林先生自己呢，多亏商会长一力斡旋，还无须往乡下躲，然而欠下恒源钱庄的四百多元非要正月十五以前还清不可；并且又订了苛刻的条件：从正月初五开市那天起，恒源就要派人到林先生铺子里"守提"，卖得的钱，八成归恒源扣账。

新年那四天，林先生家里就像一个冰窖。林先生常常叹气，林大娘的打呃像连珠炮。林小姐虽然不打呃，也不叹气，但是呆呆地好像害了多年的黄病。她那件大绸新旗袍，为的要付吴妈的工钱，已经上了当铺；小学徒从清早七点钟就去那家唯一的当铺门前守候，直到九点钟方才从人堆里拿了两块钱挤出来。以后，当铺就止当了。两块钱！这已是最高价。随你值多少钱的贵重衣饰，也只能当得两块钱！叫做"两块钱封门"。乡下人忍着冷剥下身上的棉袄递上柜台去，那当铺里的伙计拿起来抖了一抖，就直丢出去，怒声喊道："不当！"

元旦起，是大好的晴天。关帝庙前那空场上，照例来了跑江湖赶新年生意的摊贩和变把戏的杂耍。人们在那些摊子面前懒懒地拖着腿走，两手打着空的腰包，就又懒懒地走开了。孩子们拉住了娘的衣角，赖在花炮摊前不肯走，娘就给他一个老大的耳光。那些特来赶新年的摊贩们连伙食都开销不了，白赖在"安商客寓"里，天天和客寓主人吵闹。

只有那班变把戏的出了八块钱的大生意，党老爷们唤他们去点缀了一番"升平气象"。

初四那天晚上，林先生勉强筹措了三块钱，办一席酒请铺子里的"相好"吃照例的"五路酒"，商量明天开市的办法。林先生早就筹思过熟透：这铺子开下去呢，眼见得是亏本的生意，不开呢，他一家三口儿简直没有生计，而且到底人家欠他的货账还有四五百，他一关门更难讨取；惟一的办法是减省开支，但捐税派饷是逃不了的，"敲诈"尤其无法躲避，裁去一两个店员罢，本来他只有三个伙计，寿生是左右手，其余的两位也是怪可怜见的，况且辞歇了到底也不够招呼生意；家里呢，也无可再省，吴妈早已辞歇。他觉得只有硬着头皮做下去，或者靠菩萨的保佑，乡下人春蚕熟，他的亏空还可以补救。

但要开市，最大的困难是缺乏货品。没有现钱寄到上海去，就拿不到货。上海打得更厉害了，赊账是休转这念头。卖底货罢，他店里早已淘空，架子上那些装卫生衣的纸盒就是空的，不过摆在那里装幌子。他铺子里就剩了些日用杂货，脸盆毛巾之类，存底还厚。

大家喝了一会闷酒，抓腮挖耳地想不出好主意。后来谈起闲天来，一个伙计忽然说：

"乱世年头，人比不上狗！听说上海闸北烧得精光，几十万人都只逃得一个光身子。虹口一带呢，烧是还没烧，人都逃光了，东洋人凶得很，不许搬东西。上海房钱涨起几倍。逃出来的人都到乡下来了，昨天镇上就到了一批，看样子都是好好的人家，现在却弄得无家可归！"

林先生摇头叹气。寿生听了这话，猛的想起了一个好办法；他放下了筷子，拿起酒杯来一口喝干了，笑嘻嘻对林先生说道：

"师傅，听得阿四的话么？我们那些脸盆，毛巾，肥皂，袜子，牙粉，牙刷，就可以如数销清了。"

林先生瞪出了眼睛，不懂得寿生的意思。

"师傅，这是天大的机会。上海逃来的人，总还有几个钱，他们总要买些日用的东西，是不是？这笔生意，我们赶快张罗。"

寿生接着又说。再筛出一杯酒来喝了，满脸是喜气。两个伙计也省悟过来了，哈哈大笑。只有林先生还不很了然。近来的逆境已经把他变成糊涂。他惘然问道：

"你拿得稳么？脸盆，毛巾，别家也有。——"

"师傅，你忘记了！脸盆毛巾一类的东西只有我们存底独多！裕昌祥里拿不出十只脸盆，而且都是拣剩货。这笔生意，逃不出我们的手掌心的了！我们赶快多写几张广告到四栅去分贴，逃难人住的地方——嗳，阿四，他们住在什么地方？我们也要去贴广告。"

"他们有亲戚的住到亲戚家里去了，没有的，还借住在西栅外茧厂的空房子。"

叫做阿四的伙计回答，脸上发亮，很得意自己的无意中立了大功。林先生这时也完全明白了。心里一快乐，就又灵活起来，他马上拟好了广告的底稿，专拣店里有的日用品开列上去，约莫也有十几种。他又摹仿上海大商店卖"一元货"的方法，把脸盆，毛巾，牙刷，牙粉配成一套卖一块钱，广告上就大书"大廉价一元货"。店里本来还有余剩下的红绿纸，寿生大张的裁好了，拿笔就写。两个伙计和学徒就乱哄哄地拿过脸盆，毛巾，牙刷，牙粉来装配成一组。人手不够，林先生叫女儿出来帮着写，帮着扎配，另外又配出几种"一元货"，全是零星的日用必需品。

这一晚上，林家铺子里直忙到五更左右，方才大致就绪。第二天清早，开门鞭炮响过，排门开了，林家铺子布置得又是一新。漏夜[3]赶起来的广告早已漏夜分头贴出去。西栅外茧厂一带是寿生亲自去布置，哄动那些借住在茧厂里的逃难人，都起来看，当做一件新闻。

"内宅"里，林大娘也起了个五更，瓷观音面前点了香，林大娘爬着磕了半天响头。她什么都祷告全了，就只差没有祷告菩萨要上海的战事再扩大再延长，好多来些逃难人。

一切都很顺利，一切都不出寿生的预料。新正开市第一天就只林家铺子生意很好，到下午四点多钟，居然卖了一百多元，是这镇上近十年来未有的新纪录。销售的大宗，果然是"一元货"，然而洋伞橡皮雨鞋

[3] 漏夜，深夜；连夜。

之类却也带起了销路，并且那生意也做的干脆有味。虽然是"逃难人"，却毕竟住在上海，见过大场面，他们不像乡下人或本镇人那么小格式，他们买东西很爽利，拿起货来看了一眼，现钱交易，从不拣来拣去，也不硬要除零头。

林大娘看见女儿兴冲冲地跑进来夸说一回，就爬到瓷观音面前磕了一回头。她心里还转了这样的念头：要不是岁数相差得多，把寿生招做女婿倒也是好的！说不定在寿生那边也时常用半只眼睛看望着这位厮熟的十七岁的"师妹"。

只有一点，使林先生扫兴；恒源庄毫不顾面子地派人来提取了当天营业总数的八成。并且存户朱三阿太，桥头陈老七，还有张寡妇，不知听了谁的怂恿，都借了"要量米吃"的借口，都来预支息金；不但支息金，还想拔提一点存款呢！但也有一个喜讯，听说又到了一批逃难人。

晚餐时，林先生添了两碟荤菜，酬劳他的店员。大家称赞寿生能干。林先生虽然高兴，却不能不惦念着朱三阿太等三位存户是要提存款的事情。大新年碰到这种事，总是不吉利。寿生忿然说：

"那三个懂得什么呢！还不是有人从中挑拨！"

说着，寿生的嘴又向斜对门呶了一呶。林先生点头。可是这三位不懂什么的，倒也难以对付；一个是老头子，两个是孤苦的女人，软说不肯，硬来又不成。林先生想了半天觉得只有去找商会长，请他去和那三位宝贝讲开。他和寿生说了，寿生也竭力赞成。

于是晚饭后算过了当天的"流水账"，林先生就去拜访商会长。

林先生说明了来意后，那商会长一口就应承了，还夸奖林先生做生意的手段高明，他那铺子一定能够站住，而且上进。摸着自己的下巴，商会长又笑了一笑，伛过身体来说道：

"有一件事，早就想对你说，只是没有机会。镇上的卜局长不知在哪里见过令爱来，极为中意；卜局长年将四十，还没有儿子，屋子里虽则放着两个人，都没生育过；要是令爱过去，生下一男半女，就是现成的局长太太。呵，那时，就连我也沾点儿光呢！"

林先生做梦也想不到会有这样的难题，当下怔住了做不得声。商会长却又郑重地接着说：

"我们是老朋友，什么话都可以讲个明白。论到这种事呢，照老派说，好像面子上不好听；然而也不尽然。现在通行这一套，令爱过去也算是正的。——况且，卜局长既然有了这个心，不答应他有许多不便之处；答应了，将来倒有巴望。我是替你打算，才说这个话。"

"咳，你怕不是好意劝我仔细！可是，我是小户人家，小女又不懂规矩，高攀卜局长，实在不敢！"

林先生硬着头皮说，心里卜卜乱跳。

"哈，哈，不是你高攀，是他中意。——就这么罢，你回去和尊夫人商量商量，我这里且搁着，看见卜局长时，就说还没机会提过，行不行呢？可是你得早点给我回音！"

"嗯——"

筹思了半晌，林先生勉强应着，脸色像是死人。

回到家里，林先生支开了女儿，就一五一十对林大娘说了。他还没说完，林大娘的呃就大发作，光景邻居都听得清。

她勉强抑住了那些涌上来的呃，喘着气说道：

"怎么能够答应，呃，就不是小老婆，呃，呃——我也舍不得阿秀到人家去做媳妇。"

"我也是这个意思，不过——"

"呃，我们规规矩矩做生意，呃，难道我们不肯，他好抢了去不成？呃——"

"不过他一定要来找讹头生事！这种人比强盗还狠心！"

林先生低声说，几乎落下眼泪来。

"我拼了这条老命。呃！救苦救难观世音呀！"

林大娘颤着声音站了起来，摇摇摆摆想走。林先生赶快拦住，没口地叫道：

"往哪里去？往哪里去？"

同时林小姐也从房外来了，显然已经听见了一些，脸色灰白，眼睛死瞪瞪地。林大娘看见女儿，就一把抱住了，一边哭，一边打呃，一边喃喃地挣扎着喘着气说：

"呃，阿囡，呃，谁来抢你去，呃，我同他拼老命！呃，生你那年我得了这个——病，呃，好容易养到十七岁，呃，呃，死也死在一块儿！呃，早给了寿生多么好呢！呃！强盗！不怕天打的！"

林小姐也哭了，叫着"妈！"林先生搓着手叹气。看看哭得不像样，窄房浅屋的要惊动邻舍，大新年也不吉利，他只好忍着一肚子气来劝母女两个。

这一夜，林家三口儿都没有好生睡觉。明天一早林先生还得起来做生意，在一夜的转侧愁思中，他偶尔听得屋面上一声响，心就卜卜地跳，以为是卜局长来寻他生事来了；然而定了神仔细想起来，自家是规规矩矩的生意人，又没犯法，只要生意好，不欠人家的钱，难道好无端生事，白诈他不成？而他的生意呢，眼前分明有一线生机。生了个女儿长的还端正，却又要招祸！早些定了亲，也许不会出这岔子？——商会长是不是肯真心帮忙呢，只有恳求他设法——可是林大娘又在打呃了，咳，她这病！

天刚发白，林先生就起身，眼圈儿有点红肿，头里发昏。可是他不能不打起精神招呼生意。铺面上靠寿生一个到底不行，这小伙子近几天来也就累得够了。

林先生坐在账台里，心总不定。生意虽然好，他却时时浑身的肉发抖。看见面生的大汉子上来买东西，他就疑惑是卜局长派来的人，来侦察他，来寻事；他的心直跳得发痛。

却也作怪，这天生意之好，出人意料。到正午，已经卖了五六十元，买客们中间也有本镇人。那简直不像买东西，简直像是抢东西，只有倒闭了铺子拍卖底货的时候才有这种光景。林先生一边有点高兴，一边却也看着心惊，他估量"这样的好生意气色不正"。果然在午饭的时候，寿生就悄悄告诉道：

"外边又有谣言，说是你拆烂污卖一批贱货，捞到几个钱，就打算逃走！"

林先生又气又怕，开不得口。突然来了两个穿制服的人，直闯进来问道：

"谁是林老板？"

林先生慌忙站了起来，还没回答，两个穿制服的拉住他就走。寿生追上去，想要拦阻，又想要探询，那两个人厉声吆喝道：

"你是谁？滚开！党部里要他问话！"

六

那天下午，林先生就没有回来。店里生意忙，寿生又不能抽空身子尽自去探听。里边林大娘本来还被瞒着，不防小学徒漏了嘴，林大娘那一急几乎一口气死去。她又死不放林小姐出那对蝴蝶门儿，说是：

"你的爸爸已经被他们捉去了，回头就要来抢你！呃——"

她只叫寿生进来问底细，寿生瞧着情形不便直说，只含糊安慰了几句道：

"师母，不要着急，没有事的！师傅到党部里去理直那些存款呢。我们的生意好，怕什么的！"

背转了林大娘的面，寿生悄悄告诉林小姐，"到底为什么，还没得个准信儿，"他叮嘱林小姐且安心伴着"师母"，外边事有他呢。林小姐一点主意也没有，寿生说一句，她就点一下头。

这样又要照顾外面的生意，又要挖空心思找出话来对付林大娘不时的追询，寿生更没有工夫去探听林先生的下落。直到上灯时分，这才由商会长给他一个信：林先生是被党部扣住了，为的外边谣言林先生打算卷款逃走，然而林先生除有庄款和客账未清外，还有朱三阿太，桥头陈老七，张寡妇三位孤苦人儿的存款共计六百五十元没有保障，党部里是专替这些孤苦人儿谋利益的，所以把林先生扣起来，要他理直这些存款。

寿生吓得脸都黄了，呆了半晌，方才问道：

"先把人保出来，行么？人不出来，哪里去弄钱来呢？"

"嘿！保出人来！你空手去，让你保么？"

"会长先生，总求你想想法子，做好事。师傅和你老人家向来交情也不差，总求你做做好事！"

商会长皱着眉头沉吟了一会儿，又端详着寿生半晌，然后一把拉寿生到屋角里悄悄说道：

"你师傅的事，我岂有袖手旁观之理。只是这件事现在弄僵了！老实对你说，我求过卜局长出面讲情，卜局长只要你师傅答应一件事，他是肯帮忙的；我刚才到党部里会见你的师傅，劝他答应，他也答应了，那不是事情完了么？不料党部里那个黑麻子真可恶，他硬不肯 ——"

"难道他不给卜局长面子？"

"就是呀！黑麻子反而噜哩噜嗦说了许多，卜局长几乎下不得台。两个人闹翻了！这不是这件事弄得僵透？"

寿生叹了口气，没有主意；停一会儿，他又叹一口气说：

"可是师傅并没犯什么罪。"

"他们不同你讲理！谁有势，谁就有理！你去对林大娘说，放心，还没吃苦，不过要想出来，总得花点儿钱！"

商会长说着，伸两个指头一扬，就匆匆地走了。

寿生沉吟着，没有主意；两个伙计攒住他探问，他也不回答。商会长这番话，可以告诉"师母"么？又得花钱！"师母"有没有私蓄，他不知道；至于店里，他很明白，两天来卖得的现钱，被恒源提了八成去，剩下只有五十多块，济得什么事！商会长示意总得两百。知道还够不够呀！照这样下去，生意再好些也不中用。他觉得有点灰心了。

里边又在叫他了！他只好进去瞧光景再定主意。

林大娘扶住了女儿的肩头，气喘喘地问道：

"呃，刚才，呃——商会长来了，呃，说什么？"

"没有来呀！"

寿生撒一个谎。

"你不用瞒我，呃——我，呃，全知道了；呃，你的脸色吓得焦黄！阿秀看见的，呃！"

"师母放心，商会长说过不要紧。——卜局长肯帮忙——"

"什么？呃，呃——什么？卜局长肯帮忙！——呃，呃，大慈大悲的菩萨，呃，不要他帮忙！呃，呃，我知道，你的师傅，呃呃，没有命了！呃，我也不要活了！呃，只是这阿秀，呃，我放心不下！呃，呃，你同了她去！呃，你们好好的做人家！呃，呃，寿生，呃，你待阿秀好，我就放心了！呃，去呀！他们要来抢！呃——狠心的强盗！观世音菩萨怎么不显灵呀！"

寿生睁大了眼睛，不知道怎样回话。他以为"师母"疯了，但可又一点不像疯。他偷眼看他的"师妹"，心里有点跳；

林小姐满脸通红，低了头不作声。

"寿生哥，寿生哥，有人找你说话！"

小学徒一路跳着喊进来。寿生慌忙跑出去，总以为又是商会长什么的来了，哪里知道竟是斜对门裕昌祥的掌柜吴先生。"他来干什么？"寿生肚子里想，眼光盯住在吴先生的脸上。

吴先生问过了林先生的消息，就满脸笑容，连说"不要紧"。寿生觉得那笑脸有点异样。

"我是来找你划一点货——"

吴先生收了笑容，忽然转了口气，从袖子里摸出一张纸来。是一张横单，写着十几行，正是林先生所卖"一元货"的全部。寿生一眼瞧见就明白了，原来是这个把戏呀！他立刻说：

"师傅不在，我不能作主。"

"你和你师母说，还不是一样！"

寿生踌躇着不能回答。他现在有点懂得林先生之所以被捕了。先是谣言林先生要想逃，其次是林先生被扣住了，而现在却是裕昌祥来挖货，这一连串的线索都明白了。寿生想来有点气，又有点怕，他很知道，要是答应了吴先生的要求，那么，林先生的生意，自己的一番心血，都完了。可是不答应呢，还有什么把戏来，他简直不敢想下去了。最后他姑且试一试说：

"那么，我去和师母说，可是，师母女人家专要做现钱交易。"

"现钱么？哈，寿生，你是说笑话罢？"

"师母是这种脾气，我也是没法。最好等明天再谈罢。刚才商会长说，卜局长肯帮忙讲情，光景师傅今晚上就可以回来了。"

寿生故意冷冷的说，就把那张横单塞还吴先生的手里。吴先生脸上的肉一跳，慌忙把横单又推回到寿生手里，一面没口应承道：

"好，好，现账就是现账。今晚上交货，就是现账。"

寿生皱着眉头再到里边，把裕昌祥来挖货的事情对林大娘说了，并且劝她：

"师母，刚才商会长来，确实说师傅好好的在那里，并没吃苦；不过总得花几个钱，才能出来。店里只有五十块。现在裕昌祥来挖货，照这单子上看，总也有一百五十块光景，还是挖给他们罢，早点救师傅出来要紧！"

林大娘听说又要花钱，眼泪直淌，那一阵呃，当真打得震天响，她只是摇手，说不出话，头靠在桌子上，把桌子捶得怪响。寿生瞧来不是路，悄悄的退出去，但在蝴蝶门边，林小姐追上来了。她的脸色像死人一样白，她的声音抖而且哑，她急口地说：

"妈是气糊涂了！总说爸爸已经被他们弄死了！你，你赶快答应裕昌祥，赶快救爸爸，寿生哥，你——"

林小姐说到这里，忽然脸一红，就飞快地跑进去了。寿生望着她的后影，呆立了半分钟光景，然后转身，下决心担负这挖货给裕昌祥的责任，至少"师妹"是和他一条心要这么办了。

夜饭已经摆在店铺里了，寿生也没有心思吃，立等着裕昌祥交过钱来，他拿一百在手里，另外身边藏了八十，就飞跑去找商会长。

半点钟后，寿生和林先生一同回来了。跑进"内宅"的时候，林大娘看见了倒吓一跳。认明是当真活的林先生时，林大娘急急爬在瓷观音前磕响头，比她打呃的声音还要响。林小姐光着眼睛站在旁边，像是要哭，又像是要笑。寿生从身旁掏出一个纸包来，放在桌子上说：

"这是多下来的八十块钱。"

林先生叹了一口气，过一会儿，方才有声没气地说道：

"让我死在那边就是了，又花钱弄出来！没有钱，大家还是死路一条！"

　　林大娘突然从地下跳起来，着急的想说话，可是一连串的呃把她的话塞住了。林小姐忍住了声音，抽抽咽咽地哭。林先生却还不哭，又叹一口气，哽咽着说：

　　"货是挖空了！店开不成，债又逼的紧——"

　　"师傅！"

　　寿生叫了一声，用手指蘸着茶，在桌子上写了一个"走"字给林先生看。

　　林先生摇头，眼泪扑簌簌地直淌；他看看林大娘，又看看林小姐，又叹一口气。

　　"师傅！只有这一条路了。店里拼凑起来，还有一百块，你带了去，过一两个月也就够了；这里的事，我和他们理直。"

　　寿生低声说。可是林大娘却偏偏听得了，她忽然抑住了呃，抢着叫道：

　　"你们也去！你，阿秀。放我一个人在这里好了，我拚老命！呃！"

　　忽然异常少健起来，林大娘转身跑到楼上去了。林小姐叫着"妈"随后也追了上去。林先生望着楼梯发怔，心里感到有什么要紧的事，却又乱麻麻地总是想不起。寿生又低声说：

　　"师傅，你和师妹一同走罢！师妹在这里，师母是不放心的！她总说他们要来抢——"

　　林先生淌着眼泪点头，可是打不起主意。

　　寿生忍不住眼圈儿也红了，叹一口气，绕着桌子走。

　　忽然听得林小姐的哭声。林先生和寿生都一跳。他们赶到楼梯头时，林大娘却正从房里出来，手里捧一个皮纸包儿。看见林先生和寿生都已在楼梯头了，她就缩回房去，嘴里说 "你们也来，听我的主意"。她当着林先生和寿生的跟前，指着那纸包说道：

　　"这是我的私房，呃，光景有两百多块。分一半你们拿去。呃！阿秀，我做主配给寿生！呃，明天阿秀和她爸爸同走。呃，我不走！寿生陪我几天再说。呃，知道我还有几天活，呃，你们就在我面前拜一拜，我也放心！呃——"

　　林大娘一手拉着林小姐，一手拉着寿生，就要他们"拜一拜"。

　　都拜了，两个人脸上飞红，都低着头。寿生偷眼看林小姐，看见她的泪痕中含着一些笑意，寿生心头卜卜地跳了，反倒落下两滴眼泪。

　　林先生松一口气，说道：

　　"好罢，就是这样。可是寿生，你留在这里对付他们，万事要细心！"

七

　　林家铺子终于倒闭了。林老板逃走的新闻传遍了全镇。债权人中间的恒源庄首先派人到林家铺子里封存底货。他们又搜寻账簿。一本也没有了。问寿生。寿生躺在床上害病。又去逼问林大娘。林大娘的回答是连珠炮似的打呃和眼泪鼻涕。

　　为的她到底是"林大娘"，人们也没有办法。

　　十一点钟光景，大群的债权人在林家铺子里吵闹得异常厉害。恒源庄和其他的债权人争执怎样分配底货。铺子里虽然淘空，但连"生财"合计，也足够偿还债权者七成，然而谁都只想给自己争得九成或竟至十成。商会长说得舌头都有点僵硬了，却没有结果。

　　来了两个警察，拿着木棍站在门口吆喝那些看热闹的闲人。

　　"怎么不让我进去？我有三百块钱的存款呀！我的老本！"

　　朱三阿太扭着瘪嘴唇和警察争论，巍颤颤地在人堆里挤。她额上的青筋就有小指头儿那么粗。她挤了一会儿，忽然看见张寡妇抱着五岁的孩子在那里哀求另一个警察放她进去。那警察斜着眼睛，假装是调弄那孩子，却偷偷地用手背在张寡妇的乳部揉摸。

　　"张家嫂呀——"

　　朱三阿太气喘喘地叫了一声，就坐在石阶沿上，用力地扭着她的瘪嘴唇。

　　张寡妇转过身来，找寻是谁唤她；那警察却用了亵昵的口吻叫道：

　　"不要性急！再过一会儿就进去！"

　　听得这句话的闲人都笑起来了。张寡妇装作不懂，含着一泡眼泪，无目的地又走了一步。恰好看见朱三阿太坐在石阶沿上喘气。张寡妇跌撞似的也到了朱三阿太的旁边，也坐在那石阶沿上，忽然就放声大哭。她一边哭，一边喃喃地诉说着：

　　"阿大的爷呀，你丢下我去了，你知道我是多么苦啊！强盗兵打杀了你，前天是三周年……绝子绝孙的林老板又倒了铺子，——我十个指头做出来的百几十块钱，丢在水里了，也没响一声！啊哟！穷人命苦，有钱人心狠——"

　　看见妈哭，孩子也哭了；张寡妇搂住了孩子，哭的更伤心。

　　朱三阿太却不哭，弩起了一对发红的已经凹陷的眼睛，发疯似的反复说着一句话：

　　"穷人是一条命，有钱人也是一条命；少了我的钱，我拼老命！"

　　此时有一个人从铺子里挤出来，正是桥头陈老七。他满脸紫青，一边挤，一边回过头去嚷骂道：

　　"你们这伙强盗！看你们有好报！天火烧，地火爆，总有一天现在我陈老七眼睛里呀！要吃倒账，就大家吃，分摊到一个边皮儿，也是公平，——"

　　陈老七正骂得起劲，一眼看见了朱三阿太和张寡妇，就叫着她们的名字说：

　　"三阿太，张家嫂，你们怎么坐在这里哭！货色，他们分完了！我一张嘴吵不过他们十几张嘴，这班狗强盗不讲理，硬说我们的钱不算账，——"

　　张寡妇听说，哭得更加苦了。先前那个警察忽然又踅过来，用木棍子拨着张寡妇的肩膀说：

　　"喂，哭什么？你的养家人早就死了。现在还哭哪一个！""狗屁！

人家抢了我们的，你这东西也要来调戏女人么？"

陈老七怒冲冲地叫起来，用力将那警察推了一把。那警察睁圆了怪眼睛，扬起棍子就想要打。闲人们都大喊，骂那警察。另一个警察赶快跑来，拉开了陈老七说：

"你在这里吵，也是白吵。我们和你无怨无仇，商会里叫来守门，吃这碗饭，没办法。"

"陈老七，你到党部里去告状罢！"

人堆里有一个声音这么喊。听声音就知道是本街有名的闲汉陆和尚。

"去，去！看他们怎样说。"

许多声音乱叫了。但是那位作调人的警察却冷笑，扳着陈老七的肩膀道：

"我劝你少找点麻烦罢。到那边，中什么用！你还是等候林老板回来和他算账，他倒不好白赖。"

陈老七虎起了脸孔，弄得没有主意了。经不住那些闲人们都撺怂着"去"，他就看着朱三阿太和张寡妇说道：

"去去怎样？那边是天天大叫保护穷人的呀！"

"不错。昨天他们扣住了林老板，也是说防他逃走，穷人的钱没有着落！"

又一个主张去的拉长了声音叫。于是不由自主似的，陈老七他们三个和一群闲人都向党部所在那条路去了。张寡妇一路上还是啼哭，咒骂打杀了她丈夫的强盗兵，咒骂绝子绝孙的林老板，又咒骂那个恶狗似的警察。

快到了目的地时，望见那门前排立着四个警察，都拿着棍子，远远地就吆喝道：

"滚开！不准过来！"

"我们是来告状的，林家铺子倒了，我们存在那里的钱都拿不到——"

陈老七走在最前排，也高声的说。可是从警察背后突然跳出一个黑麻子来，怒声喝打。警察们却还站着，只用嘴威吓。陈老七背后的闲人们大噪起来。黑麻子怒叫道：

"不识好歹的贱狗！我们这里管你们那些事么？再不走，就开枪了！"

他跺着脚喝那四个警察动手打。陈老七是站在最前，已经挨了几棍子。闲人们大乱。朱三阿太老迈，跌倒了。张寡妇慌忙中落掉了鞋子，给人们一冲，也跌在地下，她连滚带爬躲过了许多跳过的和踏上来的脚，站起来跑了一段路，方才觉到她的孩子没有了。看衣襟上时，有几滴血。

"啊哟！我的宝贝！我的心肝！强盗杀人了，玉皇大帝救命呀！"

她带哭带嚷的快跑，头发纷散；待到她跑过那倒闭了的林家铺面时，她已经完全疯了！

1932年6月18日作完

茅盾

作家作品简介

　　茅盾（1896—1981），原名沈德鸿，字雁冰，曾化名方保宗、沈明甫，常用笔名还有佩韦、方璧、玄珠、郎损等。生于浙江桐乡。1913 年考入北京大学预科，1916 年毕业，进入上海商务印书馆编译所工作。1920 年开始文学活动，曾与郑振铎、叶圣陶等人一起组织文学研究会。1921 年接编《小说月报》，倡导现实主义，翻译介绍外国文艺，对我国新文学运动产生了巨大的影响。1927 年发表第一部中篇小说《幻灭》，它与相继问世的《动摇》《追求》合为总名《蚀》的三部曲，引起强烈的反响。中篇小说《虹》发表于 1930 年，1933 年的长篇小说《子夜》是他最重要的代表作。1948 年，参加中国人民政治协商会议，并筹备第一次全国文艺工作者代表大会，被选为中国文联主席、中华全国文学工作者协会主席。建国后出任第一任文化部长，当选为历届全国人民代表大会代表，历届政协全国委员会常务委员和第四、五届政协全国委员会副主席。

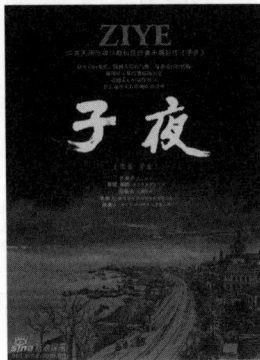

鉴赏解读参考

　　茅盾创作《林家铺子》的时候，正是上海"一二·八"战争后民族矛盾十分尖锐的时期。在小说里，作者敏锐地抓住了时代最基本的矛盾，通过林家铺子的悲剧命运，描绘了 20 世纪 30 年代中国社会生活的图景，反映了城镇小商业者及下层人民的悲惨遭遇，控诉了国民党反动派的罪恶统治。

问题与思考

1. 林老板精于生意，事业颇有发展前途，却在风雨飘摇的社会大动荡中遭遇破产的厄运，为什么？
2. 林老板的形象刻画得相当成功，他的双重性格特征在诸多矛盾冲突中展示得非常生动，请分析林老板这个人物形象，并说说作者是从哪些方面对他进行刻画的？

延伸阅读

　　茅盾主要作品，长篇小说有《子夜》《腐蚀》《虹》《霜叶红似二月花》《锻炼》及《蚀》，三部曲（包括《幻灭》《动摇》《追求》）等。

十六、穆时英

夜总会里的五个人 [1]

一、五个从生活里跌下来的人

1932 年 4 月 6 日星期六下午：

金业交易所里边挤满了红着眼珠子的人。

标金的跌风，用一小时一百基罗米突的速度吹着，把那些人吹成野兽，吹去了理性，吹去了神经。

胡均益满不在乎地笑，他说：

"怕什么呢？再过五分钟就转涨风了！"

过了五分钟，——

"六百两进关啦！"

交易所里又起了谣言："东洋大地震！"

"八十七两！"

"三十二两！"

"七钱三！"

（一个穿毛葛袍子，嘴犄角儿咬着象牙烟嘴的中年人猛的晕倒了。）

标金的跌风加速地吹着。

再过五分钟，胡均益把上排的牙齿，咬着下嘴唇——

嘴唇碎了的时候，八十万家产也叫标金的跌风吹破了。

嘴唇碎了的时候，一颗坚强的近代商人的心也碎了。

1932 年 4 月 6 日星期六下午：

郑萍坐在校园里的池旁，一对对的恋人从他前面走过去。他睁着眼看；他在等，等着林妮娜。

昨天晚上他送了支歌谱去，在底下注着：

"如果你还允许我活下去的话，请你明天下午到校园里的池旁来。为了你，我是连头发也愁白了！"

林妮娜并没把歌谱退回来——一晚上，郑萍的头发又变黑啦。

今天他吃了饭就在这儿等，一面等，一面想：

"把一个钟头分为六十分钟，一分钟分为六十秒，那种分法是不正确的。要不然，为什么我只等了一点半钟，就觉得胡髭又在长起来了呢？"

[1] 原载 1933 年 2 月《现代》杂志二卷四期，选自现代书局 1933 年 6 月出版《公墓》。

林妮娜来了，和那个长腿汪一同地。

"Hey，阿萍，等谁呀？"长腿汪装鬼脸。

林妮娜歪着脑袋不看他。

他哼着歌谱里的句子：

"陌生人啊！

从前我叫你我的恋人，

现在你说我是陌生人！

陌生人啊！

从前你说我是你的奴隶，

现在你说我是陌生人！

陌生人啊……"

林妮娜拉了长腿汪往外走，长腿汪回过脑袋来再向他装鬼脸。他把上面的牙齿，咬着下嘴唇：——

嘴唇碎了的时候，郑萍的头发又白了。

嘴唇碎了的时候，郑萍的胡髭又从皮肉里边钻出来了。

1932 年 4 月 6 日星期六下午：

霞飞路，从欧洲移植过来的街道。

在浸透了金黄色的太阳光和铺满了阔树叶影子的街道上走着。在前面走着的一个年轻人忽然回过脑袋来看了她一眼，便和旁边的还有一个年轻人说起话来。

她连忙竖起耳朵来听：

年轻人甲——"五年前顶抖的黄黛茜吗！"

年轻人乙——"好眼福！生得真……阿门！"

年轻人甲——"可惜我们出世太晚了！阿门！女人是过不得五年的！"

猛的觉得有条蛇咬住了她的心，便横冲到对面的街道上去。一抬脑袋瞧见了橱窗里自家儿的影子——青春是从自家儿身上飞到别人身上去了。

"女人是过不得五年的！"

便把上面的牙齿咬紧了下嘴唇：——

嘴唇碎了的时候，心给那蛇吞了。

嘴唇碎了的时候，她又跑进买装饰品的法国铺子里去了。

1932 年 4 月 6 日星期六下午：

季洁的书房里。

书架上放满了各种版本的莎士比亚的 *HAMLET*，日译本，德译本，法译本，俄译本，西班牙译本……甚至于土耳其文的译本。

季洁坐在那儿抽烟，瞧着那烟往上腾，飘着，飘着。忽然他觉得全宇宙都化了烟往上腾——各种版本的 *HAMLET* 张着嘴跟他说起话来啦：

"你是什么？我是什么？什么是你？什么是我？"

季洁把上面的牙齿咬着下嘴唇。

"你是什么？我是什么？什么是你？什么是我？"

嘴唇碎了的时候，各种版本的"*HAMLET*"笑了。

嘴唇碎了的时候，他自家儿也变了烟往上腾了。

1932 年 4 月 6 日——星期六下午。

市政府。

一等书记缪宗旦忽然接到了市长的手书。

在这儿干了五年，市长换了不少，他却生了根似地，只会往上长，没降过一次级，可是也从没接到过市长的手书。

在这儿干了五年，每天用正楷写小字，坐沙发，喝清茶，看本埠增刊，从不迟到，从不早走，把一肚皮的野心，梦想，和罗曼史全扔了。

在这儿干了五年，从没接到过市长的手书，今儿忽然接到了市长的手书！便怀着抄写公文的那种谨慎心情拆了开来。谁知道呢？是封撤职书。

一回儿，地球的末日到啦！

他不相信：

"我做错了什么事呢？"

再看了两遍，撤职书还是撤职书。

他把上面的牙齿咬着下嘴唇：——

嘴唇破了的时候，墨盒里的墨他不用再磨了。

嘴唇破了的时候，会计科主任把他的薪水送来了。

二、星期六晚上

厚玻璃的旋转门：停着的时候，象荷兰的风车；动着的时候，象水晶柱子。

五点到六点，全上海几十万辆的汽车从东部往西部冲锋。

可是办公处的旋转门象了风车，饭店的旋转门便象了水晶柱子。人在街头站住了，交通灯的红光潮在身上泛滥着，汽车从鼻子前擦过去。水晶柱子似的旋转门一停，人马上就鱼似地游进去。

星期六晚上的节目单：

1，一顿丰盛的晚宴，里边要有冰水和冰淇淋；

2，找恋人；

3，进夜总会；

4，一顿滋补的点心，冰水，冰淇淋和水果绝对禁止。

（附注：醒回来是礼拜一了——因为礼拜日是安息日。）

吃完了 Chicken a la king 是水果，是黑咖啡。恋人是 Chicken a

la king 那么娇嫩的,水果那么新鲜的。可是她的灵魂是咖啡那么黑色的……伊甸园里逃出来的蛇啊!

星期六晚上的世界是在爵士的轴子上回旋着的"卡通"的地球,那么轻巧,那么疯狂地;没有了地心引力,一切都建筑在空中。

星期六的晚上,是没有理性的日子。

星期六的晚上,是法官也想犯罪的日子。

星期六的晚上,是上帝进地狱的日子。

带着女人的人全忘了民法上的诱奸律,每一个让男子带着的女子全说自己还不满十八岁,在暗地里伸一伸舌尖儿。开着车的人全忘了在前面走着的,因为他的眼珠子正在玩赏着恋人身上的风景线,他的手却变了触角。

星期六的晚上,不做贼的人也偷了东西,顶爽直的人也满肚皮是阴谋,基督教徒说了谎话,老年人拼着命吃返老还童药片,老练的女子全预备了 Kissproof 的点唇膏。……

街——

（普益地产公司每年纯利达资本三分之一

　　100000 两

东三省沦亡了吗

没有,东三省的义军还在雪地和日寇作殊死战

同胞们快来加入月捐会

大陆报销路已达五万份

一九三三年宝塔克

　　自由吃排）

"《大晚夜报》!"卖报的孩子张着蓝嘴,嘴里有蓝的牙齿和蓝的舌尖儿,他对面的那只蓝霓虹灯的高跟儿鞋鞋尖正冲着他的嘴。

"《大晚夜报》!"忽然他又有了红嘴,从嘴里伸出舌尖儿来,对面的那只大酒瓶里倒出葡萄酒来了。

红的街,绿的街,蓝的街,紫的街……强烈的色调化装着的都市啊!霓虹灯跳跃着——五色的光潮,变化着的光潮,没有色的光潮——泛滥着光潮的天空,天空中有了酒,有了烟,有了高跟儿鞋,也有了钟……

请喝白马牌威士忌酒……吉士烟不伤吸者咽喉……

亚历山大鞋店,约翰生酒铺,拉萨罗烟商,德茜音乐铺,朱古力糖果铺,国泰大戏院,汉密而登旅社……

回旋着,永远回旋着的霓虹灯——

忽然霓虹灯固定了:

"皇后夜总会"

玻璃门开的时候,露着张印度人的脸;印度人不见了,玻璃门也关啦。门前站着个穿蓝褂子的人,手里拿着许多白哈巴狗儿,吱吱地叫着。

一只大青蛙,睁着两只大圆眼爬过来啦,肚子贴着地,在玻璃门前吱的停了下来。低着脑袋,从车门里出来了那么漂亮的一位小姐,后边

儿跟着出来了一位穿晚礼服的绅士，马上把小姐的胳膊拉上了。

"咱们买个哈巴狗儿。"

绅士马上掏出一块钱来，拿了支哈巴狗给小姐。

"怎么谢我？"

小姐一缩脖子，把舌尖冲着他一吐，皱着鼻子做了个鬼脸。

"Charming，dear！"

便按着哈巴狗儿的肚子，让它吱吱地叫着，跑了进去。

三、五个快乐的人

白的台布，白的台布，白的台布，白的台布……白的——

白的台布上面放着：黑的啤酒，黑的咖啡，黑的……，黑的……

白的台布旁边坐着的穿晚礼服的男子：黑的和白的一堆：黑头发，白脸，黑眼珠子，白领子，黑领结，白的浆褶衬衫，黑外褂，白背心，黑裤子……黑的和白的……

白的台布后边站着侍者，白衣服，黑帽子，白裤子上一条黑镶边……

白人的快乐，黑人的悲哀。非洲黑人吃人典礼的音乐，那大雷和小雷似的鼓声，一只大号角呜呀呜呀的，中间那片地板上，一排没落的斯拉夫公主们在跳着黑人的踔跶舞，一条条白的腿在黑缎裹着的身子下面弹着：——

得得得——得达！

又是黑和白的一堆！为什么在她们的胸前给镶上两块白的缎子，小腹那儿镶上一块白的缎子呢？跳着，斯拉夫的公主们；跳着，白的腿，白的胸脯儿和白的小腹；跳着，白的和黑的一堆……白的和黑的一堆，全场的人全害了疟疾，疟疾的音乐啊，非洲的林莽里是有毒蚊子的。

哈巴狗从扶梯那儿叫上来，玻璃门开啦，小姐在前面，绅士在后面。

"你瞧，彭洛夫班的猎舞！"

"真不错！"绅士说。

舞客的对话：

"瞧，胡均益！胡均益来了。"

"站在门口的那个中年人吗？"

"正是。"

"旁边那个女的是谁呢？"

"黄黛茜吗！嗳，你这人怎么的！黄黛茜也不认识。"

"黄黛茜那会不认识，这不是黄黛茜！"

"怎么不是？谁说不是？我跟你赌！"

"黄黛茜没这么年轻！这不是黄黛茜！"

"怎么没这么年轻，她还不过三十岁左右吗！"

"那边儿那个女的有三十岁吗？二十岁还不到——"

"我不跟你争，我说是黄黛茜，你说不是，我跟你赌一瓶葡萄汁，你再仔细瞧瞧。"

黄黛茜的脸正在笑着，在瑙玛希拉式的短发下面，眼只有了一只，眼角边有了好多皱纹，却巧妙地在黑眼皮和长眉尖中间隐没啦。她有一只高鼻子，把嘴旁的皱纹用阴影来遮了，可是那只眼里的憔悴味是即使笑也遮不住了的。

号角急促地吹着，半截白半截黑的斯拉夫公主们一个个的，从中间那片地板上，溜到白台布里边，一个个在穿晚礼服的男子中间溶化啦。一声小铜钹象玻璃盘子掉在地上似地，那最后一个斯拉夫公主便矮了半截，接着就不见了。

一阵拍手，屋顶会给炸破了似的。

黄黛茜把哈巴狗儿往胡均益身上一扔，拍起手来，胡均益连忙把拍着的手接住了那支狗，哈哈地笑着。

顾客的对话：

"行，我跟你赌！我说那女的不是黄黛茜——嗳，慢着，我说黄黛茜没那么年轻，我说她已经快三十岁了。你说她是黄黛茜，你去问她，她要是没到二十五岁的话，那就不是黄黛茜，你输我一瓶葡萄汁。"

"她要是过了二十五岁的话呢？"

"我输你一瓶。"

"行！说了不准反悔，啊？"

"还用说吗？快去！"

黄黛茜和胡均益坐在白台布旁边，一个侍者正在她旁边用白手巾包着酒瓶把橙黄色的酒倒在高脚杯里，胡均益看着酒说：

"酒那么红的嘴唇啊！你嘴里的酒是比酒还醉人的。"

"顽皮！"

"是一只歌谱里的句子呢。"

哈，哈，哈！

"对不起，请问你现在是二十岁还是三十岁？"

黄黛茜回过脑袋来，却见顾客甲立在她后边儿，她不明白他是在跟谁讲话，只望着他。

"我说，请问你今年是二十岁还是三十岁？因为我和我的朋方在——"

"什么话，你说？"

"我问你今年是不是二十岁？还是——"

黄黛茜觉得白天的那条蛇又咬住她的心了，猛的跳起来，拍，给了一个耳刮子，马上把手缩回来，咬着嘴唇，把脑袋伏在桌上哭啦。

胡均益站起来道："你是什么意思？"

顾客甲把左手掩着左面的腮帮儿："对不起，请原谅我，我认错人了。"鞠了一个躬便走了。

"别放在心里，黛茜。这疯子看错人咧。"

"均益，我真的看着老了吗？"

"那里？那里！在我的眼里你是永远年青的！"

黄黛茜猛的笑了起来："在'你'的眼里我是永远年青的！哈哈，我是永远年青的！"把杯子提了起来。"庆祝我的青春啊！"喝完了酒便靠胡均益肩上笑开啦。

"黛茜，怎么啦？你怎么啦？黛茜！瞧，你疯了！你疯了！"一面按着哈巴狗的肚子，吱吱地叫着。

"我才不疯呢！"猛的静了下来。过了回儿猛的又笑了起来，"我是永远年青的——咱们乐一晚上吧。"便拉着胡均益跑到场里去了。

留下了一只空台子。

旁边台子上的人悄悄地说着：

"这女的疯了不成！"

"不是黄黛茜吗？"

"正是她！究竟老了！"

"和她在一块儿的那男的很象胡均益，我有一次朋友请客，在酒席上碰到过他的。"

"可不正是他，金子大王胡均益。"

"这几天外面不是谣得很厉害，说他做金子蚀光了吗？"

"我也听见人家这么说，可是，今儿我还瞧见了他坐了那辆'林肯'，陪了黄黛茜在公司里买了许多东西的——我想不见得一下子就蚀得光，他又不是第一天做金子。"

玻璃门又开了，和笑声一同进来的是一个二十二三岁的男子，还有一个差不多年纪的人扠着他的胳膊，一位很年轻的小姐摆着张焦急的脸，走在旁边儿，稍微在后边儿一点。那先进来的一个，瞧见了舞场经理的秃脑袋，一抬手用大手指在光头皮上划了一下：

"光得可以！"

便哈哈地捧着肚子笑得往后倒。

大伙儿全回过脑袋来瞧他：

礼服胸前的衬衫上有了一堆酒渍，一丝头发拖在脑门上，眼珠子象发寒热似的有点儿润湿，红了两片腮帮儿，胸襟那儿的小口袋里胡乱地塞着条麻纱手帕。

"这小子喝多了酒咧！"

"喝得那个模样儿！"

秃脑袋上给划了一下的舞场经理跑过去帮着扶住他，一边问还有一个男子：

"郑先生在哪儿喝了酒的？"

"在饭店里吗！喝得那个模样还硬要上这儿来。"忽然凑着他的耳朵道："你瞧见林小姐到这儿来没有，那个林妮娜？"

"在这里！"

"跟谁一同来的？"

这当儿，那边儿桌子上的一个女的跟桌上的男子说："我们走吧？那醉鬼来了！"

"你怕郑萍吗？"

"不是怕他，喝醉了酒，给他侮辱了，划不来的。"

"要出去，不是得打他前边儿过吗？"

那女的便软着声音，说梦话似的道："我们去吧！"

男的把脑袋低着些，往前凑着些："行，亲爱的妮娜！"

妮娜笑了一下，便站起来往外走，男的跟在后边儿。

舞场经理拿嘴冲着他们一呶："那边儿不是吗？"

和那个喝醉了的男子一同进来的那女子插进来道：

"真给他猜对了，那个不是长脚汪吗？"

"糟糕！冤家见面了！"

长脚汪和林妮娜走过来了，林妮娜看见了郑萍，低着脑袋，轻轻儿的喊："明新！"

"妮娜，我在这儿，别怕！"

郑萍正在那儿笑，笑着，笑着。不知怎么的笑出眼泪来啦，猛的从泪珠儿后边儿看出去，妮娜正冲着自家儿走来，乐得刚叫：

"妮——"

一擦泪，擦了眼泪却清清楚楚地瞧见妮娜挂在长脚汪的胳膊上，便：

"妮——你！哼，什么东西！"胳膊一挣。

他的朋友连忙又扶住了他的胳膊："你瞧错人咧，"扶着他往前走。同来的那位小姐跟妮娜点了点头，妮娜浅浅儿的笑了笑，便低下脑袋和冲郑萍瞪眼的长脚汪走出去了，走到门口，开玻璃门出去。刚有一对男女从外面开玻璃门进来，门上的霓虹灯反映在玻璃上的光一闪——

一个思想在长脚汪的脑袋里一闪："那女的不正是从前扔过我的芝君吗？怎么和缪宗旦在一块儿？"

一个思想在芝君的脑袋里一闪："长脚汪又交了新朋友了！"

长脚汪推左面的那扇门，芝君推右面的一扇门，玻璃门一动，反映在玻璃上的霓虹灯光一闪，长脚汪马上扶着妮娜的胳膊肘，亲亲热热地叫一声："Dear！……"

芝君马上挂到缪宗旦的胳膊上，脑袋稍微抬了点儿："宗旦……"宗旦的脑袋里是："此致缪宗旦君，市长的手书，市长的手书，此致缪宗旦君……"

玻璃门一关上，门上的绿丝绒把长脚汪的一对和缪宗旦的一对隔开了。走到走廊里，正碰见打鼓的音乐师约翰生急急忙忙地跑出来，缪宗旦一扬手：

"Hello，Johny！"

约翰生眼珠子歪了一下，便又往前走道："等会儿跟你谈。"

缪宗旦走到里边刚让芝君坐下，只看见对面桌子上一个头发散乱的人猛的一挣胳膊，碰在旁边桌上的酒杯上，橙黄色的酒跳了出来，跳到胡均益的腿上，胡均益正在那儿跟黄黛茜说话，黄黛茜却早已吓得跳了起来。

胡均益莫名其妙地站了起来："怎么会翻了的？"

黄黛茜瞧着郑萍，郑萍歪着眼道："哼，什么东西！"

他的朋友一面把他按住在椅子上，一面跟胡均益赔不是："对不起的很，他喝醉了。"

"不相干！"掏出手帕来问黄黛茜弄脏了衣服没有，忽然觉得自家的腿湿了，不由的笑了起来。

好几个白衣侍者围了上来，把他们遮着了。

这当儿约翰生走了来，在芝君的旁边坐了下来：

"怎么样，Baby？"

"多谢你，很好。"

"Johny, you look very sad！"

约翰生耸了耸肩膀，笑了笑。

"什么事？"

"我的妻子正在家生孩子，刚才打电话来叫我回去——你不是刚才瞧见我急急忙忙地跑出去吗？——我跟经理说，经理不让我回去。"说到这儿，一个侍者跑来道："密司特约翰生，电话。"他又急急忙忙地跑去了。

电灯亮了的时候，胡均益的桌子上又放上了橙黄色的酒，胡均益的脸又凑到黄黛茜的脸前面，郑萍摆着张愁白了头发的脸，默默地坐着，他的朋友拿手帕在擦汗。芝君觉得后边儿有人在瞧她，回过脑袋去，却是季洁，那两只眼珠子象黑夜似的，不知道那瞳子有多深，里边有些什么。

"坐过来吧？"

"不，我还是独自个儿坐。"

"怎么坐在角上呢？"

"我喜欢静。"

"独自个儿来的吗？"

"我爱孤独。"

他把眼光移了开去，慢慢地，象僵尸的眼光似地，注视着她的黑鞋跟，她不知怎么的哆嗦了一下，把脑袋回过来。

"谁？"缪宗旦问。

"我们校里的毕业生，我进一年级的时候，他是毕业班。"

缪宗旦在拗着火柴梗，一条条拗断了，放在烟灰缸里。

"宗旦，你今儿怎么的？"

"没怎么！"他伸了伸腰，抬起眼光来瞧着她。

"你可以结婚了，宗旦。"

"我没有钱。"

"市政府的薪水还不够用吗？你又能干。"

"能干——"把话咽住了，恰巧约翰生接了电话进来，走到他那儿：

"怎么啦？"

约翰生站到他前面，慢慢儿地道："生出来一个男孩子，可是死了，我的妻子晕了过去，他们叫我回去，我却不能回去。"

"晕了过去，怎么呢？"

"我不知道。"便默着，过了回儿才说道："我要哭的时候人家叫我笑！"

"I'm sorry for you, Johny！"

"let's cheer up！"一口喝干了一杯酒，站了起来，拍着自家儿的腿，跳着跳着道："我生了翅膀，我会飞！啊，我会飞，我会飞！"便那么地跳着跳着的飞去啦。

芝君笑弯了腰，黛茜拿手帕掩着嘴，缪宗旦哈哈地大声儿的笑开啦，郑萍忽然也捧着肚子笑起来。胡均益赶忙把一口酒咽了下去跟着笑。

哈，哈，哈！哈！哈！哈，哈，哈，哈！哈，哈，哈哈！

黛茜把手帕不知扔到那儿去啦，脊梁盖儿靠着椅背，脸望着上面的霓虹灯。大伙儿也跟着笑——张着的嘴，张着的嘴，张着的嘴……越看越不象嘴啦。每个人的脸全变了模样儿，郑萍有了个尖下巴，胡均益有了个圆下巴，缪宗旦的下巴和嘴分开了，象从喉结那儿生出来的，黛茜下巴下面全是皱纹。

只有季洁一个人不笑，静静地用解剖刀似的眼光望着他们，竖起了耳朵，象深林中的猎狗似的，想抓住每一个笑声。

缪宗旦瞧见了那解剖刀似的眼光，那竖着的耳朵，忽然他听见了自家儿的笑声，也听见了别人的笑声，心里想着——"多怪的笑声啊！"

胡均益也瞧见了——"这是我在笑吗？"

黄黛茜朦胧地记起了小时候有一次从梦里醒来，看到那暗屋子，曾经大声地嚷过的——"怕！"

郑萍模模糊糊地——"这是人的声音吗？那些人怎么在笑的！"

一会儿这四个人全不笑了，四面还有些咽住了的，低低的笑声，没多久也没啦。深夜在森林里，没一点火，没一个人，想找些东西来倚靠，那么的又害怕又寂寞的心情侵袭着他们，小铜钹呛的一声儿，约翰生站在音乐台上：

"Cheer up, ladies and gentlemen！"

便咚咚地敲起大鼓来，那么急地，一阵有节律的旋风似的。一对对男女全给卷到场里去啦，就跟着那旋风转了起来。黄黛茜拖了胡均益就跑，缪宗旦把市长的手书也扔了，郑萍刚想站起来时，拽他进来的那位朋友已经把胳膊搁在那位小姐的腰上咧。

"全逃啦！全逃啦！"他猛的把手掩着脸，低下了脑袋，怀着逃不了的心境坐着。忽然他觉得自家儿心里清楚了起来，觉得自家儿一点也没有喝醉似的。抬起脑袋来，只见给自己打翻了酒杯的桌上的那位小姐正跟着那位中年绅士满场的跑，那样快的步伐，疯狂似的。一对舞侣飞似的转到他前面，一转又不见啦。又是一对，又不见啦。"逃不了的！

逃不了的！"一回脑袋想找地方儿躲似的，却瞧见季洁正在凝视着他，便走了过去道："朋友，我讲笑话你听。"马上话匣子似的讲着话。季洁也不作声，只瞧着他，心里说：——

"什么是你！什么是我！我是什么！你是什么！"

郑萍只见自家儿前面是化石的眼珠子，一动也不动的，他不管，一边讲，一边笑。

芝君和缪宗旦跳完了回来，坐在桌子上。芝君微微地喘着气，听郑萍的笑话，听了便低低的笑，还没笑完，又给缪宗旦拉了去啦。季洁的耳朵听着郑萍，手指却在那儿拗火柴梗，火柴梗完了，便拆火柴盒，火柴盒拆完了，便叫侍者再去拿。

侍者拿了盒新火柴来道："先生，你的桌子全是拗断了的火柴梗了！"

"四秒钟可以把一根火柴拗成八根，一个钟头一盒半，现在是——现在是几点钟？"

"两点还差一点，先生。"

"那么，我拗断了六盒火柴，就可以走啦。"一面还是拗着火柴。

侍者白了他一眼便走了。

顾客的对话：

顾客丙——"那家伙倒有味儿，到这儿来拗火柴。买一块钱不是能在家里拗一天了吗？"

顾客丁——"吃了饭没事做，上这儿拗火柴来，倒是快乐人哪。"

顾客丙——"那喝醉了的傻瓜不乐吗？一进来就把人家的酒打翻了。还骂人家什么东西，现在可拼命和人家讲起笑话来咧。"

顾客丁——"这溜儿那几个全是快乐人！你瞧，黄黛茜和胡均益，还有他们对面的那两个，跳得多有劲！"

顾客丙——"可不是，不怕跳断腿似的。多晚了，现在？"

顾客丁——"两点多咧。"

顾客丙——"咱们走吧？人家都走了。"

玻璃门开了，一对男女，男的歪了领带，女的蓬了头发，跑出去啦。

玻璃门又开了，又是一对男女，男的歪了领带，女的蓬了头发，跑出去啦。

舞场慢慢儿的空了，显着很冷静的，只见经理来回的踱，露着发光的秃脑袋，一会儿红，一会儿绿，一会儿蓝，一会儿白。

胡均益坐了下来，拿手帕抹脖子里的汗道："我们停一支曲子，别跳吧？"

黄黛茜说："也好——不，为什么不跳呢？今儿我是二十八岁，明儿就是二十八岁零一天了！我得老一天了！我是一天比一天老的。女人是差不得一天的！为什么不跳呢，趁我还年轻？为什么不跳呢！"

"黛茜——"手帕还拿在手里，又给拉到场里去啦。

缪宗旦刚在跳着，看见上面横挂着的一串串气球的绳子在往下松，马上跳上去抢到了一个，在芝君的脸上拍了一下道："拿好了，这是世界！"芝君把气球搁在他们的脸中间，笑着道：

"你在西半球，我在东半球！"

不知道是谁在他们的气球上弹了一下，气球碰的爆破啦。缪宗旦正在微笑着的脸猛的一怔："这是世界！你瞧，那破了的气球——破了的气球啊！"猛的把胸脯儿推住了芝君的，滑冰似地往前溜，从人堆里，拐弯抹角地溜过去。

"算了吧，宗旦，我得跌死了！"芝君笑着喘气。

"不相干，现在三点多啦，四点关门，没多久了！跳吧！跳！"一下子碰在人家身上。"对不起！"又滑了过去。

季洁拗了一地的火柴——

一盒，两盒，三盒，四盒，五盒……

郑萍还在那儿讲笑话，他自家儿也不知道在讲什么，尽笑着，尽讲着。

一个侍者站在旁边打了个呵欠。

郑萍猛的停住不讲了。

"嘴干了吗？"季洁不知怎么的会笑了。

郑萍不作声，哼着：

陌生人啊！

从前我叫你我的恋人，

现在你说我是陌生人！

陌生人啊！

季洁看了看表，便搓了搓手，放下了火柴："还有二十分钟咧。"

时间的足音在郑萍的心上窸窸地响着，每一秒钟象一只蚂蚁似的打他的心脏上面爬过去，一只一只的，那么快的，却又那么多，没结没完的——"妮娜抬着脑袋等长脚汪的嘴唇的姿态啊！过一秒钟，这姿态就会变的，再过一秒钟，又会变的，变到现在，不知从等吻的姿态换到那一种姿态啦。"觉得心脏慢慢儿地缩小了下来，"讲笑话吧！"可是连笑话也没有咧。

时间的足音在黄黛茜的心上窸窸地响着，每一秒钟象一只蚂蚁似的打她心脏上面爬过去，一只一只的，那么快的，却又那么多，没结没完的——"一秒钟比一秒钟老了！'女人是过不得五年的。'也许明天就成了个老太婆儿啦！"觉得心脏慢慢儿的缩小了下来，"跳哇！"可是累得跳也跳不成了。

时间的足音在胡均益的心上窸窸地响着，每一秒钟象一只蚂蚁似的打他心脏上面爬过去，一只一只的，那么快的，却又是那么多，没结没完的……"天一亮，金子大王胡均益就是个破产的人了！法庭，拍卖行，牢狱……"觉得心脏慢慢儿的缩小了下来。他想起了床旁小几上的那瓶安眠药，餐间里那把割猪排的餐刀，外面汽车里在打瞌睡斯拉夫王子腰里的六寸手枪，那么黑的枪眼……"这小东西里边能有什么呢？"忽然渴望着睡觉，渴慕着那黑的枪眼。

时间的足音在缪宗旦的心上窸窸地响着，每一秒钟象一只蚂蚁似的打他心脏上面爬过去，一只一只地，那么快的，却又是那么多，没结没完的……"下礼拜起我是个自由人咧，我不用再写小楷，我不用再一清早赶到枫林桥去，不用再独自个坐在二十二路公共汽车里喝风；可不是吗？我是自由人啦！"觉得心脏慢慢儿地缩小了下来。"乐吧！喝个醉吧！明天起没有领薪水的日子了！"在市政府做事的谁能相信缪宗旦会有那堕落放浪的思想呢，那么个谨慎小心的人？不可能的事，可是不可能事也终有一天可能了！

白台布旁坐着的小姐们一个个站了起来，把手提袋拿到手里，打开来，把那面小镜子照着自家儿的鼻子擦粉，一面想："象我那么可爱的人——"因为她们只看到自家儿的鼻子，或是一只眼珠子，或是一张嘴，或是一缕头发；没有看到自家儿整个的脸。绅士们全拿出烟来，擦火柴点他们的最后的一支。

音乐台放送着：

"晚安了，亲爱的！"俏皮的，短促的调子。

"最后一支曲子咧！"大伙儿全站起来舞着，场里只见一排排凌乱的白台布，拿着扫帚在暗角里等着的侍者们打着呵欠的嘴，经理的秃脑袋这儿那儿的发着光，玻璃门开直了，一串串男女从梦里走到明亮的走廊里去。

咚的一声儿大鼓，场里的白灯全亮啦，音乐台上的音乐师们低着身子收拾他们的乐器。拿着扫帚的侍者们全跑了出来，经理站在门口跟每个人道晚安，一会儿舞场就空了下来。剩下来的是一间空屋子，凌乱的，寂寞的，一片空的地板，白灯光把梦全赶走了。

缪宗旦站在自家儿的桌子旁边——"象一只爆了的气球似的！"

黄黛茜望了他一眼——"象一只爆了的气球似的。"

胡均益叹息了一下——"象一只爆了的气球似的！"

郑萍按着自家儿酒后涨热的脑袋——"象一只爆了的气球似的！"

季洁注视着挂在中间的那只大灯座——"象一只爆了的气球似的。"

什么是气球？什么是爆了的气球？

约翰生皱着眉尖儿从外面慢慢儿地走进来。

"Good-night, Johny！"缪宗旦说。

"我的妻子也死了！"

"I'm awfully sorry for you, Johny！"缪宗旦在他肩上拍了一下。

"你们预备走了吗？"

"走也是那么，不走也是那么！"

黄黛茜——"我随便跑那去，青春总不会回来的。"

郑萍——"我随便跑那去，妮娜总不会回来的。"

胡均益——"我随便跑那去，八十万家产总不会回来的。"

"等会儿！我再奏一支曲子，让你们跳，行不行？"

"行吧。"

约翰生走到音乐台那儿拿了只小提琴来，到舞场中间站住了，下巴扣着提琴，慢慢儿地，慢慢儿地拉了起来，从棕色的眼珠子里掉下来两颗泪珠到弦线上面。没了灵魂似的，三对疲倦的人，季洁和郑萍一同地，胡均益和黄黛茜一同地，缪宗旦和芝君一同地在他四面舞着。

猛的，嘣！弦线断了一条。约翰生低着脑袋，垂下了手：

"I can't help！"

舞着的人也停了下来，望他。怔着。

郑萍耸了耸肩膀道："No one can help！"

季洁忽然看看那条断了的弦线道："C'est totne savie."

一个声音悄悄地在这五个人的耳旁吹嘘着："No one can help！"

一声儿不言语的，象五个幽灵似的，带着疲倦的身子和疲倦的心一步步地走了出去。

在外面，在胡均益的汽车旁边，猛的碰的一声儿。

车胎？枪声？

金子大王胡均益躺在地上，太阳那儿一个枪洞，在血的下面，他的脸痛苦地皱着，黄黛茜吓呆在车厢里。许多人跑过来看，大声地问着，忙乱着，谈论着，叹息着，又跑开去了。

天慢慢儿亮了起来，在皇后夜总会的门前，躺着胡均益的尸身，旁边站着五个人，约翰生，季洁，缪宗旦，黄黛茜，郑萍，默默地看着他。

四、四个送殡的人

1932 年 4 月 10 日，四个人从万国公墓出来，他们是去送胡均益入土的。这四个人是愁白了头发的郑萍，失了业的缪宗旦，二十八岁零四天的黄黛茜，睁着解剖刀似的眼珠子的季洁。

黄黛茜——"我真做人做疲倦了！"

缪宗旦——"他倒做完了人咧！能象他那么憩一下多好啊！"

郑萍——"我也有了颗老人的心了！"

季洁——"你们的话我全不懂。"

大家便默着。

一长串火车驶了过去，驶过去，驶过去，在悠长的铁轨上，嘟的叹了口气。

辽远的城市，辽远的旅程啊！

大家叹息了一下，慢慢儿地走着——走着，走着。前面是一条悠长的，寥落的路……

辽远的城市，辽远的旅程啊！

1932 年 12 月 22 日

【导读】

作家作品简介

穆时英（1912—1940），中国现代著名小说家，浙江慈溪人。1929年开始小说创作，翌年发表小说《咱们的世界》《黑旋风》。1932年出版小说集《南北极》，1933年出版小说集《公墓》，转而描写光怪陆离的都市生活，后又出版《白金的女体塑像》《圣处女的感情》等。1933年前后参加国民党图书杂志审查委员会。抗日战争爆发后赴香港，1939年回沪，主办汪精卫伪政权的《中华日报》副刊《文艺周刊》和《华风》，并主编《国民新闻》，后被国民党特工人员暗杀。

穆时英在现代文学史上被誉为"中国新感觉派圣手"，将新感觉派小说推向成熟，同时亦为中国现代"都市文学"的先驱者，海派文学的代表作家，他的作品大都描绘二三十年代上海都市文明昙花一现、畸形发展时的社会生活。但穆时英的早期作品表现的却是下层百姓的"草莽"生活，揭示了社会上贫富对立的不平等现象，如《南北极》《咱们的世界》等，艺术表现手法悖反都市文学的高雅，充满了下层人民强悍、粗犷的生活语言，一度被誉为"普罗文学之白眉"。

穆时英

鉴赏解读参考

新感觉派小说，在现代文学史上第一次使都市成为独立的审美对象。穆时英以圆熟的蒙太奇、意识流、象征主义等表现手法，反映20世纪30年代大上海广阔的社会生活场景，开掘都市生活的现代性和都市人灵魂的骚动和喧哗，特别是把沉浸于享乐的都市摩登男女的情欲世界描绘得有声有色，刻画得栩栩如生。同时，在这些小说中，也流露出明显的颓废感伤情绪。

《夜总会里的五个人》取一个周末的夜总会作为场景，从这个横断面反映了旧上海这个大都市的生活，可以说是上海的一个缩影。作品的五个主人公，一个是在交易所投机失败以致破产的资本家胡均益，一个是失了恋的大学生郑萍，一个是失了业的市政府职员缪宗旦，一个是失去了青春的交际花黄黛茜，一个是整天研究《哈姆雷特》各种版本、迷失了方向、越研究越糊涂的学者季洁，他们都带着自己的极大苦恼，在星期六晚上涌进了夜总会，疯狂地跳着舞，从疯狂中寻找更大的刺激，一直跳到第二天黎明的最后一支乐曲为止。出门时，破产了的"金子大王"胡均益终于开枪自杀，其余的人把他送进了墓地，为他送葬。

1. 结合小说内容，谈谈作品是怎样在快速的节奏中表现半殖民地都市的病态生活的？

2. 新感觉派小说在创作上有一个明显的特点，就是主观感觉印象的刻意追求与小说形式技巧的花样翻新。这个特点也表现在《夜总会里的五个人》里，试举例说明。

3. 夜总会里的五个人各自都有各自的坎坷，另外还有一个人物——约翰生，在妻子死亡时候却不被允许离开舞厅，还得陪客奏出欢快的舞曲，"我要哭的时候人家叫我笑！"作者设置这个人物的意图何在？对透析另五个人有何作用？

延伸阅读

穆时英的代表作品见"作家作品简介"。

十七、许地山

春 桃[1]

这年的夏天分外地热。街上的灯虽然亮了，胡同口那卖酸梅汤的还像唱梨花鼓的姑娘耍着她的铜碗。一个背着一大篓字纸的妇人从她面前走过，在破草帽底下虽看不清她的脸，当她与卖酸梅汤的打招呼时，却可以理会她有满口雪白的牙齿。她背上担负得很重，甚至不能把腰挺直，只如骆驼一样，庄严地一步一步踱到自己门口。

进门是个小院，妇人住的是塌剩下的两间厢房。院子一大部分是瓦砾。在她的门前种着一棚黄瓜，几行玉米。窗下还有十几棵晚香玉。几根朽坏的梁木横在瓜棚底下，大概是她家最高贵的坐处。她一到门前，屋里出来一个男子，忙帮着她卸下背上的重负。

"媳妇，今儿回来晚了。"

妇人望着他，像很诧异他的话。"什么意思？你想媳妇想疯啦？别叫我媳妇，我说。"她一面走进屋里，把破草帽脱下，顺手挂在门后，从水缸边取了一个小竹筒向缸里一连舀了好几次，喝得换不过气来，张了一会嘴，到瓜棚底下把篓子拖到一边，便自坐在朽梁上。

那男子名叫刘向高。妇人的年纪也和他差不多，在三十左右，娘家也姓刘。除掉向高以外，没人知道她的名字叫做春桃。街坊叫她做捡烂纸的刘大姑，因为她的职业是整天在街头巷尾垃圾堆里讨生活，有时沿途嚷着"烂字纸换取灯儿"。一天到晚在烈日冷风里吃尘土，可是生来爱干净，无论冬夏，每天回家，她总得净身洗脸。替她预备水的照例是向高。

向高是个乡间高小毕业生，四年前，乡里闹兵灾，全家逃散了，在道上遇见同是逃难的春桃，一同走了几百里，彼此又分开了。她随着人到北京来，因为总布胡同里一个西洋妇人要雇一个没混过事的乡下姑娘当"阿妈"，她便被荐去上工。主妇见她长得清秀，很喜爱她。她见主人老是吃牛肉，在馒头上涂牛油，喝茶还要加牛奶，来去鼓着一阵膻味，闻不惯。有一天，主人叫她带孩子到三贝子花园去，她理会主人家的气味有点像从虎狼栏里发出来的，心里越发难过，不到两个月，便辞了工。到平常人家去，乡下人不惯当差，又挨不得骂，上工不久，又不干了。在穷途上，她自己选了这捡烂纸换取灯儿的职业，一天的生活，勉强可以维持下去。

向高与春桃分别后的历史倒很简单，他到涿州去，找不着亲人，有

[1] 1934 年 7 月发表于《文学》月刊三卷一期。

一两个世交，听他说是逃难来的，都不很愿意留他住下，不得已又流到北京来。由别人的介绍，他认识胡同口那卖酸梅汤的老吴，老吴借他现在住的破院子住，说明有人来赁，他得另找地方。他没事做，只帮着老吴算算账，卖卖货。他白住房子白做活，只赚两顿吃。春桃的捡纸生活渐次发达了，原住的地方，人家不许他堆货，她便沿着德胜门墙根来找住处。一敲门，正是认识的刘向高。她不用经过许多手续，便向老吴赁下这房子，也留向高住下，帮她的忙。这都是三年前的事了。他认得几个字，在春桃捡来和换来的字纸里，也会抽出少些比较能卖钱的东西，如画片或某将军、某总长写的对联、信札之类。二人合作，事业更有进步。向高有时也教她认几个字，但没有什么功效，因为他自己认得的也不算多，解字就更难了。

他们同居这些年，生活状态，若不配说像鸳鸯，便说像一对小家雀罢。

言归正传。春桃进屋里，向高已提着一桶水在她后面跟着走。他用快活的声调说：

"媳妇，快洗罢，我等饿了。今晚咱们吃点好的，烙葱花饼，赞成不赞成？若赞成，我就买葱酱去。"

"媳妇，媳妇，别这样叫，成不成？"春桃不耐烦地说。

"你答应我一声，明儿到天桥给你买一顶好帽子去。你不说帽子该换了么？"向高再要求。

"我不爱听。"

他知道妇人有点不高兴了，便转口问："到底吃什么？说呀！"

"你爱吃什么，做什么给你吃。买去罢。"

向高买了几根葱和一碗麻酱回来，放在明间的桌上。春桃擦过澡出来，手里拿着一张红帖子。

"这又是那一位王爷的龙凤帖！这次可别再给小市那老李了。托人拿到北京饭店去，可以多卖些钱。"

"那是咱们的。要不然，你就成了我的媳妇啦？教了你一两年的字，连自己的姓名都认不得！"

"谁认得这么些字？别媳妇媳妇的，我不爱听。这是谁写的？"

"我填的。早晨巡警来查户口，说这两天加紧戒严，那家有多少人，都得照实报。老吴教我们把咱们写成两口子，省得麻烦。巡警也说写同居人，一男一女，不妥当。我便把上次没卖掉的那分空帖子填上了。我填的是辛未年咱们办喜事。"

"什么？辛未年？辛未年我那儿认得你？你别捣乱啦。咱们没拜过天地，没喝过交杯酒，不算两口子。"

春桃有点不愿意，可还和平地说出来。她换了一条蓝布裤。上身是白的，脸上虽没脂粉，却呈露着天然的秀丽。若她肯嫁的话，按媒人的行情，说是二十三四的小寡妇，最少还可以值得一百八十的。

她笑着把那礼帖搓成一长条，说："别捣乱！什么龙凤帖？烙饼吃了罢。"她掀起炉盖把纸条放进火里，随即到桌边和面。

向高说："烧就烧罢，反正巡警已经记上咱们是两口子；若是官府查起来，我不会说龙凤帖在逃难时候丢掉的么？从今儿起，我可要叫你做媳妇了。老吴承认，巡警也承认，你不愿意，我也要叫。媳妇嗳！媳妇嗳！明天给你买帽子去，戒指我打不起。"

"你再这样叫，我可要恼了。"

"看来，你还想着那李茂。"向高的神气没像方才那么高兴。他自己说着，也不一定要春桃听见，但她已听见了。

"我想他？一夜夫妻，分散了四五年没信，可不是白想？"

春桃这样说。她曾对向高说过她出阁那天的情形。花轿进了门，客人还没坐席，前头两个村子来人说，大队兵已经到了，四处拉人挖战壕，吓得大家都逃了，新夫妇也赶紧收拾东西，随着大众望西逃。同走了一天一宿。第二宿，前面连嚷几声"胡子来了，快躲罢"，那时大家只顾躲，谁也顾不了谁。到天亮时，不见了十几个人，连她丈夫李茂也在里头。她继续方才的话说："我想他一定跟着胡子走了，也许早被人打死了。得啦，别提他啦。"

她把饼烙好了，端到桌上。向高向沙锅里舀了一碗黄瓜汤，大家没言语，吃了一顿。吃完，照例在瓜棚底下坐坐谈谈。一点点的星光在瓜叶当中闪着。凉风把萤火送到棚上，像星掉下来一般。晚香玉也渐次散出香气来，压住四围的臭味。

"好香的晚香玉！"向高摘下一朵，插在春桃的鬓上。

"别糟蹋我的晚香玉。晚上戴花，又不是窑姐儿。"她取下来，闻了一闻，便放在朽梁上头。

"怎么今儿回来晚啦？"向高问。

"吓！今儿做了一批好买卖！我下午正要回家，经过后门，瞧见清道夫推着一大车烂纸，问他从那儿推来的；他说是从神武门甩出来的废纸。我见里面红的、黄的一大堆，便问他卖不卖；他说，你要，少算一点装去罢。你瞧！"她指着窗下那大篓，"我花了一块钱，买那一大篓！赔不赔，可不晓得，明儿检一检得啦。"

"宫里出来的东西没个错。我就怕学堂和洋行出来的东西，分量又重，气味又坏，值钱不值，一点也没准。"

"近年来，街上包东西都作兴用洋报纸。不晓得那里来的那么些看洋报纸的人。捡起来真是分量又重，又卖不出多少钱。"

"念洋书的人越多，谁都想看看洋报，将来好混混洋事。"

"他们混洋事，咱们捡洋字纸。"

"往后恐怕什么都要带上个洋字，拉车要拉洋车，赶驴更赶洋驴，也许还有洋骆驼要来。"向高把春桃逗得笑起来了。

"你先别说别人。若是给你有钱，你也想念洋书，娶个洋媳妇。"

"老天爷知道，我绝不会发财。发财也不会娶洋婆子。若是我有钱，回乡下买几亩田，咱们两个种去。"

春桃自从逃难以来，把丈夫丢了，听见乡下两字，总没有好感想。

她说："你还想回去？恐怕田还没买，连钱带人都没有了。没饭吃，我也不回去。"

"我说回我们锦县乡下。"

"这年头，那一个乡下都是一样，不闹兵，便闹贼；不闹贼，便闹日本人，谁敢回去？还是在这里捡捡烂纸罢。咱们现在只缺一个帮忙的人。若是多个人在家替你归着东西，你白天便可以出去摆地摊，省得货过别人手里，卖漏了。"

"我还得学三年徒弟才成，卖漏了，不怨别人，只怨自己不够眼光。这几个月来我可学了不少。邮票，那种值钱，那种不值，也差不多会瞧了。大人物的信札手笔，卖得出钱，卖不出钱，也有一点把握了。前几天在那堆字纸里检出一张康有为的字，你说今天我卖了多少？"他很高兴地伸出拇指和食指比仿着，"八毛钱！"

"说是呢！若是每天在烂纸堆里能检出八毛钱就算顶不错，还用回乡下种田去？那不是自找罪受么？"春桃愉悦的声音就像深春的莺啼一样。她接着说："今天这堆准保有好的给你检。听说明天还有好些，那人教我一早到后门等他。这两天宫里的东西都赶着装箱，往南方运，库里许多烂纸都不要。我瞧见东华门外也有许多，一口袋一口袋陆续地扔出来。明儿你也打听去。"

说了许多话，不觉二更打过。她伸伸懒腰站起来说："今天累了，歇吧！"

向高跟着她进屋里。窗户下横着土炕，够两三人睡的。在微细的灯光底下，隐约看见墙上一边贴着八仙打麻雀的谐画，一边是烟公司"还是他好"的广告画。春桃的模样，若脱去破帽子，不用说到瑞蚨祥或别的上海成衣店，只到天桥搜罗一身落伍的旗袍穿上，坐在任何草地，也与"还是他好"里那摩登女差不上下。因此，向高常对春桃说贴的是她的小照。

她上了炕，把衣服脱光了，顺手揪一张被单盖着，躺在一边。向高照例是给她按按背，捶捶腿。她每天的疲劳就是这样含着一点微笑，在小油灯的闪烁中，渐次得着苏息。在半睡的状态中，她喃喃地说："向哥，你也睡罢，别开夜工了，明天还要早起咧。"妇人渐次发出一点微细的鼾声，向高便把灯灭了。

一破晓，男女二人又像打食的老鸹，急飞出巢，各自办各的事情去。刚放过午炮，什刹海的锣鼓已闹得喧天。春桃从后门出来，背着纸篓，向西不压桥这边来。在那临时市场的路口，忽然听见路边有人叫她："春桃，春桃！"

她的小名，就是向高一年之中也罕得这样叫唤她一声。自离开乡下以后，四五年来没人这样叫过她。

"春桃，春桃，你不认得我啦？"

她不由得回头一瞧，只见路边坐着一个叫花子。那乞怜的声音从他满长了胡子的嘴发出来。他站不起来，因为他两条腿已经折了。身上穿的一件灰色的破军衣，白铁纽扣都生了锈，肩膀从肩章的破缝露出，不伦不类的军帽斜戴在头上，帽章早已不见了。春桃望着他一声也不响。

"春桃，我是李茂呀！"

她进前两步，那人的眼泪已带着灰土透入蓬乱的胡子里。

她心跳得慌，半晌说不出话来，至终说："茂哥，你在这里当叫花子啦？你两条腿怎么丢啦？"

"嗳，说来话长。你从多咱起在这里呢？你卖的是什么？"

"卖什么！我捡烂纸咧。……咱们回家再说罢。"

她雇了一辆洋车，把李茂扶上去，把篓子也放在车上，自己在后面推着。一直来到德胜门墙根，车夫帮着她把李茂扶下来。进了胡同口，老吴敲着小铜碗，一面问："刘大姑，今儿早回家，买卖好呀？"

"来了乡亲啦。"她应酬了一句。

李茂像只小狗熊，两只手按在地上，帮助两条断腿爬着。

她从口袋里拿出钥匙，开了门，引着男子进去。她把向高的衣服取一身出来，像向高每天所做的，到井边打了两桶水倒在小澡盆里教男人洗澡。洗过以后，又倒一盆水给他洗脸。然后扶他上炕坐，自己在明间也洗一回。

"春桃，你这屋里收拾得很干净，一个人住吗？"

"还有一个伙计。"春桃不迟疑地回答他。

"做起买卖来啦？"

"不告诉你就是捡烂纸么？"

"捡烂纸？一天捡得出多少钱？"

"先别盘问我，你先说你的罢。"

春桃把水泼掉，理着头发进屋里来，坐在李茂对面。

李茂开始说他的故事：

"春桃，唉，说不尽哟！我就说个大概罢。

"自从那晚上教胡子绑去以后，因为不见了你，我恨他们，夺了他们一杆枪，打死他们两个人，拼命逃。逃到沈阳，正巧边防军招兵，我便应了招。在营里三年，老打听家里的消息，人来都说咱们村里都变成砖瓦地了。咱们的地契也不晓得现在落在谁手里。咱们逃出来时，偏忘了带着地契。因此这几年也没告假回乡下瞧瞧。在营里告假，怕连几块钱的饷也告丢了。

"我安分当兵，指望月月关饷，至于运到升官，本不敢盼。也是我命里合该有事：去年年头，那团长忽然下一道命令，说，若团里的兵能瞄枪连中九次靶，每月要关双饷，还升差事。一团人没有一个中过四枪；中，还不是进红心。我可连发连中，不但中了九次红心，连剩下那一颗子弹，我也放了。我要显本领，背着脸，弯着腰，脑袋向地，枪从裤裆放过去，不偏不歪，正中红心。当时我心里多么快活呢。那团长教把我带上去。我心里想着总要听几句褒奖的话。不料那畜生翻了脸，愣说我是胡子，要枪毙我！他说若不是胡子，枪法决不会那么准。我的排长、队长都替我求情，担保我不是坏人，好容易不枪毙我了，可是把我的正兵革掉，连副兵也不许我当。他说，当军官的难免不得罪弟兄们，若是上前线督战，队里有个像我瞄得那么准，从后面来一枪，虽然也算阵亡，可值不得死在仇人手里。大家没说话，只劝我离开军队，找别的营生去。

"我被革了不久，日本人便占了沈阳；听说那狗团长领着他的军队先投降去了。我听见这事，愤不过，想法子要去找那奴才。我加入义勇军，在海城附近打了几个月，一面打，一面退到关里。前个月在平谷东北边打，我去放哨，遇见敌人，伤了我两条腿。那时还能走，躲在一块大石底下，开枪打死他几个。我实在支持不住了，把枪扔掉，向田边的小道爬，等了一天、两天，还不见有红十字会或红 C 字会的人来。伤口越肿越厉害，走不动又没吃的喝的，只躺在一边等死。后来可巧有一辆大车经过，赶车的把我扶了上去，送我到一个军医的帐幕。他们又不瞧，只把我扛上汽车，往后方医院送。已经伤了三天，大夫解开一瞧，说都烂了，非用锯不可。在院里住了一个多月，好是好了，就丢了两条腿。我想在此地举目无亲，乡下又回不去；就说回去得了，没有腿怎能种田？求医院收容我，给我一点事情做，大夫说医院管治不管留，也不管找事。此地又没有残废兵留养院，迫着我不得不出来讨饭，今天刚是第三天。这两天我常想着，若是这样下去，我可受不了，非上吊不可。"

春桃注神听他说，眼眶不晓得什么时候都湿了。她还是静默着。李茂用手抹抹额上的汗，也歇了一会。

"春桃，你这几年呢？这小小地方虽不如咱们乡下那么宽敞，看来你倒不十分苦。"

"谁不受苦？苦也得想法子活。在阎罗殿前，难道就瞧不见笑脸？这几年来，我就是干这捡烂纸换取灯的生活，还有一个姓刘的同我合伙。我们两人，可以说不分彼此，勉强能度过日子。"

"你和那姓刘的同住在这屋里？"

"是，我们同住在这炕上睡。"春桃一点也不迟疑，她好像早已有了成见。

"那么，你已经嫁给他？"

"不，同住就是。"

"那么，你现在还算是我的媳妇？"

"不，谁的媳妇，我都不是。"

李茂的夫权意识被激动了。他可想不出什么话来说。两眼注视着地上，当然他不是为看什么，只为有点不敢望他的媳妇。至终他沉吟了一句："这样，人家会笑话我是个活王八。"

"王八？"妇人听了他的话，有点翻脸，但她的态度仍是很和平。她接着说："有钱有势的人才怕当王八。像你，谁认得？活不留名，死不留姓，王八不王八，有什么相干？现在，我是我自己，我做的事，决不会玷着你。"

"咱们到底还是两口子，常言道，一夜夫妻百日恩——"

"百日恩不百日恩我不知道。"春桃截住他的话，"算百日恩，也过了好十几个百日恩。四五年间，彼此不知下落；我想你也想不到会在这里遇见我。我一个人在这里，得活，得人帮忙。我们同住了这些年，要说恩爱，自然是对你薄得多。今天我领你回来，是因为我爹同你爹的交情，我们还是乡亲。你若认我做媳妇，我不认你，打起官司，也未必是你赢。"

李茂掏掏他的裤带，好像要拿什么东西出来，但他的手忽然停住，眼睛望望春桃，至终把手缩回去撑着席子。李茂没话，春桃哭。日影在这当中也静静地移了三四分。

"好罢，春桃，你做主。你瞧我已经残废了，就使你愿意跟我，我也养不活你。"李茂到底说出这英明的话。

"我不能因为你残废就不要你，不过我也舍不得丢了他。大家住着，谁也别想谁是养活着谁，好不好？"春桃也说了她心里的话。

李茂的肚子发出很微细的咕噜咕噜的声音。

"噢，说了大半天，我还没问你要吃什么！你一定很饿了。"

"随便罢，有什么吃什么。我昨天晚上到现在还没吃，只喝水。"

"我买去。"春桃正踏出房门，向高从院外很高兴地走进来，两人在瓜棚底下撞了个满怀。"高兴什么？今天怎样这早就回来？"

"今天做了一批好买卖！昨天你背回的那一篓，早晨我打开一看，里头有一包是明朝高丽王上的表章，一分至少可卖五十块钱。现在我们手里有十分！方才散了几分给行里，看看主儿出得多少，再发这几分。里头还有两张盖上端明殿御宝的纸，行家说是宋家的，一给价就是六十块，我没敢卖，怕卖漏了，先带回来给你开开眼。你瞧……"他说时，一面把手里的旧蓝布包袱打开，拿出表章和旧纸来。"这是端明殿御宝。"他指着纸上的印纹。

"若没有这个印，我真看不出有什么好处，洋宣比它还白咧。怎么官里管事的老爷们也和我一样不懂眼？"春桃虽然看了，却不晓得那纸的值钱处在那里。

"懂眼？若是他们懂眼，咱们还能换一块几毛么？"向高把纸接过去，仍旧和表章包在包袱里。他笑着对春桃说："我说，媳妇……"

春桃看了他一眼，说："告诉你别管我叫媳妇。"

向高没理会她，直说："可巧你也早回家。买卖想是不错。"

"早晨又买了像昨天那样的一篓。"

"你不说还有许多么？"

"都教他们送到晓市卖到乡下包落花生去了！"

"不要紧，反正咱们今天开了光，头一次做上三十块钱的买卖。我说，咱们难得下午都在家，回头咱们上什刹海逛逛，消消暑去，好不好？"

他进屋里，把包袱放在桌上。春桃也跟进来。她说："不成，今天来了人了。"说着掀开帘子，点头招向高，"你进去。"

向高进去，她也跟着。"这是我原先的男人。"她对向高说过这话，又把他介绍给李茂说，"这是我现在的伙计。"

两个男子，四只眼睛对着，若是他们眼球的距离相等，他们的视线就会平行地接连着。彼此都没话，连窗台上歇的两只苍蝇也不做声。这样又教日影静静地移一二分。

"贵姓？"向高明知道，还得照例地问。 彼此谈开了。

"我去买一点吃的。"春桃又向着向高说，"我想你也还没吃罢？烧饼成不成？"

"我吃过了。你在家，我买去罢。"

妇人把向高拖到炕上坐下，说："你在家陪客人谈话。"给了他一副笑脸，便自出去。

屋里现在剩下两个男人，在这样情况底下，若不能一见如故，便得打个你死我活。好在他们是前者的情形。但我们别想李茂是短了两条腿，不能打。我们得记住向高是拿过三五年笔杆的，用李茂的分量满可以把他压死。若是他有枪，更省事，一动指头，向高便得过奈何桥。

李茂告诉向高，春桃的父亲是个乡下财主，有一顷田。他自己的父亲就在他家做活和赶叫驴。因为他能瞄很准的枪，她父亲怕他当兵去，便把女儿许给他，为的是要他保护庄里的人们。这些话，是春桃没向他说过的。他又把方才春桃说的话再述一遍，渐次迫到他们二人切身的问题上头。

"你们夫妇团圆，我当然得走开。"向高在不愿意的情态底下说出这话。

"不，我已经离开她很久，现在并且残废了，养不活她，也是白搭。你们同住这些年，何必拆？我可以到残废院去。听说这里有，有人情便可进去。"

这给向高很大的诧异。他想，李茂虽然是个大兵，却料不到他有这样的侠气。他心里虽然愿意，嘴上还不得不让。这是礼仪的狡猾，念过书的人们都懂得。

"那可没有这样的道理。"向高说，"教我冒一个霸占人家妻子的罪名，我可不愿意。为你想，你也不愿意你妻子跟别人住。"

"我写一张休书给她，或写一张契给你，两样都成。"李茂微笑诚意地说。

"休？她没什么错，休不得。我不愿意丢她的脸。卖？我那儿有钱买？我的钱都是她的。"

"我不要钱。"

"那么，你要什么？"

"我什么都不要。"

"那又何必写卖契呢？"

"因为口讲无凭，日后反悔，倒不好了。咱们先小人，后君子。"

说到这里，春桃买了烧饼回来。她见二人谈得很投机，心下十分快乐。

"近来我常想着得多找一个人来帮忙，可巧茂哥来了。他不能走动，正好在家管管事，检检纸。你当跑外卖货。我还是当捡货的。咱们三人开公司。"春桃另有主意。

李茂让也不让，拿着烧饼望嘴送，像从饿鬼世界出来的一样，他没工夫说话了。

"两个男人，一个女人，开公司？本钱是你的？"向高发出不需要的疑问。

"你不愿意吗？"妇人问。

"不，不，不，我没有什么意思。"向高心里有话，可说不出来。

"我能做什么？整天坐在家里，干得了什么事？"李茂也有点不敢赞成。他理会向高的意思。

"你们都不用着急，我有主意。"

向高听了，伸出舌头舐舐嘴唇，还吞了一口唾沫。李茂依然吃着，他的眼睛可在望春桃，等着听她的主意。

捡烂纸大概是女性心中的一种事业。她心中已经派定李茂在家把旧邮票和纸烟盒里的画片捡出来。那事情，只要有手有眼，便可以做。她合一合，若是天天有一百几十张卷烟画片可以从烂纸堆里捡出来，李茂每月的伙食便有了门。邮票好的和罕见的，每天能检得两三个，也就不劣。外国烟卷在这城里，一天总销售一万包左右，纸包的百分之一给她捡回来，并不算难。至于向高还是让他检名人书札，或比较可以多卖钱的东西。他不用说已经是个行家，不必再受指导。她自己干那吃力的工作，除去下大雨以外，在狂风烈日底下，是一样地出去捡货。尤其是在天气不好的时候，她更要工作，因为同业们有些就不出去。

她从窗户望望太阳，知道还没到两点，便出到明间，把破草帽仍旧戴上，探头进房里对向高说："我还得去打听宫里还有东西出来没有。你在家招呼他。晚上回来，我们再商量。"

向高留她不住，便由她走了。

好几天的光阴都在静默中度过。但二男一女同睡一铺炕上定然不很顺心。多夫制的社会到底不能够流行得很广。其中的一个缘故是一般人还不能摆脱原始的夫权和父权思想。

由这个，造成了风俗习惯和道德观念。老实说，在社会里，依赖人和掠夺人的，才会遵守所谓风俗习惯；至于依自己的能力而生活的人们，心目中并不很看重这些。像春桃，她既不是夫人，也不是小姐；她不会到外交大楼去赴跳舞会，也没有机会在隆重的典礼上当主角。她的行为，没人批评，也没人过问；纵然有，也没有切肤之痛。监督她的只有巡警，但巡警是很容易对付的。两个男人呢，向高诚然念过一点书，含糊地了解些圣人的道理，除掉些少名分的观念以外，他也和春桃一样。但他的生活，从同居以后，完全靠着春桃。春桃的话，是从他耳朵进去的维他命，他得听，因为于他有利。春桃教他不要嫉妒，他连嫉妒的种子也都毁掉。李茂呢，春桃和向高能容他住一天便住一天，他们若肯认他做亲戚，他便满足了。当兵的人照例要丢一两个妻子。但他的困难也是名分上的。

向高的嫉妒虽然没有，可是在此以外的种种不安，常往来于这两个男子当中。

暑气仍没减少，春桃和向高不是到汤山或北戴河去的人物。他们日间仍然得出去谋生活。李茂在家，对于这行事业可算刚上了道，他已能分别那一种是要送到万柳堂或天宁寺去做糙纸的，那一样要留起来的，还得等向高回来鉴定。

春桃回家，照例还是向高侍候她。那时已经很晚了，她在明间里闻见蚊烟的气味，便向着坐在瓜棚底下的向高说："咱们多会点过蚊烟，不留神，不把房子点着了才怪咧。"

向高还没回答，李茂便说："那不是熏蚊子，是熏秽气，我央刘大哥点的。我打算在外面地下睡。屋里太热，三人睡，实在不舒服。"

"我说，桌上这张红帖子又是谁的？"春桃拿起来看。

"我们今天说好了，你归刘大哥。那是我立给他的契。"声从屋里的炕上发出来。

"哦，你们商量着怎样处置我来！可是我不能由你们派。"

她把红帖子拿进屋里，问李茂，"这是你的主意，还是他的？"

"是我们俩的主意。要不然，我难过，他也难过。"

"说来说去，还是那话。你们都别想着咱们是丈夫和媳妇，成不成？"她把红帖子撕得粉碎，气有点粗。

"你把我卖多少钱？"

"写几十块钱做个彩头。白送媳妇给人，没出息。"

"卖媳妇，就有出息？"她出来对向高说，"你现在有钱，可以买媳妇了。若是给你阔一点……"

"别这样说，别这样说。"向高拦住她的话，"春桃，你不明白。这两天，同行的人们直笑话我。……"

"笑你什么？"

"笑我……"向高又说不出来。其实他没有很大的成见，春桃要怎办，十回有九回是遵从的。他自己也不明白这是什么力量。在她背后，他想着这样该做，那样得照他的意思办；可是一见了她，就像见了西太后似的，样样都要听她的懿旨。

"噢，你到底是念过两天书，怕人骂，怕人笑话。"

自古以来，真正统治民众的并不是圣人的教训，好像只是打人的鞭子和骂人的舌头。风俗习惯是靠着打骂维持的。但在春桃心里，像已持着"人打还打，人骂还骂"的态度。她不是个弱者，不打骂人，也不受人打骂。我们听她教训向高的话，便可以知道。

"若是人笑话你，你不会揍他？你露什么怯？咱们的事，谁也管不了。"

向高没话。

"以后不要再提这事罢。咱们三人就这样活下去，不好吗？"

一屋里都静了。吃过晚饭，向高和春桃仍是坐在瓜棚底下，只不像往日那么爱说话。连买卖经也不念了。

李茂叫春桃到屋里，劝她归给向高。他说男人的心，她不知道，谁也不愿意当王八；占人妻子，也不是好名誉。他从腰间拿出一张已经变成暗褐色的红纸帖，交给春桃，说："这是咱们的龙凤帖。那晚上逃出来的时候，我从神龛上取下来，揣在怀里。现在你可以拿去，就算咱们不是两口子。"

春桃接过那红帖子，一言不发，只注视着炕上破席。她不由自主地坐下，挨近那残废的人，说："茂哥，我不能要这个，你收回去罢。我还是你的媳妇。一夜夫妻百日恩，我不做缺德的事。今天看你走不动，不能干大活，我就不要你，我还能算人吗？"她把红帖也放在炕上。

李茂听了她的话，心里很受感动。他低声对春桃说："我瞧你怪喜欢他的，你还是跟他过日子好。等有点钱，可以打发我回乡下，或送我到残废院去。"

"不瞒你说，"春桃的声音低下去，"这几年我和他就同两口子一样活着，样样顺心，事事如意；要他走，也怪舍不得。不如叫他进来商量，瞧他有什么主意。"她向着窗户叫，"向哥，向哥！"可是一点回音也没有。出来一瞧，向哥已不在了。

这是他第一次晚间出门。她愣一会，便向屋里说："我找他去。"她料想向高不会到别的地方去。到胡同口，问问老吴。老吴说往大街那边去了。她到他常交易的地方去，都没找着。人很容易丢失，眼睛若见不到，就是渺渺茫茫无寻觅处。快到一点钟，她才懊丧地回家。

屋里的油灯已经灭了。

"你睡着啦？向哥回来没有？"她进屋里，掏出洋火，把灯点着，向炕上一望，只见李茂把自己挂在窗棂上，用的是他自己的裤带。她心里虽免不了存着女性的恐慌，但是还有胆量紧爬上去，把他解下来。幸而时间不久，用不着惊动别人，轻轻地抚揉着他，他渐次苏醒回来。

杀自己的身来成就别人是侠士的精神。若是李茂的两条腿还存在，他也不必出这样的手段。两三天以来，他总觉得自己没多少希望，倒不如毁灭自己，教春桃好好地活着。春桃于他虽没有爱，却很有义。她用许多话安慰他，一直到天亮。他睡着了，春桃下炕，见地上一些纸灰，还剩下没烧完的红纸。她认得是李茂曾给他的那张龙凤帖，直望着出神。

那天她没出门。晚上还陪李茂坐在炕上。

"你哭什么？"春桃见李茂热泪滚滚地滴下来，便这样问他。

"我对不起你。我来干什么？"

"没人怨你来。"

"现在他走了，我又短了两条腿。……"

"你别这样想。我想他会回来。"

"我盼望他会回来。"

又是一天过去了，春桃起来，到瓜棚摘了两条黄瓜做菜，草草地烙了一张大饼，端到屋里，两个人同吃。

她仍旧把破帽戴着，背上篓子。

"你今天不大高兴，别出去啦！"李茂隔着窗户对她说。

"坐在家里更闷得慌。"

她慢慢地踱出门。作活是她的天性，虽在沉闷的心境中，她也要干。中国女人好像只理会生活，而不理会爱情，生活的发展是她所注意的，爱情的发展只在盲闷的心境中沸动而已。自然，爱只是感觉，而生活是实质的，整天躺在锦帐里或坐在幽林中讲爱经，也是从皇后船或总统船运来的知识。春桃既不是弄潮儿的姊妹，也不是碧眼胡的学生，她不懂得，只会莫名其妙地纳闷。

一条胡同过了又是一条胡同。无量的尘土，无尽的道路，涌着这沉闷的妇人。她有时嚷"烂纸换洋取灯儿"，有时连路边一堆不用换的旧报纸，她都不捡。有时该给人两盒取灯，她却给了五盒。胡乱地过了一天，她便随着天上那班只会嚷嚷和抢吃的黑衣党慢慢地踱回家。仰头看见新贴上的户口照，写的户主是刘向高妻刘氏，使她心里更闷得厉害。

刚踏进院子，向高从屋里赶出来。她瞪着眼，只说："你回来……"其余的话用眼泪连续下去。

"我不能离开你，我的事情都是你成全的。我知道你要我帮忙。我不能无情无义。"

其实他这两天在街上漫散地走，不晓得要往那里去。走路的时候，直像脚上扣着一条很重的铁镣，那一面是扣在春桃手上一样。加以到处都遇见"还是他好"的广告，心情更受着不断的搅动，甚至饿了他也不知道。

"我已经同向哥说好了。他是户主，我是同居。"

向高照旧帮她卸下篓子。一面替她抹掉脸上的眼泪。他说："若是回到乡下，他是户主，我是同居。你是咱们的媳妇。"

她没有做声，直进屋里，脱下衣帽，行她每日的洗礼。

买卖经又开始在瓜棚底下念开了。他们商量把宫里那批字纸卖掉以后，向高便可以在市场里摆一个小摊，或者可以搬到一间大一点点的房子去住。

屋里，豆大的灯火，教从瓜棚飞进去的一只油葫芦扑灭了。李茂早已睡熟，因为银河已经低了。

"咱们也睡罢。"妇人说。

"你先躺去，一会我给你捶腿。"

"不用啦，今天我没走多少路。明儿早起，记得做那批买卖去，咱们有好几天不开张了。"

"方才我忘了拿给你。今天回家，见你还没回来，我特意到天桥去给你带一顶八成新的帽子回来。你瞧瞧！"他在暗里摸着那帽子，要递给她。

"现在那里瞧得见！明天我戴上就是。"

院子都静了，只剩下晚香玉的香还在空气中游荡。屋里微微地可以听见"媳妇"和"我不爱听，我不是你的媳妇"等对答。

【导读】

作家作品简介

　　许地山（1894—1941），现代作家，学者，原名许赞堃，字地山，笔名落华生。生于台湾台南，甲午之战后全家迁居福建龙溪（漳州）。1917年考入燕京大学，曾积极参加"五四"运动，与人合办《新社会》旬刊。1920年毕业时获文学学士学位，翌年参与发起成立文学研究会。1923—1926年在美国哥伦比亚大学研究院和英国牛津大学研究宗教史、哲学、民俗等。1927年起任燕京大学副教授、教授、《燕京学报》编委，并在北京大学、清华大学兼课。1935年应聘香港大学教授。抗日战争开始后，任中华全国文艺界抗敌协会香港分会常务理事，为抗日救国事业奔走呼号，后因劳累过度而病逝。　散文小品集《空山灵雨》是其早期代表佳作，充分体现出许地山的写作风格——质朴、清丽，又充满哲学和宗教的气息。

许地山

鉴赏解读参考

　　小说写了主人公春桃在一次战乱后的遭遇。在与结婚才一天的丈夫失散了四五年之后，她与另一个相依为命的落难者建立起了真正的感情，但就在此时她的前夫出现了，而且失去了双腿，沦为乞丐。他们在这难解的矛盾面前，几经波折，终于建立起了新的关系。促使他们结合在一起的是在共同的悲惨命运面前的相互体谅和依存。作者通过对这些情况的细致刻画，谴责了战乱频繁的旧社会，展示了劳动人民美好的心灵、宽广的胸怀、善良的品质。

许地山与家人

问题与思考

1. 对人生存状态的关注和对自由意志的赞美，是"五四"文学作品中普遍表现的主题，也是"五四"所特有的生命意识的体现。《春桃》是如何借"一女二男"的婚姻模式，来展示底层民众的生命意识的？
2. 简要分析春桃的性格特征。
3. 浅析《春桃》中三个人物的际遇所蕴含的思想内容。

延伸阅读

　　许地山主要著作有《空山灵雨》《缀网劳蛛》《危巢坠简》《道学史》《达衷集》《印度文学》；译著有《二十夜问》《太阳底下降》《孟加拉民间故事》等。

十八、老舍

月牙儿 [1]

一

是的，我又看见月牙儿了，带着点寒气的一钩儿浅金。多少次了，我看见跟现在这个月牙儿一样的月牙儿；多少次了。它带着种种不同的感情，种种不同的景物，当我坐定了看它，它一次一次的在我记忆中的碧云上斜挂着。它唤醒了我的记忆，象一阵晚风吹破一朵欲睡的花。

二

那第一次，带着寒气的月牙儿确是带着寒气。它第一次在我的云中是酸苦，它那一点点微弱的浅金光儿照着我的泪。那时候我也不过是七岁吧，一个穿着短红棉袄的小姑娘。戴着妈妈给我缝的一顶小帽儿，蓝布的，上面印着小小的花，我记得。我倚着那间小屋的门垛，看着月牙儿。屋里是药味，烟味，妈妈的眼泪，爸爸的病；我独自在台阶上看着月牙儿，没人招呼我，没人顾得给我作晚饭。我晓得屋里的惨凄，因为大家说爸爸的病……可是我更感觉自己的悲惨，我冷，饿，没人理我。一直的我立到月牙儿落下去。什么也没有了，我不能不哭。可是我的哭声被妈妈的压下去；爸，不出声了，面上蒙了块白布。我要掀开白布，再看看爸，可是我不敢。屋里只是那么点点地方，都被爸占了去。妈妈穿上白衣，我的红袄上也罩了个没缝襟边的白袍，我记得，因为不断地撕扯襟边上的白丝儿。大家都很忙，嚷嚷的声儿很高，哭得很恸，可是事情并不多，也似乎值不得嚷：爸爸就装入那么一个四块薄板的棺材里，到处都是缝子。然后，五六个人把他抬了走。妈和我在后边哭。我记得爸，记得爸的木匣。那个木匣结束了爸的一切：每逢我想起爸来，我就想到非打开那个木匣不能见着他。但是，那木匣是深深地埋在地里，我明知在城外哪个地方埋着它，可又象落在地上的一个雨点，似乎永难找到。

三

妈和我还穿着白袍，我又看见了月牙儿。那是个冷天，妈妈带我出城去看爸的坟。妈拿着很薄很薄的一罗儿纸。妈那天对我特别的好，我走不动便背我一程，到城门上还给我买了一些炒栗子。什么都是凉的，只有这些栗子是热的；我舍不得吃，用它们热我的手。走了多远，我记不清了，总该是很远很远吧。在爸出殡的那天，我似乎没觉得这么远，或者是因为那天人多；这次只是我们娘儿俩，妈不说话，我也懒得出声，

[1] 选自《老舍文集》，内蒙古人民出版社，2003年8月，第一版。

什么都是静寂的；那些黄土路静寂得没有头儿。天是短的，我记得那个坟：小小的一堆儿土，远处有一些高土岗儿，太阳在黄土岗儿上头斜着。妈妈似乎顾不得我了，把我放在一旁，抱着坟头儿去哭。我坐在坟头的旁边，弄着手里那几个栗子。妈哭了一阵，把那点纸焚化了，一些纸灰在我眼前卷成一两个旋儿，而后懒懒地落在地上；风很小，可是很够冷的。妈妈又哭起来。我也想爸，可是我不想哭他；我倒是为妈妈哭得可怜而也落了泪。过去拉住妈妈的手："妈不哭！不哭！"妈妈哭得更恸了。她把我搂在怀里。眼看太阳就落下去，四外没有一个人，只有我们娘儿俩。妈似乎也有点怕了，含着泪，扯起我就走，走出老远，她回头看了看，我也转过身去：爸的坟已经辨不清了；土岗的这边都是坟头，一小堆一小堆，一直摆到土岗底下。妈妈叹了口气。我们紧走慢走，还没有走到城门，我看见了月牙儿。四外漆黑，没有声音，只有月牙儿放出一道儿冷光。我乏了，妈妈抱起我来。怎样进的城，我就不知道了，只记得迷迷糊糊的天上有个月牙儿。

四

刚八岁，我已经学会了去当东西。我知道，若是当不来钱，我们娘儿俩就不要吃晚饭；因为妈妈但凡有点主意，也不肯叫我去。我准知道她每逢交给我个小包，锅里必是连一点粥底儿也看不见了。我们的锅有时干净得象个体面的寡妇。这一天，我拿的是一面镜子。只有这件东西似乎是不必要的，虽然妈妈天天得用它。这是个春天，我们的棉衣都刚脱下来就入了当铺。我拿着这面镜子，我知道怎样小心，小心而且要走得快，当铺是老早就上门的。

我怕当铺的那个大红门，那个大高长柜台。一看见那个门，我就心跳。可是我必须进去，似乎是爬进去，那个高门坎儿是那么高。我得用尽了力量，递上我的东西，还得喊："当当！"得了钱和当票，我知道怎样小心的拿着，快快回家，晓得妈妈不放心。可是这一次，当铺不要这面镜子，告诉我再添一号来。我懂得什么叫"一号"。把镜子搂在胸前，我拼命的往家跑。妈妈哭了；她找不到第二件东西。我在那间小屋住惯了，总以为东西不少；及至帮着妈妈一找可当的衣物，我的小心里才明白过来，我们的东西很少，很少。

妈妈不叫我去了。可是"妈妈咱们吃什么呢？"妈妈哭着递给我她头上的银簪，只有这一件东西是银的。我知道，她拔下过来几回，都没肯交给我去当。这是妈妈出门子时，姥姥家给的一件首饰。现在，她把这末一件银器给了我，叫我把镜子放下。我尽了我的力量赶回当铺，那可怕的大门已经严严地关好了。我坐在那门墩上，握着那根银簪。不敢高声地哭，我看着天，啊，又是月牙儿照着我的眼泪！哭了好久，妈妈在黑影中来了，她拉住了我的手，呕，多么热的手，我忘了一切的苦处，连饿也忘了，只要有妈妈这只热手拉着我就好。我抽抽搭搭地说："妈！咱们回家睡觉吧。明儿早上再来！"

妈一声没出。又走了一会儿："妈！你看这个月牙儿；爸死的那天，它就是这么歪歪着。为什么她老这么斜着呢？"妈还是一声没出，她的手有点颤。

五

妈妈整天地给人家洗衣裳。我老想帮助妈妈，可是插不上手。我只好等着妈妈，非到她完了事，我不去睡。有时月牙儿已经上来，她还哼哧哼哧地洗。那些臭袜子，硬牛皮似的，都是铺子里的伙计们送来的。妈妈洗完这些"牛皮"就吃不下饭去。我坐在她旁边，看着月牙儿，蝙蝠专会在那条光儿底下穿过来穿过去，象银线上穿着个大菱角，极快的又掉到暗处去。我越可怜妈妈，便越爱这个月牙儿，因为看着它，使我心中痛快一点。它在夏天更可爱，它老有那么点凉气，象一条冰似的。我爱它给地上的那点小影子，一会儿就没了；迷迷糊糊的不甚清楚，及至影子没了，地上就特别的黑，星也特别的亮，花也特别的香——我们的邻居有许多花木，那棵高高的洋槐总把花儿落到我们这边来，象一层雪似的。

六

妈妈的手起了层鳞，叫她给搓搓背顶解痒痒了。可是我不敢常劳动她，她的手是洗粗了的。她瘦，被臭袜子熏的常不吃饭。我知道妈妈要想主意了，我知道。她常把衣裳推到一边，愣着。她和自己说话。她想什么主意呢？我可是猜不着。

七

妈妈嘱咐我不叫我别扭，要乖乖地叫"爸"：她又给我找到一个爸。这是另一个爸，我知道，因为坟里已经埋好一个爸了。妈嘱咐我的时候，眼睛看着别处。她含着泪说："不能叫你饿死！"呕，是因为不饿死我，妈才另给我找了个爸！我不明白多少事，我有点怕，又有点希望——果然不再挨饿的话。多么凑巧呢，离开我们那间小屋的时候，天上又挂着月牙儿。这次的月牙儿比哪一回都清楚，都可怕；我是要离开这住惯了的小屋了。妈坐了一乘红轿，前面还有几个鼓手，吹打得一点也不好听。轿在前边走，我和一个男人在后边跟着，他拉着我的手。那可怕的月牙儿放着一点光，仿佛在凉风里颤动。

街上没有什么人，只有些野狗追着鼓手们咬；轿子走得很快。上哪去呢？是不是把妈抬到城外去，抬到坟地去？那个男人扯着我走，我喘不过气来，要哭都哭不出来。那男人的手心出了汗，凉得象个鱼似的，我要喊"妈"，可是不敢。一会儿，月牙儿象个要闭上的一道大眼缝，轿子进了个小巷。

八

我在三四年里似乎没再看见月牙儿。新爸对我们很好，他有两间屋子，他和妈住在里间，我在外间睡铺板。我起初还想跟妈妈睡，可是几天之后，我反倒爱"我的"小屋了。屋里有白白的墙，还有条长桌，一把椅子。这似乎都是我的。我的被子也比从前的厚实暖和了。妈妈也渐渐胖了点，脸上有了红色，手上的那层鳞也慢慢掉净。我好久没去当当了。

新爸叫我去上学。有时候他还跟我玩一会儿。我不知道为什么不爱叫他"爸"，虽然我知道他很可爱。他似乎也知道这个，他常常对我那么一笑；笑的时候他有很好看的眼睛。可是妈妈偷告诉我叫爸，我也不愿十分的别扭。我心中明白，妈和我现在是有吃有喝的，都因为有这个爸，我明白。是的，在这三四年里我想不起曾经看见过月牙儿；也许是看见过而不大记得了。爸死时那个月牙儿，妈轿子前面那个月牙儿，我永远忘不了。那一点点光，那一点寒气，老在我心中，比什么都亮，都清凉，象块玉似的，有时候想起来仿佛能用手摸到似的。

九

我很爱上学。我老觉得学校里有不少的花，其实并没有；只是一想起学校就想到花罢了，正象一想起爸的坟就想起城外的月牙儿——在野外的小风里歪歪着。妈妈是很爱花的，虽然买不起，可是有人送给她一朵，她就顶喜欢地戴在头上。我有机会便给她折一两朵来；戴上朵鲜花，妈的后影还很年轻似的。妈喜欢，我也喜欢。在学校里我也很喜欢。也许因为这个，我想起学校便想起花来？

十

当我要在小学毕业那年，妈又叫我去当当了。我不知道为什么新爸忽然走了。他上了哪儿，妈似乎也不晓得。妈妈还叫我上学，她想爸不久就会回来的。

他许多日子没回来，连封信也没有。我想妈又该洗臭袜子了，这使我极难受。可是妈妈并没这么打算。她还打扮着，还爱戴花；奇怪！她不落泪，反倒好笑；为什么呢？我不明白！好几次，我下学来，看她在门口儿立着。

又隔了不久，我在路上走，有人"嗨"我了："嗨！给你妈捎个信儿去！"

"嗨！你卖不卖呀？小嫩的！"我的脸红得冒出火来，把头低得无可再低。

我明白，只是没办法。我不能问妈妈，不能。她对我很好，而且有时候极郑重地说我："念书！念书！"妈是不识字的，为什么这样催我念书呢？我疑心；又常由疑心而想到妈是为我才作那样的事。妈是没有更好的办法。疑心的时候，我恨不能骂妈妈一顿。再一想，我要抱住她，央告她不要再作那个事。我恨自己不能帮助妈妈。所以我也想到：我在小学毕业后又有什么用呢？

我和同学们打听过了，有的告诉我，去年毕业的有好几个作姨太太的。有的告诉我，谁当了暗门子。我不大懂这些事，可是由她们的说法，我猜到这不是好事。她们似乎什么都知道，也爱偷偷地谈论她们明知是不正当的事——这些事叫她们的脸红红的而显出得意。我更疑心妈妈了，是不是等我毕业好去作……这么一想，有时候我不敢回家，我怕见妈妈。妈妈有时候给我点心钱，我不肯花，饿着肚子去上体操，常常要晕过去。看着别人吃点心，多么香甜呢！可是我得省着钱，万一妈妈叫我去……

我可以跑，假如我手中有钱。

我最阔的时候，手中有一毛多钱！在这些时候，即使在白天，我也有时望一望天上，找我的月牙儿呢。我心中的苦处假若可以用个形状比喻起来，必是个月牙儿形的。它无倚无靠的在灰蓝的天上挂着，光儿微弱，不大会儿便被黑暗包住。

十一

叫我最难过的是我慢慢地学会了恨妈妈。可是每当我恨她的时候，我不知不觉地便想起她背着我上坟的光景。想到了这个，我不能恨她了。我又非恨她不可。我的心象——还是象那个月牙儿，只能亮那么一会儿，而黑暗是无限的。妈妈的屋里常有男人来了，她不再躲避着我。他们的眼象狗似的看着我，舌头吐着，垂着涎。我在他们的眼中是更解馋的，我看出来。在很短的期间，我忽然明白了许多的事。我知道我得保护自己，我觉出我身上好象有什么可贵的地方，我闻得出我已有一种什么味道，使我自己害羞，多感。

我身上有了些力量，可以保护自己，也可以毁了自己。我有时很硬气，有时候很软。我不知怎样好。我愿爱妈妈，这时候我有好些必要问妈妈的事，需要妈妈的安慰；可是正在这个时候，我得躲着她，我得恨她；要不然我自己便不存在了。当我睡不着的时节，我很冷静地思索，妈妈是可原谅的。她得顾我们俩的嘴。可是这个又使我要拒绝再吃她给我的饭菜。我的心就这么忽冷忽热，象冬天的风，休息一会儿，刮得更要猛；我静候着我的怒气冲来，没法儿止住。

十二

事情不容我想好方法就变得更坏了。妈妈问我，"怎样？"假若我真爱她呢，妈妈说，我应该帮助她。不然呢，她不能再管我了。这不象妈妈能说得出的话，但是她确是这么说了。她说得很清楚："我已经快老了，再过二年，想白叫人要也没人要了！"这是对的，妈妈近来擦许多的粉，脸上还露出褶子来。她要再走一步，去专伺候一个男人。她的精神来不及伺候许多男人了。为她自己想，这时候能有人要她——是个馒头铺掌柜的愿要她——她该马上就走。可是我已经是个大姑娘了，不象小时候那样容易跟在妈妈轿后走过去了。我得打主意安置自己。假若我愿意"帮助"妈妈呢，她可以不再走这一步，而由我代替她挣钱。代她挣钱，我真愿意；可是那个挣钱方法叫我哆嗦。我知道什么呢，叫我象个半老的妇人那样去挣钱？！妈妈的心是狠的，可是钱更狠。妈妈不逼着我走哪条路，她叫我自己挑选——帮助她，或是我们娘儿俩各走各的。妈妈的眼没有泪，早就干了。我怎么办呢？

十三

我对校长说了。校长是个四十多岁的妇人，胖胖的，不很精明，可是心热。我是真没了主意，要不然我怎会开口述说妈妈的……我并没和校长亲近过。当我对她说的时候，每个字都象烧红了的煤球烫着我的喉，我哑了，半天才能吐出一个字。校长愿意帮助我。她不能给我钱，只能供给我两顿饭和住处——就住在学校和个老女仆作伴儿。她叫我帮助文书写写字，可是不必马上就这么办，因为我的字还需要练习。两顿饭，一个住处，解决了天大的问题。我可以不连累妈妈了。妈妈这回连轿也没坐，只坐了辆洋车，摸着黑走了。我的铺盖，她给了我。临走的时候，妈妈挣扎着不哭，可是心底下的泪到底翻上来了。她知道我不能再找她去，她的亲女儿。我呢，我连哭都忘了怎么哭了，我只咧着嘴抽达，泪蒙住了我的脸。我是她的女儿、朋友、安慰。但是我帮助不了她，除非我得作那种我决不肯作的事。在事后一想，我们娘儿俩就象两个没人管的狗，为我们的嘴，我们得受着一切的苦处，好象我们身上没有别的，只有一张嘴。为这张嘴，我们得把其余一切的东西都卖了。我不恨妈妈了，我明白了。不是妈妈的毛病，也不是不该长那张嘴，是粮食的毛病，凭什么没有我们的吃食呢？这个别离，把过去一切的苦楚都压过去了。那最明白我的眼泪怎流的月牙儿这回会没出来，这回只有黑暗，连点萤火的光也没有。妈妈就在暗中象个活鬼似的走了，连个影子也没有。即使她马上死了，恐怕也不会和爸埋在一处了，我连她将来的坟在哪里都不会知道。我只有这么个妈妈，朋友。我的世界里剩下我自己。

十四

妈妈永不能相见了，爱死在我心里，象被霜打了的春花。我用心地练字，为是能帮助校长抄抄写写些不要紧的东西。我必须有用，我是吃着别人的饭。

我不象那些女同学，她们一天到晚注意别人，别人吃了什么，穿了什么，说了什么；我老注意我自己，我的影子是我的朋友。"我"老在我的心上，因为没人爱我。我爱我自己，可怜我自己，鼓励我自己，责备我自己；我知道我自己，仿佛我是另一个人似的。我身上有一点变化都使我害怕，使我欢喜，使我莫名其妙。我在我自己手中拿着，象捧着一朵娇嫩的花。我只能顾目前，没有将来，也不敢深想。嚼着人家的饭，我知道那是晌午或晚上了，要不然我简直想不起时间来；没有希望，就没有时间。我好象钉在个没有日月的地方。想起妈妈，我晓得我曾经活了十几年。对将来，我不象同学们那样盼望放假，过节，过年；假期，节，年，跟我有什么关系呢？可是我的身体是往大了长呢，我觉得出。觉出我又长大了一些，我更渺茫，我不放心我自己。

我越往大了长，我越觉得自己好看，这是一点安慰；美使我抬高了自己的身分。可是我根本没身分，安慰是先甜后苦的，苦到末了又使我自傲。穷，可是好看呢！这又使我怕：妈妈也是不难看的。

十五

我又老没看月牙儿了，不敢去看，虽然想看。我已毕了业，还在学校里住着。晚上，学校里只有两个老仆人，一男一女。他们不知怎样对待我好，我既不是学生，也不是先生，又不是仆人，可有点象仆人。晚上，我一个人在院中走，常被月牙儿给赶进屋来，我没有胆子去看它。可

是在屋里，我会想象它是什么样，特别是在有点小风的时候。微风仿佛会给那点微光吹到我的心上来，使我想起过去，更加重了眼前的悲哀。我的心就好象在月光下的蝙蝠，虽然是在光的下面，可是自己是黑的；黑的东西，即使会飞，也还是黑的，我没有希望。我可是不哭，我只常皱着眉。

十六

我有了点进款：给学生织些东西，她们给我点工钱。校长允许我这么办。

可是进不了许多，因为她们也会织。不过她们自己急于要用，而赶不来，或是给家中人打双手套或袜子，才来照顾我。虽然是这样，我的心似乎活了一点，我甚至想到：假若妈妈不走那一步，我是可以养活她的。一数我那点钱，我就知道这是梦想，可是这么想使我舒服一点。我很想看看妈妈。假若她看见我，她必能跟我来，我们能有方法活着，我想——可是不十分相信。我想妈妈，她常到我的梦中来。有一天，我跟着学生们去到城外旅行，回来的时候已经是下午四点多了。为是快点回来，我们抄了个小道。我看见了妈妈！

在个小胡同里有一家卖馒头的，门口放着个元宝筐，筐上插着个顶大的白木头馒头。顺着墙坐着妈妈，身儿一仰一弯地拉风箱呢。从老远我就看见了那个大木馒头与妈妈，我认识她的后影。我要过去抱住她。可是我不敢，我怕学生们笑话我，她们不许我有这样的妈妈。越走越近了，我的头低下去，从泪中看了她一眼，她没看见我。我们一群人擦着她的身子走过去，她好象是什么也没看见，专心地拉她的风箱。走出老远，我回头看了看，她还在那儿拉呢。我看不清她的脸，只看到她的头发在额上披散着点。我记住这个小胡同的名儿。

十七

象有个小虫在心中咬我似的，我想去看妈妈，非看见她我心中不能安静。正在这个时候，学校换了校长。胖校长告诉我得打主意，她在这儿一天便有我一天的饭食与住处，可是她不能保险新校长也这么办。我数了数我的钱，一共是两块七毛零几个铜子。这几个钱不会叫我在最近的几天中挨饿，可是我上哪儿呢？我不敢坐在那儿呆呆地发愁，我得想主意。找妈妈去是第一个念头。可是她能收留我吗？假若她不能收留我，而我找了她去，即使不能引起她与那个卖馒头的吵闹，她也必定很难过。我得为她想，她是我的妈妈，又不是我的妈妈，我们母女之间隔着一层用穷作成的障碍。想来想去，我不肯找她去了。我应当自己担着自己的苦处。可是怎么担着自己的苦处呢？我想不起。我觉得世界很小，没有安置我与我的小铺盖卷的地方。我还不如一条狗，狗有个地方便可以躺下睡；街上不准我躺着。是的，我是人，人可以不如狗。假若我扯着脸不走，焉知新校长不往外撵我呢？我不能等着人家往外推。这是个春天。我只看见花儿开了，叶儿绿了，而觉不到一点暖气。红的花只是红的花，绿的叶只是绿的叶，我看见些不同的颜色，只是一点颜色；这些颜色没有任何意义，春在我的心中是个凉的死的东西。我不肯哭，可是泪自己往下流。

十八

我出去找事了。不找妈妈，不依赖任何人，我要自己挣饭吃。走了整整两天，抱着希望出去，带着尘土与眼泪回来。没有事情给我作。我这才真明白了妈妈，真原谅了妈妈。妈妈还洗过臭袜子，我连这个都作不上。妈妈所走的路是唯一的。学校里教给我的本事与道德都是笑话，都是吃饱了没事时的玩艺。同学们不准我有那样的妈妈，她们笑话暗门子；是的，她们得这样看，她们有饭吃。我差不多要决定了：只要有人给我饭吃，什么我也肯干；妈妈是可佩服的。我才不去死，虽然想到过；不，我要活着。我年轻，我好看，我要活着。羞耻不是我造出来的。

十九

这么一想，我好象已经找到了事似的。我敢在院中走了，一个春天的月牙儿在天上挂着。我看出它的美来。天是暗蓝的，没有一点云。那个月牙儿清亮而温柔，把一些软光儿轻轻送到柳枝上。院中有点小风，带着南边的花香，把柳条的影子吹到墙角有光的地方来，又吹到无光的地方去；光不强，影儿不重，风微微地吹，都是温柔，什么都有点睡意，可又要轻软地活动着。月牙儿下边，柳梢上面，有一对星儿好象微笑的仙女的眼，逗着那歪歪的月牙儿和那轻摆的柳枝。墙那边有棵什么树，开满了白花，月的微光把这团雪照成一半儿白亮，一半儿略带点灰影，显出难以想到的纯净。这个月牙儿是希望的开始，我心里说。

二十

我又找了胖校长去，她没在家。一个青年把我让进去。他很体面，也很和气。我平素很怕男人，但是这个青年不叫我怕他。他叫我说什么，我便不好意思不说；他那么一笑，我心里就软了。我把找校长的意思对他说了，他很热心，答应帮助我。当天晚上，他给我送了两块钱来，我不肯收，他说这是他婶母——胖校长——给我的。他并且说他的婶母已经给我找好了地方住，第二天就可以搬过去。我要怀疑，可是不敢。他的笑脸好象笑到我的心里去。我觉得我要疑心便对不起人，他是那么温和可爱。

二十一

他的笑唇在我的脸上，从他的头发上我看着那也在微笑的月牙儿。春风象醉了，吹破了春云，露出月牙儿与一两对儿春星。河岸上的柳枝轻摆，春蛙唱着恋歌，嫩蒲的香味散在春晚的暖气里。我听着水流，象给嫩蒲一些生力，我想象着蒲梗轻快地往高里长。小蒲公英在潮暖的地上生长。什么都在溶化着春的力量，然后放出一些香味来。我忘了自己，我没了自己，象化在了那点春风与月的微光中。月牙儿忽然被云掩住，我想起来自己。我失去那个月牙儿，也失去了自己，我和妈妈一样了！

二十二

我后悔，我自慰，我要哭，我喜欢，我不知道怎样好。我要跑开，永不再见他；我又想他，我寂寞。两间小屋，只有我一个人，他每天晚上来。他永远俊美，老那么温和。他供给我吃喝，还给我作了几件新衣。

穿上新衣，我自己看出我的美。可是我也恨这些衣服，又舍不得脱去。我不敢思想，也懒得思想，我迷迷糊糊的，腮上老有那么两块红。我懒得打扮，又不能不打扮，太闲在了，总得找点事作。打扮的时候，我怜爱自己；打扮完了，我恨自己。我的泪很容易下来，可是我设法不哭，眼终日老那么湿润润的，可爱。我有时候疯了似的吻他，然后把他推开，甚至于破口骂他；他老笑。

二十三

我早知道，我没希望；一点云便能把月牙儿遮住，我的将来是黑暗。果然，没有多久，春便变成了夏，我的春梦作到了头儿。有一天，也就是刚晌午吧，来了一个少妇。她很美，可是美得不玲珑，象个磁人儿似的。她进到屋中就哭了。不用问，我已明白了。看她那个样儿，她不想跟我吵闹，我更没预备着跟她冲突。她是个老实人。她哭，可是拉住我的手："他骗了咱们俩！"她说。我以为她也只是个"爱人"。不，她是他的妻。她不跟我闹，只口口声声的说："你放了他吧！"我不知怎么才好，我可怜这个少妇。我答应了她。她笑了。看她这个样儿，我以为她是缺个心眼，她似乎什么也不懂，只知道要她的丈夫。

二十四

我在街上走了半天。很容易答应那个少妇呀，可是我怎么办呢？他给我的那些东西，我不愿意要；既然要离开他，便一刀两断。可是，放下那点东西，我还有什么呢？我上哪儿呢？我怎么能当天就有饭吃呢？好吧，我得要那些东西，无法。我偷偷的搬了走。我不后悔，只觉得空虚，象一片云那样的无倚无靠。搬到一间小屋里，我睡了一天。

二十五

我知道怎样俭省，自幼就晓得钱是好的。凑合着手里还有那点钱，我想马上去找个事。这样，我虽然不希望什么，或者也不会有危险了。事情可是并不因我长了一两岁而容易找到。我很坚决，这并无济于事，只觉得应当如此罢了。妇女挣钱怎这么不容易呢！妈妈是对的，妇人只有一条路走，就是妈妈所走的路。我不肯马上就往那么走，可是知道它在不很远的地方等着我呢。我越挣扎，心中越害怕。我的希望是初月的光，一会儿就要消失。一两个星期过去了，希望越来越小。最后，我去和一排年轻的姑娘们在小饭馆受选阅。很小的一个饭馆，很大的一个老板；我们这群都不难看，都是高小毕业的少女们，等皇赏似的，等着那个破塔似的老板挑选。他选了我。我不感谢他，可是当时确有点痛快。那群女孩子们似乎很羡慕我，有的竟自含着泪走去，有的骂声"妈的！"女人够多么不值钱呢！

二十六

我成了小饭馆的第二号女招待。摆菜、端菜、算账、报菜名，我都不在行。我有点害怕。可是"第一号"告诉我不用着急，她也都不会。她说，小顺管一切的事；我们当招待的只要给客人倒茶，递手巾把，和拿账条；别的不用管。奇怪！"第一号"的袖口卷起来很高，袖口的白里子上连一个污点也没有。腕上放着一块白丝手绢，绣着"妹妹我爱你"。她一天到晚往脸上拍粉，嘴唇抹得血瓢似的。给客人点烟的时候，她的膝往人家腿上倚；还给客人斟酒，有时候她自己也喝了一口。对于客人，有的她伺候得非常的周到；有的她连理也不理，她会把眼皮一耷拉，假装没看见。她不招待的，我只好去。我怕男人。我那点经验叫我明白了些，什么爱不爱的，反正男人可怕。

特别是在饭馆吃饭的男人们，他们假装义气，打架似的让座让账；他们拼命的猜拳，喝酒；他们野兽似的吞吃，他们不必要而故意的挑剔毛病，骂人。

我低头递茶递手巾，我的脸发烧。客人们故意的和我说东说西，招我笑；我没心思说笑。晚上九点多钟完了事，我非常的疲乏了。到了我的小屋，连衣裳没脱，我一直地睡到天亮。醒来，我心中高兴了一些，我现在是自食其力，用我的劳力自己挣饭吃。我很早的就去上工。

二十七

"第一号"九点多才来，我已经去了两点多钟。她看不起我，可也并非完全恶意地教训我："不用那么早来，谁八点来吃饭？告诉你，丧气鬼，把脸别耷拉得那么长；你是女跑堂的，没让你在这儿送殡玩。低着头，没人多给酒钱；你干什么来了？不为挣子儿吗？你的领子太矮，咱这行全得弄高领子，绸子手绢，人家认这个！"我知道她是好意，我也知道设若我不肯笑，她也得吃亏，少分酒钱；小账是大家平分的。我也并非看不起她，从一方面看，我实在佩服她，她是为挣钱。妇女挣钱就得这么着，没第二条路。但是，我不肯学她。我仿佛看得很清楚：有朝一日，我得比她还开通，才能挣上饭吃。可是那得到了山穷水尽的时候；"万不得已"老在那儿等我们女人，我只能叫它多等几天。这叫我咬牙切齿，叫我心中冒火，可是妇女的命运不在自己手里。又干了三天，那个大掌柜的下了警告：再试我两天，我要是愿意往长了干呢，得照"第一号"那么办。"第一号"一半嘲弄，一半劝告的说："已经有人打听你，干吗藏着乖的卖傻的呢？咱们谁不知道谁是怎着？女招待嫁银行经理的，有的是；你当是咱们低贱呢？闯开脸儿干呀，咱们也他妈的坐几天汽车！"这个，逼上我的气来，我问她："你什么时候坐汽车？"她把红嘴唇撇得要掉下去："不用你耍嘴皮子，干什么说什么；天生下来的香屁股，还不会干这个呢！"我干不了，拿了一块另五分钱，我回了家。

二十八

最后的黑影又向我迈了一步。为躲它，就更走近了它。我不后悔丢了那个事，可我也真怕那个黑影。把自己卖给一个人，我会。自从那回事儿，我很明白了些男女之间的关系。女人把自己放松一些，男人闻着味儿就来了。

他所要的是肉，他发散了兽力，你便暂时有吃有穿；然后他也许打你骂你，或者停止了你的供给。女人就这么卖了自己，有时候还很得意，我曾经觉到得意。在得意的时候说的净是一些天上的话；过了会儿，你觉得身上的疼痛与丧气。不过，卖给一个男人，还可以说些天上的话；

卖给大家，连这些也没法说了，妈妈就没说过这样的话。怕的程度不同，我没法接受"第一号"的劝告；"一个"男人到底使我少怕一点。

可是，我并不想卖我自己。我并不需要男人，我还不到二十岁。我当初以为跟男人在一块儿必定有趣，谁知道到了一块他就要求那个我所害怕的事。是的，那时候我象把自己交给了春风，任凭人家摆布；过后一想，他是利用我的无知，畅快他自己。他的甜言蜜语使我走入梦里；醒过来，不过是一个梦，一些空虚；我得到的是两顿饭，几件衣服。我不想再这样挣饭吃，饭是实在的，实在地去挣好了。可是，若真挣不上饭吃，女人得承认自己是女人，得卖肉！一个多月，我找不到事作。

二十九

我遇见几个同学，有的升入了中学，有的在家里作姑娘。我不愿理她们，可是一说起话儿来，我觉得我比她们精明。原先，在学校的时候，我比她们傻；现在，"她们"显着呆傻了。她们似乎还都作梦呢。她们都打扮得很好，象铺子里的货物。她们的眼溜着年轻的男人，心里好象作着爱情的诗。我笑她们。是的，我必定得原谅她们，她们有饭吃，吃饱了当然只好想爱情，男女彼此织成了网，互相捕捉；有钱的，网大一些，捉住几个，然后从容地选择一个。我没有钱，我连个结网的屋角都找不到。我得直接地捉人，或是被捉，我比她们明白一些，实际一些。

三十

有一天，我碰见那个小媳妇，象磁人似的那个。她拉住了我，倒好象我是她的亲人似的。她有点颠三倒四的样儿。"你是好人！你是好人！我后悔了，"她很诚恳地说，"我后悔了！我叫你放了他，哼，还不如在你手里呢！他又弄了别人，更好了，一去不回头了！"由探问中，我知道她和他也是由恋爱而结的婚，她似乎还很爱他。他又跑了。我可怜这个小妇人，她也是还作着梦，还相信恋爱神圣。我问她现在的情形，她说她得找到他，她得从一而终。要是找不到他呢？我问。她咬上了嘴唇，她有公婆，娘家还有父母，她没有自由，她甚至于羡慕我，我没有人管着。还有人羡慕我，我真要笑了！我有自由，笑话！她有饭吃，我有自由；她没自由，我没饭吃，我俩都是女人。

三十一

自从遇上那个小磁人，我不想把自己专卖给一个男人了，我决定玩玩了；换句话说，我要"浪漫"地挣饭吃了。我不再为谁负着什么道德责任，我饿。浪漫足以治饿，正如同吃饱了才浪漫，这是个圆圈，从哪儿走都可以。那些女同学与小磁人都跟我差不多，她们比我多着一点梦想，我比她们更直爽，肚子饿是最大的真理。是的，我开始卖了。把我所有的一点东西都折卖了，作了一身新行头，我的确不难看。我上了市。

三十二

我想我要玩玩，浪漫。啊，我错了。我还是不大明白世故。男人并不象我想的那么容易勾引。我要勾引文明一些的人，要至多只赔上一两个吻。哈哈，人家不上那个当，人家要初次见面便得到便宜。还有呢，人家只请我看电影，或逛逛大街，吃杯冰激凌；我还是饿着肚子回家。所谓文明人，懂得问我在哪儿毕业，家里作什么事。那个态度使我看明白，他若是要你，你得给他相当的好处；你若是没有好处可贡献呢，人家只用一角钱的冰激凌换你一个吻。要卖，得痛痛快快地。我明白了这个。小磁人们不明白这个。我和妈妈明白，我很想妈了。

三十三

据说有些女人是可以浪漫地挣饭吃，我缺乏资本；也就不必再这样想了。

我有了买卖。可是我的房东不许我再住下去，他是讲体面的人。我连瞧他也没瞧，就搬了家，又搬回我妈妈和新爸爸曾经住过的那两间房。这里的人不讲体面，可也更真诚可爱。搬了家以后，我的买卖很不错。连文明人也来了。

文明人知道了我是卖，他们是买，就肯来了；这样，他们不吃亏，也不丢身份。初干的时候，我很害怕，因为我还不到二十岁。及至作过了几天，我也就不怕了。多咱他们象了一摊泥，他们才觉得上了算，他们满意，还替我作义务的宣传。干过了几个月，我明白的事情更多了，差不多每一见面，我就能断定他是怎样的人。有的很有钱。这样的人一开口总是问我的身价，表示他买得起我。他也很嫉妒，总想包了我；逛暗娼他也想独占，因为他有钱。

对这样的人，我不大招待。他闹脾气，我不怕，我告诉他，我可以找上他的门去，报告给他的太太。在小学里念了几年书，到底是没白念，他唬不住我。

"教育"是有用的，我相信了。有的人呢，来的时候，手里就攥着一块钱，唯恐上了当。对这种人，我跟他细讲条件，他就乖乖地回家去拿钱，很有意思。最可恨的是那些油子，不但不肯花钱，反倒要占点便宜走，什么半盒烟卷呀，什么一小瓶雪花膏呀，他们随手拿去。这种人还是得罪不得，他们在地面上很熟，得罪了他们，他们会叫巡警跟我捣乱。我不得罪他们，我喂着他们；及至我认识了警官，才一个个的收拾他们。世界就是狼吞虎咽的世界，谁坏谁就占便宜。顶可怜的是那象学生样儿的，袋里装着一块钱，和几十铜子，叮当地直响，鼻子上出着汗。我可怜他们，可是也照常卖给他们。我有什么办法呢！还有老头子呢，都是些规矩人，或者家中已然儿孙成群。对他们，我不知道怎样好；但是我知道他们有钱，想在死前买些快乐，我只好供给他们所需要的。这些经验叫我认识了"钱"与"人"。钱比人更厉害一些，人若是兽，钱就是兽的胆子。

三十四

我发现了我身上有了病。这叫我非常的苦痛，我觉得已经不必活下去了。

我休息了，我到街上去走；无目的，乱走。我想去看看妈，她必能给我一些安慰，我想象着自己已是快死的人了。我绕到那个小巷，希望见着妈妈；我想起她在门外拉风箱的样子。馒头铺已经关了门。打听，没人知道搬到哪里去。这使我更坚决了，我非找到妈妈不可。在街上丧胆游魂地走了几天，没有一点用。我疑心她是死了，或是和馒头铺的掌柜的搬到别处去，也许在千里以外。这么一想，我哭起来。我穿好了衣裳，擦上了脂粉，在床上躺着，等死。我相信我会不久就死去的。可是我没死。门外又敲门了，找我的。好吧，我伺候他，我把病尽力地传给他。我不觉得这对不起人，这根本不是我的过错。我又痛快了些，我吸烟，我喝酒，我好象已是三四十岁的人了。我的眼圈发青，手心发热，我不再管；有钱才能活着，先吃饱再说别的吧。我吃得并不错，谁肯吃坏的呢！我必须给自己一点好吃食，一些好衣裳，这样才稍微对得起自己一点。

三十五

一天早晨，大概有十点来钟吧，我正披着件长袍在屋中坐着，我听见院中有点脚步声。我十点来钟起来，有时候到十二点才想穿好衣裳，我近来非常的懒，能披着件衣服呆坐一两个钟头。我想不起什么，也不愿想什么，就那么独自呆坐。那点脚步声，向我的门外来了，很轻很慢。不久，我看见一对眼睛，从门上那块小玻璃向里面看呢。看了一会儿，躲开了；我懒得动，还在那儿坐着。待了一会儿，那对眼睛又来了。我再也坐不住，我轻轻的开了门。"妈！"

三十六

我们母女怎么进了屋，我说不上来。哭了多久，也不大记得。妈妈已老得不象样儿了。她的掌柜的回了老家，没告诉她，偷偷地走了，没给她留下一个钱。她把那点东西变卖了，辞退了房，搬到一个大杂院里去。她已找了我半个多月。最后，她想到上这儿来，并没希望找到我，只是碰碰看，可是竟自找到了我。她不敢认我了，要不是我叫她，她也许就又走了。哭完了，我发狂似的笑起来：她找到了女儿，女儿已是个暗娼！她养着我的时候，她得那样；现在轮到我养着她了，我得那样！女人的职业是世袭的，是专门的！

三十七

我希望妈妈给我点安慰。我知道安慰不过是点空话，可是我还希望来自妈妈的口中。妈妈都往往会骗人，我们把妈妈的诓骗叫作安慰。我的妈妈连这个都忘了。她是饿怕了，我不怪她。她开始检点我的东西，问我的进项与花费，似乎一点也不以这种生意为奇怪。我告诉她，我有了病，希望她劝我休息几天。没有；她只说出去给我买药。"我们老干这个吗？"我问她。她没言语。可是从另一方面看，她确是想保护我，心疼我。她给我作饭，问我身上怎样，还常常偷看我，象妈妈看睡着了的小孩那样。只是有一层她不肯说，就是叫我不用再干这行了。我心中很明白——虽然有一点不满意她——除了干这个，还想不到第二个事情作。我们母女得吃得穿——这个决定了一切。什么母女不母女，什么体面不体面，钱是无情的。

三十八

妈妈想照应我，可是她得听着看着人家蹂躏我。我想好好对待她，可是我觉得她有时候讨厌。她什么都要管管，特别是对于钱。她的眼已失去年轻时的光泽，不过看见了钱还能发点光。对于客人，她就自居为仆人，可是当客人给少了钱的时候，她张嘴就骂。这有时候使我很为难。不错，既干这个还不是为钱吗？可是干这个的也似乎不必骂人。我有时候也会慢待人，可是我有我的办法，使客人急不得恼不得。妈妈的方法太笨了，很容易得罪人。

看在钱的面上，我们不应当得罪人。我的方法或者出于我还年轻，还幼稚；妈妈便不顾一切的单单站在钱上了，她应当如此，她比我大着好些岁。恐怕再过几年我也就这样了，人老心也跟着老，渐渐老得和钱一样的硬。是的，妈妈不客气。她有时候劈手就抢客人的皮夹，有时候留下人家的帽子或值钱一点的手套与手杖。我很怕闹出事来，可是妈妈说的好："能多弄一个是一个，咱们是拿十年当作一年活着的，等七老八十还有人要咱们吗？"有时候，客人喝醉了，她便把他架出去，找个僻静地方叫他坐下，连他的鞋都拿回来。

说也奇怪，这种人倒没有来找账的，想是己人事不知，说不定也许病一大场。或者事过之后，想过滋味，也就不便再来闹了，我们不怕丢人，他们怕。

三十九

妈妈是说对了：我们是拿十年当一年活着。干了二三年，我觉出自己是变了。我的皮肤粗糙了，我的嘴唇老是焦的，我的眼睛里老灰渌渌的带着血丝。我起来的很晚，还觉得精神不够。我觉出这个来，客人们更不是瞎子，熟客渐渐少起来。对于生客，我更努力的伺候，可是也更厌恶他们，有时候我管不住自己的脾气。我暴躁，我胡说，我已经不是我自己了。我的嘴不由的老胡说，似乎是惯了。这样，那些文明人已不多照顾我，因为我丢了那点"小鸟依人"——他们唯一的诗句——的身段与气味。我得和野鸡学了。我打扮得简直不象个人，这才招得动那不文明的人。我的嘴擦得象个红血瓢，我用力咬他们，他们觉得痛快。有时候我似乎已看见我的死，接进一块钱，我仿佛死了一点。钱是延长生命的，我的挣法适得其反。我看着自己死，等着自己死。这么一想，便把别的思想全止住了。不必想了，一天一天地活下去就是了，我的妈妈是我的影子，我至好不过将来变成她那样，卖了一辈子肉，剩下的只是一些白头发与抽皱的黑皮。这就是生命。

四十

我勉强地笑，勉强地疯狂，我的痛苦不是落几个泪所能减除的。我这样的生命是没什么可惜的，可是它到底是个生命，我不愿撒手。况且我所作的并不是我自己的过错。死假如可怕，那只因为活着是可爱的。我决不是怕死的痛苦，我的痛苦久已胜过了死。我爱活着，而不应当这样活着。我想象着一种理想的生活，象作着梦似的；这个梦一会儿就过去了，实际的生活使我更觉得难过。这个世界不是个梦，是真的地狱。妈妈看出我的难过来，她劝我嫁人。嫁人，我有了饭吃，她可以弄一笔养老金。我是她的希望。我嫁谁呢？

四十一

因为接触的男子很多了，我根本已忘了什么是爱。我爱的是我自己，及至我已爱不了自己，我爱别人干什么呢？但是打算出嫁，我得假装说我爱，说我愿意跟他一辈子。我对好几个人都这样说了，还起了誓；没人接受。在钱的管领下，人都很精明。嫖不如偷，对，偷省钱。我要是不要钱，管保人人说爱我。

四十二

正在这个期间，巡警把我抓了去。我们城里的新官儿非常地讲道德，要扫清了暗门子。正式的妓女倒还照旧作生意，因为她们纳捐；纳捐的便是名正言顺的，道德的。抓了去，他们把我放在了感化院，有人教给我作工。洗、做、烹调、编织，我都会；要是这些本事能挣饭吃，我早就不干那个苦事了。

我跟他们这样讲，他们不信，他们说我没出息，没道德。他们教给我工作，还告诉我必须爱我的工作。假如我爱工作，将来必定能自食其力，或是嫁个人。他们很乐观。我可没这个信心。他们最好的成绩，是已经有十几多个女的，经过他们感化而嫁了人。到这儿来领女人的，只须花两块钱的手续费和找一个妥实的铺保就够了。这是个便宜。从男人方面看；据我想，这是个笑话。我干脆就不受这个感化。当一个大官儿来检阅我们的时候，我唾了他一脸唾沫。他们还不肯放了我，我是带危险性的东西。可是他们也不肯再感化我。我换了地方，到了狱中。

四十三

狱里是个好地方，它使人坚信人类的没有起色；在我作梦的时候都见不到这样丑恶的玩艺。自从我一进来，我就不再想出去，在我的经验中，世界比这儿并强不了许多。我不愿死，假若从这儿出去而能有个较好的地方；事实上既不这样，死在哪儿不一样呢。在这里，在这里，我又看见了我的好朋友，月牙儿！多久没见着它了！妈妈干什么呢？我想起来一切。

【导读】

作家作品简介

老舍（1899—1966），原名舒庆春，字舍予，满族正红旗人，北京人，父亲是一名满族的护军，阵亡在八国联军攻打北京城的时候。老舍这一笔名最初在小说《老张的哲学》中使用，其他笔名还有舍予、絜青、絜予、非我、鸿来等。著有长篇小说《小坡的生日》《猫城记》《牛天赐传》《骆驼祥子》等，短篇小说《赶集》等。老舍的文学语言通俗简易，朴实无华，幽默诙谐，具有较强的北京韵味。1966 年 8 月 24 日，老舍因不堪忍受红卫兵的暴力批斗，在北京太平湖投湖自尽。

老舍的代表作品有《骆驼祥子》《茶馆》《龙须沟》《四世同堂》《正红旗下》等。

鉴赏解读参考

老舍在现代文学史上是一位长于长篇小说创作的作家，他曾自称"才力不长于短篇佳作"，但在长期的创作实践中，他也为读者奉献了大量优秀的短篇佳作，《月牙儿》《断魂枪》《微神》《黑白李》和《柳家大院》等即是其中的代表性作品。老舍的短篇小说，描写的生活面广，人物形象丰富多样，结构精致严谨，具有较高的艺术造诣和思想价值。其中尤以《月牙儿》为最。

《月牙儿》是根据被毁于战火的长篇小说《大明湖》的主要情节改写而成的。小说描写了母女两代人为生活所迫，最终堕落为暗娼的血泪经历，真实再现了身处不人道、非人性的社会中被侮辱被损害者的凄惨生活，对黑暗、残酷的社会现实发出了强烈的抗议和控诉。

老舍

问题与思考

1. 联系文章中的母女二人为生活所迫，最终沦为暗娼的血泪经历，谈谈你怎样理解职业世袭下的命运悲剧？
2. 如何认识《月牙儿》中"我"的妈妈这一形象？
3. 月牙儿本是自然之物，在文中却成了主人公唯一且不可缺少的陪伴者。文中月牙儿出现和不出现的次数，分别扮演什么样的角色以及蕴含何种含义？
4. 女主人公"我"从不谙世事的小女孩成长为单纯热情的少女，最后沦为娼妓。作者是怎样通过"我"的角度自述，用平淡含蓄的语句为我们勾勒出她的经历，描述她的心理一步一步突破底线的？

延伸阅读

老舍的其他作品，请参看作家作品简介中所列篇目。

十九、冯至

南方的夜[1]

我们静静地坐在湖滨，
听燕子给我们讲南方的静夜。
南方的静夜已经被它们带来，
夜的芦苇蒸发着浓郁的情热——
我已经感到了南方的夜间的陶醉，
请你也嗅一嗅吧这芦苇中的浓味。

你说大熊星总象是寒带的白熊，
望去使你的全身都感到凄冷。
这时的燕子轻轻地掠过水面，
零乱了满湖的星影——
请你看一看吧这湖中的星象，
南方的星夜便是这样的景象。

你说，你疑心那边的白果松，
总仿佛树上的积雪还没有消融。
这时燕子飞上了一棵棕榈，
唱出来一种热烈的歌声——
请你听一听吧燕子的歌唱，
南方的林中便是这样的景象。

总觉得我们不象是热带的人，
我们的胸中总是秋冬般的平寂。
燕子说，南方有一种珍奇的花朵，
经过二十年的寂寞才开一次——
这时我胸中觉得有一朵花儿隐藏，
它要在这静夜里火一样地开放！

冯至·代表作

十四行集

中国现代文学名著
中国现代文学学会编

华夏出版社

[1]《南方的夜》是冯至《北游
及其它》诗集中第三辑《暮春的
花园》中的一首，大约写于 1929
年 6 月到 8 月。

——1929

【导读】

作家作品简介

冯至（1905—1993），原名冯承植，字君培，河北涿县人。现代诗人、翻译家、教授，1921 年考入北京大学，1923 年后受到新文化运动的影响开始发表新诗。1927 年 4 月出版第一部诗集《昨日之歌》，1929 年 8 月出版第二部诗集《北游及其它》，记录自己大学毕业后的哈尔滨教书生活。1930 年赴德国留学，其间受到德语诗人里尔克的影响。五年后获得哲学博士学位，返回战时偏安的昆明任教于西南联大，任外语系教授。1941年他创作了一组后来结集为《十四行集》的诗作，影响甚大。冯至的小说、散文及译著也均十分出色，小说的代表作有 20 年代的《蝉与晚秋》《仲尼之将丧》等；散文则有 1943 年编的《山水》集，译著有《海涅诗选》《德国，一个冬天的童话》等。

冯至被鲁迅先生誉为"中国最为杰出的抒情诗人"。冯至的诗歌创作和学术成果获得极大的国际声誉。他曾获前德意志民主共和国授予的"格林兄弟文学奖"，获前联邦德国授予的"国际交流中心艺术奖"，接受前联邦德国授予的标志该国最高荣誉的"大十字勋章"，获前联邦德国达姆施塔特德意志语言文学院授予的"弗里德里希·宫多尔夫外国日尔曼学奖"。冯至诗歌创作的成就，是对中国现代诗坛的杰出贡献，对中国新诗的发展产生了巨大的影响。他在学术研究上的努力，取得了举世瞩目的光辉灿烂的成就。

冯至

鉴赏解读参考

这首诗写于 1929 年，那时冯至虽在北方任教，却把回忆中的南方写得如此亲切可感。开头一句"我们静静地坐在湖滨，听燕子给我们讲南方的静夜"向读者拉开了宁静的画面，"请你也嗅一嗅吧这芦苇丛中的浓味"让我们似乎也闻到了夏日的空气，语言于整饬中保持自然，旋律舒缓柔和，有内在的音节美与外在的视觉美。整首诗感情真挚，表达委婉细腻，最后一句"这时我胸中忽觉得有一朵花儿隐藏，它要在这静夜里火一样地开放"直抒胸臆，诗人的感情在此高潮迸发。

诗人大胆袒露自己的感情，热情地对爱人抒发心中的情热，渴望与爱人共同陶醉于爱情的浓郁的情味里。整首诗歌完全改变了诗人一贯的自卑、害羞的心态，也不再只沉醉于初识爱情的狂喜和忐忑的征询，而是狂热而坚定地要抓住这一份美好的感觉。正因于此，《南方的夜》在冯至《北游及其它》诗集中第三辑《暮春的花园》中有着独特的地位和审美特征。

1. 该诗以《南方的夜》为题，其主旨并非指向南方某一天特定时段中的景，仔细品味不难发现，诗人描绘的散发着浓郁情热的"南方的夜"只是存在于诗人的想象中，诗人对"南方的夜间的陶醉"其实是诗人对爱情的陶醉。那么诗人在诗中是如何袒露自己的感情，热情地对爱人抒发心中的情热，渴望与爱人共同陶醉于爱情的浓郁的情味里？

2. 所谓意象，是指诗歌中寄寓了诗人特定思想感情的景物。末节的"燕子""花儿"和"火"等意象寄寓了作者怎样的情感？诗歌的结尾对表达主题有什么作用？

延伸阅读

冯至的主要作品请参见"作家作品简介"中提到的。

二十、卞之琳

断　章 [1]

你在桥上看风景，
看风景的人在楼上看你。

明月装饰了你的窗子，
你装饰了别人的梦。

[1]《断章》写于 1935 年 10 月，原为诗人一首长诗中的片段，后将其独立成章，因此标题为"断章"。这是中国现代文学史上文字简短，然而意蕴丰富又朦胧的著名短诗。

作家作品简介

卞之琳（1910—2000），生于江苏海门汤家镇，祖籍江苏溧水，曾用笔名季陵，诗人（"汉园三诗人"之一）；文学评论家、翻译家。曾是徐志摩的学生，抗战期间在各地任教，他对莎士比亚很有研究，是西语教授，为中国的文化教育事业做出了很大贡献；《断章》是他不朽的代表作，在现代诗坛上作出了重要贡献，被公认为现代新诗史上重要的诗歌流派新月派的代表诗人。

卞之琳

鉴赏解读参考

《断章》四句精巧短小、明白如话，乍一看并不难懂，细思量却觉得意味无穷。该诗两节中的首句，都显示出某种确定性的"喜悦"。而每节中的第二句，却又是对"确定性"的消解，读者无疑能够领略到悲哀、感伤、飘忽、空寂与凄清的复杂情绪。诗人通过简单的几个对象（人、明月、窗子、梦），表达了世间万物相互关联、平衡相对、彼此依存的哲理。

问题与思考

1. 《断章》完全写的是常见物、眼前景，表达的人生哲学也并非诗人的独创，读了之后却有一种新奇感，除了象征诗的"意寓象外"这一点之外，秘密在哪里呢？

2. 寥寥几句诗，不经意地为我们描绘出一种美好的意境，请你用文字，写出诗人未言出的景物、时光和情感。

延伸阅读

卞之琳著作有《三秋草》《鱼目集》《数行集》（收入《汉园集》）《慰劳信集》《十年诗草》《雕虫纪历 1930—1958》《人与诗：忆旧说新山山水水》《小说片断》《莎士比亚悲剧论痕》《莎士比亚悲剧四种》《英国诗选》等。

第三个时期

（1937—1949）

概述

　　1937—1949 年，又称现代文学第三个十年，也称为 20 世纪 40 年代文学。这是新文学的逐步成熟期，主要内容包括解放区文学、国统区文学、沦陷区文学和上海孤岛文学四块。社会形势的需要和文学自身的发展，使得这一时期文学具有鲜明的阶段性。抗战初期以小型、通俗作品为主；抗战进入相持阶段，作品内容上开掘很深，形式上多幕剧、叙事诗、抒情诗、长篇小说涌现；从抗战胜利前夕到新中国成立这一阶段，喜剧文学得到蓬勃发展。

　　20 世纪 40 年代是中华民族从血与火走向新生的历史转折时期，特殊的历史环境，要求文学担负起特殊的使命。因此，20 世纪 40 年代的小说呈现出不同于前两个时期的景观：文学与战争和民族救亡发生紧密联系。

　　中国现代小说的模式在 20 世纪 30 年代已基本定型，在 40 年代走向成熟，其主要标志就是中长篇小说的繁荣。我们可以列出一串代表性作品：茅盾的《霜叶红似二月花》《腐蚀》，老舍的《四世同堂》，巴金的《寒夜》《憩园》，沙汀的《淘金记》，萧红的《呼兰河传》，沈从文的《长河》，冯至的《伍子胥》，丁玲的《太阳照在桑干河上》，路翎的《财主底儿女们》，张爱玲的《金锁记》，徐訏的《风萧萧》，钱钟书的《围城》，赵树理的《李有才板话》……

　　抗战时期的中国分裂为三个地区，小说也因社会背景的影响，形成了国统区小说、沦陷区小说和解放区小说，三者呈各具特色而又互相渗透的局面。毛泽东 1942 年《在延安文艺座谈会上的讲话》对国统区文学产生了很大影响。国统区进步作家积极参加人民大众的反独裁争民主的运动，使国统区小说呈现出一个重要的特点，就是讽刺、暴露小说的繁盛。1938 年张天翼在《文艺阵地》上发表了讽刺名作《华威先生》，在国统区引起了关于抗战文艺要不要暴露的长时间争论，也掀起了讽刺、暴露小说的创作浪潮，优秀之作层出不穷。茅盾的《腐蚀》、老舍的《四世同堂》和巴金的《寒夜》分别标志着三位文学巨匠新的创作高峰。张天翼和沙汀作为讽刺小说家已经成熟,沙汀的短篇代表作《在其香居茶馆里》和长篇代表作《淘金记》都产生于该时期。　以写浪漫色彩小说成名的艾芜，笔端也流露出强烈的义愤，就连萧红这样具有哀怨抒情风格的女作家，也写出了讽刺长篇小说《马伯乐》。与 20 世纪 30 年代的文学相比，此时的讽刺暴露小说，社会批判特色更为鲜明，而且无论在数量还是质量上都超过以往任何一个时期。

值得提出的是，"七月派"小说是 20 世纪 40 年代小说的重要组成部分。"七月派"以胡风主持的《七月》杂志得名，是一个以胡风为核心、以小说和诗歌创作为主体的文学派别，主要小说家有：丘东平、彭柏山、路翎等。从某种意义上说，"七月派"的小说创作更能体现胡风的理论主张。胡风强调作家的"主观战斗精神"，主张作家发挥主观能动性去体验、发现生活，提倡体验的现实主义，因此他们的作品都充满了生活的血肉感以及对于人的心灵的直视力量。最能代表"七月派"小说成就与特点的是路翎，他的代表作《财主底儿女们》，是自巴金的《家》以来又一部描写封建大家庭及其子女道路的长篇巨作，作品主人公的悲剧道路里融入了作者本人在极度动乱的世界中对生命的深刻体验。路翎的小说实践着胡风的理论，用主观精神的"扩张"，"拥入"客观世界，主观色彩非常强烈，同时在把握和表现生活的复杂，尤其是在人物的心理刻画、在揭示人物灵魂的复杂性丰富性方面，有许多出色的创造。黄谷柳的长篇小说《虾球传》在华南地区广为流传。该长篇分为《春风秋雨》《白云珠海》《山长水远》三部。小说以城市流浪少年虾球在香港、国统区和游击区等地曲折经历为线索，广泛地描写了殖民地半殖民地社会图景，揭示了劳动人民寻求解放的正确道路。作品结构上采用传统小说和民间文学的手法，故事曲折动人，语言通俗流畅，具有浓郁的地方色彩。

在国统区文学之外，上海"孤岛"及沦陷区文学也是抗战时期文学创作的一个组成部分。作家是在极度的低气压下进行创作的。一些作家从个人的战争体验出发，创作了一批描写普通人的日常生活、揭示沦陷区人民真实的生存困境的作品。因为特殊的政治及商业文化背景，沦陷区的创作又呈现出通俗与先锋并行、雅与俗在对立中趋于接近的现象。典型的是张爱玲，她的《金锁记》《倾城之恋》《传奇》为我们描绘了一个个沪港洋场社会普通男女的传奇故事。她的小说从语言到叙事，都明显地有着中国古典小说影响的痕迹，而她对处于现代大都市环境下仍固守着中国式封建心灵的尴尬人生的观照，对女性痛苦压抑的生存处境的揭示，对人物心理尤其是女性心理的解剖，都极具现代性。张爱玲成功地将中国旧小说的情调和现代趣味融在一起，出入于"雅"与"俗"、"传统"与"现代"之间，使自己的作品达到了"雅俗共赏"，为现代小说提供了贴近新市民的文本，并对后来的港台文学产生着不可忽视的影响。女作家苏青的长篇自传体小说《结婚十年》写得生动微妙，受到广泛欢迎。

沦陷区"雅文学"的重要收获是钱钟书和师陀的创作。钱钟书的《围城》以《儒林外史》般的描写气魄，对战时知识分子的精神病态进行无情嘲弄，为中国现代讽刺小说奉献了一部难得的佳作。早年以芦焚为笔名的师陀，此时写出了《果园城记》《结婚》《无望村的馆主》等作品，由写农村的衰败进而写城市的癫狂，提供了整个中国社会停顿和倒退的缩影，在抒情的笔法外加进了讽刺，形成了特有的哀伤的抒情讽刺。

解放区小说是由 20 世纪 30 年代的左翼小说发展而来的，进一步发展了革命现实主义。因为文艺政策的作用，解放区小说在处理作品题材、主题以及人物描写方面有鲜明的特点，虽然也有像丁玲的《在医院中》这样的揭露矛盾的作品，但大多数作品都以写光明面为主，赞美新社会、新制度，小说的主角是翻身解放的工农兵。

代表解放区小说最高成就的是赵树理。他是一个有农民气质的作家，也是继鲁迅之后最了解农民的作家，但不同于鲁迅主要揭露农民精神上的创伤，赵树理着重表现的是农民心理思想改造的艰难历程。他在小说的民族化与大众化方面进行了自觉的探索，写出了像《小二黑结婚》《李有才板话》《李家庄的变迁》等真实反映农民的思想、情感、愿望，符合农民的审美要求，真正为农民所欢迎的通俗乡土小说。赵树理的小说实现了艺术性与大众性比较完美的结合，因此被认为是新型文学发展的方向："赵树理方向"。

赵树理之外，孙犁是解放区最重要的短篇小说家，他继承了抒情小说的一脉，着重挖掘农民尤其是农村妇女的灵魂美与人情美，他以《荷花淀》为代表的小说，以其美的特质与独特的艺术风格在解放区小说中占据了一个特殊的位置。长篇小说方面的代表作品是丁玲的《太阳照在桑干河上》和周立波的《暴风骤雨》，解放区土改题材的长篇小说的成就与不足，都可在这两部作品中找到。

解放区小说在农村题材方面，在小说民族化、群众化的内容与形式两方面，对现代小说的发展做出了特有的贡献，并对 20 世纪 50 年代以后的中国文学创作产生着重大影响。

20 世纪 40 年代由于民族矛盾与阶级矛盾的空前激化，人们迫切地关心着战况与民族的命运，由此导致了报告文学这一文体的再度兴盛，其中写得较好的有：丘东平的《第七连》《我们在那里打了败战》《我认识这样的敌人》，曹白的《这里，生命也在呼吸》，周立波的《晋察冀边区印象记》《战地日记》，丁玲的《孩子们》，徐迟的《大场之夜》，华山的《窑洞保卫战》《碉堡线上》《英雄的十月》，周而复的《晋察冀行》《东北横断面》《松花江上》，白朗的《八烈士》《一面光荣的旗帜》等。

相比之下，小品散文的创作不如报告文学那样势头强劲，但仍产生了一些思想和艺术成就都很高的作品，如茅盾的《白杨礼赞》《风景谈》，萧红的散文集《萧红散文》《回忆鲁迅先生》，沈从文的散文集《湘西》等。

抗战后诗坛上最重要的诗派是"七月派"。"七月派"的重要诗人是胡风、艾青、田间、亦门、鲁藜、邹荻帆等。在他们的创作中，政治抒情诗占有很大比重，内容多充满爱国主义激情，呼唤人们的抗敌斗志。"七月派"在艺术上注重以炽烈的激情去撞击人们的心灵，而不讲究文字的雕琢、修辞。质朴、粗犷、奔放是"七月派"诗人共有的艺术特色。

20 世纪 40 年代后半期，被后来称为民歌体的新诗在解放区农村成熟了。民歌体新诗的突出成就表现在李季与阮章竞的叙事诗中。

马凡陀是袁水拍在 20 世纪 40 年代中期发表讽刺诗的笔名。他在这一时期的诗结集为《马凡陀的山歌》，这是当时国统区最有影响的政治讽刺诗集。辛辣地嘲讽了国民党对外奴颜婢膝，对内穷凶极恶的面目，揭露了国民党骗人的"民主"，痛斥了国民党名目繁多的苛税，撕开了美帝国主义干涉中国内政，企图浑水摸鱼的丑恶嘴脸。它多以市民熟悉的民谣、小调写成，轻松诙谐而又锐利泼辣，锋利的笔锋扫荡了当时社会的各个角落。

中国现代新诗在经历了三十余年的发展后，终于与西方对接，形成了具有中国特色的新诗发展道路。

本时期是现代戏剧的成熟阶段。抗日战争爆发后，出现了"中国自有戏剧以来没有对国家民族起过这样伟大的显著作用"的局面。"七七"事变发生，上海戏剧界立即组成中国剧作者协会，推举尤兢（于伶）、夏衍、洪深、陈白尘、宋之的、阿英等16人创作的《保卫卢沟桥》，于8月7日正式公演，获得空前强烈的反响，以此揭开了抗战戏剧的序幕。"八·一三"上海战事紧张，上海戏剧界救亡协会集中骨干力量组织13个救亡演剧队，由沪杭宁沿线奔往前方、敌后，宣传动员民众，配合武装斗争。1937年底，在武汉成立了中华全国戏剧界抗敌协会，明确宣告：要让戏剧"走向血肉相搏的民族战场"，并从而使"戏剧艺术获得新的艺术生命"。

1941至1942年，在重庆等地掀起上演借古证今的历史剧高潮。1944年2月，由田汉、欧阳予倩等于桂林举行了盛况空前的"西南第一次戏剧展览会"。阿英、于伶等参与的上海"孤岛"戏剧运动是抗战剧运的重要组成部分，也为抗战做出了贡献。这时期出现的根据地和解放区的戏剧运动，成为中国戏剧文学发展史上新的一页。

随着戏剧运动的发展，话剧创作亦进入生命力旺盛的时期。抗战之初集体创作的《保卫卢沟桥》虽较粗糙，但及时配合了全民抗战的政治形势。直至武汉沦陷前，戏剧工作者与人民同处激奋的情绪中，加以话剧开始深入前线、后方、乡村、集镇，因而此时剧作多为就地取材、集体编写的小型独幕剧。据统计，抗战第一年创作和演出的剧本达160余种。其中，最著名的是由陈鲤庭、崔嵬在抗战前夕改编的《放下你的鞭子》，通过东北沦亡流落关内卖唱的父女，控诉日寇侵略暴行，激发民众抗战热情。当时全国各地纷纷演出，对抗战宣传起了很大作用。

在抗战深入过程中，戏剧家对现实认识日渐加深，剧作思想、艺术水平也不断提高，优秀之作大量涌现，在广阔画面上从多种角度反映抗战的现实生活。曹禺的《蜕变》以雄厚的笔力剖示旧政权的渣滓，在对新的抗战官员的描写中流露了过多的理想和喜悦。夏衍的《心防》《水乡吟》《法西斯细菌》和《芳草天涯》，从各个侧面描绘了民族抗战中人们的精神面貌，将揭露敌人的暴行和塑造积极的知识分子形象融汇于剧中；善于在日常生活中撷取充满时代气息的戏剧冲突，显示了作者艺术创造力的更加成熟。于伶的《夜上海》《长夜行》，或写逃难的艰辛，或写文化人与敌伪的搏斗，于犀利泼辣的文笔和精致新颖的结构中传达了抗日救国的主题。这时活跃在国统区的作家还有很多作品写出了这一主题的各种变奏，又有自己独特的艺术风格。丁西林的《三块钱国币》，袁俊的《万世师表》，沈浮的《小人物狂想曲》，老舍的《残雾》《面子问题》等，或落笔幽默，或情节曲折，或穿插风趣，或对话机智，均成为当时人们所熟知的作品。

无论20世纪30年代已著名的剧作家，还是抗战时期出现的新作家，他们为社会和人生的复杂矛盾所推动，对种种社会现实问题进行深沉的思索。新生和腐朽，善良和罪恶，美和丑，交织在作家笔下的人物及其矛盾的描绘中，使这些剧本对社会黑暗的鞭挞和对个人命运的探求，有了富于启示意义的深度与广度。曹禺的《北京人》"如契诃夫般追求生命的真髓"（刘西渭《〈清明前后〉——茅盾先生作》），以深沉动人的艺术风格，在沉闷窒息的气氛中展现了封建大家庭曾府的内部矛盾及其最后的崩溃，暗示了旧社会必然灭亡的历史趋势。剧作以完整的戏剧结构，真实的人物形象、深刻的舞台对话，以及葱茏的气氛情境、浓郁的地方色彩，表现了作家更加熟稔的艺术创造。他根据巴金原著改编的《家》，艺术构思有新的开拓，使得控诉封建婚姻制度的思想立意，表现得含蓄隽永而又充满诗意的气氛。青年剧作家吴祖光1937年以其处女作《凤凰城》显露创作才华。他1942年发表的代表剧作《风雪夜归人》，通过京剧名旦与豪门爱妾的恋爱悲剧，展示了作者渴求的"人应当把自己当人"的人生理想。全剧情节紧凑，叙述手法简洁，人物形象质朴真挚，地方色彩鲜明浓烈，突出地表现了吴祖光的艺术风格特色。同样思索现实和人生哲理的李健吾，则以轻松喜剧见长。他的《这不过是春天》《黄花》等，对话俏皮流利，情节富有戏剧性，具有较浓的民族色彩与地方风味。

这一时期不少戏剧家经历了由抗战初期的过分乐观到抗战深入之后的失望与愤懑。对丑恶与黑暗的憎恨使作家在寻找新的表现方法，探索戏剧为现实服务的新路。讽刺喜剧创作潮流的产生和大规模历史剧运动的勃起，就是中国话剧与现实生活撞击之后的必然历史现象。丁西林、李健吾已显露了这方面的才能和特色。新起的剧作家陈白尘和宋之的以他们的力作获得了艺术探求的丰收。陈白尘这时期写有十多部多幕剧及独幕剧。他的著名剧作有《乱世男女》《结婚进行曲》《岁寒图》等。影响最大的讽刺剧《升官图》描绘了两个强盗为避追捕潜入荒宅，在阴沉昏暗气氛中所做的升官美梦。剧本在荒诞中见真实，于夸张中露本相，使观众在笑声中由沉思而进入愤怒。它以独特的艺术力量，在当时起了很大的战斗作用。宋之的于20世纪40年代初先后发表了五幕话剧《鞭》（《雾重庆》）和《祖国在呼唤》，寓揭露讽刺于人物性格面貌的描写中。他在抗战后发表的讽刺剧作《群猴》，通过竞选"国大代表"的各种丑态，揭露官场黑暗，泼辣尖锐，在喜剧艺术上取得一定成就。

抗战爆发前后，夏衍发表了《赛金花》和《自由魂》（又名《秋瑾传》），陈白尘发表了大型历史剧《太平天国》，阿英以魏如晦的笔名发表了《碧血花》（又名《明末遗恨》）等多部历史剧，都以历史的精神与教训来印证现实斗争，鞭挞腐朽与黑暗的现实，呼唤团结赴敌的民族意识。在1941年皖南事变之后，出现了以借古讽今为特征的历史剧创作高潮。众多的作家采用这种形式，是在黑暗现实与限制言论自由情况下进行曲折斗争的产物；同时也为这种话剧艺术形式带来了丰收的硕果。"五四"以来产生的历史剧的潮流到这时达到了成熟的高峰，郭沫若是这一创作高潮最为杰出的代表。他这时期创作的六部历史剧以《屈原》最为著名。它从现实政治斗争出发，以代表爱国路线的屈原与代表卖国路线的南后之间的斗争为主线，构成戏剧冲突，表现了为祖国不畏暴虐、坚持斗争的主题。此剧在重庆演出，反响极为强烈，发挥了极显著的政治作用。郭沫若的历史剧构思大胆，结构奇特，诗意浓厚，感情炽烈，个性鲜明，色彩斑斓，形成了独特的浪漫主义风格。此外，如阳翰笙的代表作《天国春秋》，欧阳予倩的大型历史剧《忠王李秀成》，都能在太平天国这一重大历史事件中选择一个侧面，挖掘具有现实针对性的主题。后者还采用了戏曲及电影手法，以补充话剧受到的时空限制所带来的不足，增强了艺术表现力。

抗战胜利后，国民党当局加紧镇压，斗争紧张，剧作较少。较重要的有田汉的《丽人行》、茅盾的《清明前后》、于伶等的《清流万里》、瞿白音的《南下列车》等。《清明前后》是茅盾唯一剧作。作家抓住抗战胜利前夕轰动重庆的"黄金案"这一题材，深沉地表现了作者对黑暗现实的诅咒，是当时一部力作，被称为"《子夜》的续篇"。

革命根据地的戏剧所取得的成绩为中国戏剧发展带来了新的气息。"延安文艺座谈会"后，明确了文艺为工农兵服务的方向，出现了新秧歌剧运动和新歌剧创作的勃兴。先后产生了新歌剧的典范作品《白毛女》，话剧《把眼光放远点》《同志，你走错了路》《反"翻把"斗争》等优秀剧作。这些作品从内容到形式，都发生了广泛深刻的变革，"已经逐渐创造出来新的风格，形成了新中国新戏剧的雏形"（张庚：《解放区的戏剧》）。在民族抗战和获取人民民主的斗争中产生的英雄人物，普通人民群众在改造历史的斗争中同时也改造自己的艰苦历程，涌进了戏剧表现的中心。许多作品努力吸收民族的，特别是民间文艺的优秀传统，注意学习传统戏曲的艺术方法，运用经过加工洗练的朴素自然、生动活泼的群众语言刻画人物性格，对于新歌剧和话剧的民族化、群众化作了新的探索。

二十一、梁实秋

雅　舍 [1]

　　到四川来，觉得此地人建造房屋最是经济。火烧过的砖，常常用来做柱子，孤零零的砌起四根砖柱，上面盖上一个木头架子，看上去瘦骨嶙嶙，单薄得可怜；但是顶上铺了瓦，四面编了竹篦墙，墙上敷了泥灰，远远的看过去，没有人能说不像是座房子。我现在住的"雅舍"正是这样一座典型的房子。不消说，这房子有砖柱，有竹篦墙，一切特点都应有尽有。讲到住房，我的经验不算少，什么"上支下摘"，"前廊后厦"，"一楼一底"，"三上三下"，"亭子间"，"茅草棚"，"琼楼玉宇"和"摩天大厦"，各式各样，我都尝试过。我不论住在哪里，只要住得稍久，对那房子便发生感情，非不得已我还舍不得搬。这"雅舍"，我初来时仅求其能蔽风雨，并不敢存奢望，现在住了两个多月，我的好感油然而生。虽然我已渐渐感觉它并不能蔽风雨，因为有窗而无玻璃，风来则洞若凉亭，有瓦而空隙不少，雨来则渗如滴漏。纵然不能蔽风雨，"雅舍"还是自有它的个性。有个性就可爱。

　　"雅舍"的位置在半山腰，下距马路约有七八十层的土阶。前面是阡陌螺旋的稻田。再远望过去是几抹葱翠的远山，旁边有高粱地，有竹林，有水池，有粪坑，后面是荒僻的榛莽未除的土山坡。若说地点荒凉，则月明之夕，或风雨之日，亦常有客到，大抵好友不嫌路远，路远乃见情谊。客来则先爬几十级的土阶，进得屋来仍须上坡，因为屋内地板乃依山势而铺，一面高，一面低，坡度甚大，客来无不惊叹，我则久而安之，每日由书房走到饭厅是上坡，饭后鼓腹而出是下坡，亦不觉有大不便处。

　　"雅舍"共有六间，我居其二。篦墙不固，门窗不严，故我与邻人彼此均可互通声息。邻人轰饮作乐，咿唔诗章，喁喁细语，以及鼾声，喷嚏声，吮汤声，撕纸声，脱皮鞋声，均随时由门窗户壁的隙处荡漾而来，破我岑寂。入夜则鼠子瞰灯，才一合眼，鼠子便自由行动，或搬核桃在地板上顺坡而下，或吸灯油而推翻烛台，或攀援而上帐顶，或在门框桌脚上磨牙，使得人不得安枕。但是对于鼠子，我很惭愧的承认，我"没有法子"。"没有法子"一语是被外国人常常引用着的，以为这话最足代表中国人的懒惰隐忍的态度。其实我的对付鼠子并不懒惰。窗上糊纸，纸一戳就破；门户关紧，而相鼠有牙，一阵咬便是一个洞洞。试问还有什么法子？洋鬼子住到"雅舍"里，不也是"没有法子"？比鼠子更骚

<hr>

[1] 本文写于 1938 年，选自作者《雅舍小品》一书（香港碧辉图书公司出版），为此书首篇，故称雅舍。

扰的是蚊子。"雅舍"的蚊风之盛，是我前所未见的。"聚蚊成雷"真有其事！每当黄昏时候，满屋里磕头碰脑的全是蚊子，又黑又大，骨骼都像是硬的。在别处蚊子早已肃清的时候，在"雅舍"则格外猖獗，来客偶不留心，则两腿伤处累累隆起如玉蜀黍，但是我仍安之。冬天一到，蚊子自然绝迹，明年夏天——谁知道我还是否住在"雅舍"！

"雅舍"最宜月夜——地势较高，得月较先。看山头吐月，红盘乍涌，一霎间，清光四射，天空皎洁，四野无声，微闻犬吠，坐客无不悄然！舍前有两株梨树，等到月升中天，清光从树间筛洒而下，地上阴影斑斓，此时尤为幽绝。直到兴阑人散，归房就寝，月光仍然逼近窗来，助我凄凉。细雨蒙蒙之际，"雅舍"亦复有趣。推窗展望，俨然米氏章法，若云若雾，一片弥漫。但若大雨滂沱，我就又惶悚不安了，屋顶湿印到处都有，起初如碗大，俄而扩大如盆，继则滴水乃不绝，终乃屋顶灰泥突然崩裂，如奇葩初绽，砉然一声而泥水下注，此刻满室狼藉，抢救无及。此种经验，已数见不鲜。

"雅舍"之陈设，只当得简朴二字，但洒扫拂拭，不使有纤尘。我非显要，故名公巨卿之照片不得入我室；我非牙医，故无博士文凭张挂壁间；我不业理发，故丝织西湖十景以及电影明星之照片亦均不能张我四壁。我有一几一椅一榻，酣睡写读，均已有着，我亦不复他求。但是陈设虽简，我却喜欢翻新布置，西人常常讥笑妇人喜欢变更桌椅位置，以为这是妇人天性喜变之一征。诬否且不论，我是喜欢改变的。中国旧式家庭，陈设千篇一律，正厅上是一条案，前面一张八仙桌，一边一把靠椅，两旁是两把靠椅夹一只茶几。我以为陈设宜求疏落参差之致，最忌排偶。"雅舍"所有，毫无新奇，但一物一事之安排布置俱不从俗。人入我室，即知此是我室。笠翁《闲情偶寄》之所论，正合我意。

"雅舍"非我所有，我仅是房客之一。但思"天地者万物之逆旅"，人生本来如寄，我住"雅舍"一日，"雅舍"即一日为我所有。即使此一日亦不能算是我有，至少此一日"雅舍"所能给予之苦辣酸甜，我实躬受亲尝。刘克庄词："客里似家家似寄。"我此时此刻卜居"雅舍"，"雅舍"即似我家。其实似家似寄，我亦分辨不清。

长日无俚[2]，写作自遣，随想随写，不拘篇章，冠以"雅舍小品"四字，以示写作所在，且志因缘。

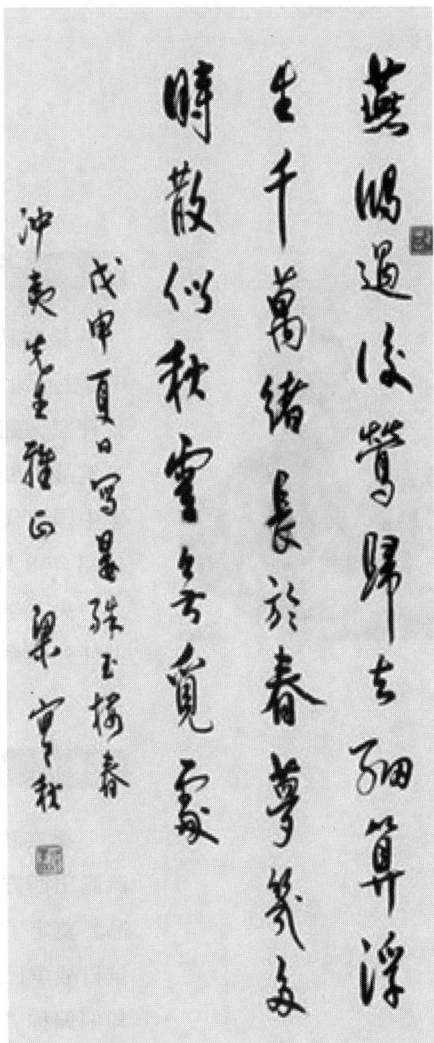

---

[2] 无俚：百无聊赖；没有寄托。

作家作品简介

梁实秋（1903—1987），原籍浙江杭县（今杭州市），1903 年 1 月 6 日生于北京。学名梁治华，字实秋，中国著名的散文家、学者、文学批评家、翻译家，国内第一个研究莎士比亚的权威，曾与鲁迅等左翼作家笔战不断。一生给中国文坛留下了两千多万字的著作，其散文集创造了中国现代散文著作出版的最高纪录。代表作有译著《莎士比亚全集》等。1923 年 8 月赴美留学。1926 年回国后，先后任教于国立东南大学（后改为中央大学，1949 年改为南京大学）、青岛大学（后改为国立山东大学）并任外文系主任。

梁实秋

鉴赏解读参考

梁实秋具有深厚的中国文学基础，又精研西洋文学，在作品中往往流露出西方随笔式的从容与优雅，但下笔却是最道地的中文。《雅舍小品》奠定了梁实秋在中国现代散文史上的独特地位。写《雅舍》的时候，抗日战争已经爆发，国难当头，大学教授到重庆只能住陋室。明明是陋室，却偏偏称"雅舍"，这表现了作者对战争年代的无奈，对自己生活环境的自我调侃，同时也表现了作者开朗乐观的心态和旷达超脱的情怀。

问题与思考

1. 雅舍有什么特点？作者是从哪几个方面描写"雅舍"的？"雅"在哪里？

2. 雅舍其实简陋破败，作者采用了怎样的语言方式叙述出来，且让人读来情意盎然，妙趣连连？

3. 本文与刘禹锡《陋室铭》一文有何神似之处？

理 发 [1]

理发不是一件愉快事。让牙医拔过牙的人，望见理发的那张椅子就会怵怵不安，两种椅子很有点相像。我们并不希望理发店的椅子都是檀木螺钿[2]，或是路易十四式，但至少不应该那样的丑，方不方圆不圆的，死橛橛硬邦邦的，使你感觉到坐上去就要受人割宰的样子。门口担挑的剃头挑儿，更吓人，竖着的一根小小的旗杆，那原是为挂人头的。

但是理发是一种必不可免的麻烦。"君子整其衣冠，尊其瞻视，何必蓬头垢面，然后为贤？"理发亦是观瞻所系。印度锡克族，向来是不剪发不剃须的，那是"受诸父母不敢毁伤"的意思，所以一个个的都是满头满脸毛毿毿[3]的，滔滔皆是，不以为怪。在我们的社会里，就不行了，如果你蓬鬙[4]着头发，就会有人疑心你是在丁忧，或是才从监狱里出来。髭须是更讨厌的东西，如果蓄留起来，七根朝上八根朝下都没有关系，嘴上有毛受人尊敬，如果刮得光光的露出一块青皮，也行，也受人尊敬，惟独不长不短的三两分长的髭须，如鬃鬣，如刺猬，如刈后的稻秆，看起来令人不敢亲近，鲁智深"腮边新剃暴长短须戗戗的好惨濑[5]人"，所以人先有五分怕他。钟馗须髯如戟，是一副啖鬼之相。我们既不想吓人，又不欲啖鬼，而且不敢不以君子自勉，如何能不常到理发店去？

理发匠并没有令人应该不敬重的地方，和刽子手屠户同样的是一种为人群服务的职业，而且理发匠特别显得高尚，那一身西装便可以说是高等华人的标帜。如果你交一个刽子手朋友，他一见到你就会相度你的脖颈，何处下刀相宜，这是他的职业使然。理发匠俟你坐定之后，便伸胳膊挽袖相度你那一脑袋的毛发，对于毛发所依附的人并无兴趣。一块白绸布往你身上一罩，不见得是新洗的，往往是斑斑点点的如虎皮宣。随后是一根布条在咽喉处一勒。当然不会致命，不过箍得也就够紧，如果是自己的颈子大概舍不得用那样大的力。头发是以剪为原则，但是附带着生薅[6]硬拔的却也不免，最适当的抗议是对着那面镜子狞眉皱眼的做个鬼脸，而且希望他能看见。人的头生在颈上，本来是可以相当的旋转自如的，但是也有几个角度是不大方便的，理发匠似乎不大顾虑到这一点，他总觉得你的脑袋的姿势不对，把你的头扳过来扭过去，以求适合他的刀剪。我疑心理发匠许都是孔武有力的，不然腕臂间怎有那样大的力气？

椅子前面竖起的一面大镜子是颇有道理的，倒不是为了可以显影自怜，其妙在可以知道理发匠是在怎样收拾你的脑袋，人对于自己的脑袋没有不关心的。戴眼镜的朋友摘下眼镜，一片模糊，所见亦属有限。尤其是在刀剪晃动之际，呆坐如僵尸，轻易不敢动弹，对于左右坐着的邻坐无从瞻仰，是一憾事。左边客人在挺着身子刮脸，声如割草，你以为必是一个大汉，其实未必，也许是个女客；右边客人在喷香水擦雪花，你以为必是佳丽，其实亦未必，也许是个男子。所以不看也罢，看了

---

[1]《理发》选自《雅舍小品》。

[2] 螺钿（luó diàn），又名"螺甸""螺填""钿嵌"等，是用在髹漆工艺上的一种装饰手段。

[3] 毿毿（sān），毛发、枝条等细长的样子。

[4] 鬙（sēng），①头发散乱貌；②喻山石花木等参差散乱。

[5] 濑（lài），从沙石上流过的急水。

[6] 薅（hāo），拔除田草。

怪不舒服。最好是废然枯坐。

其中比较愉快的一段经验是洗头。浓厚的肥皂汁滴在头上，如醍醐灌顶，用十指在头上搔抓，虽然不是麻姑，却也手似鸟爪。令人着急的是头皮已然搔得清痛，而东南角上一块最痒的地方始终不会搔到。用水冲洗的时候，难免不泛滥入耳，但念平凤盥洗大概是以脸上本部为限，边远陬隅[7]辄弗能届，如今痛加涤荡，亦是难得的盛举。电器吹风，却不好受，时而凉风习习，时而夹上一股热流，热不可当，好像是一种刑罚。

最令人难堪的是刮脸。一把大刀锋利无比，在你的喉头上眼皮上耳边上，滑来滑去，你只能瞑目屏息，捏一把汗。Robert Lynd 写过一篇《关于刮脸的讲道》，他说："当剃刀触到我的脸上，我不免有这样的念头：'假使理发匠忽然疯狂了呢？'很幸运的，理发匠从未发疯狂过，但我遭遇过别种差不多的危险。例如，有一个矮小的法国理发匠在雷雨中给我刮脸，电光一闪，他就跳得好老高。还有一个喝醉了的理发匠，拿着剃刀找我的脸，像个醉汉的样子伸手去一摸却扑了个空。最后把剃刀落在我的脸上了，他却靠在那里镇定一下，靠得太重了些，居然把我的下颊右方刮下了一块胡须，刀还在我的皮上，我连抗议一声都不敢。就是小声说一句，我觉得，都会使他丧胆而失去平衡，我的颈静脉也许要在他不知不觉间被他割断，后来剃刀暂时离开我的脸了，大概就是法国人所谓 Reculerpour mieuxsaurer（退回去以便再向前扑）我趁势立刻用梦魇的声音叫起来，'别刮了，别刮了，够了，谢谢你'……"这样的怕人的经验并不多有。不过任何人都要心悸，如果在刮脸时想起相声里的那段笑话，据说理发匠学徒的时候是用一个带茸毛的冬瓜来做试验的，有事走开的时候便把刀向瓜上一剁，后来出师服务，常常错认人头仍是那个冬瓜。刮脸的危险还在其次，最可恶的是他在刮后用手毫无忌惮的在你脸上摸，摸完之后你还得给他钱！

[7] 陬隅（zōu yú），僻远之地。

【导读】

鉴赏解读参考

梁实秋的《理发》注重细节描述，每一段的首句立一个小意，然后通过细节交代来源：理发不是一件愉快的事，理发是必不可免的事，理发匠应该受到尊重，等等，每一个问题都有细节化解，都比较有说服力。其间事例也是妙趣横生，给文章增添了可读性。

问题与思考

1. 作者写生活中的一件小事——理发，但他的笔触并不局限在理发本身，而是古今中外发散开去，生发出与理发有关的种种事情来，可谓挥洒自如。文章描写细腻，语言诙谐，让人忍俊不禁。体会这种写法的好处。

2. 韩寒也写过《理发》，请你比较一下他们写作的切入点和语言方式，并说说你更喜欢谁的，为什么？

延伸阅读

梁实秋有文学评论集《浪漫的与古典的》《偏见集》《秋室杂文》等，翻译作品有《莎士比亚全集》等。

二十二、钱钟书

说 笑 [1]

自从幽默文学提倡以来，卖笑变成了文人的职业。幽默当然用笑来发泄，但是笑未必就表示着幽默。刘继庄《广阳杂记》云："驴鸣似哭，马嘶如笑。"而马并不以幽默名家，大约因为脸太长的缘故。老实说，一大部分人的笑，也只等于马鸣萧萧，充不得什么幽默。

把幽默来分别人兽，好象亚里士多德是第一个。他在《动物学》里说："人是唯一能笑的动物。"近代奇人白伦脱（W. S. Blunt）有《笑与死》的一首十四行诗，略谓自然界如飞禽走兽之类，喜怒爱惧，无不发为适当的声音，只缺乏表示幽默的笑声。不过，笑若为表现幽默而设，笑只能算是废物或奢侈品，因为人类并不都需要笑。禽兽的鸣叫，尽够来表达一般人的情感，怒则狮吼，悲则猿啼，争则蛙噪，遇冤家则如犬之吠影，见爱人则如鸠之呼妇（cooing）。请问多少人真有幽默，需要笑来表现呢？然而造物者已经把笑的能力公平地分给了整个人类，脸上能做出笑容，嗓子里能发出笑声；有了这种本领而不使用，未免可惜。所以，一般人并非因有幽默而笑，是会笑而借笑来掩饰他们的没有幽默。笑的本意，逐渐丧失；本来是幽默丰富的流露，慢慢地变成了幽默贫乏的遮盖。于是你看见傻子的呆笑，瞎子的趁淘笑——还有风行一时的幽默文学。

笑是最流动、最迅速的表情，从眼睛里泛到口角边。东方朔《神异经·东荒经》载东王公投壶不中，"天为之笑"，张华注谓天笑即是闪电，真是绝顶聪明的想象。据荷兰夫人（Lady Holland)的《追忆录》，薛德尼·斯密史（Sudney Smith）也曾说："电光是天的诙谐（Wit）。"笑的确可以说是人面上的电光，眼睛忽然增添了明亮，唇吻间闪烁着牙齿的光芒。我们不能扣留住闪电来代替高悬普照的太阳和月亮，所以我们也不能把笑变为一个固定的、集体的表情。经提倡而产生的幽默，一定是矫揉造作的幽默。这种机械化的笑容，只像骷髅的露齿，算不得活人灵动的姿态。柏格森《笑论》说，一切可笑都起于灵活的事物变成呆板，生动的举止化作机械式（Lemcani que plaque sur Levivant）。所以，复出单调的言动，无不惹笑，像口吃，像口头习惯语，像小孩子的有意模仿大人。老头子常比少年人可笑，就因为老头子不如少年人灵变活动，只是一串僵化的习惯。幽默不能提倡，也是为此。一经提倡，自然流露的弄

[1]《说笑》是钱钟书先生在20世纪30年代末发表的一篇随笔，选自《写在人生边上》。这是钱钟书的第一部作品集，也是钱先生唯一的一本散文结集，是钱先生于20世纪40年代初在西南联大任教时发表在《今日评论》上的"冷屋随笔"系列篇。《写在人生边上》由杨绛女士编定，上海开明书店1941年初版。

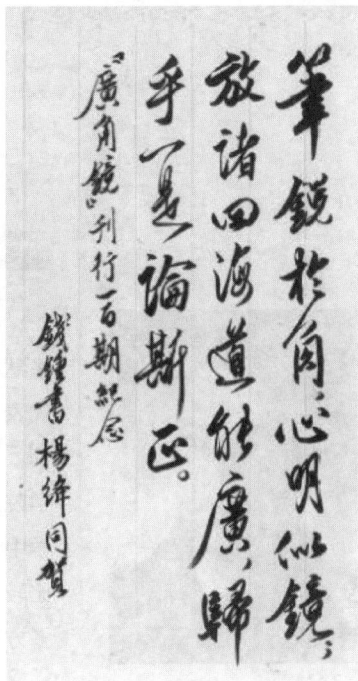

成模仿的，变化不拘的弄成刻板的。这种幽默本身就是幽默的资料，这种笑本身就可笑。一个真有幽默的人别有会心，欣然独笑，冷然微笑，替沉闷的人生透一口气。也许要在几百年后、几万里外，才有另一个人和他隔着时间空间的河岸，莫逆于心，相视而笑。假如一大批人，嘻开了嘴，放宽了嗓子，约齐了时刻，成群结党大笑，那只能算下等游艺场里的滑稽大会串。国货提倡尚且增添了冒牌，何况幽默是不能大批出产的东西。所以，幽默提倡以后，并不产生幽默家，只添了无数弄笔墨的小花脸。挂了幽默的招牌，小花脸当然身价大增，脱离戏场而混进文场；反过来说，为小花脸冒牌以后幽默品格降低，一大半文艺只能算是"游艺"。小花脸也使我们笑，不错！但是他跟真有幽默者绝然不同。真有幽默的人能笑，我们跟着他笑；假充幽默的小花脸可笑，我们对着他笑。小花脸使我们笑，并非因为他有幽默，正因为我们自己有幽默。

所以，幽默至多是一种脾气，决不能标为主张，更不能当作职业。我们不要忘掉幽默（Humour）的拉丁文原意是液体；换句话说，好像贾宝玉心目中的女性，幽默是水做的。把幽默当为一贯的主义或一生的衣食饭碗，那便是液体凝为固体，生物制成标本。就是真有幽默的人，若要卖笑为生，作品便不甚看得，例如马克·吐温（Mark Twain）：自十八世纪末叶以来，德国人好讲幽默，然而愈讲愈不相干，就因为德国人是做香肠的民族，错认幽默也像肉末似的，可以包扎得停停当当，作为现成的精神食料。幽默减少人生的严重性，决不把自己看得严重。真正的幽默是能反躬自笑的，它不但对于人生是幽默的看法，它对于幽默本身也是幽默的看法。提倡幽默作一个口号，一种标准，正是缺乏幽默的举动；这不是幽默，这是一本正经的宣传幽默，板了面孔的劝笑。我们又联想到马鸣萧萧了！听来声音倒是笑，只是马脸全无笑容，还是拉得长长的，像追悼会上后死的朋友，又像讲学台上的先进的大师。

大凡假充一桩事物，总有两个动机。或出于尊敬，例如俗物尊敬艺术，就收集古董，附庸风雅。或出于利用，例如坏蛋有所企图，就利用宗教道德，假充正人君子。幽默被假借，想来不出这两个缘故。然而假货毕竟充不得真。西洋成语称笑声清扬者为"银笑"，假幽默像掺了铅的伪币，发出重浊呆木的声音，只能算铅笑。不过，"银笑"也许是卖笑得利，笑中有银之意，好比说"书中有黄金屋"；姑备一说，供给辞典学者的参考。

作家作品简介

钱钟书(1910—1998),江苏无锡人,原名仰先,字哲良,后改名钟书,字默存,号槐聚,曾用笔名中书君,中国现代著名作家、文学研究家。代表作有:《围城》《管锥编》《谈艺录》《写在人生边上》《人·兽·鬼》等。曾为《毛泽东选集》英文版翻译小组成员。晚年就职于中国社会科学院,任副院长。书评家夏志清先生认为小说《围城》是"中国近代文学中最有趣、最用心经营的小说,可能是最伟大的一部"。钱钟书在文学、比较文学、文化批评等领域的成就,推崇者甚至冠以"钱学"。 因其多方面的成就,被誉为文化大家。

钱钟书

鉴赏解读参考

钱钟书是一位对哲学有着浓厚兴趣的作家型学者,是个对生活敏感而仔细观察的人。他的生活中充斥着智慧的火花,他的怀疑精神、否定精神、批判精神始终贯穿在他的作品中。《写在人生边上》的许多议论,都是从平凡入手,从矛盾入手,从佯谬入手,从而导向对真理的叩问与探索。钱钟书的幽默体现出一种高超的智慧,是对世事的达观、洞悉,思维敏捷,知识广博,心力活跃,超越了一般快乐戏谑的表现形式,而呈现出一种奚落、讽刺、刻薄的美。

20世纪30年代,以林语堂、周作人为代表的作家大力提倡幽默,他们认为中国人缺乏幽默,不懂幽默。于是就身体力行,创办一些专门发表幽默文章的刊物。一时间一些专写幽默的小品文盛行,追风潮的作家也努力去撰写离现实比较远、追求刻意闲适、刻意轻松的文学作品,形成了当时特有的幽默文学。针对这种现象,鲁迅首先站出来批判,鲁迅指出当时中国是一个皇帝不肯笑、奴隶不准笑的时代,是一个风沙扑面、虎狼成群的时代。这些浅薄的小品文,一方面点缀人们的太平盛世,一方面掩盖着穷人的呼号和血泪,到头来"将屠户的凶残,使大家化为一笑,收场大吉"。干净简洁的文字已经表达出鲁迅的立场,鲁迅不是反对幽默,而是认为我们人民身处在这样一个时代是很难幽默起来的,而有人却在这个时候提倡幽默,显然是不合时宜的。处于这样的时代背景,继鲁迅之后,钱钟书的《说笑》就诞生了。

与鲁迅的态度相比,以幽默著称的钱钟书在《说笑》这篇文章里,语言辛辣,极尽嬉笑怒骂之"狂气",不但向我们展现了钱钟书幽默的风格,还对笑与幽默的问题作了更深入透彻的分析。他指出真正的幽默是能让我们思考的。什么是幽默？每一个人都能说出一两句自己以为的幽默定义，但是如果我们深入下去，一个能让人笑的人称得上幽默吗？笑等于幽默吗？有人说幽默是一种高级的智慧，这似乎是全世界公认的真理，但谁又是公认的幽默大师？谁又是真的有幽默？是跳梁小丑的滑稽表演，还是让人思考的艺术展现？这些疑问我们都能在这篇文章里找到答案，我们会看到谁是真的幽默，谁是没有幽默在那里制造幽默。

钱钟书和夫人杨绛

问题与思考

1. 《说笑》是一篇非常精彩的议论散文，是钱钟书幽默观的形象化表述。文章的主题是批评"幽默文学"，但作者不是正面地来谈论幽默文学，而是从"笑"这一个角度突破进去来谈，写作角度非常巧妙。请结合文章的开头，谈谈该段好在哪里。

2. 第二段从人和动物对比的角度来探讨笑的问题，有什么作用？

3. 该文在写作上有哪些特点？

二十三、张爱玲

我的天才梦 [1]

我是一个古怪的女孩，从小被目为天才，除了发展我的天才外别无生存的目标。然而，当童年的狂想逐渐褪色的时候，我发现我除了天才的梦之外一无所有——所有的只是天才的乖僻缺点。世人原谅瓦格涅 [2] 的疏狂，可是他们不会原谅我。

加上一点美国式的宣传，也许我会被誉为神童。我三岁时能背诵唐诗。我还记得摇摇摆摆地立在一个满清遗老的藤椅前朗吟"商女不知亡国恨，隔江犹唱后庭花"，眼看着他的泪珠滚下来。七岁时我写了第一部小说，一个家庭的悲剧。遇到笔画复杂的字，我常常跑去问厨子怎样写。第二部小说是关于一个失恋自杀的女郎。我母亲批评说：如果她要自杀，她决不会从上海乘火车到西湖去自溺。可是我因为西湖诗意的背景，终于固执地保存了这一点。

我仅有的课外读物是《西游记》与少量的童话，但我的思想并不为它们所束缚。八岁那年，我尝试过一篇类似乌托邦的小说，题名《快乐村》。快乐村人是一好战的高原民族，因克服苗人有功，蒙中国皇帝特许，免征赋税，并予自治权。所以快乐村是一个与外界隔绝的大家庭，自耕自织，保存着部落时代的活泼文化。

我特地将半打练习簿缝在一起，预期一本洋洋大作，然而不久我就对这伟大的题材失去了兴趣。现在我仍旧保存着我所绘的插画多帧，介绍这种理想社会的服务，建筑，室内装修，包括图书馆，"演武厅"，巧克力店，屋顶花园。公共餐室是荷花池里一座凉亭。我不记得那里有没有电影院与社会主义——虽然缺少这两样文明产物，他们似乎也过得很好。

九岁时，我踌躇着不知道应当选择音乐或美术作我终身的事业。看了一张描写穷困的画家的影片后，我哭了一场，决定做一个钢琴家，在富丽堂皇的音乐厅里演奏。

对于色彩，音符，字眼，我极为敏感。当我弹奏钢琴时，我想象那八个音符有不同的个性，穿戴了鲜艳的衣帽携手舞蹈。我学写文章，爱用色彩浓厚、音韵铿锵的字眼，如"珠灰"、"黄昏"、"婉妙"、"splendour" [3]、"melancholy" [4]"，因此常犯了堆砌的毛病。直到现在，我仍然爱看《聊

[1] 原刊《天才梦》，1941 年上海西风出版社初版。

[2] 瓦格涅，通译为瓦格纳（Richard Wagner，1813—1883），德国作曲家、文学家，一生致力于歌曲创作，代表作有《尼伯龙根的指环》等。

[3] splendour，辉煌，壮丽。

[4] melancholy，忧郁。

斋志异》与俗气的巴黎时装报告，便是为了这种有吸引力的字眼。

在学校里我得到自由发展。我的自信心日益坚强，直到我十六岁时，我母亲从法国回来，将她暌隔多年的女儿研究了一下。

"我懊悔从前小心看护你的伤寒症，"她告诉我，"我宁愿看你死，不愿看你活着使你自己处处受痛苦。"我发现我不会削苹果。经过艰苦的努力我才学会补袜子。我怕上理发店，怕见客，怕给裁缝试衣裳。许多人尝试过教我织绒线，可是没有一个成功。在一间房里住了两年，问我电铃在哪儿我还茫然。我天天乘黄包车上医院去打针，接连三个月，仍然不认识那条路。总而言之，在现实的社会里，我等于一个废物。

我母亲给我两年的时间学习适应环境。她教我煮饭；用肥皂粉洗衣；练习行路的姿势；看人的眼色；点灯后记得拉上窗帘；照镜子研究面部神态；如果没有幽默天才，千万别说笑话。

在待人接物的常识方面，我显露惊人的愚笨。我的两年计划是一个失败的试验。除了使我的思想失去均衡外，我母亲的沉痛警告没有给我任何的影响。

生活的艺术，有一部分我不是不能领略。我懂得怎么看"七月巧云"，听苏格兰兵吹 bagpipe[5]，享受微风中的藤椅，吃盐水花生，欣赏雨夜的霓虹灯，从双层公共汽车上伸出手摘树巅的绿叶。在没有人与人交接的场合，我充满了生命的欢悦。可是我一天不能克服这种咬啮性的小烦恼，生命是一袭华美的袍，爬满了蚤子。

[5]bagpipe，风笛。

【导读】

作家作品简介

张爱玲，中国现代作家，本名张煐。1920 年 9 月 30 日出生在上海公共租界西区的麦根路 313 号一幢建于清末的仿西式豪宅中。张爱玲的家世显赫，祖父张佩纶是清末名臣,祖母李菊耦是朝廷重臣李鸿章的长女。张爱玲一生创作大量文学作品，类型包括小说、散文、电影剧本以及文学论著，她的书信也被人们作为著作的一部分加以研究。1944 年张爱玲结识作家胡兰成并与之交往。1966 年，张爱玲定居洛杉矶。1995 年 9 月 8 日，张爱玲的房东发现她逝世于加州韦斯特伍德市罗彻斯特大道的公寓，终年 75 岁，死因是动脉硬化心血管病。

张爱玲

鉴赏解读参考

　　《我的天才梦》是张爱玲 18 岁时在《西风》杂志的征文赛中所创作的一篇散文，因其卓尔不群的才华，使她在文坛崭露头角。张爱玲的散文，差不多篇篇言自己——自己的所见所闻所感，自己的衣食住行和喜怒哀乐。就那么轻轻松松，看似随意，甚至有点漫不经心，就把一幅人生写真展现在人们面前。那是平凡的、琐屑的、亲近的张爱玲的世界。一如《我的天才梦》中提到自己读俗气的巴黎时装报告，生活中学织绒线、做家务的失败，吃盐水花生，在双层公共汽车上伸手摘树上的绿叶等行为，似乎都是写我们市井百姓日常的生活。只是这些生活我们经历着，却没有留意；即使留意，也没有形成文字罢了。

问题与思考

1. "我" 3 岁能背诵诗，7 岁能写家庭悲剧的小说，8 岁能写乌托邦式的《快乐村》……文章沿着时间之线，选取生命河流中最经典的事件，突出了"我"的天才。而在第 8 段却用"我不会……才学会……怕……怕……怕……许多人……没有一个……茫然……接连三个月……仍然不认识……废物"一连串否定的甚至带有弱智性质的词语，写"我"的乖僻，使得"我"的"废物"一样的弱点尽展无遗，使人为之瞠目结舌。这样写的目的是什么？

2. "生命是一袭华美的袍，爬满了蚤子。"既显示了作者对人生的洞察，也是对人类生命入木三分的评价，富有哲学的韵味。请结合文章内容，谈谈你对这句话的理解。

3. 作者是用轻缓的笔触，平淡地叙述她的天才梦的，语言质朴、平易、干脆，具有高度的概括性与感染力，但时不时又会冒出几句奢华、睿智、生动、深邃的话，将大俗与大雅、华美与冷寂糅合在一起，恰到好处。你能否就其创作手法作一些赏析？

延伸阅读

　　张爱玲有代表作品小说《金锁记》《倾城之恋》《半生缘》《红玫瑰与白玫瑰》，散文集《流言》等。

二十四、张天翼

华威先生 [1]

转弯抹角算起来——他算是我的一个亲戚。我叫他"华威先生"。他觉得这种称呼不大好。

"嗳，你真是！"他说。"为什么一定要个'先生'呢。你应当叫我'威弟'。再不然叫我'阿威'。"

把这件事交涉过了之后，他立刻戴上了帽子：

"我们改日再谈好不好？我总想畅畅快快跟你谈一次——唉，可总是没有时间。今天刘主任起草了一个县长公余工作方案，硬要叫我参加意见，叫我替他修改。三点钟又还有一个集会。"

这里他摇摇头，没奈何地苦笑了一下。他声明他并不怕吃苦：在抗战时期大家都应当苦一点。不过——时间总要够支配呀。

"王委员又打了三个电报来，硬要请我到汉口去一趟。这里全省文化界抗敌总会又成立了，一切抗战工作都要领导起来才行。我怎么跑得开呢，我的天！"

于是匆匆忙忙跟我握了握手，跨上他的包车。

他永远挟着他的公文皮包。并且永远带着他那根老粗老粗的黑油油的手杖。左手无名指上戴着他的结婚戒指。拿着雪茄的时候就叫这根无名指微微地弯着，而小指翘得高高的，构成一朵兰花的图样。

这个城市里的黄包车谁都不作兴跑，一脚一脚挺踏实地踱着，好像饭后千步似的。可是包车例外：叮当，叮当，叮当，——一下子就抢到了前面。黄包车立刻就得往左边躲开，小推车马上打斜。担子很快地就让到路边。行人赶紧就避到两旁的店铺里去。

包车踏铃不断地响着，钢丝在闪着亮。还来不及看清楚——它就跑得老远老远的了，像闪电一样地快。

而——据这里有几位抗战工作者的上层分子的统计——跑得顶快的是那位华威先生的包车。

他的时间很要紧。他说过——

"我恨不得取消晚上睡觉的制度。我还希望一天不止二十四小时，救亡工作实在太多了。"

接着掏出表来看一看，他那一脸丰满的肌肉立刻紧张了起来。眉毛皱着，嘴唇使劲撮着，好像他在把全身的精力都要收敛到脸上似的。他

[1]《华威先生》发表于1938年4月16日《文艺阵地》第1卷第1期上，后收入《速写三篇》。

立刻就走：他要到难民救济会去开会。

照例——会场里的人全到齐了坐在那里等着他。他在门口下车的时候总得顺便把踏铃踏它一下：叮！

同志们彼此看看：唔，华威先生到会了。有几位透了一口气。有几位可就拉长了脸瞧着会场门口。有一位甚至于要准备决斗似的——抓着拳头瞪着眼。

华威先生的态度很庄严，用一种从容的步子走进去，他先前那副忙劲儿好像被他自己的庄严态度消解掉了。他在门口稍微停了一会儿，让大家好把他看个清楚，仿佛要唤起同志们的一种信任心，仿佛要给同志们一种担保——什么困难的大事也都可以放下心来。他并且还点点头。他眼睛并不对着谁，只看着天花板。他是在对整个集体打招呼。

会场里很静，会议就要开始。有谁在那里翻着什么纸张，窸窸窣窣的。

华威先生很客气地坐到一个冷角落里，离主席位子顶远的一角，他不大肯当主席。

"我不能当主席，"他拿着一支雪茄烟打手势。"工人救亡工作协会的指导部今天开常会。通俗文艺研究会的会议也是今天。伤兵工作团也要去的，等一下。你们知道我的时间不够支配：只容许我在这里讨论十分钟。我不能当主席，我想推举刘同志当主席。"

说了就在嘴角上闪起一丝微笑，轻轻地拍几下手板。

主席报告的时候，华威先生不断地在那里括洋火点他的烟。把表放在面前，时不时像计算什么似地看看它。

"我提议！"他大声说。"我们的时间是很宝贵的：我希望主席尽可能报告得简单一点。我希望主席能够在两分钟之内报告完。"

他括了两分钟洋火之后，猛地站了起来。对那正在哇啦哇啦的主席摆摆手：

"好了，好了。虽然主席没有报告完，我已经明白了。我现在还要赴别的会，让我先发表一点意见。"

停了一停，抽两口雪茄，扫了大家一眼。

"我的意见很简单，只有两点，"他舐舐嘴唇。"第一点，就是——每个工作人员不能够怠工。而是相反，要加紧工作。这一点不必多说，你们都是很努力的青年，你们都能热心工作。我很感谢你们。但是还有一点——你们要时时刻刻不能忘记，那就是我要说的第二点。"

他又抽了两口烟，嘴里吐出来的可只有热气。这就又括了一根洋火。

"这第二点呢就是：青年工作人员要认定一个领导中心。你们只有在这一个领导中心的领导之下，大家团结起来，统一起来。也只有在一个领导中心的领导之下，救亡工作才能够展开。青年是努力的，是热心的，但是因为理解不够，工作经验不够，常常容易犯错误。要是上面没有一个领导中心，往往要弄得不可收拾。"

瞧瞧所有的脸色，他脸上的肌肉耸动了一下——表示一种微笑。他往下说：

"你们都是青年同志，所以我说得很坦白，很不客气。大家都要做救亡工作，没有什么客气可讲。我想你们诸位青年同志一定会接受我的意见。我很感激你们。好了，抱歉得很，我要先走一步。"

把帽子一戴，把皮包一挟，瞧着天花板点点头，挺着肚子走了出去。

到门口可又想起了一件什么事。他把当主席的同志拽开，小声儿谈了几句："你们工作——有什么困难没有？"他问。

"我刚才的报告提到了这一点，我们……"

华威先生伸出个食指顶着主席的胸脯：

"唔，唔，唔。我知道我知道。我没有多余的时间来谈这件事。以后——你们凡是想到的工作计划，你们可以到我家里去找我商量。"

坐在主席旁边那个长头发青年注意地看着他们，现在可忍不住插嘴了：

"星期三我们到华先生家里去过三次，华先生不在家……"

那位华先生冷冷地瞅他一眼，带着鼻音哼了一句——"唔，我有别的事，"又对主席低声说下去：

"要是我不在家，你们跟密司黄接头也可以。密司黄知道我的意见，她可以告诉你们。"

密司黄就是他的太太。他对第三者说起她来，总是这么称呼她的。

他交代过了这才真的走开。这就到了通俗文艺研究会的会场。他发现别人已经在那里开会，正有一个人在那里发表意见。他坐了下来，点着了雪茄，不高兴地拍了三下手板。

"主席！"他叫。"我因为今天另外还有一个集会，我不能等到终席。我现在有点意见，想要先提出来。"

于是他发表了两点意见：第一，他告诉大家——在座的人都是当地的文化人，文化人的工作是很重要的，应当加紧地做去。第二，文化人应当认清一个领导中心，文化人在文抗会的领导中心的领导之下团结起来，统一起来。

五点三刻他到了文化界抗敌总会的会议室。

这回他脸上堆上了笑容，并且对每一个人点头。

"对不住得很，对不住得很：迟到了三刻钟。"

主席对他微笑一下，他还笑着伸了伸舌头，好像闯了祸怕挨骂似的。他四面瞧瞧形势，就拣在一个小胡子的旁边坐下来。

他带着很机密很严重的脸色——小声儿问那个小胡子：

"昨晚你喝醉了没有？"

"还好，不过头有点子晕。你呢？"

"我啊——我不该喝了那三杯猛酒，"他严肃地说。"尤其是汾酒，我不能猛喝。刘主任硬要我干掉——嗨，一回家就睡倒了。密司黄说要跟刘主任去算账呢：要质问他为什么要把我灌醉。你看！"

一谈了这些，他赶紧打开皮包，拿出一张纸条——写几个字递给了主席。

"请你稍微等一等，"主席打断了一个正在发言的人的话。"华威先生还有别的事情要走。现在他有点意见：要求先让他发表。"

华威先生点点头站了起来。

"主席！"腰板微微地一弯。"各位先生！"腰板微微地一弯。"兄弟首先要请求各位原谅：我到会迟了点，而又要提前退席。……"

随后他说出了他的意见。他声明——这个文化界抗敌总会的常务理事会，是一切救亡工作的领导机关，应该时时刻刻起领导中心作用。

"群众是复杂的，工作又很多。我们要是不能起领导作用，那就很危险，很危险。事实上，此地各方面的工作也非有个领导中心不可。我们的担子真是太重了，但是我们不怕怎样的艰苦，也要把这担子担起来。"

他反复地说明了领导中心作用的重要，这就戴起帽子去赴一个宴会。他每天都这么忙着，要到刘主任那里去联络。要到各学校去演讲，要到各团体去开会。而且每天——不是别人请他吃饭，就是他请人吃饭。

华威太太每次遇到我，总是代替华威先生诉苦。

"唉，他真苦死了！工作这么多，连吃饭的工夫都没有。"

"他不可以少管一点，专门去做某一种工作么？"我问。

"怎么行呢？许多工作都要他去领导呀。"

可是有一次，华威先生简直吃了一大惊。妇女界有些人组织了一个战时保婴会，竟没有去找他！

他开始打听，调查。他设法把一个负责人找来。

"我知道你们委员会已经选出来了。我想还可以多添加几个。由我们文化界抗敌总会派人来参加。"

他看见对方在那里踌躇，他把下巴挂了下来：

"问题是在这一点：你们委员是不是能够真正领导这工作？你能不能够对我担保——你们会内没有汉奸，没有不良分子？你能不能担保——你们以后工作不至于错误，不至于怠工？你能不能担保，你能不能？你能够担保的话，那我要请你写个书面的东西，给我们文抗会常务理事会。以后万一——如果你们的工作出了毛病，那你就要负责。"

接着他又声明：这并不是他自己的意思。他不过是一个执行者。这里他食指点点对方胸脯：

"如果我刚才说的那些你们办不到，那不是就成了非法团体了么？"

这么谈判了两次，华威先生当了战时保婴会的委员。于是在委员会开会的时候，华威先生挟着皮包去坐这么五分钟，发表了一两点意见就跨上了包车。

有一天他请我吃晚饭，他说因为家乡带来了一块腊肉。

我到他家里的时候，他正在那里对两个学生样的人发脾气。他们都挂着文化界抗敌总会的徽章。

"你昨天为什么不去，为什么不去？"他吼着。"我叫你拖几个人去的。但是我在台上一开始演讲，一看——连你都没有去听！我真不懂你们干了些什么？"

"昨天——我去出席日本问题座谈会的。"

华威先生猛地跳起来了。

"什么！什么！——日本问题座谈会？怎么我不知道，怎么不告诉我？"

"我们那天部务会议决议了的。我来找过华先生，华先生又是不在家——"

"好啊，你们秘密行动！"他瞪着眼。"你老实告诉我——这个座谈会到底是什么背景，你老实告诉我！"

对方似乎也动了火：

"什么背景呢，都是中华民族！部务会议议决的，怎么是秘密行动呢。……华先生又不到会，开会也不终席，来找又找不到……我们总不能把部里的工作停顿起来。"

华威先生把雪茄一摔，狠命在桌上捶了一拳：咚！

"混蛋！"他咬着牙，嘴唇在颤抖着。"你们小心！你们，哼，你们！你们！……"他倒到了沙发上，嘴巴痛苦地抽得歪着。"妈的！这个这个——你们青年！……"

五分钟之后他抬起头来，害怕似地四面看一看。那两个客人已经走了。他叹一口长气，对我说：

"唉，你看你看！现在的青年怎么办，现在的青年！"

这晚他没命地喝了许多酒，嘴里嘶嘶地骂着那些小伙子。他打碎了一只茶杯。密司黄扶着他上了床，他忽然打个寒噤说：

"明天十点钟有个集会……"

【导读】

作家作品简介

张天翼（1906—1985），原名张元定，号一支，祖籍湖南湘乡，生于江苏南京。1924年入上海美术专科学校学习绘画。1926年夏考入北京大学预科。次年退学，在沪、宁等地做过家庭教师、记者、会计、文书、机关办事员等。1929年在鲁迅、郁达夫《奔流》上发表成名作《三天半的梦》，之后步入文坛。1931年在上海参加左联。抗战时期从事抗日救亡运动，1938—1942年在大学任教并编辑《观察日报》《大众报》副刊。1949年后致力于儿童文学创作，先后担任中央文学研究所副主任、《人

张天翼

民文学》主编、中国作家协会书记处书记和顾问等职。他在创作上是一个勤奋而多产的作家，被称为 20 世纪 30 年代少有的文体家。

主要作品有短篇小说集《从空虚到充实》《小彼得》《蜜蜂》《反攻》《移行》《团圆》《清明时节》《万仞约》《速写三篇》等多部。中长篇小说有《鬼土日记》《包氏父子》《洋泾浜奇侠》《在城市里》等，另有童话作品《秃秃大王》《大林和小林》《金鸭帝国》等。

鉴赏解读参考

小说以华威先生和抗日群众之间的对立和矛盾为中心，成功地塑造了一个抗战初期的畸形人物——"抗战官僚"的形象。作者以速写式"漫画"手法，勾勒了一位"抗战工作者的上层分子"华威先生，他挂羊头卖狗肉，拼命争夺抗日统一战线领导权，一副官僚政客的嘴脸。小说中，华威先生挂着抗日招牌却不干抗日实事，只对限制和控制抗日工作的领导权感兴趣。而对加强和促进抗日的实际工作毫无作为，甚至限制民主进步力量，限制人民群众的抗日爱国活动。是一个混在抗日文化阵营里的国民党官僚、党棍的典型形象。

问题与思考

1. 张天翼对主人公华威先生的深刻讽刺，没有直接进行评论，而是在似乎不经意中搭建起一个让其自我表演的舞台，通过"我"的观察并用平实的语言叙述出来，显得不温不火，诙谐幽默，含蓄深沉，发人深思。请你说说，作者抓住了华威先生的哪些方面予以讽刺？
2. 分析华威先生的形象及其意义。

延伸阅读

见本文"作家作品简介"中所介绍的张天翼的作品。

二十五、萧红

小城三月[1]

一

三月的原野已经绿了，像地衣那样绿，透出在这里，那里。郊原上的草，是必须转折了好几个弯儿才能钻出地面的，草儿头上还顶着那胀破了种粒的壳，发出一寸多高的芽子，欣幸的钻出了土皮。放牛的孩子，在掀起了墙脚片下面的瓦片时，找到了一片草芽了，孩子们到家里告诉妈妈，说："今天草芽出土了！"妈妈惊喜的说："那一定是向阳的地方！"抢根菜的白色的圆石似的籽儿在地上滚着，野孩子一升一斗的在拾。蒲公英发芽了，羊咩咩的叫，乌鸦绕着杨树林子飞，天气一天暖似一天，日子一寸一寸的都有意思。杨花满天照地的飞，像棉花似的。人们出门都是用手捉着，杨花挂着他了。

草和牛粪都横在道上，放散着强烈的气味。远远的有用石子打船的声音，空空……的大响传来。

河冰发了，冰块顶着冰块，苦闷的又奔放的向下流。乌鸦站在冰块上寻觅小鱼吃，或者是还在冬眠的青蛙。

天气突然的热起来，说是"二八月，小阳春"，自然冷天气还是要来的，但是这几天可热了。春天带着强烈的呼唤从这头走到那头……

小城里被杨花给装满了，在榆树还没变黄之前，大街小巷到处飞着，像纷纷落下的雪块……

春来了，人人像久久等待着一个大暴动，今天夜里就要举行，人人带着犯罪的心情，想参加到解放的尝试……春吹到每个人的心坎，带着呼唤，带着蛊惑……

我有一个姨，和我的堂哥哥大概是恋爱了。

姨母本来是很近的亲属，就是母亲的姊妹。但是我这个姨，她不是我的亲姨，她是我的继母的继母的女儿。那么她可算与我的继母有点血统的关系了，其实也是没有的。因为我这个外祖母是在已经做了寡妇之后才来到的外祖父家，翠姨就是这个外祖母的原来在另外的一家所生的女儿。

翠姨还有一个妹妹，她的妹妹小她两岁，大概是十七八岁，那么翠姨也就是十八九岁了。

翠姨生得并不是十分漂亮，但是她长得窈窕，走起路来沉静而且

[1]《小城三月》原载 1941 年 7 月 1 日香港《时代文学》第一卷第二期，选自 1948 年 1 月海洋书屋初版《小城三月》。这一短篇小说是萧红最后的绝唱。这是一篇"内容凄美、情调高雅、文字雅丽的幽美小说"。

漂亮，讲起话来清楚的带着一种平静的感情。她伸手拿樱桃吃的时候，好像她的手指尖对那樱桃十分可怜的样子，她怕把它触坏了似的轻轻的捏着。

假若有人在她的背后招呼她一声，她若是正在走路，她就会停下，若是正在吃饭，就要把饭碗放下，而后把头向着自己的肩膀转过去，而全身并不大转，于是她自觉的闭合着嘴唇，像是有什么要说而一时说不出来似的⋯⋯

而翠姨的妹妹，忘记了她叫什么名字，反正是一个大说大笑的，不十分修边幅，和她的姐姐完全不同。花的绿的，红的紫的，只要是市上流行的，她就不大加以选择，做起一件衣服来赶快就穿在身上。穿上了而后，到亲戚家去串门，人家恭维她的衣料怎样漂亮的时候，她总是说，和这完全一样的，还有一件，她给了她的姐姐了。

我到外祖父家去，外祖父家里没有像我一般大的女孩子陪着我玩，所以每当我去，外祖母总是把翠姨喊来陪我。

翠姨就住在外祖父的后院，隔着一道板墙，一招呼，听见就来了。

外祖父住的院子和翠姨住的院子，虽然只隔一道板墙，但是却没有门可通，所以还得绕到大街上去从正门进来。

因此有时翠姨先来到板墙这里，从板墙缝中和我打了招呼，而后回到屋去装饰了一番，才从大街上绕了个圈来到她母亲的家里。

翠姨很喜欢我，因为我在学堂里念书，而她没有，她想什么事我都比她明白。所以她总是有许多事务同我商量，看看我的意见如何。

到夜里，我住在外祖父家里了，她就陪着我也住下的。

每每从睡下了就谈，谈过了半夜，不知为什么总是谈不完⋯⋯

开初谈的是衣服怎样穿，穿什么样的颜色的，穿什么样的料子。比如走路应该快或是应该慢。有时白天里她买了一个别针，到夜里她拿出来看看，问我这别针到底是好看或是不好看，那时候，大概是十五年前的时候，我们不知别处如何装扮一个女子，而在这个城里几乎个个都有一条宽大的绒绳结的披肩，蓝的，紫的，各色的也有，但最多多不过枣红色了。几乎在街上所见的都是枣红色的大披肩了。

哪怕红的绿的那么多，但总没有枣红色的最流行。

翠姨的妹妹有一张，翠姨有一张，我的所有的同学，几乎每人有一张。就连素不考究的外祖母的肩上也披着一张，只不过披的是蓝色的，没有敢用那最流行的枣红色的就是了。因为她总算年纪大了一点，对年轻人让了一步。

还有那时候都流行穿绒绳鞋，翠姨的妹妹就赶快的买了穿上。因为她那个人很粗心大意，好坏她不管，只是人家有她也有，别人是人穿衣裳，而翠姨的妹妹就好像被衣服所穿了似的，芜芜杂杂。但永远合乎着应有尽有的原则。

翠姨的妹妹的那绒绳鞋，买来了，穿上了。在地板上跑着，不大一会工夫，那每只鞋脸上系着的一只毛球，竟有一个毛球已经离开了鞋子，向上跳着，只还有一根绳连着，不然就要掉下来了。很好玩的，好像一颗大红枣被系到脚上去了。因为她的鞋子也是枣红色的。大家都在嘲笑她的鞋子一买回来就坏了。

翠姨，她没有买，她犹疑了好久，不管什么新样的东西到了，她总不是很快的就去买了来，也许她心里边早已经喜欢了，但是看上去她都像反对似的，好像她都不接受。

她必得等到许多人都开始采办了，这时候看样子，她才稍稍有些动心了。

好比买绒绳鞋，夜里她和我谈话，问过我的意见，我也说是好看的，我有很多的同学，她们也都买了绒绳鞋。

第二天翠姨就要求我陪着她上街，先不告诉我去买什么，进了铺子选了半天别的，才问到我绒绳鞋。

走了几家铺子，都没有，都说是已经卖完了。我晓得店铺的人是这样瞎说的。表示他家这店铺平常总是最丰富的，只恰巧你要的这件东西，他就没有了。我劝翠姨说咱们慢慢的走，别家一定会有的。

我们是坐马车从街梢上的外祖父家来到街中心的。

见了第一家铺子，我们就下了马车。不用说，马车我们已经是付过了车钱的。等我们买好了东西回来的时候，会另外叫一辆的。因为我们不知道要有多久。大概看见什么好，虽然不需要也要买点，或是东西已经买全了不必要再多流连，也要流连一会，或是买东西的目的，本来只在一双鞋，而结果鞋子没有买到，反而啰里啰唆的买回来许多用不着的东西。

这一天，我们辞退了马车，进了第一家店铺。

在别的大城市里没有这种情形，而在我家乡里往往是这样，坐了马车，虽然是付了钱，让他自由去兜揽生意，但是他常常还仍旧等候在铺子的门外，等一出来，他仍旧请你坐他的车。

我们走进第一个铺子，一问没有。于是就看了些别的东西，从绸缎看到呢绒，从呢绒再看到绸缎，布匹是根本不看的，并不像母亲们进了店铺那样子，这个买去做被单，那个买去做棉袄的，因为我们管不了被单棉袄的事。母亲们一月不进店铺，一进店铺又是这个便宜应该买，那个不贵，也应该买。比方一块在夏天才用的花洋布，母亲们冬天里就买起来了，说是趁着便宜多买点，总是用得着的。而我们就不然了，我们是天天进店铺的，天天搜寻些个好看的，是贵的值钱的，平常时候，绝对的用不到想不到的。

那一天我们就买了许多花边回来，钉着光片的，带着琉璃的。说不上要做什么样的衣服才配得着这种花边。也许根本没有想到做衣服，就贸然的把花边买下了。一边买着，一边说好，翠姨说好，我也说好。到了后来，回到家里，当众打开了让大家评判，这个一言，那个一语让大家说得也有一点没有主意了，心里已经五六分空虚了。于是赶快的收拾了起来，或者从别人的手中夺过来，把它包起来，说她们不识货，不让她们看了。

勉强说着：

"我们要做一件红金丝绒的袍子，把这个黑琉璃边镶上。"

或是：

"这红的我们送人去……"

说虽仍旧如此说，心里已经八九分空虚了，大概是这些所心爱的，从此就不会再出头露面的了。

在这小城里，商店究竟没有多少，到后来又加上看不到绒绳鞋，心里着急，也许跑得更快些，不一会工夫，只剩了三两家了。而那三两家，又偏偏是不常去的，铺子小，货物少。想来它那里也是一定不会有的了。

我们走进一个小铺子里去，果然有三四双非小即大，而且颜色都不好看。

翠姨有意要买，我就觉得奇怪，原来就不十分喜欢，既然没有好的，又为什么要买呢？让我说着，没有买成回家去了。

过了两天，我把买鞋子这件事情早就忘了。

翠姨忽然又提议要去买。

从此我知道了她的秘密，她早就爱上了那绒绳鞋了，不过她没有说出来就是，她的恋爱的秘密就是这样子的，她似乎要把它带到坟墓里去，一直不要说出口，好像天底下没有一个人值得听她的告诉……

在外边飞着满天的大雪，我和翠姨坐着马车去买绒绳鞋。我们身上围着皮褥子，赶车的车夫高高的坐在车夫台上，摇晃着身子唱着沙哑的山歌："喝咧咧……"耳边的风呜呜的啸着，从天上倾下来的大雪迷乱了我们的眼睛，远远的天隐在云雾里，我默默的祝福翠姨快快买到可爱的绒绳鞋，我从心里愿意她得救……

市中心远远的朦朦胧胧地站着，行人很少，全街静悄无声。我们一家挨一家的问着，我比她更急切，我想赶快买到吧，我小心的盘问着那些店员们，我从来不放弃一个细微的机会，我鼓励翠姨，没有忘记一家。使她都有点儿诧异，我为什么忽然这样热心起来，但是我完全不管她的猜疑，我不顾一切地想在这小城里，找出一双绒绳鞋来。

只有我们的马车，因为载着翠姨的愿望，在街上奔驰得特别的清醒，又特别的快。雪下的更大了，街上什么都没有了，只有我们两个人，催着车夫，跑来路去。一直到天都很晚了，鞋子没有买到。翠姨深深地看到我的眼里说："我的命，不会好的。"我很想装出大人的样子，来安慰她，但是没有等到找出什么适当的话来，泪便流出来了。

二

翠姨以后也常来我家住着，是我的继母把她接来的。

因为她的妹妹订婚了，怕是她一旦结了婚，忽然会剩下她一个人来，使她难过。因为她的家里并没有多少人，只有她的一个六十多岁的老祖父，再就是一个也是寡妇的伯母，带一个女儿。

　　堂姊妹本该在一起玩耍解闷的，但是因为性格相差太远，一向是水火不同炉地过着日子。

　　她的堂妹妹，我见过，永久是穿着深色的衣裳，黑黑的脸，一天到晚陪着母亲坐在屋子里，母亲洗衣裳，她也洗衣裳，母亲哭，她也哭。也许她帮着母亲哭她死去的父亲，也许哭的是她们的家穷。那别人就不晓得了。

　　本来是一家的女儿，翠姨她们两姊妹却像有钱的人家的小姐，而那个堂妹妹，看上去却像乡下丫头。这一点使她得到常常到我们家里来住的权利。

　　她的亲妹妹订婚了，再过一年就出嫁了。在这一年中，妹妹大大的阔气了起来，因为婆家那方面一订了婚就来了聘礼。这个城里，从前不用大洋票，用的是广信公司出的帖子，一百吊一千吊的论。她妹妹的聘礼大概是几万吊。所以她忽然不得了起来，今天买这样，明天买那样，花别针一个又一个的，丝头绳一团一团的，带穗的耳坠子，洋手表，样样都有了。每逢出街的时候，她和她的姐姐一道，现在总是她付车钱了，她的姐姐要付，她却百般的不肯，有时当着人面，姐姐一定要付，妹妹一定不肯，结果闹得很窘，姐姐无形中觉得一种权利被人剥夺了。

　　但是关于妹妹的订婚，翠姨一点也没有羡慕的心理。妹妹未来的丈夫，她是看过的，没有什么好看，很高，穿着蓝袍子黑马褂，好像商人，又像一个小土绅士。又加上翠姨太年轻了，想不到什么丈夫，什么结婚。

　　因此，虽然妹妹在她的旁边一天比一天的丰富起来，妹妹是有钱了，但是妹妹为什么有钱的，她没有考查过。

　　所以当妹妹尚未离开她之前，她绝对的没有重视"订婚"的事。

　　就是妹妹已经出嫁了，她也还是没有重视这"订婚"的事。

　　不过她常常的感到寂寞。她和妹妹出来进去的，因为家庭环境孤寂，竟好像一对双生子似的，而今去了一个。不但翠姨自己觉得单调，就是她的祖父也觉得她可怜。

　　所以自从她的妹妹嫁了，她就不大回家，总是住在她的母亲的家里，有时我的继母也把她接到我们家里。

　　翠姨非常聪明，她会弹大正琴，就是前些年所流行在中国的一种日本琴，她还会吹箫或是会吹笛子。不过弹那琴的时候却很多。住在我家里的时候，我家的伯父，每在晚饭之后必同我们玩这些乐器的。笛子，箫，日本琴，风琴，月琴，还有什么打琴。真正的西洋的乐器，可一样也没有。

　　在这种正玩得热闹的时候，翠姨也来参加了，翠姨弹了一个曲子，和我们大家立刻就配合上了。于是大家都觉得在我们那已经天天闹熟了的老调子之中，又多了一个新的花样。于是立刻我们就加倍的努力，正在吹笛子的把笛子吹得特别响，把笛膜振抖得似乎就要爆裂了似的滋滋地叫着。十岁的弟弟在吹口琴，他摇着头，好像要把那口琴吞下去似的，至于他吹的是什么调子，已经是没有人留意了。在大家忽然来了勇气的时候，似乎只需要这种胡闹。

而那按风琴的人，因为越按越快，到后来也许是已经找不到琴键了，只是那踏脚板越踏越快，踏得呜呜地响，好像有意要毁坏了那风琴，而想把风琴撕裂了一般的。

大概所奏的曲子是《梅花三弄》，也不知道接连地弹过了多少圈，看大家的意思都不想要停下来。不过到了后来，实在是气力没有了，找不着拍子的找不着拍子，跟不上调的跟不上调，于是在大笑之中，大家停下来了。

不知为什么，在这么快乐的调子里边，大家都有点伤心，也许是乐极生悲了，把我们都笑得一边流着眼泪，一边还笑。

正在这时候，我们往门窗处一看，我的最小的小弟弟，刚会走路，他也背着一个很大的破手风琴来参加了。

谁都知道，那手风琴从来也不会响的。把大家笑死了。在这回得到了快乐。

我的哥哥（伯父的儿子，钢琴弹得很好）吹箫吹得最好，这时候他放下了箫，对翠姨说："你来吹吧！"翠姨却没有言语，站起身来，跑到自己的屋子去了，我的哥哥，好久好久地看住那帘子。

三

翠姨在我家，和我住一个屋子。月明之夜，屋子照得通亮，翠姨和我谈话，往往谈到鸡叫，觉得也不过刚刚半夜。

鸡叫了，才说："快睡吧，天亮了。"

有的时候，一转身，她又问我：

"是不是一个人结婚太早不好，或许是女子结婚太早是不好的！"

我们以前谈了很多话，但没有谈到这些。

总是谈什么衣服怎样穿，鞋子怎样买，颜色怎样配；买了毛线来，这毛线应该打个什么花纹；买了帽子来，应该评判这帽子还微微有点缺点，这缺点究竟在什么地方，虽然说是不要紧，或者是一点关系也没有，但批评总是要批评的。

有时再谈得远一点，就是表姊表妹之类订了婆家，或是什么亲戚的女儿出嫁了。或是什么耳闻的，听说的，新娘子和新姑爷闹别扭之类。

那个时候，我们的县里，早就有了洋学堂了。小学好几个，大学没有。只有一个男子中学，往往成为谈论的目标。谈论这个，不单是翠姨、外祖母、姑姑、姐姐之类，都愿意讲究这当地中学的学生。因为他们一切洋化，穿着裤子，把裤腿卷起来一寸，一张口格得毛宁[2]外国话，他们彼此一说话就答答答[3]，听说这是什么俄国话。而更奇怪的就是他们见了女人不怕羞。这一点，大家都批评说是不如从前了，从前的书生，一见了女人脸就红。

我家算是最开通的了。叔叔和哥哥他们都到北京和哈尔滨那些大地方去读书了，他们开了不少的眼界。回到家里来，大讲他们那里都是男孩子和女孩子同学。

[2] 格得毛宁，英语 Good morning 的音译，意为早安。

[3] 答答答，俄语 Da, Da, Da 的音译，意为是的，对的。

这一题目，非常的新奇，开初都认为这是造了反。后来因为叔叔也常和女同学通信，因为叔叔在家庭里是有点地位的人。并且父亲从前也加入过国民党，革过命，所以这个家庭都"咸与维新"起来。

因此在我家里一切都是很随便的，逛公园，正月十五看花灯，都是不分男女，一齐去。

而且我家里设了网球场，一天到晚地打网球，亲戚家的男孩子来了，我们也一齐打。

这都不谈，仍旧来谈翠姨。

翠姨听了很多的故事，关于男学生结婚事情，就是我们本县里，已经有几件事情不幸的了。有的结婚了，从此就不回家了；有的娶来了太太，把太太放在另一间屋子里住着，而且自己却永久住在书房里。

每逢讲到这些故事时，多半别人都是站在女的一面，说那男子都是念书念坏了，一看了那不识字的又不是女学生之类就生气。觉得处处都不如他。天天总说是婚姻不自由，可是自古至今，都是爹许娘配的，偏偏到了今天，都要自由，看吧，这还没有自由呢，就先来了花头故事了，娶了太太的不回家，或是把太太放在另一个屋子里。这些都是念书念坏了的。

翠姨听了许多别人家的评论。大概她心里边也有些不平，她就问我不读书是不是很坏的，我自然说是很坏。而且她看了我们家里男孩子、女孩子通通到学堂去念书的。而且我们亲戚家的孩子也都是读书的。

因此她对我很佩服，因为我是读书的。

但是不久，翠姨就订婚了。就是她妹妹出嫁不久的事情。

她的未来的丈夫，我见过。在外祖父的家里。人长得又低又小，穿一身蓝布棉袍子，黑马褂，头上戴一顶赶大车的人所戴的五耳帽子。

当时翠姨也在的，但她不知道那是她的什么人，她只当是哪里来了这样一位乡下的客人。外祖母偷着把我叫过去，特别告诉了我一番，这就是翠姨将来的丈夫。

不久翠姨就很有钱，她的丈夫的家里，比她妹妹丈夫的家里还更有钱得多。婆婆也是个寡妇，守着个独生的儿子。儿子才十七岁，是在乡下的私学馆里读书。

翠姨的母亲常常替翠姨解说，人矮点不要紧，岁数还小呢，再长上两三年两个人就一般高了。劝翠姨不要难过，婆家有钱就好的。聘礼的钱十多万都交过来了，而且就由外祖母的手亲自交给了翠姨；而且还有别的条件保障着，那就是说，三年之内绝对不准娶亲，借着男的一方面年纪太小为辞，翠姨更愿意远远的推着。

翠姨自从订婚之后，是很有钱的了，什么新样子的东西一到，虽说不是一定抢先去买了来，总是过不了多久，箱子里就要有的了。那时候夏天最流行银灰色市布大衫，而翠姨的穿起来最好，因为她有好几件，穿过两次不新鲜就不要了，就只在家里穿，而出门就又去做一件新的。

那时候正流行着一种长穗的耳坠子，翠姨就有两对，一对红宝石的，一对绿的，而我的母亲才能有两对，而我才有一对。可见翠姨是顶阔气的了。

还有那时候就已经开始流行高跟鞋了。可是在我们本街上却不大有人穿，只有我的继母早就开始穿，其余就算是翠姨。并不是一定因为我的母亲有钱，也不是因为高跟鞋一定贵，只是女人们没有那么摩登的行为，或者说她们不很容易接受新的思想。

翠姨第一天穿起高跟鞋来，走路还很不安定，但到第二天就比较习惯了。到了第三天，就是说以后，她就是跑起来也是很平稳的。而且走路的姿态更加可爱了。

我们有时也去打网球玩玩，球撞到她脸上的时候，她才用球拍遮了一下，否则她半天也打不到一个球。因为她一上了场站在白线上就是白线上，站在格子里就是格子里，她根本地不动。有的时候，她竟拿着网球拍子站着一边去看风景去。尤其是大家打完了网球，吃东西的吃东西去了，洗脸的洗脸去了，惟有她一个人站在短篱前面，向着远远的哈尔滨市影痴望着。

有一次我同翠姨一同去做客。我继母的族中娶媳妇。她们是八旗人，也就是满人，满人才讲究场面呢，所有的族中的年轻的媳妇都必得到场，而个个打扮得如花似玉。似乎咱们中国的社会，是没这么繁华的社交的场面的，也许那时候，我是小孩子，把什么都看得特别繁华，就只说女人们的衣服吧，就个个都穿得和现在西洋女人在夜会里边那么庄严。一律都穿着绣花大袄。而她们是八旗人，大袄的襟下一律的没有开口。而且很长。大袄的颜色枣红的居多，绛色的也有，玫瑰紫色的也有。而那上边绣的颜色，有的荷花，有的玫瑰，有的松竹梅，一句话，特别的繁华。

她们的脸上，都擦着白粉，她们的嘴上都染得桃红。

每逢一个客人到了门前，她们是要列着队出来迎接的，她们都是我的舅母，一个一个地上前来问候了我和翠姨。

翠姨早就熟识她们的，有的叫表嫂子，有的叫四嫂子。而在我，她们就都是一样的，好像小孩子的时候，所玩的用花纸剪的纸人，这个和那个都是一样，完全没有分别。都是花缎的袍子，都是白白的脸，都是很红的嘴唇。

就是这一次，翠姨出了风头了，她进到屋里，靠着一张大镜子旁坐下了。

女人们就忽然都上前来看她，也许她从来没有这么漂亮过；今天把别人都惊住了。

依我看翠姨还没有她从前漂亮呢，不过她们说翠姨漂亮得像棵新开的腊梅。翠姨从来不擦胭脂的，而那天又穿了一件为着将来作新娘子而准备的蓝色缎子满是金花的夹袍。

翠姨让她们围起看着，难为情了起来，站起来想要逃掉似的，迈着很勇敢的步子，茫然地往里边的房间里闪开了。

谁知那里边就是新房呢，于是许多的嫂嫂们就哗然地叫着，说：

"翠姐姐不要急，明年就是个漂亮的新娘子，现在先试试去。"

当天吃饭饮酒的时候，许多客人从别的屋子来呆呆地望着翠姨。翠姨举着筷子，似乎是在思量着，保持着镇静的态度，用温和的眼光看着她们。仿佛她不晓得人们专门在看着她似的。但是别的女人们羡慕了翠姨半天了，脸上又都突然地冷落起来，觉得有什么话要说出，又都没有说，然后彼此对望着，笑了一下，吃菜了。

四

有一年冬天，刚过了年，翠姨就来到了我家。

伯父的儿子——我的哥哥，就正在我家里。

我的哥哥，人很漂亮，很直的鼻子，很黑的眼睛，嘴也好看，头发也梳得好看，人很长，走路很爽快。大概在我们所有的家族中，没有这么漂亮的人物。

冬天，学校放了寒假，所以来我们家里休息。大概不久，学校开学就要上学去了。哥哥是在哈尔滨读书。

我们的音乐会，自然要为这新来的角色而开了。翠姨也参加的。

于是非常的热闹，比方我的母亲，她一点也不懂这行，但是她也列了席，她坐在旁边观看，连家里的厨子、女工，都停下了工作来望着我们，似乎他们不是听什么乐器，而是在看人。我们聚满了一客厅。这些乐器的声音，大概很远的邻居都可以听到。

第二天邻居来串门的，就说：

"昨天晚上，你们家又是给谁祝寿？"

我们就说，是欢迎我们的刚到的哥哥。

因此我们家是很好玩的，很有趣的。不久就来到了正月十五看花灯的时节了。

我们家里自从父亲维新革命，总之在我们家里，兄弟姊妹，一律相待，有好玩的就一齐玩，有好看的就一齐去看。

伯父带着我们，哥哥、弟弟、姨……共八九个人，在大月亮地里往大街里跑去了。那路之滑，滑得不能站脚，而且高低不平。他们男孩子们跑在前面，而我们因为跑得慢就落了后。

于是那在前边的他们回头来嘲笑我们，说我们是小姐，说我们是娘娘。说我们走不动。

我们和翠姨早就连成一排向前冲去，但是不是我倒，就是她倒。到后来还是哥哥他们一个一个地来扶着我们，说是扶着未免的太示弱了，也不过就是和他们连成一排向前进着。

不一会儿到了市里，满路花灯。人山人海。又加上狮子、旱船、龙灯、秧歌，闹得眼也花起来，一时也数不清多少玩艺。

哪里会来得及看，似乎只是在眼前一晃，就过去了，而一会儿别的又来了，又过去了。其实也不见得繁华得多么了不得了，不过觉得世界上是不会比这个再繁华的了。

商店的门前，点着那么大的火把，好像热带的大椰子树似的。一个比一个亮。

我们进了一家商店，那是父亲的朋友开的。他们很好地招待我们，茶、点心、橘子、元宵。我们哪里吃得下去，听到门外一打鼓，就心慌了。而外边鼓和喇叭又那么多，一阵来了，一阵还没有去远，一阵又来了。

因为城本来是不大的，有许多熟人，也都是来看灯的都遇到了。其中我们本城里的在哈尔滨念书的几个男学生，他们也来看灯了。哥哥都认识他们。我也认识他们，因为这时候我们到哈尔滨念书去了。所以一遇到了我们，他们就和我们在一起，他们出去看灯，看了一会，又回到我们的地方，和伯父谈话，和哥哥谈话。我晓得他们，因为我们家比较有势力，他们是很愿和我们讲话的。

所以回家的一路上，又多了两个男孩子。

不管人讨厌不讨厌，他们穿的衣服总算都市化了。个个都穿着西装，戴着呢帽，外套都是到膝盖的地方，脚下很利落清爽。比起我们城里的那种怪样子的外套，好像大棉袍子似的好看得多了。而且颈间又都束着一条围巾，那围巾自然也是全丝全线的花纹。似乎一束起那围巾来，人就更显得庄严，漂亮。

翠姨觉得他们个个都很好看。

哥哥也穿的西装，自然哥哥也很好看。因此在路上她直在看哥哥。

翠姨梳头梳得是很慢的，必定梳得一丝不乱，擦粉也要擦了洗掉，洗掉再擦，一直擦到认为满意为止。花灯节的第二天早晨她就梳得更慢，一边梳头一边在思量。本来按规矩每天吃早饭，必得三请两请才能出席，今天必得请到四次，她才来了。

我的伯父当年也是一位英雄，骑马、打枪绝对的好。后来虽然已经五十岁了，但是风采犹存。我们都爱伯父的，伯父从小也就爱我们。诗、词、文章，都是伯父教我们的。翠姨住在我们家里，伯父也很喜欢翠姨。今天早饭已经开好了。催了翠姨几次，翠姨总是不出来。

伯父说了一句："林黛玉……"

于是我们全家的人都笑了起来。

翠姨出来了，看见我们这样的笑，就问我们笑什么。我们没有人肯告诉她。翠姨知道一定是笑的她，她就说：

"你们赶快的告诉我，若不告诉我，今天我就不吃饭了，你们读书识字，我不懂，你们欺侮我……"

闹嚷了很久，还是我的哥哥讲给她听了。伯父当着自己的儿子面前到底有些难为情，喝了好些酒，总算是躲过去了。

翠姨从此想到了念书的问题，但是她已经二十岁了，上哪里去念书？上小学没有她这样大的学生；上中学，她是一字不识，怎样可以。所以仍旧住在我们家里。

弹琴、吹箫、看纸牌，我们一天到晚的玩着。我们玩的时候，全体参加，我的伯父，我的哥哥，我的母亲。

翠姨对我的哥哥没有什么特别的好，我的哥哥对翠姨就像对我们，也是完全的一样。

不过哥哥讲故事的时候，翠姨总比我们留心听些，那是因为她的年龄稍稍比我们大些，当然在理解力上，比我们更接近一些哥哥的了。哥哥对翠姨比对我们稍稍的客气一点。他和翠姨说话的时候，总是"是的""是的"的，而和我们说话则"对啦""对啦"。这显然因为翠姨是客人的关系，而且在名分上比他大。

不过有一天晚饭之后，翠姨和哥哥都没有了。每天饭后大概总要开个音乐会的。这一天也许因为伯父不在家，没有人领导的缘故。大家吃过也就散了。客厅里一个人也没有。我想找弟弟和我下一盘棋，弟弟也不见了。于是我就一个人在客厅里按起风琴来，玩了一下也觉得没有趣。客厅是静得很的，在我关上了风琴盖子之后，我就听见了在后屋里，或者在我的房子里是有人的。

我想一定是翠姨在屋里。快去看看她，叫她出来张罗着看纸牌。

我跑进去一看，不单是翠姨，还有哥哥陪着她。

看见了我，翠姨就赶快地站起来说：

"我们去玩吧。"

哥哥也说：

"我们下棋去，下棋去。"

他们出来陪我来玩棋，这次哥哥总是输，从前是他回回赢我的，我觉得奇怪，但是心里高兴极了。

不久寒假终了，我就回到哈尔滨的学校念书去了。可是哥哥没有同来，因为他上半年生了点病，曾在医院里休养了一些时候，这次伯父主张他再请两个月的假，留在家里。

以后家里的事情，我就不大知道了。都是由哥哥或母亲讲给我听的。我走了以后，翠姨还住在家里。

后来母亲还告诉过，就是在翠姨还没有订婚之前，有过这样一件事情。我的族中有一个小叔叔，和哥哥一般大的年纪，说话口吃，没有风采，也是和哥哥在一个学校里读书。虽然他也到我们家里来过，但怕翠姨没有见过。那时外祖母就主张给翠姨提婚。那族中的祖母，一听就拒绝了，说是寡妇的儿子，命不好，也怕没有家教，何况父亲死了，母亲又出嫁了，好女不嫁二夫郎，这种人家的女儿，祖母不要。但是我母亲说，辈分合，他家还有钱，翠姨过门是一品当朝的日子，不会受气的。

这件事情翠姨是晓得的，而今天又见了我的哥哥，她不能不想哥哥大概是那样看她的。她自觉得自己的命运不会好的，现在翠姨自己已经订了婚，是一个人的未婚妻；二则她是出了嫁的寡妇的女儿，她自己一天把这个背了不知有多少遍，她记得清清楚楚。

五

翠姨订婚，转眼三年了，正这时，翠姨的婆家，通了消息来，张罗要娶。

她的母亲来接她回去整理嫁妆。

翠姨一听就得病了。

但没有几天，她的母亲就带着她到哈尔滨采办嫁妆去了。

偏偏那带着她采办嫁妆的向导又是哥哥给介绍来的他的同学。他们住在哈尔滨的秦家岗上，风景绝佳，是洋人最多的地方。那男学生们的宿舍里边，有暖气、洋床。翠姨带着哥哥的介绍信，像一个女同学似的被他们招待着。又加上已经学了俄国人的规矩，处处尊重女子，所以翠姨当然受了他们不少的尊敬，请她吃大菜，请她看电影。坐马车的时候，上车让她先上；下车的时候，人家扶她下来。她每一动别人都为她服务，外套一脱，就接过去了。她刚一表示要穿外套，就给她穿上了。

不用说，买嫁妆她是不痛快的，但那几天，她总算一生中最开心的时候。

她觉得到底是读大学的人好，不野蛮，不会对女人不客气，绝不能像她的妹夫常常打她的妹妹。

经这到哈尔滨去一买嫁妆，翠姨就更不愿意出嫁了。她一想那个又丑又小的男人，她就恐怖。

她回来的时候，母亲又接她来到我们家来住着，说她的家里又黑，又冷，说她太孤单可怜。我们家是一团暖气的。

到了后来，她的母亲发现她对于出嫁太不热心，该剪裁的衣裳，她不去剪裁。有一些零碎还要去买的，她也不去买。做母亲的总是常常要加以督促，后来就要接她回去，接到她的身边，好随时提醒她。她的母亲以为年轻的人必定要随时提醒的，不然总是贪玩。而况出嫁的日子又不远了，或者就是二三月。

想不到外祖母来接她的时候，她从心的不肯回去，她竟很勇敢地提出来她要读书的要求。她说她要念书，她想不出嫁。

开初外祖母不肯，到后来，她说若是不让她读书，她是不出嫁的，外祖母知道她的心情，而且想起了很多可怕的事情……

外祖母没有办法，依了她。给她在家里请了一位老先生，就在自己家院子的空房子里边摆上了书桌，还有几个邻居家的姑娘，一齐念书。

翠姨白天念书，晚上回到外祖母家。

念了书，不多日子，人就开始咳嗽，而且整天的闷闷不乐。她的母亲问她，有什么不如意？陪嫁的东西买得不顺心吗？或者是想到我们家去玩吗？什么事都问到了。

翠姨摇着头不说什么。

过了一些日子，我的母亲去看翠姨，带着我的哥哥，他们一看见她，第一个印象，就觉得她苍白了不少。而且母亲断言地说，她活不久了。

大家都说是念书累的，外祖母也说是念书累的，没有什么要紧的；要出嫁的女儿们总是先前瘦的，嫁过去就要胖了。

而翠姨自己则点点头，笑笑，不承认，也不加以否认。还是念书，也不到我们家来了，母亲接了几次，也不来，回说没有工夫。

翠姨越来越瘦了，哥哥去到外祖母家看了她两次，也不过是吃饭、喝酒，应酬了一番。而且说是去看外祖母的。在这里年轻的男子，去拜访年轻的女子，是不可以的。哥哥回来也并不带回什么欢喜或是什么新的忧郁，还是一样和大家打牌下棋。

翠姨后来支持不了啦，躺下了。她的婆婆听说她病，就要娶她，因为花了钱，死了不是可惜了吗？这一种消息，翠姨听了病就更加严重。婆家一听她病重，立刻要娶她。因为在迷信中有这样一章，病新娘娶过来一冲，就冲好了。翠姨听了就只盼望赶快死，拼命的糟蹋自己的身体，想死得越快一点儿越好。

母亲记起了翠姨，叫哥哥去看翠姨。是我的母亲派哥哥去的，母亲拿了一些钱让哥哥给翠姨去，说是母亲送她在病中随便买点什么吃的。母亲晓得他们年轻人是很拘泥的，或者不好意思去看翠姨，也或者翠姨是很想看他的，他们好久不能看见了。同时翠姨不愿出嫁，母亲很久的就在心里边猜疑着他们了。

男子是不好去专访一位小姐的，这城里没有这样的风俗。母亲给了哥哥一件礼物，哥哥就可去了。

哥哥去的那天，她家里正没有人，只是她家的堂妹妹应接着这从未见过的生疏的年青的客人。

那堂妹妹还没问清客人的来由，就往外跑，说是去找她们的祖父去，请他等一等。大概她想是凡男客就是来会祖父的。

客人只说了自己的名字，那女孩子连听也没有听就跑出去了。

哥哥正想，翠姨在什么地方？或者在里屋吗？翠姨大概听出什么人来了，她就在里边说：

"请进来。"

哥哥进去了，坐在翠姨的枕边，他要去摸一摸翠姨的前额，是否发热，他说：

"好了点吗？"

他刚一伸出手去，翠姨就突然地拉了他的手，而且大声地哭起来了，好像一颗心也哭出来了似的。哥哥没有准备，就很害怕，不知道说什么，做什么。他不知道现在应该是保护翠姨的地位，还是保护自己的地位。同时听得见外边已经有人来了，就要开门进来了。一定是翠姨的祖父。

翠姨平静地向他笑着，说：

"你来得很好，一定是姐姐告诉你来的，我心里永远纪念着她，她爱我一场，可惜我不能去看她了……我不能报答她了……不过我总会记起在她家里的日子的……她待我也许没有什么，但是我觉得已经太好了……我永远不会忘记的……我现在也不知道为什么，心里只想死得快一点就好，多活一天也是多余的……人家也许以为我是任性……其实是不对的，不知为什么，那家对我也是很好的，我要是过去，他们对我也会是很好的，但是我不愿意。我小时候，就不好，我的脾气总是，不从心的事，我不愿意……这个脾气把我折磨到今天了……可是我怎能从心呢……真是笑话……谢谢姐姐她还惦着我……请你告诉她，我并不像她想的那么苦呢，我也很快乐……"翠姨苦笑了一笑，"我心里很安静，而且我求的我都得到了……"

哥哥茫然地不知道说什么。这时祖父进来了。看了翠姨的热度，又感谢了我的母亲，对我哥哥的降临，感到荣幸。他说请我母亲放心吧，翠姨的病马上就会好的，好了就嫁过去。

哥哥看了翠姨就退出去了，从此再没有看见她。

哥哥后来提起翠姨常常落泪，他不知翠姨为什么死，大家也都心中纳闷。

尾声

等我到春假回来，母亲还当我说：

"要是翠姨一定不愿意出嫁，那也是可以的，假如他们当我说。"

……

翠姨坟头的草籽已经发芽了，一掀一掀地和土粘成了一片，坟头显出淡淡的青色，常常会有白色的山羊跑过。

这时城里的街巷，又装满了春天。

暖和的太阳，又转回来了。

街上有提着筐子卖蒲公英的了，也有卖小根蒜的了。更有些孩子们他们按着时节去折了那刚发芽的柳条，正好可以拧成哨子，就含在嘴里满街的吹。声音有高有低，因为那哨子有粗有细。

大街小巷，到处的呜呜呜，呜呜呜。好像春天是从他们的手里招待回来了似的。

但是这为期甚短。一转眼，吹哨子的不见了。

接着杨花飞起来了，榆钱飘满了一地。

在我的家乡那里，春天是快的，五天不出屋，树发芽了，再过五天不看树，树长叶了，再过五天，这树就像绿得使人不认识它了。使人想，这棵树，就是前天的那棵树吗？自己回答自己，当然是的。春天就像跑的那么快。好像人能够看见似的，春天从老远的地方跑来了，跑到这个地方只向人的耳朵吹一句小小的声音："我来了呵"，而后很快的就跑过去了。

春，好像它不知多么忙迫，好像无论什么地方都在招呼它，假若它晚到一刻，阳光会变色的，大地会干成石头，尤其是树木，那真是好像再多一刻工夫也不能忍耐，假若春天稍稍在什么地方流连了一下，就会误了不少的生命。

春天为什么它不早一点来，来到我们这城里多住一些日子，而后再慢慢地到另外的一个城里去，在另外一个城里也多住一些日子。

但那是不能的了，春天的命运就是这么短。

年青的姑娘们，她们三两成双，坐着马车，去选择衣料去了，因为就要换春装了。她们热心的弄着剪刀，打着衣样，想装成自己心中想得出的那么好，她们白天黑夜的忙着，不久春装换起来了，只是不见载着翠姨的马车来。

1941 年夏，重抄。

【导读】

作家作品简介

　　萧红（1911—1942）原名张乃莹，笔名萧红，悄吟，出生于黑龙江呼兰县一个地主家庭，幼年丧母。是一位传奇性人物，1930 年，为了反对包办婚姻，逃离家庭，困窘间向报社投稿，并因此结识萧军，两人相爱。萧红因此走上写作之路，两人一同完成散文集《商市街》。1935 年，在鲁迅的支持下，发表了成名作《生死场》，次年在鲁迅的帮助下作为"奴隶丛书"之一出版，从而确立了她在现代文学史上的地位。抗日战争爆发后，投入抗日救亡运动，后应李公朴之邀到山西临汾，在民族革命大学任教。1940 年与端木蕻良同抵香港，之后发表了中篇小说《马伯乐》和回忆性长篇小说《呼兰河传》，以及一系列回忆故乡的中短篇如《牛车上》《小城三月》等。是现代著名女作家，被誉为"30 年代文学洛神"。

萧红

鉴赏解读参考

　　萧红作品中，青年男女爱情故事不多，而《小城三月》是萧红爱情故事小说中写得最出色的一篇。作品是以孩子视角叙述了这样一个故事："我"的一个叫翠姨的"姨"悄悄地在心里爱上我的堂哥。然而，"向往着爱的自由"的翠姨，却"不幸"是一位再嫁的寡妇的女儿，而堂哥却是地主家才学出众的公子。他们的爱情，在有数千年传统规范约束着的愚昧偏僻小镇，只能被不可理喻的冷寂扼杀掉。几乎没有人能意识到翠姨心底的强烈爱情，甚至被她热烈挚爱着的"堂哥"也不知她缘何悲寂难耐。人们单调而又寂寞地生活着。日复一日，年复一年。似乎生活中本来就没有"爱"只有结婚、闲聊或是忙于其他的礼仪琐事。谁都没有必要向谁诉说什么"爱"的衷曲。只有"我"这个略涉世事的孩子惊奇地窥视到了翠姨的一些异常。结果，当人们准备给翠姨和一个又丑又小的男人结婚之际，翠姨却日渐消瘦，悄然病逝家中。然而，更可悲的是，那位堂哥此后提起翠姨，"虽常常落泪"，却不知翠姨为什么死，

"大家也都心中纳闷"。

小说以别致、缠绵、凄婉的格调塑造出以翠姨为代表的这一旧时代、旧家庭里觉醒起来的少女形象。通过翠姨私恋致死的悲剧故事，我们看到了那个特定的时代，给人们造成的灵魂的创伤。不难看出作者鲜明的立场和对旧社会妇女的同情，她极力描写妇女的灾难和屈辱、觉醒和抗争，目的是探索妇女解放的道路。

问题与思考

1. 通过对乡土环境意象的提取，小说一开篇，作者就用缠绵的笔触描写出旧中国北方的春光，不为展示北方乡村的美丽，描写小城三月春不像春的衰败景色，为的是衬托人物的出场，暗示人物的命运，警策乡土人生，唤醒民族灵魂，激励争取自由光明。作者在最后慨叹北方："春天的命运就是这么短。"她恨那瑟瑟秋风夺去了春天的生命。在表达那种悲愤情感时，作者仍是写春天的景色，没有直言半个"悲"字或半个"怜"字，但却将欲宣泄的情感水乳交融地融入了景物中。请仔细体会这种写法。

2. 翠姨与妹妹在对待订婚的态度上形成鲜明的对比，不难看出，翠姨是封建礼教桎梏下的觉醒者，她憧憬自由、爱情和幸福，而其妹妹甘做传统思想的奴隶却浑然不觉。虽然两人表现迥异，但其结局却是殊途同归，为什么？

3. 翠姨到"我"家之后，心理起了微妙的变化，这其实是现代文明与落后民俗的冲突和碰撞，这个片段对于翠姨的悲剧命运有何作用，作者的意图是什么？

延伸阅读

萧红的作品有长篇小说《呼兰河传》；小说散文合集《跋涉》（与萧军合著）；中篇小说《生死场》《马伯乐》《小城三月》《牛车上》；短篇小说《手》《后花园》；散文集《失眠之夜》《回忆鲁迅先生》《天空的点缀》《在东京》《孤独的生活》；长篇组诗《砂砾》。

二十六、钱钟书

《围城》[1] 节选

第六章

　　三闾大学校长高松年是位老科学家。这"老"字的位置非常为难，可以形容科学，也可以形容科学家。不幸的是，科学家跟科学不大相同；科学家像酒，愈老愈可贵，而科学像女人，老了便不值钱。将来国语文法发展完备，终有一天可以明白地分开"老的科学家"和"老科学的家"，或者说"科学老家"和"老科学家"。现在还早得很呢，不妨笼统称呼。高校长肥而结实的脸像没发酵的黄面粉馒头，"馋嘴的时间"（Edax Vetustas）咬也咬不动他，一条牙齿印或皱纹都没有。假使一个犯校规的女学生长得很漂亮，高校长只要她向自己求情认错，也许会不尽本于教育精神地从宽处分。这证明这位科学家还不老。他是二十年前在外国研究昆虫学的；想来三十年前的昆虫都进化成为大学师生了，所以请他来表率多士。他在大学校长里，还是前途无量的人。大学校长分文科出身和理科出身两类。文科出身的人轻易做不到这位子的。做到了也不以为荣，准是干政治碰壁下野，仕而不优则学，借诗书之泽，弦诵之声来休养身心。理科出身的人呢，就完全不同了。中国是世界上最提倡科学的国家，没有旁的国度肯这样给科学家大官做的。外国科学进步，中国科学家晋爵。在国外，研究人情的学问始终跟研究物理的学问分歧；而在中国，只要你知道水电，土木，机械，动植物等等，你就可以行政治人——这是"自然齐一律"最大的胜利。理科出身的人当个把校长，不过是政治生涯的开始；从前大学之道在治国平天下，现在治国平天下在大学之道，并且是条坦道大道。对于第一类，大学是张休息的靠椅；对于第二类，它是个培养的摇篮——只要他小心别摇摆得睡熟了。

　　高松年发奋办公，夙夜匪懈，精明得真是睡觉还睁着眼睛，戴着眼镜，做梦都不含糊的。摇篮也挑选得很好，在平成县乡下一个本地财主家的花园里，面溪背山。这乡镇绝非战略上必争之地，日本人唯一毫不吝惜的东西——炸弹——也不会浪费在这地方。所以，离开学校不到半里的镇上，一天繁荣似一天，照相铺，饭店，浴室，戏院，警察局，中小学校，一应俱全。今年春天，高松年奉命筹备学校，重庆几个老朋友为他饯行，席上说起国内大学多而教授少，新办尚未成名的学校，地方偏僻，怕请

[1]《围城》是钱钟书所著的长篇小说。第一版于1947年由上海晨光出版公司出版。自从出版以来，该书就受到许多人的推重。1949年之后，由于政治等方面的原因，本书长期无法在中国大陆和台湾重印，仅在香港出现过盗印本，逐渐淡出人们的视野。1960年代，旅美汉学家夏志清在《中国现代小说史》（A History of Modern Chinese Fiction）中对本书作出很高的评价，这才重新引起人们对它的关注。1980年由作者重新修订之后，在中国大陆地区由人民文学出版社刊印。此后作者又曾小幅修改过几次。人们对它的评价一般集中在两方面，幽默的语言和对生活深刻的观察。也有人提出对本书的不同看法，认为这是一部被"拔高"的小说，并不是一部出色的作品。很多人认为这是一部幽默作品。除了各具特色的人物语言之外，作者夹叙其间的文字也显着机智与幽默。这是本书的一大特色。也有人认为这是作者卖弄文字，语言显得尖酸刻薄，但这一说法并不为大多数人接受。

不到名教授。高松年笑道："我的看法跟诸位不同。名教授当然好，可是因为他的名望，学校沾着他的光，他并不倚仗学校里地位。他有架子，有脾气，他不会全副精神为学校服务，更不会绝对服从当局指挥。万一他闹别扭，你不容易找替人，学生又要借题目麻烦。我以为学校不但造就学生，并且应该造就教授。找到一批没有名望的人来，他们要借学校的光，他们要靠学校才有地位，而学校并非非有他们不可，这种人才真能跟学校合为一体，真肯为公家做事。学校也是个机关，机关当然需要科学管理，在健全的机关里，决没有特殊人物，只有安分受支配的一个个单位。所以，找教授并非难事。"大家听了，倾倒不已。高松年事先并没有这番意见，临时信口胡扯一阵。经朋友们这样一恭维，他渐渐相信这真是至理名言，也对自己倾倒不已。他从此动不动就发表这段议论，还加上个帽子道："我是研究生物学的，学校也是个有机体，教职员之于学校，应当像细胞之于有机体——"这段至理名言更变而为科学定律了。

亏得这一条科学定律，李梅亭，顾尔谦，还有方鸿渐会荣任教授。他们那天下午三点多到学校。高松年闻讯匆匆到教员宿舍里应酬一下，回到办公室，一月来的心事不能再搁在一边不想了。自从长沙危急，聘好的教授里十个倒有九个打电报来托故解约，七零八落，开不出班，幸而学生也受战事影响，只有一百五十八人。今天一来就是四个教授，军容大震，向部里报上也体面些。只是怎样对李梅亭和方鸿渐解释呢？部里汪次长介绍汪处厚来当中国文学系主任，自己早写信聘定李梅亭了，可是汪处厚是汪次长的伯父，论资格也比李梅亭好，那时候给教授陆续辞聘的电报吓昏了头，怕上海这批人会打回票，只好先敷衍次长。汪处厚这人不好打发，李梅亭是老朋友，老朋友总讲得开，就怕他的脾气难对付，难对付！这姓方的青年人倒容易对付的。他是赵辛楣的来头，辛楣最初不肯来，介绍了他，说他是留学德国的博士，真糊涂透顶！他自己开来的学历，并没有学位，只是个各国浪荡的留学生，并且并非学政治的，聘他当教授太冤枉了！至多做副教授，循序渐升，年轻人初做事不应该爬得太高，这话可以叫辛楣对他说。为难的还是李梅亭。无论如何，他千辛万苦来了，决不会一翻脸就走的；来得困难，去也没那么容易，空口允许他些好处就是了。他从私立学校一跳而进公立学校，还不是自己提拔他的；做人总要有良心。这些反正是明天的事，别去想它，今天——今天晚上还有警察局长的晚饭呢。这晚饭是照例应酬，小乡小镇上的盛馔，翻来覆去，只有那几样，高松年也吃腻了。可是这时候四点钟已过，肚子有点饿，所以想到晚饭，嘴里一阵潮湿。

同路的人，一到目的地，就分散了，好像是一个波浪里的水打到岸边，就四面溅开。可是，鸿渐们四个男人当天还一起到镇上去理发洗澡。回校只见告白板上贴着粉红纸的布告，说中国文学系同学今晚七时半在联谊室举行茶会，欢迎李梅亭先生。梅亭欢喜得直说："讨厌，讨厌！我累得很，今天还想早点睡呢！这些孩子热心得不懂道理，赵先生，他们消息真灵呀！"

辛楣道："岂有此理！政治系学生为什么不开会欢迎我呀？"

梅亭道："忙什么？今天的欢迎会，你代我去，好不好？我宁可睡觉的。"

顾尔谦点头叹道："念中国书的人，毕竟知体，我想旁系的学生决不会这样尊师重道的。"说完笑眯眯地望着李梅亭，这时候，上帝会懊悔没在人身上添一条能摇的狗尾巴，因此减低了不知多少表情的效果。

鸿渐道："你们都什么系，什么系，我还不知道是哪一系的教授呢。高校长给我的电报没说明白。"

辛楣忙说："那没有关系。你可以教哲学，教国文——"

梅亭狞笑道："教国文是要得我许可的，方先生；你好好的巴结我一下，什么都可以商量。"

说着，孙小姐来了，说住在女生宿舍里，跟女生指导范小姐同室，也把欢迎会这事来恭维李梅亭，梅亭轻佻笑道："孙小姐，你改了行罢。不要到外国语文系办公室了，当我的助教，今天晚上，咱们俩同去开会。"五人同在校门口小馆子吃晚饭的时候，李梅亭听而不闻，食而不知其味，大家笑他准备欢迎会上演讲稿，梅亭极口分辨道："胡说！这要什么准备！"

晚上近九点钟，方鸿渐在赵辛楣房里讲话，连打呵欠，正要回房里去睡，李梅亭打门进来了。两人想打趣他，但瞧他脸色不正，便问："怎么欢迎会完得这样早？"梅亭一言不发，向椅子里坐下鼻子里出气像待开发的火车头。两人忙问他怎么来了。他拍桌大骂高松年混账，说官司打到教育部去，自己也不会输的，做了校长跟人吃晚饭这时候还不回来，影子也找不见，这种玩忽职守，就该死。今天欢迎会原是汪处厚安排好的，兵法上有名的"敌人喘息未定，即予以迎头痛击"。先来校的四个中国文学系的讲师和助教早和他打成一片，学生也唯命是听。他知道高松年跟李梅亭有约在先，自己迹近乘虚篡窃，可是当系主任和结婚一样，"先进门三日就是大"。这开会不是欢迎，倒像新姨太太的见礼。李梅亭跟了学生代表一进会场，便觉空气两样，听得同事和学生一两声叫"汪主任"，已经又疑又慌。汪处厚见了他，热情地双手搂着他的手，好半天搓摩不放，仿佛捉搦[2]了情妇的手，一壁似怨似慕的说："李先生，你真害我们等死了，我们天天在望你——张先生，薛先生，咱们不是今天早晨还讲起他的——咱们今天早晨还讲起你。路上辛苦啦？好好休息两天，再上课，不忙。我把你的功课全排好了。李先生，咱们俩真是神交久矣。高校长拍电报到成都要我组织中国文学系，我想年纪老了，路又不好走，换生不如守熟，所以我最初实在不想来。高校长，他可真会咕哪！他请舍侄"——张先生，薛先生，黄先生同声说"汪先生就是汪次长的令伯"——"请舍侄再三劝驾，我却不过情，我内人身体不好，也想换换空气。到这儿来了，知道有你先生，我真高兴，我想这系办得好了——"李梅亭一篇主任口气的训话闷在心里讲不出口，忍住气，搭讪了几句，喝了杯茶，只推头痛，早退席了。

---

[2] 捉搦（zhuō nuò），1. 捉拿，捕捉；2. 握持，捉摸；3. 捉弄，戏弄。

辛楣和鸿渐安慰李梅亭一会，劝他回房睡，有话明天跟高松年去说。梅亭临走说："我跟老高这样的交情，他还会要我，他对你们两位一定也有把戏。瞧着罢，咱们取一致行动，怕他什么！"梅亭去后，鸿渐望着辛楣道："这不成话说！"辛楣皱眉道："我想这里面有误会，这事的内幕我全不知道。也许李梅亭压根儿在单相思，否则太不像话了！不过，像李梅亭那种人，真要当主任，也是个笑话，他那些印头衔的名片，现在可糟了，哈哈。"鸿渐道："我今年反正是倒霉年，准备到处碰钉子的。也许明天高松年不认我这个蹩脚教授。"辛楣不耐烦道："又来了！你好像存着心非倒霉不痛快似的。我告诉你，李梅亭的话未可全信——而且，你是我面上来的人，万事有我。"鸿渐虽然抱最大决意来悲观，听了又觉得这悲观不妨延期一天。

明天上午，辛楣先上校长室去，说把鸿渐的事讲讲明白，叫鸿渐等着，听了回话再去见高松年。鸿渐等了一个多钟点，不耐烦了，想自己真是神经过敏，高松年直接打电报来的，一个这样机关的首领好意思说话不作准么？辛楣早尽了介绍人的责任。现在自己就去正式拜会高松年，这最干脆。

高松年看方鸿渐和颜悦色，不相信世界上会有这样脾气好或城府深的人，忙问："碰见赵先生没有？"

"还没有。我该来参见校长，这是应当的规矩。"方鸿渐自信说话得体。

高松年想糟了！糟了！辛楣一定给李梅亭缠住不能脱身，自己跟这姓方的免不了一番唇舌："方先生，我是要跟你谈谈——有许多话我已经对赵先生说了——"鸿渐听口风不对，可脸上的笑容一时不及收敛，怪不自在地停留着，高松年看得恨不得把手指撮而去之——"方先生，你收到我的信没有？"一般人撒谎，嘴跟眼睛不能合作，嘴尽管雄赳赳地胡说，眼睛懦怯不敢平视对方。高松年老于世故，并且研究生物学的时候，学到西洋人相传的智慧，那就是：假使你的眼光能与狮子或老虎的眼光相接，彼此怒目对视，那野兽给你催眠了不敢扑你。当然野兽未必肯在享用你以前，跟你飞眼送秋波，可是方鸿渐也不是野兽，至多只能算是家畜。

他给高松年三百瓦脱的眼光射得不安，觉得这封信不收到是自己的过失，这次来得太冒昧了，果然高松年写信收回成命，同时有一种不出所料的满意，惶遽地说："没有呀！我真没有收到呀！重要不重要？高先生什么时候发的？"倒像自己撒谎，收到了信在抵赖。

"咦！怎么没收到？"高松年直跳起来，假惊异的表情做得惟妙惟肖，比方鸿渐的真惊惶自然得多。他没演话剧，是话剧的不幸而是演员们的大幸——"这信很重要。唉！现在抗战时间的邮政简直该死。可是你先生已经来了，好得很，这些话可以面谈了。"

鸿渐稍微放心，迎合道："内地跟上海的信，常出乱子。这次长沙的战事恐怕也有影响，一大批信会遗失，高先生给我的信若是寄出得早——"

高松年做了个一切撇开的手势，宽宏地饶赦那封自己没写，方鸿渐没收到的信："信就不提了，我生怕方先生看了那封信，会不肯屈就，现在你来了，你就别想跑，呵呵！是这么一回事，你听我说，我跟你先生素昧平生，可是我听辛楣讲起你的学问人品种种，我真高兴，立刻就拍电报请先生来帮忙，电报上说——"高松年顿一顿，试探鸿渐是不是善办交涉的人，因为善办交涉的人决不会这时候替他说他自己许下的条件的。

可是方鸿渐像鱼吞了饵，一钓就上，急口接说："高先生电报上招我来当教授，可是没说明白什么系的教授，所以我想问一问？"

"我原意请先生来当政治系的教授，因为先生是辛楣介绍来的，说先生是留德的博士。可是先生自己开来的履历上并没有学位——"鸿渐的脸红得像有一百零二度寒热的病人——"并且不是学政治的，辛楣全搅错了。先生跟辛楣的交情本来不很深罢？"鸿渐脸上表示的寒热又升高了华氏表上一度，不知怎么对答，高松年看在眼里，胆量更大——"当然，我决不计较学位，我只讲真才实学。不过部里定的规矩呆板得很，照先生的学历，只能当专任讲师，教授待遇呈报上去一定要驳下来的。我想辛楣的保荐不会错，所以破格聘先生为副教授，月薪二百八十元，下学年再升。快信给先生就是解释这一回事。我以为先生收到信的。"

鸿渐只好第二次声明没收到信，同时觉得降级为副教授已经天恩高厚了。

"先生的聘书，我方才已经托辛楣带去了。先生教授什么课程，现在很成问题。我们暂时还没有哲学系，国文系教授已经够了，只有一班文法学院一年级学生共修的论理学，三个钟点，似乎太少一点，将来我再想办法罢。"

鸿渐出校长室，灵魂像给蒸气碌碡（Steam roller）滚过，一些气概也无。只觉得自己是高松年大发慈悲收留的一个弃物。满肚子又羞又恨，却没有个发泄的对象。回到房里，辛楣赶来，说李梅亭的事总算帮高松年解决了，要谈鸿渐的事，知道鸿渐已经跟高松年谈过话，忙道："你没有跟他翻脸罢？这都是我不好。我有个印象以为你是博士，当初介绍你到这来，只希望这事快成功——""好让你专有苏小姐。"——"不用提了，我把我的薪水，——，好，好，我不，我不，"辛楣打拱赔笑地道歉，还称赞鸿渐有涵养，说自己在校长室讲话，李梅亭直闯进来，咆哮得不成体统。鸿渐问梅亭的事怎样了的。辛楣冷笑道："高松年请我劝他，磨咕了半天，他说除非学校照他开的价钱买他带来的西药——唉，我还要给高松年回音呢。我心上要牵挂着你的事，所以先赶回来看你。"鸿渐本来气倒平了，知道高松年真依李梅亭的价钱替学校买他带来的私货，又气闷起来，想到李梅亭就有补偿，只自己一个人吃亏。高松年下帖子当晚上替新来的教授接风，鸿渐闹别扭要辞，经不起辛楣苦劝，并且傍晚高松年亲来回拜，终于算有了面子，还是去了。

辛楣虽然不像李梅亭有提炼成丹，旅行便携的中国文学精华片，也随身带着十几本参考书。方鸿渐不知道自己会来教论理学的，携带的西洋社会史，原始文化，史学丛书等等一本也用不着。他仔细一想，慌张得没有工夫生气了，希望高松年允许自己改教比较文化史和中国文学史，可是前一门功课现在不需要，后一门功课有人担任。叫花子只讨到什么吃什么，点菜是轮不着的。辛楣安慰他说："现在的学生程度不比从前——"学生程度跟世道人心好像是在这进步的大时代里仅有的两件退步的东西——"你不要慌，无论如何对付得过。"鸿渐上图书馆找书，馆里通共不上一千本书，老的，糟的，破旧的中文教科书居其中大半，都是因战事而停办的学校的遗产。一千年后，这些书准像敦煌石室的卷子那样名贵，现在呢，它们古而不稀，短见浅识的藏书家还不知道收买。一切图书馆本来像死用功的人大考时的头脑，是学问的坟墓；这图书馆倒像个敬惜字纸的老式慈善机构，若是天道有知，办事人今世决不遭雷击，来生一定个个聪明，人人博士。鸿渐翻找半天，居然发现一本中国人译的论理学纲要，借了回房，大有唐三藏取到佛经回长安的快乐。他看了几页论理学纲要，想学生在这地方是买不到教科书的，要不要把这本书公开或印了发给大家。一转念，这事不必。从前先生另有参考书作枕中秘宝，所以肯用教科书；现在没有参考书，只靠这本教科书来灌输智识，宣扬文化，万不可公诸大众，还是让学生们莫测高深，听讲写笔记罢。自己大不了是个副教授，犯不着太卖力气的。上第一堂先对学生们表示同情，慨叹后方书籍的难得，然后说在这种环境下，教授才不是个赘疣，因为教授讲学是印刷术没发明以前的应急办法，而今不比中世纪，大家有书可看，照道理不必在课堂上浪费彼此的时间——鸿渐自以为这话说出去准动听，又高兴得坐不定，预想着学生的反应。

鸿渐等是星期三到校的，高松年许他们休息到下星期一才上课。这几天里，辛楣是校长的红人，同事拜访他的最多。鸿渐就少人光顾。这学校草草创办，规模不大；除掉女学生跟少数带家眷的教职员外，全住在一个大园子里。世态炎凉的对照，愈加分明。星期日下午，鸿渐正在预备讲义，孙小姐来了，脸色比路上红活得多。鸿渐要去叫辛楣，孙小姐说她刚从辛楣那儿来，政治系的教授们在开座谈会呢，满屋子的烟，她瞧人多有事，就没有坐下。

方鸿渐笑道："政治家聚在一起，当然是乌烟瘴气。"

孙小姐笑了一笑，说："我今天来谢谢方先生跟赵先生。昨天下午学校会计处把我旅费补送来了。"

"这是赵先生替你争取来的。跟我无关。"

"不，我知道，"孙小姐温柔而固执着，"这是你提醒赵先生的。你在船上——"孙小姐省悟多说了半句话，涨红脸，那句话也遭到了腰斩。

鸿渐猛记得船上的谈话，果然这女孩全听在耳朵里了，看她那样子，自己也窘起来。害羞脸红跟打呵欠或口吃一样，有传染性，情况粘滞，仿佛像穿橡皮鞋走泥淖，踏不下而又拔不出。忙支吾开顽笑说："好了，好了。你回家的旅费有了。还是趁早回家罢，这儿没有意思。"

孙小姐小孩子般颦眉撅嘴道："我真想回家！我天天想家，我给爸爸写信也说我想家。到明年暑假那时候太远了，我想着就心焦。"

"第一次出门总是这样的，过几时就好了。你跟你们那位系主任谈过没有。"

"怕死我了！刘先生要我教一组英文，我真不会教呀！刘先生说四组英文应当同时间上课的，系里连他只有三个先生，非我担任一组不可。我真不知道怎样教法，学生个个比我高大，看上去全凶得很。"

"教教就会了。我也从来没教过书。我想程度不会好，你用心准备一下，教起来绰绰有余。"

"我教的一组是入学考英文成绩最糟的一组，可是，方先生，你不知道我自己多少糟，我想到这儿来好好用一两年功。有外国人不让她教，到要我去丢脸！"

"这儿有什么外国人呀？"

"方先生不知道么？历史系主任韩先生的太太，我也没有见过，听范小姐说，瘦得全身是骨头，难看得很。有人说她是白俄，有人说她是这次奥国归并德国以后流亡出来的犹太人，她丈夫说她是美国人。韩先生要她在外国语文系当教授，刘先生不答应，说她没有资格，英文都不会讲，教德文教俄文现在用不着。韩先生生了气，骂刘先生自己没有资格，不会讲英文，编了几本中学教科书，在外国暑期学校里混了张证书，算什么东西——话真不好听，总算高先生劝开了，韩先生在闹辞职呢。"

"怪不得前天校长请客他没有来。咦！你本领真大，你这许多消息，什么地方听来的？"

孙小姐笑道："范小姐告诉我的。这学校像个大家庭，除非你住在校外，什么秘密都保不住，并且口舌多得很。昨天刘先生的妹妹从桂林来了，听说是历史系毕业的。大家都说，刘先生跟韩先生可以讲和了，把一个历史系的助教换一个外文系的教授。"

鸿渐掉文道："妹妹之于夫人，亲疏不同；助教之于教授，尊卑不敌。我做了你们的刘先生，决不肯吃这个亏的。"

说着，辛楣进来了，说："好了，那批人送走了——孙小姐，我不知道你不会就去的。"你说这句话全无意思的，可是孙小姐脸红。鸿渐忙把韩太太这些事告诉他，还说："怎么学校里还有这许多政治暗斗？倒不如进官场爽气。"

辛楣宣扬教义似的说："有群众生活的地方全有政治。"孙小姐坐一会去了。辛楣道："我写信给她父亲，声明把保护人的责任移交给你，好不好？"

鸿渐道："我看这题目已经像教国文的老师所谓'做死'了，没有话可以说了，你换个题目来开顽笑，行不行？"辛楣笑他扯淡。

上课一个多星期，鸿渐跟同住一廊的几个同事渐渐熟了。历史系的陆子潇曾作敦交睦邻的拜访，所以一天下午鸿渐去回看他。陆子潇这人刻意修饰，头发又油又光，深为帽子埋没，与之不共戴天，深冬也光着顶。鼻子短而阔，仿佛原有笔直下来的趋势，给人迎鼻孔打了一拳，阻止前进，这鼻子后退不迭，向两傍横溢。因为没结婚，他对自己年龄的态度，不免落后在时代的后面；最初他还肯说外国算法的十足岁数，年复一年，他偷偷买了一本翻译的 Life Begins at Forty，对人家干脆不说年龄，不讲生肖，只说："小得很呢！还是小弟弟呢！"同时表现小弟弟该有的活泼和顽皮。他讲话时喜欢窃窃私语，仿佛句句是军事机密。当然军事机密他也知道的，他不是有亲戚在行政院，有朋友在外交部么？他亲戚曾经写给他一封信，这左角印"行政院"的大信封上大书着"陆子潇先生"，就仿佛行政院都要让他正位居中似的。他写给外交部那位朋友的信，信封虽然不大，而上面开的地址"外交部欧美司"六字，笔酣墨饱，字字端楷，文盲在黑夜里也该一目了然的。这一封来函，一封去信，轮流地在他桌上妆点着。大前天早晨，该死的听差收拾房间，不小心打翻墨水瓶，把行政院淹得昏天黑地，陆子潇挽救不及，跳脚痛骂。那位亲戚国而忘家，没来过第二次信；那位朋友外难顾内，一封信也没回过。从此，陆子潇只能写信到行政院去，书桌上两封信都是去信了。今日正是去信外交部的日子。子潇等鸿渐看见了桌上的信封，忙把这信搁在抽屉里，说："不相干。有一位朋友招我到外交部去，回他封信。"

鸿渐信以为真，不得不做出惜别的神情道："啊哟！怎么陆先生要高就了！校长肯放你走么？"

子潇连摇头道："没有的事！做官没意思，我回信去坚辞的。高校长待人也厚道，好几个电报把我催来，现在你们各位又来了，学校渐渐上轨道，我好意思拆他台么？"

鸿渐想起高松年和自己的谈话，叹气道："校长对先生你，当然另眼相看了。像我们这种——"

子潇说话低得有气无声，仿佛思想在呼吸："是呀。校长就是有这个毛病，说了话不作准的。我知道了你的事很不平。"机密得好像四壁全挂着偷听的耳朵。

鸿渐没想到自己的事人家早已知道了，脸微红道："我到没有什么，不过高先生——我总算学个教训。"

"那里的话！副教授当然有屈一点，可是你的待遇算是副教授里最高的了。"

"什么？副教授里还分等么？"鸿渐大有英国约翰生博士不屑分别臭虫和跳虱的等级的意思。

"分好几等呢。譬如你们同来，我们同系的顾尔谦就比你低两级。就像系主任罢，我们的系主任韩先生比赵先生高一级，赵先生又比外语系的刘东方高一级。这里面等次多得很，先生你初回国做事，所以搅不清了。"

鸿渐茅塞顿开，听说自己比顾尔谦高，气平了些，随口问道："为什么你们的系主任薪水特别高呢？"

"因为他是博士，Ph. D. 。我没到过美国，所以没听见过他毕业的那个大学，据说很有名。在纽约，叫什么克莱登大学。"

鸿渐吓得直跳起来，宛如自己的阴私给人揭破，几乎失声叫道："什么大学？"

"克莱登大学。你知道克莱登大学？"

"我知道。哼，我也是——"鸿渐恨不得把自己舌头咬住，已经漏泄三个字。

子潇听话中有因，像黄泥里的竹笋，尖端微露，便想盘问到底。鸿渐不肯说，他愈起疑心，只恨不能采取特务机关的有效刑罚来逼口供。鸿渐回房，又气又笑。自从唐小姐把文凭的事向他质问以后，他不肯再想起自己跟爱尔兰人那一番交涉，他牢记着要忘掉这事。每逢念头有扯到它的远势，他赶快转移思路，然而身上已经一阵羞愧的微热。适才陆子潇的话倒仿佛一帖药，把心里的鬼胎打下一半。韩学愈撒他的谎，并非跟自己同谋，但有了他，似乎自己的欺骗减轻了罪名。当然新添上一种不快意，可是这种不快意是透风的，见得天日的，不比买文凭的事像谋杀迹灭的尸首，对自己都要遮掩得一丝不露。撒谎骗人该像韩学愈那样才行，要有勇气坚持到底。自己太不成了，撒了谎还要讲良心，真是大傻瓜。假如索性大胆老脸，至少高松年的欺负就可以避免。老实人吃的亏，骗子被揭破的耻辱，这两种相反的痛苦，自己居然一箭双雕地兼备了。鸿渐忽然想，近来连撒谎都不会了。因此恍然大悟，撒谎往往是高兴快乐的流露，也算是一种创造，好比小孩子游戏里的自骗自（Pseudoluege）。一个人身心畅适，精力充溢，会把顽强的事实放在眼里，觉得有本领跟现实开顽笑。真到忧患穷困的时候，谎话都讲不好的。

这一天，韩学愈特来拜访。通名之后，方鸿渐倒窘起来，同时快意地失望。理想中的韩学愈不知怎样的嚣张浮滑，不料是个沉默寡言的人。他想陆子潇也许记错，孙小姐准是过信流言。木讷朴实是韩学愈的看家本领——不，养家本钱，现代人有两个流行的信仰。第一：女子无貌便是德，所以漂亮的女人准比不上丑女人那样有思想，有品节；第二：男了无口才，就是表示有道德，所以哑巴是天下最诚朴的人。也许上够了演讲和宣传的当，现代人矫枉过正，以为只有不说话的人开口准说真话，害得新官上任，训话时个个都说："为政不在多言，"恨不能只指嘴，指心，三个手势了事。韩学愈虽非哑巴，天生有点口吃。因为要掩饰自己的口吃，他讲话少，慢，著力，仿佛每个字都有他全部人格作担保。高松年在昆明第一次见到他，觉得这人诚恳安详，像个君子，而且未老先秃，可见脑子里的学问多得冒上来，把头发都挤掉了。再一看他开的学历，除掉博士学位以外，还有一条："著作散见美国'史学杂志''星期六文学评论'等大刊物中"，不由自主地另眼相看。好几个拿了介绍信来见的人，履历上写在外国"讲学"多次。高松年自己在欧洲一个小国里读过书，知道往往自以为讲学，听众以为他在学讲——讲不来外国话借此学学。可是在外国大刊物上发表作品，这非有真才实学不可。便问韩学愈道：

"先生的大作可以拿来看看么？"韩学愈坦然说，杂志全搁在沦陷区老家里，不过这两种刊物中国各大学全该定阅的，就近应当一找就到，除非经过这番逃难，图书馆的旧杂志损失不全了。高松年想不到一个说谎者会这样泰然无事；各大学的书籍七零八落，未必找得着那期杂志，不过里面有韩学愈的文章看来是无可疑问的。韩学愈也确向这些刊物投过稿，但高松年没知道他的作品发表在"星期六文学评论"的人事广告栏（Personals）（"中国少年，受高等教育，愿意帮助研究中国问题的人，取费低廉"）和"史学杂志"的通信栏（"韩学愈君征求二十年前本刊，愿出让者请某处接洽"）。最后他听说韩太太是美国人，他简直改容相敬了，能娶外国老婆的非精通西学不可，自己年轻时不是想娶个比国女人没有成功么？这人做得系主任。他当时也没想到这外国老婆是在中国娶的白俄。

跟韩学愈谈话仿佛看慢动电影（Slow motion picture），你想不到简捷的一句话需要那么多的筹备，动员那么复杂的身体机构。时间都给他的话胶着，只好拖泥带水地慢走。韩学愈容颜灰暗，在阴天可以与周围的天色和融无间，隐身不见，是头等保护色。他有一样显著的东西，喉咙里有一个大核。他讲话时，这喉核忽升忽降，鸿渐看得自己的喉咙都发痒。他不说话咽唾沫时，这核稍隐复现，令鸿渐联想起青蛙吞苍蝇的景象。鸿渐看他说话少而费力多，恨不能把那喉结瓶塞头似的拔出来，好让下面的话松动。韩学愈约鸿渐上他家去吃晚饭，鸿渐谢过他，韩学愈又危坐不说话了，鸿渐只好找话敷衍，便问："听说嫂夫人是在美国娶的？"

韩学愈点头，伸颈咽口唾沫，唾沫下去，一句话从喉核下浮上："先生到过美国没有？"

"没有去过——"索性试探他一下——"可是，我一度想去，曾经跟一个 Dr. Mahoney 通信。"是不是自己神经过敏呢？韩学愈似乎脸色微红，像阴天忽透太阳。

"这个人是个骗子。"韩学愈的声调并不激动，说话也不增多。

"我知道。什么克莱登大学！我险的上了他的当。"鸿渐一面想，这人肯说那爱尔兰人是"骗子"，一定知道瞒不了自己了。

"你没有上他的当罢！克莱登是好学校，他是这学校里开除的小职员，借着幌子向外国不知道的人骗钱，你真没有上当？唔，那最好。"

"真有克莱登这学校么？我以为全是那爱尔兰人捣的鬼。"鸿渐诧异得站起来。

"很认真严格的学校，虽然知道的人很少——普通学生不容易进。"

"我听陆先生说，你就是这学校毕业的。"

"是的。"

鸿渐满腹疑团，真想问个详细。可是初次见面，不好意思追究，倒像自己不相信他，并且这人说话经济，问不出什么来。最好有机会看看他的文凭，就知道他的克莱登是一是二了。韩学愈回家路上，腿有点软，想陆子潇的报告准得很，这姓方的跟爱尔兰人有过交涉，幸亏他没去过美国，就恨不知道他是否真的没买文凭，也许他在撒谎。

方鸿渐吃韩家的晚饭，甚为满意。韩学愈虽然不说话，款客的动作极周到；韩太太虽然相貌丑，红头发，满脸雀斑，像面饼上苍蝇下的粪，而举止活泼得通了电似的。鸿渐然发现西洋人丑跟中国人不同：中国人丑得像造物者偷工减料的结果，潦草塞责的丑；西洋人丑得像造物者恶意的表现，存心跟脸上五官开玩笑，所以丑得有计划，有作用。韩太太口口声声爱中国，可是又说在中国起居服食，没有在纽约方便。鸿渐终觉得她口音不够地道，自己没到过美国，要赵辛楣在此就听得出了，也许是移民到纽约去的。他到学校以后，从没有人对他这样殷勤过，几天来的气闷渐渐消散。他想韩学愈的文凭假不假，管它干么，反正这人跟自己要好就是了。可是，有一件事，韩太太讲纽约的时候，韩学愈对她做个眼色，这眼色没有逃过自己的眼，当时就有一个印象，仿佛偷听到人家背后讲自己的话。这也许是自己多心，别去想它。鸿渐兴高采烈，没回房就去看辛楣："老赵，我回来了。今天对不住你，让你一个人吃饭。"

辛楣因为韩学愈没请自己，独吃了一客又冷又硬的包饭，这吃到的饭在胃里作酸，这没吃到的饭在心里作酸，说："国际贵宾回来了！饭吃得好呀？是中国菜还是西洋菜？洋太太招待得好不好？"

"他家里老妈子做的中菜。韩太太真丑！这样的老婆在中国也娶的到，何必去外国去觅呢！辛楣，今天我恨你没有在——"

"哼，谢谢——今天还有谁呀？只有你！真了不得！韩学愈上自校长，下到同事谁都不理，就敷衍你一个人。是不是洋太太跟你有什么亲戚？"辛楣欣赏自己的幽默，笑个不了。

鸿渐给辛楣那么一说，心里得意，假装不服气道："副教授就不是人？只有你们大主任大教授配彼此结交？辛楣，讲正经话，今天有你，韩太太的国籍问题可以解决了。你是老美国，听她说话盘问她几句，就水落石出。"

辛楣虽然觉得这句话中听，还不愿意立刻放弃他的不快："你这人真没良心。吃了人家的饭，还要管闲事，探听人家隐私。只要女人可以做太太，管她什么美国人俄国人。难道是了美国人，她女人的成分就加了倍？养孩子的效率会与众不同？"

鸿渐笑道："我是对韩学愈的学籍有兴趣，我总有一个感觉，假使他太太的国籍是假的，那么他的学籍也有问题。"

"我劝你省点事罢。你瞧，谎是撒不得的。自己捣了鬼从此对人家也多疑心——我知道你那一回事是开的玩笑，可是开玩笑开出来多少麻烦。像我们这样规规矩矩，就不会疑神疑鬼。"

鸿渐恼道："说得好漂亮！为什么当初我告诉了你韩学愈薪水比你高一级，你要气得掼纱帽不干呢？"

辛楣道："我并没有那样气量小——这全是你不好，听了许多闲话来告诉我，否则我耳根清净，好好的不会跟人计较。"

辛楣新学会一种姿态，听话时躺在椅子里，闭了眼睛，只有嘴边烟斗里的烟篆表示他并未睡着。鸿渐看了早不痛快，更经不起这几句话：

"好，好！我以后再跟你讲话，我不是人。"

辛楣瞧鸿渐真动了气，忙张眼道："说着玩儿的。别气得生胃病，抽支烟。以后恐怕到人家去吃晚饭也不能够了。你没有看见通知？是的，你不会有的。大后天开校务会议，讨论施行导师制问题，听说导师要跟学生同吃饭的。"

鸿渐闷闷回房，难得一团高兴，找朋友扫尽了兴。天生人是教他们孤独的，一个个该各归各，老死不相往来。身体里容不下的东西，或消化，或排泄，是个人的事，为什么心里容不下的情感，要找同伴来分摊？聚在一起，动不动自己冒犯人，或者人开罪自己，好像一只只刺猬，只好保持着彼此间的距离，要亲密团结，不是你刺痛我的肉，就是我擦破你的皮。鸿渐真想把这些感慨跟一个能了解自己的人谈谈，孙小姐好像比赵辛楣能了解自己，至少她听自己的话很有兴味——不过，刚才说人跟人该免接触，怎么又找女人呢？也许男人跟男人在一起像一群刺猬，男人跟女人在一起像——鸿渐想不出像什么，翻开笔记来准备明天的功课。

鸿渐教的功课到现在还有三个钟点，同事们谈起，无人不当面羡慕他的闲适，倒好像高松年有点私心，特别优待他。鸿渐对论理学素乏研究，手边又没有参考，虽然努力准备，并不感觉兴趣。这些学生来上他的课压根儿为了学分。依照学校章程，文法学院学生应该在物理，化学，生物，论理四门之中，选修一门。大半人一窝蜂似的选修了论理。这门功课最容易——"全是废话"——不但不必做实验，天冷的时候，还可以袖手不写笔记。因为这门功课容易，他们选它；也因为这门功课容易，他们瞧不起它，仿佛男人瞧不起容易到手的女人。论理学是"废话"，教论理学的人当然是"废物"，"只是个副教授"，而且不属于任何系。他们心目中，鸿渐的地位比教党义和教军事训练的高不了多少。不过教党义的和教军事的是政府机关派的，鸿渐的来头没有这些人大，"听说是赵辛楣的表弟，跟着他来的；高松年只聘他做讲师，赵辛楣替他争来的副教授。"无怪鸿渐老觉得班上的学生不把听讲当作一回事。在这种空气之下，讲书不会有劲。更可恨论理学开头最枯燥无味，要讲到三段论法，才可以穿插点缀些笑话，暂时还无法迎合心理。此外有两件事也使鸿渐不安。

一件是点名。鸿渐记得自己老师里的名教授从不点名，从不报告学生缺课。这才是堂堂大学者的风度："你们要听就听，我可不在乎。"他企羡之余，不免模仿。上第一课，他像创世纪里原人阿大（Adam）唱新生禽兽的名字，以后他连点名簿子也不带了。到第二星期，他发现五十多学生里有七八个缺席，这些空座位像一嘴牙齿忽然掉了几枚，留下的空穴，看了心里不舒服。下一次，他注意女学生还固守着第一排原来的座位，男学生像从最后一排坐起的，空着第二排，第三排孤零零地坐一个男学生。自己正观察这阵势，男学生都顽皮地含笑低头，女学生随自己的眼光，回头望一望，转脸瞧着自己笑。他总算熬住没说："显然我拒绝你们的力量比女同学吸引你们的力量都大。"想以后非点名不可，照这样下去，只剩有脚而跑不了的椅子和桌子听课了。不过从大学者的放任忽变而为小学教师的琐碎，多么丢脸，这些学生是狡猾不过的，准看破了自己的用意。

一件是讲书。这好像衣料的尺寸不够而硬要做成称身的衣服。自以为预备的材料很充分，到上课才发现自己讲得收缩不住地快，笔记上已经差不多了，下课铃还有好一会才打。一片无话可说的空白时间，像白漫漫一片水，直向开足马达的汽车迎上来，望着发急而又无处躲避。心慌意乱中找出话来支扯，说不上几句又完了，偷眼看手表，只拖了半分钟。这时候，身上发热，脸上发红，讲话开始口吃，觉得学生都在暗笑。有一次，简直像挨饿几天的人服了泻药，什么话也挤不出，只好早退课一刻钟。跟辛楣谈起，知道他也有此感，说毕竟初教书人没经验。辛楣还说："现在才明白为什么外国人要说'杀时间'（kill time），打下课铃以前那几分钟的难过！真恨不能把它一刀两断。"鸿渐最近发明一个方法，虽然不能一下子杀死时间，至少使它受些致命伤。他动不动就写黑板，黑板上写一个字要嘴里讲十个字那些时间。满脸满手白粉，胳膊酸半天，这都值得，至少以后不会早退。不过这些学生作笔记不大上劲，往往他讲得十分费力，有几个人坐着一字不写，他眼睛威胁地注视着，他们才懒洋洋把笔在本子上画字。鸿渐瞧了生气，想自己总不至于李梅亭糟，何以隔壁李梅亭的"秦汉社会风俗史"班上，学生笑声不绝，自己的班上这样无精打采。

他想自己在学校读书的时候，也不算坏学生，何以教书这样不出色。难道教书跟作诗一样，需要"别才"不成？只懊悔留学外国，没混个专家的头衔回来，可以声威显赫，开场有洋老师演讲的全部笔记秘本的课程，不必像现在帮闲打杂，承办人家剩下来的科目。不过李梅亭这些人都是教授有年，有现成讲义的。自己毫无经验，更无准备，教的功课又并非出自愿，要参考也没有书，当然教不好。假如混过这一年，高松年守信用，升自己为教授，暑假回上海弄几本外国书看看，下学年不相信会比不上李梅亭。这样想着，鸿渐恢复了自尊心。回国后这一年来，他跟他父亲疏远得多。在从前，他会一五一十，全禀告方遯[3]翁的。现在他想象得出遯翁的回信。遯翁的心境好就抚慰儿子说："尺有所短，寸有所长，学者未必能为良师"，这够叫人内愧了；他心境不好，准责备儿子从前不用功，临时抱佛脚，也许还来一堆"亡羊补牢，教学相长"的教训，更受不了。这是纪念周上对学生说的话，自己在教职员席里傍听得腻了，用不到千里迢迢去搬来。

开校务会议前的一天，鸿渐和辛楣商量好到镇上去吃晚饭，怕导师制实行以后，这自由就没有了。下午陆子潇来闲谈，问鸿渐知道孙小姐的事没有。鸿渐问他什么事，子潇道："你不知道就算了。"鸿渐了解子潇的脾气，不问下去。过一会，子潇尖利地注视着鸿渐，像要看他个对穿，

---

[3] 遯（dùn），同"遁"。

道："你真的不知道么？怎么会呢？"叮嘱他严守秘密，然后把这事讲出来。教务处一公布孙小姐教丁组英文，丁组的学生就开紧急会议，派代表见校长和教务长抗议。理由是：大家都是学生，当局不该歧视，为什么傍组是副教授教英文，丁组只派个助教来教。他们知道自己程度不好，所以，他们振振有词地说，必需一个好教授来教他们。亏高松年有本领，弹压下去。学生不怕孙小姐，课堂秩序不大好。作了一次文，简直要不得。孙小姐征求了外国语文系刘主任的同意，不叫丁组的学生作文，只叫他们练习造句。学生知道了大闹，质问孙小姐为什么人家作文，他们造句，把他们当中学生看待。孙小姐说："因为你们不会作文。"他们道："不会作文所以要学作文呀。"孙小姐给他们嚷得没法，只好请刘主任来解释，才算了局。今天是作文的日子，孙小姐进课堂就瞧见黑板上写着："Beat down Miss S.！Miss S. is Japanese enemy！"学生都含笑期待着。孙小姐叫他们造句，他们全说没带纸，只肯口头练习，叫一个学生把三个人称多少数各做一句，那学生一口气背书似的说："I am your husband. Your are my wife. He is also your husband. We are your many husbands. ——"全课堂笑得前仰后合。孙小姐奋然出课堂，这事不知道怎样结束呢。子潇还声明道："这学生是中国文学系的。我对我们历史系的学生私人训话一次，劝他们在孙小姐班上不要胡闹，招起人家对韩先生的误会，以为他要太太教这一组，鼓动本系学生撵走孙小姐。"

鸿渐道："我什么都不知道呀。孙小姐跟我好久没见面了。竟有这样的事。"

子潇又尖刻地瞧鸿渐一眼道："我以为你们俩是常见面的。"

鸿渐正说："谁告诉你的！"孙小姐来了，子潇忙起来让座，出门时歪着头对鸿渐点一点，表示他揭破了鸿渐的谎话，鸿渐没工夫理会，忙问孙小姐近来好不好。孙小姐忽然别转脸，手帕按嘴，肩膀耸动，唏嘘哭起来。鸿渐急跑出来叫辛楣，两人进来，孙小姐倒不哭了。辛楣把这事问明白，好言抚慰了半天，鸿渐和着他。辛楣发狠道："这种学生非严办不可，我今天晚上就跟校长去说——你报告刘先生没有？"

鸿渐道："这倒不是惩戒学生的问题。孙小姐这一班决不能再教了。你该请校长找人代她的课，并且声明这事是学校对不住孙小姐。"

孙小姐道："我死也不肯教他们了。我真想回家，"声音又哽咽着。

辛楣忙说这是小事，又请她同去吃晚饭。她还在踌躇，校长室派人送来帖子给辛楣。高松年今天替部里派来视察的参事接风，各系主任都得奉陪，请辛楣这时候就去招待。辛楣说："讨厌！咱们今天的晚饭吃不成了，"跟着校役去了。鸿渐请孙小姐去吃晚饭，可是并不热心。她说改天罢，要回宿舍去。鸿渐瞧她脸黄眼肿，挂着哭的幌子，问她要不要洗个脸，不等她回答，捡块没用过的新毛巾出来，拔了热水瓶的塞头。她洗脸时，鸿渐望着窗外，想辛楣知道，又要误解的。他以为给她洗脸的时候很充分了，才回过头来，发现她打开手提袋，在照小镜子，擦粉涂唇膏呢。鸿渐一惊，想不到孙小姐随身配备这样完全，平常以为她不修饰的脸原来也是件艺术作品。

孙小姐面部修理完毕，衬了颊上嘴上的颜色，哭得微红的上眼皮，也像涂了胭脂的，替孙小姐天真的脸上意想不到地添些妖邪之气。鸿渐送她出去，经过陆子潇的房，房门半开，子潇坐在椅子里吸烟，瞧见鸿渐俩，忙站起来点头，又半坐下去，宛如有弹簧收放着。走不到几步，听见背后有人叫，回头看是李梅亭，满脸得意之色，告诉他们俩高松年刚请他代理训导长，明天正式发表，这时候要到联谊室去招待部视学呢。梅亭仗着黑眼镜，对孙小姐像显微镜下看的微生物似的细看，笑说："孙小姐愈来愈漂亮了。为什么不来看我，只看小方？你们俩什么时候订婚——"鸿渐"嘘"了他一声，他笑着跑了。

鸿渐刚回房，陆子潇就进来，说："咦，我以为你跟孙小姐同吃晚饭去了。怎么没有去？"

鸿渐道："我请不起，不比你们大教授。等你来请呢。"子潇道："我请就请，有什么关系。就怕人家未必赏脸呀。"

"谁？孙小姐？我看你关心她得很，是不是看中了她？哈哈，我来介绍。"

"胡闹胡闹！我要结婚呢，早结婚了。唉，'曾经沧海难为水'！"

鸿渐笑道："谁教你眼光那样高的。孙小姐很好，我跟她一道来，可以担保得了她的脾气——"

"我要结婚呢，早结婚了，"仿佛开留声机时，针在唱片上碰到障碍，三番四复地说一句话。

"认识认识无所谓呀。"

子潇猜疑地细看鸿渐道："你不是跟她好么？夺人之爱，我可不来。人弃我取，我更不来。"

"岂有此理！你这人存心太卑鄙。"

子潇忙说他说着玩儿的，过两天一定请客。子潇去了，鸿渐想着好笑。孙小姐知道有人爱慕，准会高兴，这消息可以减少她的伤心。不过陆子潇像配不过她，她不会看中他的。她干脆嫁了人好，做事找气受，太犯不着。这些学生真没法对付，缠得你头痛，他们黑板上写的口号，文理倒很通顺，孙小姐该引以自慰，等她气平了跟她取笑。

辛楣吃晚饭回来，酒气醺醺，问鸿渐道："你在英国，到过牛津剑桥没有？他们的导师制（Tutorial system）是怎么一回事？"鸿渐说旅行到牛津去过一天，导师制详细内容不知道，问辛楣为什么要打听。辛楣道："今天那位贵客视学先生是位导师制专家，去年奉命到英国去研究导师制的，在牛津和剑桥都住过。"

鸿渐笑道："导师制有什么专家！牛津或剑桥的任何学生，不知道得更清楚么？这些办教育的人专会挂幌子唬人。照这样下去，这要有研究留学，研究做校长的专家呢。"

辛楣道："这话我不敢同意。我想教育制度是值得研究的，好比做官的人未必都知道政府组织的利弊。"

"好,我不跟你辩,谁不知道你是讲政治学的?我问你,这位专家怎么说呢?他这次来是不是跟明天的会议有关?"

"导师制是教育部的新方针,通知各大学实施,好像反响不甚好,咱们这儿高校长是最热心奉行的人——我忘掉告诉你,李瞎子做了训导长了,咦,你知道了——这位部视学顺便来指导的,明天开会他要出席。可是他今天讲的话,不甚高明。据他说,牛津剑桥的导师制缺点很多,离开师生共同生活的理想很远,所以我们行的是经他改良,经部核准的计划。在牛津剑桥,每个学生有两个导师,一位学业导师,一位道德导师(Moral tutor)。他认为这不合教育原理,做先生的应当是'经师人师',品学兼备,所以每人指定一个导师,就是本系的先生;这样,学问和道德可以融贯一气了。英国的道德导师是有名无实的;学生在街上闯祸给警察带走,他到警察局去保释,学生欠了店家的钱,还不出,他替他保证。我们这种导师责任大得多了,随时随地要调查,矫正,向当局报告学生的思想。这些都是官样文章,不用说它,他还有得意之笔。英国导师一壁抽烟斗,一壁跟学生谈话的。这最违背新生活运动,所以咱们当学生的面,绝不许抽烟,最好压根儿戒烟——可是他自己并没有戒烟。菜馆里供给的烟,他一支一支抽个不亦乐乎,临走还带了一匣火柴。英国先生只跟学生同吃晚饭,并且分桌吃的,先生坐在台上吃,师生间隔膜得很。这亦得改良,咱们以后一天三餐都跟学生同桌吃——"

"干脆跟学生同床睡觉得了!"

辛楣笑道:"我当时险的说出口。你还没听见李瞎子的议论呢。他恭维了那位视学一顿,然后说什么中西文明国家都严于男女之防,师生恋爱是有伤师道尊严的,万万要不得,为防患未然起见,未结婚的先生不得做女学生的导师。真气得死人,他们都对我笑——这几个院长和系主任里,只有我没结婚。"

"哈哈,妙不可言!不过,假使不结婚的男先生训导女学生有师生恋爱的危险,结婚的男先生训导女生更有犯重婚罪的可能,他没想到。"

"我当时质问他,结了婚而太太没带来的人做得做不得女学生的导师,他支吾其词,请我不要误会。这瞎子真混蛋,有一天我把同路来什么苏州寡妇,王美玉的笑话替他宣传出去。吓,还有,他说男女同事来往也不宜太密,这对学生的印象不好——"

鸿渐跳起来道:"这明明指我跟孙小姐说的,方才瞎子看见我跟她在一起。"

辛楣道:"这倒不一定指你,我看当时,高松年的脸色变了一变,这里面总有文章。不过我劝你快求婚,订婚,结婚。这样,李瞎子不能说闲话,而且——"说时扬着手,嘻开嘴,"你要犯重婚罪也有机会了。"

鸿渐不许他胡说:问他跟高松年讲过学生侮辱孙小姐的事没有。辛楣说,高松年早知道了,准备开除那学生。鸿渐又告诉他陆子潇对孙小姐有意思,辛楣说他做"叔叔"的只赏识鸿渐。说笑了一回,辛楣临走道:

"唉，我忘掉了最精彩的东西。部里颁布的导师规程草略里有一条说，学生毕业后在社会上如有犯罪行为，导师连带负责——"

鸿渐惊骇得呆了。辛楣道："你想，导师制变成这么一个东西。从前明成祖诛方孝孺十族，听说方孝孺的先生都牵连杀掉的。将来还有人敢教书么？明天开会，我一定反对。"

"好家伙！我在德国听见的纳粹党教育制度也没有这样厉害。这算牛津剑桥的导师制么？"

"哼，高松年还要我写篇英文投到外国杂志去发表，让西洋人知道咱们也有牛津剑桥的学风。不知怎么，外国一切好东西到中国没有不走样的，"辛楣叹口气，不知道这正是中国的利害，天下没敌手，外国东西来一件，毁一件。

跟孙小姐扰乱的那个中国文学系学生是这样处置的。外文系主任刘东方主张开除，国文系主任汪处厚反对。赵辛楣因为孙小姐是自己的私人，肯出力而不肯出面，只暗底下赞助刘东方的主张。训导长李梅亭出来解围，说这学生的无礼，是因为没受到导师熏陶，愚昧未开，不知者不罪，可以原谅，记过一次了事。他叫这学生到自己卧房里密切训导了半天，告诉他怎样人人要开除他，汪处厚毫无办法，全亏自己保全，那学生红着眼圈感谢。孙小姐的课没人代，刘东方怕韩太太乘虚而入，亲自代课，所恨国立大学不比私立大学，薪水是固定的，不因钟点添多而加薪。代了一星期课，刘东方厌倦起来，想自己好傻，这气力时间费得冤枉，博不到一句好话。假使学校真找不到代课的人，这一次显得自己做系主任的为了学生学业，不辞繁剧，亲任劳怨。现在就放着一位韩太太，自己偏来代课，一屁股要两张座位，人家全明白是门户之见，忙煞也没处表功。同事里赵辛楣的英文是有名的，并且只上六点钟的功课，跟他协商请他代孙小姐的课，不知道他答应不答应。孙小姐不是他面上的人么？她教书这样不行，保荐她的人不该负责吗？当然，赵辛楣的英文好像比自己都好——刘东方不得不承认——不过，丁组的学生程度糟得还不够辨别好坏，何况都是旁系的学生，自己在本系的威信不致动摇。刘东方主意已定，先向高松年提议，高松年就请赵辛楣来会商。辛楣因为孙小姐关系，不好斩钉截铁地拒绝，灵机一动，推荐方鸿渐。松年说："咦，这倒不失为好办法，方先生钟点本来太少，不知道他的英文怎样？"辛楣满嘴说："很好，"心里想鸿渐教这种学生总绰有余裕的。鸿渐自觉在学校的地位不稳固，又经辛楣细陈利害，刘东方的劝驾，居然大胆老脸低头小心教起英文来。这事一发表，韩学愈来见高松年，声明他太太绝不想在这儿教英文，表示他对刘东方毫无怨恨，他愿意请刘小姐当历史系的助教。高松年喜欢道："同事们应当和衷共济，下学年一定聘夫人帮忙。"韩学愈高傲地说："下学年我留不留，还成问题呢。协合大学来了五六次信要我跟我内人去。"高松年忙劝他不要走，他夫人的事下学年总有办法。鸿渐到外文系办公室接功课，碰见孙小姐，低声开顽笑说："这全是你害我的——要不要我代你报仇？"孙小姐笑而不答。陆子潇也没再提起请饭。

在导师制讨论会上，部视学先讲了十分钟冠冕堂皇的话，平均每分钟一句半"兄弟在英国的时候"。他讲完看一看手表，就退席了。听众喉咙里忍住的大小咳嗽声全放出来，此作彼继，Ehem，KeKeKe，——在中国集会上，静默三分钟后，主席报告后，照例有这么一阵咳嗽。咳几声例嗽之外，大家还换了较舒适的坐态。高松年继续演说，少不得又把细胞和有机体的关系作第 N 次的阐明，希望大家为团体生活牺牲一己的方便。跟着李梅亭把部颁大纲和自己拟的细则宣读付讨论。一切会议上对于提案的赞成和反对极少是就事论事的。有人反对这提议是跟提议的人闹意见。有人赞成这提议是跟反对这提议的人过不去。有人因为反对或赞成的人跟自己有关系所以随声附和。导师跟学生同餐的那条规则，大家一致抗议，带家眷的人闹得更利害。没带家眷的物理系主任说，除非学校不算导师的饭费，那还可以考虑。家里饭菜有名的汪处厚说，就是学校替导师出饭钱，导师家里照样要开饭，少一个人吃，并不省柴米。韩学愈说他有胃病的，只能吃面食，跟学生同吃米饭，学校是不是担保他生命的安全。李梅亭一口咬定这是部颁的规矩，至多星期六晚饭和星期日三餐可以除外。算学系主任问他怎样把导师向各桌分配，才算难倒了他。有导师资格的教授副教授讲师四十余人，而一百三十余男学生开不到二十桌。假使每桌一位导师，六个学生，导师不能独当一面，这一点尊严都不能维持，渐渐地会招学生轻视的。假使每桌两位导师，四个学生，那末现在八个人一桌的菜听说已经吃不够，人数减少而桌数增多，菜的质量一定更糟，是不是学校准备贴钱。大家有了数字的援助，更理直气壮了，急得李梅亭说不出话，黑眼镜取下来又戴上去，又取下来，眼睁睁望着高松年。赵辛楣这时候大发议论，认为学生吃饭也应当自由，导师制这东西应当联合旁的大学抗议。

最后把原定的草案，修改了许多。议决每位导师每星期至少跟学生吃两顿饭，由训导处安排日期。因为部视学说，在牛津和剑桥，饭前饭后有教师用拉丁文祝福，高松年认为可以模仿。不过，中国不像英国，没有基督教的上帝来听下界通诉，饭前饭后没话可说。李梅亭搜索枯肠，只想出来"一粥一饭，要思来处不易"二句，大家哗然失笑。儿女成群的经济系主任自言自语道："干脆大家像我儿子一样，念：'吃饭前，不要跑；吃饭后，不要跳——'"高松年直对他眨白眼，一壁严肃地说："我觉得在坐下吃饭以前，由训导长领学生静默一分钟，想想国家抗战时期民生问题的艰难，我们吃饱了肚子应当怎样报效国家社会，这也是很有意义的举动。"经济系主任说："我愿意把主席的话作为我的提议，"李梅亭附议，高松年付表决，全体通过。李梅亭心思周密，料到许多先生跟学生吃了半碗饭，就放下筷溜出饭堂，回去舒舒服服的吃，所以定下饭堂规矩：导师的饭该由同桌学生先盛学生该等候导师吃完，共同退出饭堂，不得先走。看上来全是尊师。外加吃饭时不准讲话，只许吃哑饭，真是有苦说不出。李梅亭一做训导长，立刻戒烟，见同事们抽烟如故，不足表率学生，想出来进一步的师生共同生活。他知道抽烟最厉害的地方是厕所，便借口学生人多而厕所小，住校教职员人少而厕所大，以后师生可以通用厕所。他以为这样一来彼此顾忌面子，不好随便吸烟了。结果先生不用学生厕所，而学生拥挤到先生厕所来，并且大胆吸烟解馋，因为他们知道这是比紫禁城更严密的所在，洋人所谓皇帝陛下都玉趾亲临，派不得代表的（Oulesroisne peuventallerqu'enpersonne）。在这儿各守本位，没有人肯管闲事，能摆导师的架子。照例导师跟所导学生每星期谈一次话，有几位先生就借此请喝茶吃饭，像汪处厚韩学愈等等。

赵辛楣实在看不入眼，对鸿渐说这次来是上当，下学年一定不干。鸿渐添了钟点以后，倒兴致恢复了些好。他发现他所教丁组英文班上，有三个甲组学生来旁听，常常殷勤发问。鸿渐得意非凡，告诉辛楣。苦事是改造句卷子，好比洗脏衣服，一批洗干净了，下一批还是那样脏。大多数学生看一看批的分数，就把卷子扔了，自己白改得头痛。那些学生虽然外国文不好，卷子上写的外国名字很神气。有的叫亚利山大，有的叫伊利沙白，有的叫迭克，有的叫"小花朵"（Flower），有的人叫"火腿"（Bacon），因为他中国名字叫"培根"。一个姓黄名伯仑的学生，外国名字是诗人"摆伦"（Byron），辛楣见了笑道："假使他姓张，他准叫英国首相张伯伦（Chamberlain）；假使他姓齐，他会变成德国飞机齐伯林（Zeppelin），甚至他可以叫拿坡仑，只要中国有跟'拿'字声音相近的姓。"鸿渐说，中国人取外国名字，使他常想起英国的猪和牛，它的肉一上菜单就换了法国名称。

阳历年假早过了。离大考还有一星期。一个晚上，辛楣跟鸿渐商量寒假同去桂林玩儿，谈到夜深。鸿渐看表，已经一点多钟，赶快准备睡觉。他先出宿舍到厕所去。宿舍楼上楼下都睡得静悄悄的，脚步就像践踏在这些睡人的梦上，钉铁跟的皮鞋太重，会踏碎几个脆薄的梦。门外地上全是霜。竹叶所剩无几，而冷风偶然一阵，依旧为吹几片小叶子使那么大的傻劲。虽然没有月亮，几株梧桐树的秃枝，骨鲠地清晰。只有厕所前面所挂的一盏植物油灯，光色昏浊，是清爽的冬夜上一点垢腻。厕所的气息，也像怕冷，缩在屋子里不出来，不比在夏天，老远就放着哨。鸿渐没进门，听见里面讲话。一人道："你怎么一回事？一晚上泻了好几次！"另一人呻吟说："今天在韩家吃坏了——"鸿渐辨声音，是一个旁听自己英文课的学生。原来问的人道"韩学愈怎么老是请你们吃饭？是不是为了方鸿渐——"那害肚子的人报以一声"嘘"。鸿渐吓得心直跳，可是收不住脚，那两个学生也鸦雀无声。鸿渐倒做贼心虚似的，脚步都鬼鬼祟祟。回到卧室，猜疑种种，韩学愈一定在暗算自己，就不知道他怎样暗算，明天非公开拆破他的西洋镜不可。下了这个英雄的决心，鸿渐才睡着。早晨他还没醒，校役送封信来，拆看是孙小姐的，说风闻他上英文，当着学生驳刘东方讲书的错误，刘东方己有所知，请他留意。鸿渐失声叫怪，这是那里来的话，怎么不明不白又添了个冤家。忽然想起那三个旁听的学生全是历史系而上刘东方甲组英文的，无疑是他们发的问题里藏有陷阱，自己中了计。归根到底，总是韩学愈那混蛋捣的鬼，一向还以为他要结交自己，替他守秘密呢！鸿渐愈想愈恨。盘算了半天，怎么先跟刘东方解释。

鸿渐到外国语言文系办公室，孙小姐在看书，见了他满眼睛的说话。鸿渐嗓子里一小处干燥，两手微颤，跟刘东方略事寒暄，就鼓足勇气说："有一位同事在外面说——我也是人家传给我听的——刘先生很不满意我教的英文，在甲组上课的时候常对学生指摘我讲书的错误——"

"什么？"刘东方跳起来，"谁说的？"孙小姐脸上的表情更是包罗万象，假装看书也忘掉了。

"——我本来英文是不行的，这次教英文一半也因为刘先生的命令，讲错当然免不了，只希望刘先生当面教正。不过，这位同事听说跟刘先生有点意见，传来的话我也不甚相信。他还说，我班上那三个旁听的学生也是刘先生派来侦探的。"

"啊？什么三个学生——孙小姐，你到图书室去替我借一本书，呃，呃，商务出版的'大学英文选'来，还到庶务科去领——领一百张稿纸来。"

孙小姐怏怏去了，刘东方听鸿渐报了三个学生的名字，说："鸿渐兄，你只要想这三个学生都是历史系的，我怎么差唤得动，那位散布谣言的同事是不是历史系的负责人？你把事实聚拢来就明白了。"

鸿渐冒险成功，手不颤了，做出大梦初醒的样子道："韩学愈，他——"就把韩学愈买文凭的事麻口袋倒米似的全说出来。

刘东方又惊又喜，一连声说"哦"，听完了说："我老实告诉你罢，舍妹在历史系办公室，常听见历史系学生对韩学愈说你上课骂我呢。"

鸿渐发誓说没有，刘东方道："你想我会相信么？他捣这个鬼，目的不但是撵走你，还想让他太太顶你的缺。他想他已经用了我妹妹，到那时没有人代课，我好意思不请教他太太么？我用人是大公无私的，舍妹也不是他私人用的，就是她丢了饭碗，我决计尽我的力来维持老哥的地位。喂，我给你看件东西，昨天校长室发下来的。"

他打开抽屉，检出一叠纸给鸿渐看。是英文丁组学生的公呈，写"呈为另换良师以重学业事"，从头到底说鸿渐没资格教英文，把他改卷子的笔误和忽略罗列在上面，证明他英文不通。鸿渐看得面红耳赤。刘东方道："不用理它。丁组学生的程度还干不来这东西。这准是那三个旁听生的主意，保不定有韩学愈的手笔。校长批下来叫我查复，我一定替你辩白。"鸿渐感谢不已，临走，刘东方问他把韩学愈的秘密告诉旁人没有，叮嘱他别讲出去。鸿渐出门，碰见孙小姐回来，称赞他跟刘东方谈话的先声夺人，他听了欢喜，但一想她也许看见那张呈文，又羞了半天。那张呈文，牢牢地贴在他意识里，像张粘苍蝇的胶纸。

刘东方果然有本领。鸿渐明天上课，那三个旁听生不来了。直到大考，太平无事。刘东方教鸿渐对坏卷子分数批得宽，对好卷子分数批得紧，因为不及格的人多了，引起学生的恶感，而好分数的人太多了，也会减低先生的威望。总而言之，批分数该雪中送炭，万万不能悭吝——用刘东方的话说："一分钱也买不了东西，别说一分分数！"——切不可锦上添花，让学生把分数看得太贱，功课看得太容易——用刘东方的话说："给叫花子至少要一块钱，一块钱就是一百分，可是给学生一百分，那不可以。"考完那一天，汪处厚碰到鸿渐，说汪太太想见他跟辛楣，问他们俩寒假里那一天有空，要请吃饭。他听说他们俩寒假上桂林，摸着胡子笑道："干么呀？内人打算替你们两位做媒呢。"

【导读】

鉴赏解读参考

　　从印度洋上驶来的法国邮船白拉日隆子爵号在上海靠了岸。小说的主人公方鸿渐一踏上阔别四年的故土，就接二连三地陷入了"围城"。　方鸿渐旅欧回国，正是 1937 年夏天。小说以他的生活道路为主线，反映了那个时代某些知识分子（主要是部分欧美留学生、大学教授等）生活和心理的变迁沉浮。他们不属于那个时代先进的知识分子行列，当抗战烽烟燃烧起来的时候，他们大都置身于这场伟大斗争的风暴之外，先在十里洋场的上海，继在湖南一个僻远的乡镇，围绕着生活、职业和婚姻恋爱等问题，进行着一场场钩心斗角的倾轧和角逐。这也是场战争，虽然不见硝烟，却处处闪现着旧社会你抢我夺的刀光剑影，腾跃着情场、名利场上的厮杀和火拼；虽然没有肉体的伤亡，却时时看得到灰色的生活是怎样蚕食着人们的年华和生命，那恶浊的空气又是怎样腐化着人们的操守和灵魂。自然，这里也有真诚的友谊，善良的愿望；但这些在那个强大的旧社会壁垒面前，是显得多么软弱和无力。在那随处都可以陷入"鸟笼"或"围城"的人生道路上，哪里是这些还没有消磨尽人生锐气的知识分子的出路呢？这是这部深刻的现实主义小说留给人们深思的一个严肃问题。

　　长篇小说《围城》共分九章，大体可以划分为四个单元。第一章至第四章是第一个单元，写方鸿渐在上海和家乡（江南某县）的生活情景，以写上海为主。在这个单元中，方鸿渐和苏文纨的"爱情"纠葛占了重要的分量。第五章可以算作第二个单元，是"过渡性"或"衔接性"的。在这个单元中，在个人感情上分别吃了败仗的方鸿渐和赵辛楣，从"爱情"牢笼中冲了出来，他们由假想的情敌变为真正的挚友，共同到湖南平成三闾大学谋事。第六、七章是第三个单元，主要描写三闾大学里的明争暗斗。我们这里所选的第六章是这个单元之中的重场戏。上自校长、训导长、各系主任，下至职员、学生，甚至还有家属，都卷入了一场令人头晕目眩的人事纠纷。第八、九章是第四个单元。方鸿渐和孙柔嘉在返回上海途中结了婚。这对双方来说，都不能算作令人激动的结合，加以失业造成的对于前途的焦虑，使他们婚后不断发生争吵。最后，方、孙的矛盾终因前者辞去报馆资料室主任而面临再次失业时激化了。方鸿渐刚刚建立起来的新家解体，他再次冲出一个"围城"，又来到一个"围城"的入口——他打算投奔在重庆当官的赵辛楣谋取职业，这肯定也是一条前途未卜的坎坷不平的道路。

问题与思考

1. 如何理解书名《围城》的含义？
2. 谈谈《围城》的讽刺艺术。
3. 论钱钟书《围城》语言风格。

延伸阅读

见钱钟书散文《说笑》后"作家作品简介"中所列书目。

二十七、巴金

寒夜[1]（节选 第22章）

从这一晚起，他又多了做梦的资料。梦折磨着他。每晚他都得不到安宁。一个梦接连着另一个。在梦中他不断地跟她分别，她去兰州或者去别的地方，有时甚至在跟他母亲吵架以后负气出走。醒来，他常常淌一身冷汗。他无可奈何地叹一口长气，他知道自己的病已经很深了。

晚上妻睡在他的旁边。他为了自己的病，常常避免把脸向着她。他们睡在一处，心却隔得很远。妻白天出门，晚上回家也不太早。她有应酬，同事们接连地替她饯行。她每晚回家，总看见母亲在房里陪伴他，但是等她跨进了门，母亲就回到小屋去了。然后她坐在床沿上或者方桌前凳子上絮絮地讲她这一天的见闻。现在她比平日讲话多，他却较从前沉静寡言。他常常呆呆地望着她，心里在想分别以后还能不能有重见的机会。

不做梦时他喜欢数着他们以后相聚的日子和时刻。日子和时刻逐渐减少，而他的挣扎也愈加痛苦。让她去，或者留住她？让她幸福，或者拉住她同下深渊？

"你走后还会想起我么？"他常常想问她这句话，可是他始终不敢说出来。

五万元交来了：两万元现款和一张银行存单。妻告诉他存"比期"，每半个月，办一次手续，利息有七分光景。到底妻比他知道得多！妻的行装也准备好了。忽然她又带回家一个好消息：飞机票可能要延迟两个星期。她也因为这个消息感到高兴。她还对他说，她要陪他好好地过一个新年。对他说来，当然再没有比这个更能够安慰他的了。他无法留住她，却只好希望多和她见面，多看见她的充满生命力的美丽的面颜。

但是这样的见面有时也会给他带来痛苦。连他也看得出来她的心一天一天地移向更远的地方。跟他分离，在她似乎并不是一件十分痛苦的事。她常常笑着对他说："过三四个月我就要回来看你。陈主任认识航空公司的人，容易买到飞机票，来往也很方便。"他唯唯应着，心里却想："等你回来，不晓得我还在不在这儿。"他觉得要哭一场才痛快。可是疾贴在他的喉管里，他用力咳嗽的时候，左胸也痛，他只好轻轻地咻着。这咻声她也听惯了，但是仍然能够得到她的怜惜的注视，或者关心的询问。

他已经坐起来，并且在房里自由地走动了。除了脸色、咳嗽和一些动作外，别人不会知道他在害病。中药还在吃，不过吃得不勤。母亲现在也提起去医院检查、照 X 光一类的话。然而他总是支吾过去。他愿意

---

[1] 选自《寒夜》人民文学出版社 2008 年版。

吃中药，因为花钱少，而且不管功效如何，继续不断地吃着药，总可以给自己一点安慰和希望。

有时他也看书，因为他寂寞，而且冬天的夜太长，他睡尽了夜，不能再在白天闭眼。他也喜欢看书，走动，说话，这使他觉得自己的病势不重，甚至忘记自己是一个病人。但是母亲不让他多讲话，多看书，多走动；母亲却时时提醒他：他在生病，他不能象常人那样地生活。

可是他怎么能不象常人那样地生活呢？白天躺在床上不做任何事情，这只有使他多思索，多焦虑，这只有使他心烦。他计算着，几乎每天都在计算，他花去若干钱，还剩余若干。钱本来只有那么一点点，物价又在不断地涨，他的遣散费和他妻子留下的安家费，再加上每月那一点利息，凑在一起又能够用多久呢？他仿佛看着钱一天一天不停地流出去，他来着手无法拦住它。他没有丝毫的收入，只有无穷无尽的花费……那太可怕了，他一想起，就发呆。

有一次母亲为他买了一只鸡回来，高兴地煮好鸡汤用菜碗盛着端给他吃。那是午饭后不久的事。这两天他的胃口更不好。

"你要是喜欢吃，我可以常常煮给你吃，"母亲带点鼓舞的口气说。

"妈，这太花费了，我们哪里吃得起啊！"他却带着愁容回答，不过他还是把碗接了过来。

"我买得很便宜，不过千多块钱，吃了补补身体也好，"母亲被他浇了凉水，但是她仍旧温和地答道。

"不过我们没有多的钱啊，"他固执般地说，"我身体不好，偏偏又失了业。坐吃山空，怎么得了！"

"不要紧，你不必担心。横顺目前还有办法，先把你身体弄好再说，"母亲带笑地劝道，她笑得有点勉强。

"东西天天贵，钱天天减少，树生还没有走，我们恐怕就要动用到她那笔钱了，"他皱着眉头说。鸡汤还在他的手里冒热气。

母亲立刻收起了笑容。她掉开头，想找个地方停留她的眼光，但是没有找到。她又回过脸来，痛苦而且烦躁地说了一句："你快些吃罢。"

他捧着碗喝汤，不用汤匙，不用筷子，还带了一点慌张不安的样子。母亲在旁边低声叹了一口气。她仿佛看见那个女人的得意的笑容。她觉得自己的脸在发烧。她埋下头。但是他的喝汤的响声引起了她的注意。"很好，很好，"他接连称赞道，他的愁容消失了。他用贪婪的眼光注视着汤碗。他用手拿起一只鸡腿在嘴边啃着。

"妈，你也吃一点罢，"他忽然抬起头看看母亲，带笑地说。

"我不饿，"母亲轻轻地答道。她用爱怜的眼光看他。她心里难受。

"我不是病，我就是营养不良啊，我身体以后会慢慢好起来的，"他解释般地说。

"是啊，你身体会慢慢好起来的，"母亲机械地答道。

他又专心去吃碗里的鸡肉，他仿佛从来没有吃过好饮食似的。他忽然自言自语："要是平日吃得好一点，我也不会得这种病。"他一面吃，一面说话。母亲仍然站在旁边看他，她一会儿露出笑容，一会儿又伸手去揩眼睛。

"他的身体大概渐渐好起来了。他能吃，这是好现象，"她想道。

"妈，你也吃一点。味道很好，很好。人是需要营养的，"他吃完鸡肉，用油手拿着碗，带着满足的微笑对母亲说。

"好，我会吃，"母亲不愿意他多讲话，就含糊地答应了，其实她心想："就只有这么一只瘦鸡，给你一个人吃还嫌少啊。"她接过空碗，拿了它到外面去。她回来的时候，他靠在藤椅上睡着了。母亲轻手轻脚地走过去，想给他盖上点什么东西，可是刚走到他面前，他忽然睁开眼唤道："树生！"他抓住母亲的手。

"什么事？"母亲惊问道。

他把眼睛掉向四周看了一下。随后他带了点疑惑地问："树生还没有回来？"

"没有。连她的影子也看不见，"她带着失望的口气回答。他不应该时常想着树生。树生对他哪点好？她（树生）简直是在折磨他，欺骗他！

他沉默了一会儿，忽然露出了苦笑。"我又在做梦了，"他感到寂寞地说。

"你还是到床上去睡罢，"母亲说。

"我睡得太多了，一身骨头都睡痛了。我不想再睡，"他说，慢慢地站起来。

"树生也真是太忙了。她要走了，也不能回家跟我们团聚两天，"他扶着书桌，自语道。他转过身推开藤椅，慢步走到右面窗前，打开掩着的窗户。

"你当心，不要吹风啊，"母亲关心地说；她起先听见他又提到那个女人的名字，便忍住心里的不痛快，不讲话，但是现在她不能沉默了，她不是在跟他赌气啊。

"太气闷了，我想闻一点新鲜空气，"他说。可是他嗅到的冷气中夹杂了一股一股的煤臭。同时什么东西在刮着他的脸，他感到痛和不舒服。

天永远带着愁容。空气永远是那样地沉闷。马路是一片黯淡的灰色。人们埋着头走过来，缩着颈项走过去。

"你还是睡一会儿罢，我看你闲着也无聊，"母亲又在劝他。

他关上窗门，转过身来，对着母亲点了点头说："好的。"他望着他的床，他想走过去，又害怕走过去。他无可奈何地叹了一口气。"日子过得真慢，"他自语道。

后来他终于走到床前，和衣倒在床上，但是他仍旧睁着两只眼睛。

母亲坐在藤椅上闭着眼睛养神。她听见他在床上连连地翻身，她知道是什么思想在搅扰他。她有一种类似悲愤的感觉。后来她实在忍耐不住，便掉过头看他，一面安慰他说，"宣，你不要多想那些事。你安心睡罢。"

"我没有想什么，"他低声回答。

"你瞒不过我，你还是在想树生的事情，"母亲说。

"那是我劝她去的，她本来并不一定要去，"他分辩道。"换个环境对她也许好一点。她在这个地方也住厌了。去兰州待遇高一点，算是升了一级。"

"我知道，我知道，"母亲加重语气地说。"不过你光是替她着想，你为什么不想到你自己，你为什么只管想到别人？"

"我自己？"他惊讶地说，"我自己不是很好吗！"他说了"很好"两个字，连他自己也觉得话太不真实了，他便补上一句："我的病差不多全好了，她在兰州更可以给我帮忙。"

"她？你相信她！"母亲冷笑一声，接着轻蔑地说："她是一只野鸟，你放出去休想收她回来。"

"妈，你对什么人都好，就是对树生太苛刻。她并不是那样的女人。而且她还是为了我们一家人的缘故才答应去兰州的，"他兴奋地从床上坐起来说。

母亲呆呆地望着他，忽然改变了脸色，她忍受似地点着头说："就依你，我相信你的话。……那么，你放心睡觉罢。你话讲多了太伤神，病会加重的。"

他不作声了。他埋着头好像在想什么事情。母亲用怜悯的眼光望着他，心里埋怨道：你怎么这样执迷不悟啊！可是她仍然用慈爱的声音对他说："宣，你还是睡下罢，这样坐着看着凉啊。"

他抬起头用类似感激的眼光看了母亲一眼。停了一会儿，他忽然下床来。"妈，我要出去一趟，"他匆匆地说，一面弯着身子系皮鞋带。

"你出去？你出去做什么？"母亲惊问道。

"我有点事，"他答道。

"你还有什么事？公司已经辞掉你了。外面冷得很，你身体又不好，"母亲着急地说。

他站起来，脸上现出兴奋的红色。"妈，不要紧，让我去一趟，"他固执地说，便走去取下挂在墙上洋钉上面的蓝布罩袍来穿在身上。

"等我来，"母亲不放心地急急说，她过去帮忙他把罩袍穿上了。"你不要走，走不得啊！"她一面说，一面却取下那条黑白条纹的旧围巾，替他缠在颈项上。"你不要走。有事情，你写个字条，我给你送去，"她又说。

"不要紧，我就会回来，地方很近，"他说着，就朝外走。她望着他，突然觉得自己象是在梦中一样。

"他这是做什么？我简直不明白！"她孤寂地自语道。她站在原处思索了片刻，然后走到他的床前，弯下身子去整理床铺。

她铺好床，看看屋子，地板上尘土很多，还有几处半干的痰迹。她皱了皱眉，便到门外廊上去拿了扫帚来把地板打扫干净了。桌上已经垫了一层土。这个房间一面临马路，每逢大卡车经过，就会扬起大股的灰尘送进屋来。这一刻她似乎特别忍受不了肮脏。她又用抹布把方桌和书桌连凳子也都抹干净了。

做完这个，她便坐在藤椅上休息。她觉得腰痛，她用手在腰间擦揉了一会儿。"要是有人来给我捶背多好啊，"她忽然想道，但是她马上就明白自己处在什么样的境地了，她责备自己："你已经做了老妈子，还敢妄想吗！"她绝望地叹一口气。她把头放在靠背上。她的眼前现出了一个人影，先是模糊，后来面前颜十分清楚了。"我又想起了他，"她哂笑自己。但是接着她低声说了出来："我是不在乎，我知道我命不好。不过你为什么不保佑宣？你不能让宣就过这种日子啊！"她一阵伤心，掉下了几滴眼泪。

不久他推开门进来，看见母亲坐在藤椅上揩眼睛。

"妈，你什么事？怎么在哭？"他惊问道。

"我扫地，灰尘进了我的眼睛，刚刚弄出来，"她对他撒了谎。

"妈，你把我的床也理好了，"他感动地说，便走到母亲的身边。

"我没有事，闲着也闷得很，"她答道。接着她又问："你刚才到哪里去了来？"

他喘了两口气，又咳了两三声嗽，然后掉开脸说："我去看了钟老来。"

"你找他什么事？你到公司去过吗？"她惊讶地问道，便站了起来。

"我托他给我找事，"他低声说。

"找事？你病还没有全好，何必这样着急！自己的身体比什么都要紧啊，"母亲不以为然地说。

"我们中国人身体大半是这样，说有病，拖起来拖几十年也没有问题。我觉得我现在好多了，钟老也说我比前些天好多了。他答应替我找事。"他的脸上仍旧带着病容和倦容，说起话来似乎很吃力。他走到床前，在床沿上坐下。

"唉，你何必这样急啊！"母亲说。"我们一时还不会饿饭。"

"可是我不能够整天睡着看你一个人做事情。我是个男人，总不能袖手吃闲饭啊，"他痛苦地分辩道。

"你是我的儿子，我就只有你一个，你还不肯保养身体，我将来靠哪个啊？……"她说不下去，悲痛堵塞了她的咽喉。

他把左手放到嘴边，他的牙齿紧紧咬着大拇指。他不知道痛，因为他的左胸痛得厉害。过了一会儿，他放下手，也不去看指上深的齿印。他看他母亲。她默默地坐在那里。他用怜悯的眼光看她，他想："你的梦、你的希望都落空了。"他认识"将来"，"将来"象一张凶恶的鬼脸，有着两排可怕的白牙。

两个人不再说话，不再动。这静寂是可怕的，折磨人的。屋子里没有丝毫生命的气象。街中的人声、车声都不能打破这静寂。但是母亲和儿子各人沉在自己的思想中，并没有走着同一条路，却在一个地方碰了头而且互相了解了：那是一个大字：死。

儿子走到母亲的背后。"妈，你不要难过，"他温和地说："你还可以靠小宣，他将来一定比我有出息。"

母亲知道他的意思，她心里更加难过。"小宣跟你小时候一模一样，这孩子太象你了，"她叹息似的说。她不愿意把她的痛苦露给他看，可是这句话使他更深更透地看见了她的寂寞的一生。她说得不错。小宣太象他，也就是说，小宣跟他一样地没有出息。那么她究竟有什么依靠呢？他自己有时也在小宣的身上寄托着希望，现在他明白希望是很渺茫的了。

"他年纪还小，慢慢会好起来。说起来我真对不起他，我始终没有好好地教养过他，"他说，他还想安慰母亲。

"其实也怪不得你，你一辈子就没有休息过，你自己什么苦都吃……"她说到这里，又动了感情，再也说不下去，她忽然站起来，逃避似地走到门外去了。

他默默地走到右面窗前，打开一面窗。天象一张惨白脸对着他。灰黑的云象皱紧的眉。他立刻打了一个冷噤。他觉得有什么东西冷冷地挨着他的脸颊。"下雨罗，"他没精打采地自语道。

背后起了脚步声，妻走进房来了。不等他掉转身子，她激动地说："宣，我明天走。"

"明天？怎么这样快？不是说下礼拜吗？"他大吃一惊，问道。

"明天有一架加班机，票子已经送来，我不能陪你过新年了。真糟，晚上还有人请吃饭，"她说到这里不觉皱起了眉尖，声调也改变了。

"那么明天真走了？"他失望地再问。

"明早晨六点钟以前赶到飞机场。天不亮就得起来，"她说。

"那么今晚上先雇好车子，不然怕来不及，"他说。

"不要紧，陈主任会借部汽车来接我。我现在还要整理行李，我箱子也没有理好，"她忙忙慌慌地说。她弯下身去拿放在床底下的箱子。

"我来给你帮忙，"他说着，也走到床前去。

她已经把箱子拖出来了，就蹲着打开盖子，开始清理箱内的衣服。她时而站起，去拿一两件东西来放在箱子里面，她拿来的，有衣服，有化妆品和别的东西。

"这个要带去吗？""这个要吗？"他时不时拿一两件她的东西来给她，一面问道。

"谢谢你。你不要动，我自己来，"她总是这样回答。

母亲从外面进来，站在门口，冷眼看他们的动作。她不发出丝毫的声息，可是她的心里充满了怨愤。他忽然注意到她，便大声报告："妈，树生明早晨要飞了。"

"她飞她的，跟我有什么相干！"母亲冷冷地说。

树生本来已经站直了，要招呼母亲，并且说几句带好意的话。可是听见母亲的冷言冷语，她又默默地蹲下去。她的脸涨得通红，她只是轻轻地哼了一声。

母亲生气地走进自己的小屋去了。树生关上箱盖，立起来，怒气已经消去一半。他望着她，不敢说一句话。但是他的眼光在向她哀求什么。

"你看，都是她在跟我过不去，她实在恨我，"树生轻轻地对他说。

"这都是误会，妈慢慢会明白的。你不要怪她，"他小声回答。

"我不会恨她，我看在你的面上，"她温柔地对他笑了笑，说。

"谢谢你，"他赔笑道："我明早晨送你上飞机，"他用更低的声音说。

"你不要去！你的身体受不了，"她急急地说。"横顺有陈主任照料我。"

末一句话刺痛了他的心。"那么我们就在这间屋里分别？"他痛苦地说，眼里含着泪光。

"不要难过，我现在还不走。我今晚上早点回来，还可以陪你多谈谈，"她的心肠软了，用同情的声调安慰他说。

他点了点头，想说一句"我等你"，却又说不出来，只是含糊地发出一个声音。

"你睡下罢，站着太累，你的病还没有完全好啊。我可以在床上坐一会儿，"她又说。

他依从了她的劝告躺下了。她给他盖上半幅棉被，然后坐在床沿上。"明天这个时候我不晓得是怎样的情形，"她自语道。"其实我也不一定想走。我心里毫无把握。你们要是把我拉住，我也许就不走了，"这是她对他说的真心话。

"你放心去好了。你既然决定了，不会错的，"他温和地回答，他忘了自己的痛苦。

"其实我自己也不晓得这次去兰州是祸是福，我连一个可以商量的人也没有，你又一直在生病，妈却巴不得我早一天离开你，"她望着他，带了点感伤和烦愁地说。

"病"字敲着他的头。她们永远不让他忘记他的病！她们永远把他看作一个病人！他叹了一口气，仿佛从一个跟她同等的高度跌下来，他最后一线游丝似的希望也破灭了。

"是啊，是啊，"他无可奈何地连连说，他带着关切和爱惜的眼光望着她。

"你气色还是不好，你要多休息，"她换了关心的调子说。"经济问题倒容易解决。你只管放心养病。我会按月寄钱给你。"

"我知道，"他把眼光掉开说。

"小宣那里我今天去过信，"她又说。但是没有让她把话说完，汽车的喇叭声突然在楼下正街上响起来了。她略微惊讶地掉过脸来，朝那个方向望了望，又说下去："我要他礼拜天进城来。"喇叭似乎不耐烦地接连叫着。她站起来，忙忙慌慌地说："我要走了，他们开车子来接我了。"她整理一下衣服，又拿起手提包，打开它，取出了小镜子和粉盒、唇膏。

他坐起来。"你不要起来，你睡你的，"她一面说，一面专心地对镜扑粉涂口红。但是他仍旧下床来了。

"我走啰，晚上我早一点回来，"她说着，掉过脸，含笑地对他点一个头，然后匆匆地走出门去。

屋子里寒冷的空气中还留着她的脂粉香，可是她带走了清脆的笑声和语声。他孤寂地站在方桌前面，出神地望着她的身影消去的地方，那扇白粉脱落了的房门。"你留下罢，你留下罢。"他仿佛听见了自己的内心的声音。但是橐橐的轻快的脚步声早已消失了。

母亲走出小屋，带着怜悯的眼光看他。"宣。你死了心罢，你们迟早要分开的。你一个穷读书人哪里留得住她！"母亲说，她心里装满了爱和恨，她需要发泄。

他埋下头看看自己的身上，然后把右手放到眼前。多么瘦！多么黄！倒更象鸡爪了！它在发抖，无力地颤抖着。他把袖子稍稍往上挽。多枯瘦的手腕！哪里还有一点肉！他觉得全身发冷。他呆呆地望着这只可怕的手。他好象是一个罪人，刚听完了死刑的宣告。母亲的话反复地在他的耳边响着："死了心罢，死了心罢。"的确他的心被判了死刑了。

他还有什么权利，什么理由要求她留下呢？问题在他，而不是在她。这一次他彻底地明白了。

母亲扭开电灯，屋子里添了一点亮光。

他默默地走到书桌前，用告别一般的眼光看了看桌上的东西，然后崩溃似地坐倒在藤椅上。他用两只手蒙着脸。他并没有眼泪。他只是不愿意再看见他周围的一切。他放弃了一切，连自己也在内。

"宣，你不要难过，女人多得很。等你的病好了，可以另外找一个更好的，"母亲走过去，用慈爱的声音安慰他。

他发出一声痛苦的哀叫。他取下手来，茫然望着母亲。他想哭。为什么她要把他拉回来？让他这个死刑囚再瞥见繁华世界？他已经安分地准备忍受他的命运，为什么还要拿于他无望的梦来诱惑他？他这时并不是在冷静思索，从容判断，他只是在体验那种绞心的痛苦。树生带走了爱，也带走了他的一切；大学时代的好梦，婚后的甜蜜生活，战前的教育事业的计划，……全光了，全完了！

"你快到床上去躺躺，我看你不大好过罢。要不要我现在就去请个医生来，西医也好，"母亲仍旧不能了解他，但是他的脸色使她惊恐，她着急起来，声音发颤地说。

"不，不要请医生。妈，不会久的，"他绝望地说，声音弱，而且不时喘气。他摇摇晃晃地站起来。

"你说什么？等我来挽你，"母亲吃惊地说，她连忙挽扶着他的右肘。

"妈，你不要怕，没有什么事，我自己可以走，"他说，好象从梦里醒过来一样。他摆脱了母亲的扶持，离开藤椅，走到方桌前，一只手压在桌面上，用茫然的眼光朝四周看。昏黄的灯光，简陋的陈设，每件东西都发出冷气。突然间，不发出任何警告，电灯光灭了。眼前先是一下黑，然后从黑中泛出了捉摸不住的灰色光。

"昨天才停过电，怎么今天又停了？"母亲低声埋怨道。

他叹了一口气。"横竖做不了事，就让它黑着罢，"他说。

"点支蜡烛也好，不然显得更凄凉了，"母亲说。她便去找了昨天用剩的半截蜡烛点起来。烛光摇曳得厉害。屋子里到处都是黑影。不知从哪里进来的风震摇着烛光，烛芯偏向一边，烛油水似地往下流。一个破茶杯倒立着，做了临时烛台，现在也被大堆烛油焊在桌上了。

"快拿剪刀来！快拿剪刀来！"他并不想说这样的话，话却自然地从他的口中漏出来，而且他现出着急的样子。这样的事情不断地发生，他已经由训练得到了好些习性。他做着自己并不一定想做的事，说着自己并不一定想说的话。

母亲拿了剪刀来，把倒垂的烛芯剪去了。烛光稍稍稳定。"你现在吃饭好吗？我去把鸡汤热来，"她说。

"好嘛，"他勉勉强强地答道。几小时以前的那种兴致和食欲现在完全消失了。他回答"好"，只是为了敷衍母亲。"她为什么还要我吃？我不是已经饱了？"他疑惑地想道。他用茫然的眼光看母亲。母亲正拿了一段还不及大拇指长的蜡烛点燃了预备出去。

"妈，你拿这段长的去，方便点，"他说。"我不要亮，"他又添一句。他想：有亮没有亮对我都是一样。

"不要紧，我够了，"母亲说，仍旧拿了较短的一段蜡烛出了房门。

一段残烛陪伴他留在屋子里。

"又算过了一天，我不知道还有多少天好活，"他自语道，不甘心地叹了一口气。

没有人答话。墙壁上颤摇着他自己的影子。他不知道自己应该坐下还是站着，应该睡去还是醒着。他甚至不知道自己要做什么动作。他仍旧立在方桌前，寒气渐渐地浸透了他的罩衫和棉袍。他的身子微微颤抖。他便离开方桌，走了几步，只为了使身子暖和一点。

"我才三十四岁，还没有做出什么事情，"他不平地、痛苦地想道。"现在全完了，"他惋惜地自叹。大学时代的抱负象电光般地在他的眼前亮了一下。花园般的背景，年轻的面孔，自负的言语……全在他的脑子里重现。"那个时候哪里想得到有今天？"他追悔地说。

"那个时候我多傻，我一直想着自己办一个理想中学，"他又带着苦笑地想。他的眼前仿佛现出一些青年的脸孔，活泼、勇敢、带着希望……他们对着他感激地笑。他吃惊地睁大眼睛。蜡烛结了烛花，光逐渐暗淡。房里无限凄凉。"我又在做梦了，"他不去剪烛花，却失望地自语道。他忽然听见了廊上母亲的脚步声。

"又是吃！我这样不死不活地捱日子又有什么意思！"他痛苦地想。

母亲捧了一菜碗热气腾腾的鸡汤饭进来，她满意地笑着说："我给你煮成了鸡汤饭，趁热吃，受用些。"

"好！我就多吃一点，"他顺从地说。母亲把碗放在方桌上。他走到方桌前一个凳子上坐下。一股热气立刻冲到他的脸上来。母亲俯着头在剪烛花。他看她。这些天她更老了。她居然有那么些条皱纹，颧骨显得更高，两颊也更瘦了。

"连母亲也受了我的累，"他不能不这样想。他很想哭。他对着碗出神了。

"快吃罢，看冷了啊，"母亲还在旁边催促他。

【导读】

作家作品简介

巴金（1904—2005），原名李尧棠，字芾甘，四川成都人，祖籍浙江嘉兴。现代文学家、出版家、翻译家。同时也被誉为"五四"新文化运动以来最有影响的作家之一，是 20 世纪中国杰出的文学大师、中国现代文坛的巨匠。1982 年 4 月 2 日，巴金获得但丁国际奖。

巴金

鉴赏解读参考

巴金的优秀长篇小说《寒夜》写于 1944—1946 年。于 1947 年由晨光出版社出版，是一部沉思的文学，也是一部现实主义的悲剧杰作。小说有别于《激流》《憩园》，并不是写大家庭在时代转换中的崩溃，而是着重描写小家庭在社会磨难中的破毁，描写的是一个由自由恋爱组成的知识分子家庭如何在现实的重压下破裂的辛酸故事，围绕着一个善良、忠厚的小公务员的生离死别、家破人亡的悲剧，揭示了旧中国善良正直的知识分子的命运，暴露了抗战后期国统区的黑暗现实，为我们展现了一幅国民党统治中心重庆人民群众悲惨的生活图画，为受压迫、受侮辱的小人物呼出了愤懑和不平。

问题与思考

1. 毋庸置疑，小人物的悲剧，因它的普遍性，更显示出悲剧的深刻意义。作家把人物性格悲剧与社会悲剧结合起来，从而在广阔的社会背景下寻找人物命运的根源。试简要分析《寒夜》中造成汪文宣一家悲剧的主要原因。

2. 巴金在《寒夜》里把小公务员汪文宣的屈辱心理和病态灵魂描写得淋漓尽致，充分挖掘了人物内心情感的丰富性和深刻对立性，请联系文章具体谈谈作者是如何利用心理描写来塑造人物形象的。

延伸阅读

巴金有长篇小说"爱情三部曲"《雾》《雨》《电》，"激流三部曲"《家》《春》《秋》，中篇小说《憩园》和《第四病室》，短篇小说集《神·鬼·人》等。

我用残损的手掌[1]

我用残损的手掌

摸索这广大的土地：

这一角已变成灰烬，

那一角只是血和泥；

这一片湖该是我的家乡，

（春天，堤上繁花如锦幛，

嫩柳枝折断有奇异的芬芳）

我触到荇藻和水的微凉；

这长白山的雪峰冷到彻骨，

这黄河的水夹泥沙在指间滑出；

江南的水田，你当年新生的禾草

是那么细，那么软……现在只有蓬蒿；

岭南的荔枝花寂寞地憔悴，

尽那边，我蘸着南海没有渔船的苦水……

无形的手掌掠过无限的江山，

手指沾了血和灰，手掌沾了阴暗，

只有那辽远的　角依然完整，

温暖，明朗，坚固而蓬勃生春。

在那上面，我用残损的手掌轻抚，

像恋人的柔发，婴孩手中乳。

我把全部的力量运在手掌

贴在上面，寄与爱和一切希望，

因为只有那里是太阳，是春，

将驱逐阴暗，带来苏生，

因为只有那里我们不像牲口一样活，

蝼蚁一样死……

那里，永恒的中国！

[1]1941年11月15日，香港英国当局向日本侵略军投降，日军占领香港后，大肆搜捕抗日分子，1942年春，戴望舒也被日本宪兵逮捕入狱。在狱中，他受尽酷刑的折磨，但他并没有屈服，在牢狱里他写了几首诗，《我用残损的手掌》就是其中的一首。

中国现代文学

【导读】

作家作品简介

戴望舒（1905—1950），笔名有戴梦鸥、江恩、艾昂甫等。生于浙江杭州，中国现代著名的诗人，为中国现代象征派诗歌的代表。因《雨巷》成为传诵一时的名作，他被称为"雨巷诗人"。早年就读于上海大学、复旦大学，曾因宣传革命被捕。无论理论还是创作实践，都对中国新诗的发展产生过相当大的影响。诗集有《我的记忆》《望舒草》《望舒诗稿》《灾难的岁月》《戴望舒诗选》《戴望舒诗集》，另有译著等数十种。

戴望舒

鉴赏解读参考

据冯亦代回忆："我昔日和他在薄扶林道散步时，他几次谈到中国的疆土，犹如一张枫叶，可惜缺了一块，希望有一天能看到一张完整的枫叶。如今他以《残损的手掌》为题，显然以这手掌比喻他对祖国的思念，也直指他死里逃生的心声。"（《香港文学》1985 年 2 月号）

问题与思考

1. 诗歌内容可分为前后两个部分，每部分抒发了作者怎样的感情？诗中两部分的写法各异，试作简要分析。

2. 这首诗的意象有哪些？作者是怎样将众多的意象贯穿组织成一个有机的整体的？

3. 请将此诗歌与艾青的《雪落在中国的大地上》作分析比较。

延伸阅读

见"作家作品简介"。

二十九、穆旦

春[1]

绿色的火焰在草上摇曳，
他渴求着拥抱你，花朵。
反抗着土地，花朵伸出来，
当暖风吹来烦恼，或者欢乐。
如果你是醒了，推开窗子，
看这满园的欲望多么美丽。

蓝天下，为永远的谜蛊惑着的，
是我们二十岁的紧闭的肉体，
一如那泥土做成的鸟的歌，
你们被点燃，卷曲又卷曲，却无处归依。
呵，光，影，声，色，都已经赤裸，
痛苦着，等待伸入新的组合。

1942 年 2 月

---

[1]《春》写于 1942 年 2 月，收
入《穆旦诗集》。

作家作品简介

穆旦

穆旦（1918—1977），原名查良铮，笔名梁真。浙江海宁人，生于天津。读中学时开始写诗，1935年考入清华大学外文系。1937年发表第一篇诗作《野兽》。抗战爆发后随校迁昆明，1940年毕业于西南联合大学，留校任教。在香港《大公报》副刊和昆明《文聚》杂志上发表诗歌。1945年出版第一部诗集《探险队》。诗风沉厚凝重，蕴藉含蓄，表现手法独特。

抗战胜利后，他同一些思索人生、接受现实主义传统、借鉴欧美诗歌表现技巧的青年诗人一起，以上海的《诗创造》《中国新诗》杂志为重要阵地进行现代诗歌艺术探索，产生过一定影响，被后人称为"九叶派诗人"。1948年赴美国，就读于芝加哥大学英国文学系，获文学硕士学位。1953年回国执教于南开大学，在后来的政治运动中受到不公正对待。

新中国成立以后主要从事外国文学的翻译，译普希金、拜伦的诗颇负盛名。也写过一些诗歌，收入香港三联书店1984年出版的诗集《八叶集》。

鉴赏解读参考

穆旦写作《春》的时候年仅24岁，正是青春情感和酷烈生命亟须喷薄和释放的年龄。但诗人关注的并不是外在的春天蓬勃滋长的自然事物，而是倾心和专注于自己的直觉和知性，从而赋予了诗歌节制和矛盾相融合的特点。袁可嘉对此在《诗人穆旦的位置》一文中做了如下的概括："敏锐的知觉和玄学的思维，色彩和光影的交错，语言的清新，意象的奇特，特别是这一切的融合无间。"

问题与思考

1. 这首诗虽然只有短短的十二行，但包含的诗意和诗情却十分饱满，截然不同于一般的伤春咏怀之作。此诗的最大特点是在春天景物的描写中融入了人的眼光、人的感情、人的欲望，尤其是人的感觉。那么，如何理解这首诗里的青春主题？

2. 穆旦是20世纪40年代"九叶派"诗人的一个代表，也是现代诗人中非常成功的一个。现代诗歌的一个重要特点是强调诗歌内在的张力和戏剧性，往往将一系列充满对抗、冲突的词语和意象组织在一起，以形成错综复杂而又强烈的抒情形式。请结合《春》说说这首诗是如何体现该特点的？

延伸阅读

穆旦的诗集：《探险队》（昆明文聚出版社 1945 年出版）

《穆旦诗选》（杜运燮编　人民文学出版社 1986 年出版）

《穆旦诗全集》（李芳编　中国文学出版社 1996 年出版）

《穆旦诗文集》（李芳编　人民文学出版社 2006 年出版）

穆旦的译著：《欧根·奥涅金》（1957 年）

《唐璜》（1980 年）

《英国现代诗选》（1985 年）

《普希金抒情诗集》（1954 年）

《穆旦译文集》（2005 年）